崔致遠全集

[新羅] 崔致遠 著
李時人 詹緒左 編校

下

上海古籍出版社

孤雲先生文集

孤雲先生文集卷之一

賦

詠曉〔一〕

玉漏猶滴，銀河已囘。彷彿而山川漸變〔二〕，參差而物像將開。高低之烟景微分，認雲間之宮殿〔三〕；遠近之軒車齊動，生陌上之塵埃。晃蕩天隅，葱籠日域。殘星暎遠林之梢〔四〕，宿霧斂長郊之色〔五〕。華亭風裏〔六〕，依依而鶴唳猶聞；巴峽月中，迢迢而猿啼已息。隱暎青帘，村迴而鷄鳴茅屋；熹微朱閣，巢空而鷰語雕樑。罷刁斗於柳營之內，儼簪笏於桂殿之傍〔七〕。邊城之牧馬頻嘶，平沙漠漠；遠江之孤帆盡去，古岸蒼蒼。魚篴聲瀏〔八〕，蓬艸露瀼。千山之翠嵐高下，四野之風烟淺淺。誰家碧檻，鸎啼而羅幕猶垂；幾處華堂，夢覺而珠簾未捲？是夜寰縈曀〔九〕，天地晴。蒼茫千里〔一〇〕，曈曨八紘。潦水泛紅霞之影，疎鍾傳紫禁之聲。置思婦於深閨〔一一〕，紗囪漸白；卧愁人於古屋，暗牖纔明。俄而曙色微分，晨光欲發。數行南飛之鴈，一片西傾之月。動商路獨行之子，旅館猶扃〔一二〕；駐孤城百戰之師，胡笳未歇。砧杵聲寒，林巒影踈。斷蛩音於四壁〔一三〕，肅霜華於遠墟。粧成金屋之中，青蛾正晝〔一四〕；宴罷瓊樓之上，紅燭空餘。及其氣爽淸晨，魂澄碧落。藹高影於夷夏，蕩同陰於巖壑。千門萬戶兮始開，洞乾坤之寥廓。

〔校記〕

〔一〕本篇出處未詳。

〔二〕變：《文集》均作「變」，俗别字。下同，不另出校。

〔三〕殿：《文集》均作「殿」，異構字。下同，不另出校。

〔四〕暎：「映」之俗寫體。《集韻·映韻》：「映，亦從英。」《敦煌俗字典》「映」字條收此形。下不另出校。

〔五〕斂：《文集》「夂」旁作「攴」，異構字。下同，不另出校。

〔六〕裏：《文集》均作「裏」，俗寫體。下同，不另出校。

〔七〕傍：《文集》均作「傍」，異構字。下同，不另出校。

〔八〕瀏：《文集》作「瀏」，異構字。按：文中「劉」亦如此作。下不另出校。

〔九〕𣋠：字書未收，疑為「霽」之換旁異構字。

〔一〇〕茫：《文集》均作「汒」，異構字。按：文中從「艹」之字，如「蓬」、「落」、「藹」、「蕩」、「蒼」、「若」、「苦」、「萬」、「荷」、「茅」、「藩」、「華」、「藏」、「著」、「芳」、「董」、「莫」、「英」、「蘊」、「莓」、「苔」等，均作「艹」形。下不一一出校。

〔一一〕置：《文集》均作「𥩲」，異構字。下不另出校。思：異構作「恖」，《文集》均作「思」，乃其變。按：此形字典、俗字典未收，是《文集》特色用字之一。下不另出校。

〔一二〕扃：「扃」之俗寫體，《敦煌俗字典》「扃」字條所收兩例均作此形。按：「扃」之寫作「扃」，猶「迥」之寫作「逈」。下不另出校。

〔一三〕斷：《文集》作「斷」，異構字。下同，不另出校。

〔一四〕畫：《文集》作「畫」，俗體字。唐顏元孫《干祿字書》：「畫畫：上通，下正。」下不另出校。

詩

寓興〔一〕

願言扃利門，不使損遺體。爭柰探利者〔二〕，輕生入海底。身榮塵易染〔三〕，心垢水難洗〔四〕。澹泊與誰論，世路嗜甘醴。

〔校記〕

〔一〕此詩見《東文選》卷四、《三韓詩龜鑑》卷上。

〔二〕探利者：《東文選》卷四、《三韓詩龜鑑》卷上作「探珠者」。按：「探珠」義長。「探珠」用典。傳說古代有個靠編織蒿草簾為生的人，其子入水，得千金之珠。他對兒子說：這種珠生在九重深淵的驪龍頷下。你一定是趁它睡着摘來的，如果驪龍當時醒過來，你就沒命了。事見《莊子·列禦寇》。探：《文集》均作「揬」，異構字。按：「探」之寫作「揬」，猶「深」之寫作「湥」。下不另出校。

〔三〕易：《東文選》卷四、《三韓詩龜鑑》卷上作「已」。按：「易」字義長，「易」與下句「難」反義對舉。染：《文集》均作「染」，訛俗字。下不另出校。

〔四〕心垢水難洗：《文集》作「心□垢難洗」，據《東文選》卷四、《三韓詩龜鑑》卷上改。《增訂注釋全唐詩》卷八九五錄作「心垢正難洗」，未確。

蜀葵花〔一〕

寂寞荒田側〔二〕，繁花壓柔枝。香經梅雨歇〔三〕，影帶麥風欹。車馬誰見賞，蜂蝶徒相窺。自慚生地賤，堪恨人棄遺〔四〕。

【校記】

〔一〕此詩見《東文選》卷四、《三韓詩龜鑑》卷上。《三韓詩龜鑑》卷上評該詩曰：「公自況。」

〔二〕荒：《文集》作「荒」，異構字。下不另出校。

〔三〕經：《東文選》卷四、《三韓詩龜鑑》卷上作「輕」。又，該句《增訂注釋全唐詩》校曰：「雨：《文集》作

「雲」，據《東文選》改。」按：《文集》實作「雨」。
〔四〕堪：《三韓詩龜鑑》卷上作「敢」。

江南女〔一〕

江南蕩風俗〔二〕，養女嬌且憐〔三〕。性冶恥針線〔四〕，粧成調管絃〔五〕。所學非雅音，多被春心牽〔六〕。自謂芳華色〔七〕，長占豔陽年〔八〕。却笑隣舍女〔九〕，終朝弄機杼〔一〇〕。機杼縱勞身，羅衣不到汝。

〔校記〕

〔一〕此詩見《東文選》卷四、《三韓詩龜鑑》卷上、《青丘風雅》卷一。朝鮮刊本明人吳明濟《朝鮮詩選》卷一亦收，題為《江南曲》。《三韓詩龜鑑》卷上評該詩曰：「若用謾字，尤妙。」
〔二〕江南蕩風俗：《朝鮮詩選》卷一作「江南春風動」。
〔三〕養：《朝鮮詩選》卷一作「有」。
〔四〕性冶：《東文選》卷四作「冶性」，《朝鮮詩選》卷一作「妖冶」。恥：《朝鮮詩選》卷一作「耻」。按：「耻」乃「恥」之俗。《龍龕手鏡·耳部》：「耻」，「恥」之俗字。漢碑中已見「耻」字，《敦煌俗字典》「恥」字條亦收此形。針：《朝鮮詩選》卷一作「鍼」，異構字。

〔五〕成：《朝鮮詩選》卷一作「罷」。按：「罷」即「罷」之俗，《敦煌俗字典》「罷」字條收此形。「罷」、「成」義同。

〔六〕所學非雅音多被春心牽：《朝鮮詩選》無此二句。牽：《增訂注釋全唐詩》錄作「穿」。

〔七〕芳華：《朝鮮詩選》卷一作「芳菲」。

〔八〕占：《朝鮮詩選》卷一作「對」。陽：《朝鮮詩選》卷一「昜」作「易」，訛俗字。

〔九〕笑：《朝鮮詩選》卷一作「咲」。按：「咲」乃「笑」之古字。《漢書·外戚傳下·孝成許皇后》：「《易》曰：『鳥焚其巢，旅人先咲後號咷。』」顏師古注：「咲，古笑字也。」隣舍：《朝鮮詩選》卷一作「隣家」。

〔一〇〕終朝：《朝鮮詩選》卷一作「終日」。按：二者義同。機：《朝鮮詩選》卷一「幾」旁作「㡬」，簡俗體。

古意〔一〕

狐能化美女，狸亦作書生。誰知異類物，幻惑同人形。變化尚非艱〔二〕，操心良獨難。欲辨眞與僞，願磨心鏡看。

〔校記〕

〔一〕此詩見《東文選》卷四、《三韓詩龜鑑》卷上。

〔二〕變化尚非艱：《三韓詩龜鑑》卷上作「變體想非艱」。

秋夜雨中〔一〕

秋風惟苦吟〔二〕，舉世少知音〔三〕。 囪外三更雨〔四〕，燈前萬古心〔五〕。

〔校記〕

〔一〕此詩見《東文選》卷一九、《三韓詩龜鑑》卷上。 朝鮮刊本明人吴明濟《朝鮮詩選》卷六亦收，題為《秋夜》。

〔二〕惟：《朝鮮詩選》卷六作「獨」，二者義同。

〔三〕舉世：《三韓詩龜鑑》卷上、《朝鮮詩選》卷六作「世路」。 按：朝鮮明宗時魚叔權《稗官雜記》、許筠《惺叟詩話》中「舉世」皆作「世路」，本卷《寓興》詩亦有「世路嗜甘醴」句，知「世路」為崔致遠習用之語，故原文或當為「世路」。

〔四〕囪：《東文選》卷一九作「窓」。《朝鮮詩選》卷六作「窻」，異構字。 更：異構作「叓」，《文集》「丙」作「西」，乃其訛變。 按：此形字典、俗字典未收，是《文集》特色用字之一。 下不另出校。

〔五〕萬古心：《東文選》卷一九、《朝鮮詩選》卷六作「萬里心」。

郵亭夜雨〔一〕

旅館窮秋雨〔二〕，寒囪靜夜燈〔三〕。 自憐愁裏坐〔四〕，眞箇定中僧〔五〕。

〔校記〕

〔一〕此詩見《東文選》卷一九、《三韓詩龜鑑》卷上。朝鮮刊本明人吴明濟《朝鮮詩選》卷六亦收，題爲《夜雨》。

〔二〕窮：《朝鮮詩選》卷六作「窮」。

〔三〕囱：《東文選》卷一九作「窓」，《朝鮮詩選》卷六作「窻」，異構字。

〔四〕裏：《朝鮮詩選》卷六作「裡」。按：「裡」乃「裡」之減筆俗字，「裡」同「裏」。

〔五〕箇：《朝鮮詩選》卷六作「個」，異構字。《正字通·人部》：「個與个、箇並同。」

途中作〔一〕

東飄西轉路岐塵，獨策羸驂幾苦辛〔二〕。不是不知歸去好，只緣歸去又家貧。

〔校記〕

〔一〕此詩見《東文選》卷一九、《三韓詩龜鑑》卷中。

〔二〕獨：《增訂注釋全唐詩》録作「停」。羸：《文集》作「羸」，異構字。下同，不另出校。

饒州鄱陽亭〔一〕

夕陽吟立思無窮，萬古江山一望中〔二〕。太守憂民疎宴樂，滿江風月屬漁翁。

〔校記〕

〔一〕此詩見《東文選》卷一九、《三韓詩龜鑑》卷中。

〔二〕望：《文集》「亡」旁作「亾」，異構字。文中「亡」及从「亡」之字，如「亡」、「盳」、「妄」等，均作「亾」，下不另出校。

山陽與鄉友話別〔一〕

相逢蹔樂楚山春〔二〕，又欲分離淚滿巾。莫恠臨風偏悵望〔三〕，異鄉難遇故鄉人。

〔校記〕

〔一〕此詩見《東文選》卷一九、《三韓詩龜鑑》卷中。

〔二〕蹔：《東文選》卷一九作「暫」，異構字。

〔三〕恠：《東文選》卷一九作「怪」。按：「恠」乃「怪」之俗，《敦煌俗字典》「怪」字條收載此形。

題芋江驛亭〔一〕

沙汀立馬待囘舟，一帶烟波萬古愁。直得山平兼水渴〔二〕，人間離別始應休。

〔校記〕

〔一〕此詩見《東文選》卷一九、《三韓詩龜鑑》卷中。

〔二〕直：《文集》作「直」，異構字。下不另出校。

春日邀知友不至〔一〕

每憶長安舊苦辛，那堪虛擲故園春〔二〕。今朝又負遊山約〔三〕，悔識塵中名利人。

〔校記〕

〔一〕此詩見《東文選》卷一九、《三韓詩龜鑑》卷中，均題作《春日邀知友不至因寄絶句》。

〔二〕那：《文集》均作「那」，異構字。《正字通》：「那，《說文》本作𨚗，省作那，俗作那。」下不另出校。

〔三〕負：《文集》均作「貟」，俗寫體，《敦煌俗字典》「負」字條所收兩例，均作「貟」形。下不另出校。

畱別西京金少尹峻〔一〕

相逢信宿又分離，愁見岐中更有岐。手裏桂香銷欲盡，別君無處話心期。

〔校記〕

〔一〕此詩見《東文選》卷一九、《三韓詩龜鑑》卷中。按：詩題中的「金峻」，或以為「其人無考」，「詩作於唐無疑」（閻琦《崔致遠佚詩箋證》，載《文學遺産》一九九三年六期）。然據《三國史記》卷四六《崔致遠傳》載：「唐昭宗景福二年，納旌節使兵部侍郎金處誨没於海，即差橘城郡太守金峻為告奏使。時致遠為富城郡太守，祇召為賀正使。」「金峻」當即其人。如是，則此詩當作於歸新羅之後。

贈金川寺主〔一〕

白雲溪畔刱仁祠〔二〕，三十年來此住持。笑指門前一條路〔三〕，纔離山下有千歧〔四〕。

〔校記〕

〔一〕此詩見《東文選》卷一九、《三韓詩龜鑑》卷中、《青丘風雅》卷六。朝鮮刊本明人吴明濟《朝鮮詩選》卷七亦收，題為《贈金川寺上人》。按：《增訂注釋全唐詩》失收此詩。

〔二〕刱：《朝鮮詩選》卷七作「扨」，減筆俗字。

〔三〕笑：《朝鮮詩選》卷七作「咲」。按：「咲」乃「笑」的古字。條：《文集》「攸」作「攸」，異構字。按：從「攸」之字如「修」、「脩」、「滌」等，《文集》均如此作。下不一一出校。

〔四〕纔：《朝鮮詩選》卷七作「綫」，減筆俗字。歧：《朝鮮詩選》卷七作「岐」，通用字。

贈梓谷蘭若獨居僧〔一〕

除聽松風耳不喧，結茅深倚白雲根。世人知路翻應恨，石上莓苔汚屐痕。

〔校記〕

〔一〕此詩見《東文選》卷一九、《三韓詩龜鑑》卷中。按：《增訂注釋全唐詩》失收此詩。

黄山江臨鏡臺〔一〕

烟巒簇簇水溶溶，鏡裏人家對碧峰。何處孤帆飽風去，瞥然飛鳥杳無蹤〔二〕。

〔校記〕

〔一〕此詩見《東文選》卷一九、《青丘風雅》卷六。按：《增訂注釋全唐詩》失收此詩。

〔二〕鳥：《文集》作「烏」，減筆俗字。按：文中「烏」、「鳥」及從「鳥」之字如「鶴」、「鸞」、「鷄」、「鳴」、「鷺」、「鴈」、「鴻」、「鵠」、「鷹」、「鵝」、「鸞」、「鳳」等，《文集》均如此作，成為該書用字之一大特色。下不一一出校。

題伽倻山讀書堂〔一〕

狂奔疊石吼重巒〔二〕，人語難分咫尺間。常恐是非聲到耳，故教流水盡籠山。

〔校記〕

〔一〕此詩見《東文選》卷一九。按：此詩原為韓國廣尚南道陜川郡伽倻山紅流洞石刻，《新增東國輿地勝覽》

卷三〇題作《題伽倻山讀書堂瀑布》，《韓國金石全文》卷一題作《傳崔致遠石刻銘》。《增訂注釋全唐詩》失收此詩。

〔二〕奔：《文集》作「犇」，異構字。《東文選》卷一九作「噴」。疊：《文集》作「疉」，異構字。下不另出校。

長安旅舍與于慎微長官接隣〔一〕

上國羈栖久〔二〕，多慚萬里人。那堪顔氏巷〔三〕，得接孟家隣。守道惟稽古，交情豈憚貧〔四〕。他鄉少知己，莫厭訪君頻。

【校記】

〔一〕此詩見《東文選》卷九、《三韓詩龜鑑》卷上，均題為「長安旅舍與于慎微長官接隣有寄」。

〔二〕栖：《東文選》卷九作「棲」，異構字。

〔三〕堪：《三韓詩龜鑑》卷上作「期」。

〔四〕憚：《增訂注釋全唐詩》錄作「殫」，未確。

贈雲門蘭若智光上人〔一〕

雲畔構精廬〔二〕，安禪四紀餘。笻無出山步，筆絕入京書。竹架泉聲緊〔三〕，松欞日影疎〔四〕。境高吟不盡，瞑目悟眞如。

〔校記〕

〔一〕此詩見《東文選》卷九、《青丘風雅》卷三、《小華詩評》、《朝鮮詩選》卷二。

〔二〕精廬：《增訂注釋全唐詩》錄作「精舍」。

〔三〕緊：朝鮮刊本明人吴明濟《朝鮮詩選》卷二作「遠」。

〔四〕踈：朝鮮刊本明人吴明濟《朝鮮詩選》卷二作「踈」。按：「踈」、「踈」皆「疏」之俗。《玉篇·㐬部》：「䟽，稀也。」《説文·㐬部》字作「疏」。《廣韻·魚韻》：「䟽，俗作踈。」知「疏」爲正字，後俗變作「䟽」、「踈」、「踈」。

題雲峰寺〔一〕

捫葛上雲峰，平看世界空。千山分掌上，萬事豁胷中。塔影日邊雪〔二〕，松聲天半風〔三〕。烟霞應笑我，回步入塵籠。

〔校記〕

〔一〕此詩見《東文選》卷九、《三韓詩龜鑑》卷上。

〔二〕塔：《文集》作「塔」。按：「塔」乃俗寫體。「塔」之寫作「塔」，猶「荅」之寫作「答」。字典「塔」字條未及此種用法。下不另出校。

〔三〕半：《三韓詩龜鑑》卷上作「畔」。按：「畔」字義勝，「天畔」與上句「日邊」對言。

旅遊唐城贈先王樂官〔一〕

人事盛還衰，浮生實可悲。誰知天上曲，來向海邊吹。水殿看花處，風欞對月時。攀髯今已矣，與爾淚雙垂。

〔校記〕

〔一〕此詩見《東文選》卷九、《青丘風雅》卷三。《東文選》卷九題作《旅遊唐城有先王樂官將西歸夜吹數曲戀恩悲泣以詩贈之》。按：詩題中的「唐城」，或以為「或即平壤歟？平壤城建，格局全仿長安，故云。」（閻琦《崔致遠佚詩箋證》，載《文學遺産》一九九三年六期）此説恐未確。《青丘風雅》卷三於該詩「唐城」下注曰「今南陽」，當不誤。《新增東國輿地勝覽》卷九有南陽都護府，轄唐城郡，又「古跡」條即有古唐城，注其所在曰「在府西二十里」，其受名乃因「世傳唐遺才士八人往教高麗，洪其一也，子孫世貴，名所居曰唐城」。又，《增訂注釋全唐詩》失收此詩。

登潤州慈和寺上房〔一〕

登臨暫隔路歧塵，吟想興亡恨益新。畫角聲中朝暮浪，青山影裏古今人〔二〕。霜摧玉樹花無主〔三〕，風暖金陵艸自春〔四〕。賴有謝家餘境在〔五〕，長教詩客爽精神〔六〕。

〔校記〕

〔一〕此詩見《十抄詩》、《夾註明賢十抄詩》、《東文選》卷九、《三韓詩龜鑑》卷上。

〔二〕「畫角」二句：上毛河世甯《全唐詩逸》收入，題作《登慈和山》，並引《東人詩話》云：「崔文昌崔致遠入唐登第，以文章著名，《題潤州慈和寺》有『畫角』云云之句。後雞林賈客入唐購詩，有以此句書示者。」

〔三〕摧：閻琦《崔致遠佚詩箋證》錄作「催」，未確。

〔四〕艸：《東文選》卷九作「草」。按：「艸」即「草」的本字。《廣韻·晧韻》：「草，《説文》作艸，百卉也。」經典相承作草。」下不另出校。

〔五〕境：何鳴雁《新羅詩人崔致遠》（《社會科學戰線》一九八四年四期）中輯作「景」。

〔六〕詩：何鳴雁《新羅詩人崔致遠》中輯作「詞」。爽：《文集》作「爽」，異構字。按：此形字書、俗字典未見收載。

秋日再經盱眙縣寄李長官〔一〕

孤蓬再此接恩輝〔二〕，吟對秋風恨有違〔三〕。門柳已凋新歲葉〔四〕，旅人猶着去年衣。路迷霄漢愁中老，家隔烟波夢裏歸〔五〕。自笑身如春社鷰〔六〕，畫樑高處又來飛〔七〕。

〔校記〕

〔一〕此詩見《東文選》卷九、《三韓詩龜鑑》卷上。朝鮮刊本明人吴明濟《朝鮮詩選》卷五亦收，題為《秋日再經盱眙寄李長官》。縣：《文集》「県」旁作「悬」，異構字。按：從「縣」之「懸」，《文集》亦如此作。下不另出校。

〔二〕再：《朝鮮詩選》卷五作「冄」。按：「冄」即「再」之俗。《古今韻會舉要・隊韻》：「再，俗作冄。」此：《增訂注釋全唐詩》錄作「次」。

〔三〕恨：何鳴雁《新羅詩人崔致遠》中輯作「悵」。

〔四〕栁：《朝鮮詩選》卷五作「柳」，異構字。已：《朝鮮詩選》卷五作「巳」，俗寫二者不拘。歲：《朝鮮詩選》卷五作「嵗」。按：「嵗」乃「歲」之俗，「嵗」、「歳」異構字。唐顔元孫《干禄字書》：「嵗歲歳：上俗，中通，下正。」「嵗」即「嵗」、「歳」之微變。

〔五〕夢：《朝鮮詩選》卷五作「㝱」之形。按：此形鮮見，乃「夢」之俗寫體，由「㝱」簡化而成。裏：《朝鮮詩選》卷五作「裡」。按：「裡」乃「裡」之減筆俗字，「裡」同「裏」。歸：《朝鮮詩選》卷五作「歸」。亦俗寫體。

〔六〕自笑身如春社鷰：《朝鮮詩選》卷五作「自咲此身如社燕」。笑：《東文選》卷九作「咲」，何鳴雁《新羅詩人崔致遠》中輯作「歎」。

〔七〕樑：《東文選》卷九作「梁」，《朝鮮詩選》卷五作「梁」之簡俗體（「刅」作「刃」）。

送吴進士巒歸江南〔一〕

自識君來幾度別〔二〕，此回相別恨重重〔三〕。干戈到處方多事〔四〕，詩酒何時得再逢〔五〕。遠樹參差江畔路〔六〕，寒雲零落馬前峰。行行遇景傳新作〔七〕，莫學嵇康盡放慵〔八〕。

〔校記〕

〔一〕此詩見《東文選》卷九、《三韓詩龜鑑》卷上、朝鮮刊本明人吴明濟《朝鮮詩選》卷五。歸：《朝鮮詩選》卷五作「歸」，俗寫體。

〔二〕幾度：《朝鮮詩選》卷五作「幾廻」。

〔三〕此回：《朝鮮詩選》卷五作「此廻」。按：二者同詞異寫。此：《增訂注釋全唐詩》録作「幾」。

〔四〕處：《朝鮮詩選》卷五作「䖏」。按：「䖏」乃「處」之俗寫體。敦煌辭書《正名要録》（斯三八八號）：「處䖏：上正，下相承用。」《敦煌俗字典》「處」字條收列此形。

〔五〕再逢：《朝鮮詩選》卷五作「冄逢」。按：二者同詞異寫。再：閻琦《崔致遠佚詩箋證》録作「重」，未確。「重」不協律。

〔六〕樹：《朝鮮詩選》卷五作「樹」，俗寫體。《宋元以來俗字譜》：「樹」：《通俗小說》、《古今雜劇》、《太平樂府》等作「樹」。參：《朝鮮詩選》卷五作「叅」，俗寫體，亦即「叅」之增筆俗書。

〔七〕遇景：《朝鮮詩選》卷五作「到處」。
〔八〕莫學：《朝鮮詩選》卷五作「莫作」。嵇康：《朝鮮詩選》卷五作「稽康」。

春曉偶書〔一〕

叵耐東流水不回，只催詩景惱人來。含情朝雨細復細，弄豔好花開未開。亂世風光無主者，浮生名利轉悠哉。思量可恨劉伶婦，强勸夫郎疎酒盃。

【校記】

〔一〕此詩見《東文選》卷九、《三韓詩龜鑑》卷上。《增訂注釋全唐詩》失收此詩。

暮春即事和顧雲支使〔一〕

東風遍閱百般香〔二〕，意緒偏饒栁帶長。蘇武書回深塞盡〔三〕，莊周夢逐落花忙〔四〕。好憑殘景朝朝醉，難把離心寸寸量。正是浴沂時節日〔五〕，舊遊魂斷白雲鄉。

【校記】

〔一〕此詩見《十抄詩》、《夾註明賢十抄詩》、《東文選》卷九、《三韓詩龜鑑》卷中。又，《孤雲先生續集》亦重複收録，題為《和顧雲支使暮春即事》。按：「支使」，《文集》誤為「友使」。「支使」為官名，唐時節度使、觀察使的屬官。他官亦可設置。參閱《通典·職官七》、《新唐書·百官志四下》。顧雲在高駢幕府曾任「節度支使」。《桂苑筆耕集》卷六《請轉官從事狀》中即有〔顧雲〕「充觀察支使」句。因據改。

〔二〕百般香：《孤雲先生續集》作「萬般香」。

〔三〕蘇武書回：《孤雲先生續集》作「蕬武書廻」。按：「蕬」為「蘇」之俗，《敦煌俗字典》「蘇」字條收録此形。

〔四〕夢逐：《孤雲先生續集》作「夢趂」。按：「趂」為「趁」之俗寫體。忙：《文集》作「㤨」，亦俗體。按：此形他處鮮見，字典、俗字典亦未見收載，《文集》中則習見，故彌足珍貴。

〔五〕時節日：《孤雲先生續集》作「時節也」。

和張進士喬村居病中見寄〔一〕

一種詩名四海傳，浪仙爭得似松年（喬字也〔二〕）？不惟騷雅標新格，能把行藏繼古賢。藜杖夜攜孤嶼月〔三〕，葦簾朝捲遠村烟〔四〕。病來吟寄漳濱句，因付漁翁入郭船。

【校記】

〔一〕此詩見《東文選》卷九、《青丘風雅》卷四。《東文選》題下有注「喬字松年」，《夾註名賢十抄詩》題下亦注「喬字松年」四字。據專家研究，《夾註名賢十抄詩》的注釋體例頗具規範，詩人自注與所夾註井然不紊。

故該注為崔氏原注之可能性很大。

〔二〕「松年」下，《文集》注「喬字也」，《東文選》卷九、《夾註名賢十抄詩》均無。按：「張喬」字「松年」，中國文獻未見，《永樂大典》引《池州府誌》云「字伯遷」，與此有別。《文集》蓋據《東文選》在此詩題後有「喬字松年」，遂改為句下注。又，句中之「浪仙」，指唐詩人賈島的字。五代齊己《還黃平素秀才卷》詩：「冷澹聞姚監，精奇見浪仙。」前蜀韋莊《送李秀才歸荊溪》詩：「人言格調勝玄度，我愛篇章敵浪仙。」明胡應麟《詩藪·近體上》：「曲江之清遠，浩然之簡淡，蘇州之閒婉，浪仙之幽奇，雖初、盛、中、晚，調迴不同，然皆五言獨造。」

〔三〕藜：《文集》「藜」均作「䔢」，俗寫體。下不另出校。孤嶼月：《東文選》卷九作「孤嶠月」。

〔四〕村：《增訂注釋全唐詩》錄作「樹」。

泛海〔一〕

掛席浮滄海，長風萬里通。乘槎思漢使，採藥憶秦童。日月無何外，乾坤太極中。蓬萊看咫尺，吾且訪仙翁。

【校記】

〔一〕此詩見朝鮮洪萬宗（一六四三—一七二五）《小華詩評》卷上。或謂此詩為作者十二歲入唐渡海作（閻琦

《崔致遠佚詩箋證》，載《文學遺産》一九九三年六期），恐非是。

題《輿地圖》〔一〕

崑崙東走五山碧，星宿北流一水黄。

〔校記〕

〔一〕此聯蓋錄自朝鮮洪萬宗（一六四三—一七二五）《小華詩評》：「且如《題輿地圖》一聯：『崑崙東走五山碧，星宿北流一水黄。』囊橐天下山水之祖宗。　思意極其豪健，想此老胸中，藏得幾個雲夢。」又見於洪萬宗《詩話叢林》所收題為李奎報（一一六八—一二四一）《白雲小説》：「三韓自夏時始通中國，而文獻蔑蔑無聞……至崔致遠入唐登第，以文章名動海内，有詩一聯：『崑崙東走五山碧，星宿北流一水黄。』同年顧雲曰：『此句即《輿地志》也。』蓋中國之五嶽，皆祖於崑崙山，黄河發源於星宿海，故云。」按：此段文字若可靠，則該詩當作於唐。《增訂注釋全唐詩》失收此聯。

姑蘇臺〔一〕

荒臺麋鹿遊秋草，廢院牛羊下夕陽〔二〕。

〔校記〕

〔一〕此聯蓋録自朝鮮洪萬宗(一六四三—一七二五)《小華詩評》:「淒惋如崔孤雲《姑蘇臺》詩:『荒臺麋鹿遊秋草,廢苑牛羊下夕陽。』」《增訂注釋全唐詩》失收此聯。

〔二〕廢院:《小華詩評》作「廢苑」。按:二者義同,「院」用同「苑」。唐錢起《夏日陪史郎中宴杜郎中果園》詩:「竹陰疏柰院,山翠傍蕪城。」「院」,一本作「苑」。或以為「院」是誤字,「諸論文、輯本皆沿其誤」(金程宇《讀崔致遠詩文佚作劄記》,《古籍研究》一九九五年卷下),似未確。

碧松亭〔一〕

暮年歸臥松亭下,一抹伽倻望裏青。

〔校記〕

〔一〕殘句出處未詳,當作於新羅。按:據《奎章閣所藏韓國地方誌綜觀》(東亞文化研究所,一九七四年二月版),知「碧松亭」有多處,和崔氏有關的為《廣尚北道高靈郡邑誌》和《高靈誌》。另據《輿地勝覽略》載:「碧松亭:在高靈縣西三十里平林中,孤雲遊息處。」《增訂注釋全唐詩》失收此聯。

贈希朗和尚(六首)〔一〕

步得金剛地上說,扶薩鐵圍山間結。苾蒭海印寺講經,《雜花》從此成三絶。

龍堂妙說入龍宮，龍猛能傳龍種功。龍國龍神定歡喜，龍山益表義龍雄。

磨羯提城光遍照，遮拘盤國法增耀。今朝慧日出扶桑，認得文殊降東廟。

天言秘教從天授，海印眞詮出海來。好是海隅興海義，只應天意委天才。

道樹高談龍樹釋，東林雅志南林譯。斌公彼岸震金聲，何似伽倻繼佛跡。

三三廣會數堪疑，十十圓宗義不虧〔二〕。若說流通推現驗，經來未盡語偏奇。

〔校記〕

〔一〕此六首詩見《伽倻山海印寺古籍》，原題作《寄海印僧希朗》。詩前有序云：「希朗大德君夏日於伽倻山海印寺講《華嚴經》，僕以捍虜所拘，莫能就聽，一吟一詠，五側五平，十絕成章，歌詠其事。」序後署為「防虜大監天嶺太守郡守遏粲崔致遠」。

〔二〕虧：《文集》均作「虧」，異構字。下不另出校。

寄顥源上人〔一〕

終日低頭弄筆端，人人杜口話心難〔二〕。遠離塵世雖堪喜，爭奈風情未肎闌〔三〕。影鬪晴霞紅葉逕〔四〕，聲連夜雨白雲湍。吟魂對景無羈絆〔五〕，四海深機憶道安。

〔校記〕

〔一〕此詩見《新增東國輿地勝覽》卷三〇「晉州雙溪寺」條，云：「崔致遠在此寄顥源上人詩……」

〔二〕人人：《新增東國輿地勝覽》卷三〇作「從人」。

〔三〕肎：《新增東國輿地勝覽》卷三〇作「肯」。按：「肎」為「肯」之古字。《玉篇·肉部》：「肎，可也，今作肯。」《增訂注釋全唐詩》錄作「宜」，形近而誤。

〔四〕逕：《新增東國輿地勝覽》卷三〇作「徑」。按：二者異構字。《樂府詩集·燕射歌辭三·角調曲二》：「尋芳者追深逕之蘭，識韻者探窮山之竹。」一本作「徑」。

〔五〕景：《文集》闕，據《新增東國輿地勝覽》卷三〇補。按：《增訂注釋全唐詩》亦闕此字。

表

新羅賀正表（代新羅王作，下并同）〔一〕

臣某言：元正告始，景福惟新。伏惟皇帝陛下，膺乾納祐，與天同休。臣某誠歡誠喜，頓首頓首。臣蕃伏自立國承家，開疆拓土，皆乃仰攀天蔭，方能俯靜海隅。遂從先祖而來，每慶新正之德，年無闕禮，史不虧書。近屬霧暗鯷岑，波驚蜃壑〔二〕，臣雖聿修有志，而式遏無功。久阻梯航，難逃斧鉞。且天鷄報曉，能首唱於遐陬；海鷰逢春〔三〕，得船投於巨廈。而臣顧慙卑迹，莫逮微禽。伏限權守遠蕃，不獲隨例奔走，稱謝行朝，無任賀聖戀恩鳧藻聳踊之至。謹差陪臣守倉部侍郎金穎〔四〕，奉表陳賀以聞。

〔校記〕

〔一〕此表見《東人之文四六》卷一、《東文選》卷三一。按：此表代新羅真聖女主金曼作。

〔二〕壑：《文集》上作「叡」，異構字。按：文中「壑」多作此形，下不另出校。

〔三〕鷰：《東文選》卷三一作「燕」。按：「鷰」乃「燕」之俗，亦作「鷰」，《敦煌俗字典》「燕」字條二形皆收。

〔四〕倉：《文集》作上「𠆢」下「君」之形，訛俗字。下不另出校。穎：文中均作「宗」旁著「頁」之形，訛俗字。下不另出校。

讓位表〔一〕

臣某言：臣聞欲而不貪，駕說於孔門弟子；德莫若讓，騰規於晉國行人。苟竊位自安，則妨賢是責。臣假威天睠，承乏海隅。雖非法令滋彰，未免寇盜充斥。遑恤于後，勇退爲先。敢言善自爲謀，實慮刑兹無赦〔二〕。（中謝）臣以當國雖鬱壘之蟠桃接境，不尚威臨；且夷齊之孤竹連疆，本資廉退。矧假九疇之餘範，早襲八條之教源。言必畏天〔三〕，行皆讓路。盖禀仁賢之化，得符君子之名。故籩豆饎田，鍦矛寄戶。俗雖崇於帶劍，武誡貴於止戈。爰從建國而來，罕致反城之釁〔四〕。嚮化則南閭是絕，安仁則東戶何慙。是以直至臣兄贈太傅臣晸〔五〕，遠沐皇澤，虔宣詔條，供職一終，安邊萬里。而及愚臣繼守，諸患併臻。始則黑水侵疆，曾噴毒液；次乃綠林成黨，競簸狂氛。所管九州，仍標百郡，皆遭寇火，若見劫灰。加復殺人如麻，暴骨如莽〔六〕。滄海之横流日甚，昆岡之猛焰風顛。致使仁鄉，變爲疵國。此皆由臣守中迷道，馭下乖方。鴟梟沸響於鳩林，魚鱉勞形於鰈水〔七〕。況乃西歸瑞節則鷁艦平沉，東降冊書則鳳軺中輟。阻霑膏雨，虛費薰風。是乖誠動於天，實懼罪深於海。羣寇既至今爲梗〔八〕，微臣固無所取材。日邊居羲仲之官，非臣素分；海畔守延陵之節，是臣良圖。久苦兵戎，仍多疾瘵。深思自適其適，難避各親其親。竊以臣姪男嶢，是臣亡兄晸息，年將志學，器可興宗。山下出泉，蒙能養正；丘中有李，衆亦思賢。不假外求，爰從內舉。近已俾權蕃寄〔九〕，用靖國災。然屬蟻至壞堤，蝗猶蔽境。熱無以濯，溺未能援。帑廩一空，津途四塞。槎不來於八月，路猶敻於九天。不獲早託梯航，上聞旒扆。雖唐虞光被，無憂後至之誅；柰蠻夷寇多，久阻遄征之使。禮實乖闕，情莫遑寧。臣每思量力而行，輒遂奉身而退。自開自落〔一〇〕，竊媿狂花；匪劉匪雕〔一一〕，聊全朽木〔一二〕。所覬恩無虛受〔一三〕，位得實歸。既睽分東顧之憂，空切咏西歸之什〔一四〕。謹因當國賀正使某官入朝，附表陳讓以聞。

〔校記〕

〔一〕此表見《東文選》卷四三。按：此表代新羅真聖女主金曼作。《唐文拾遺》卷六八有此表之一段節文，題作《禪位上唐帝奏》，節文如次：「居義仲之官，非臣素分；守延陵之節，是臣良圖。臣姪嶢，年將志學，器可興宗。不假外求，爰從內舉。近已俾權蕃寄，用靖國災。」

〔二〕刑：《文集》均作「刑」，異構字。下不另出校。

〔三〕畏：《文集》均作「畏」，異構字。下不另出校。

〔四〕致：《文集》均作「𦤺」，異構字。下不另出校。

〔五〕傅：《文集》均作「傅」，俗寫體。下不另出校。

〔六〕暴：《東文選》卷四三作「曝」。按：「暴」同「暴」，「暴」、「曝」古今字。骨：《文集》均作「骨」，異構字。從「骨」之字如「髀」、「髓」、「體」等，《文集》亦如此作。下不另出校。按：字典、俗字典未收「骨」。

〔七〕鱉：《東文選》卷四三作「鼈」，異構字。按：《文集》中「鱉」、「鼈」並用，下不另出校。

〔八〕梗：《文集》均作「梗」。《正字通·木部》：「梗，本作梗。」下不另出校。

〔九〕近已俾權蕃寄：《東文選》卷四三作「近已俾蕃寄」，無「權」字。

〔一〇〕開：《文集》皆作「閞」，異構字。下不另出校。

〔一一〕匪劉匪雕：《東文選》卷四三作「匪斲匪雕」。

〔一二〕朽：《東文選》卷四三作「杇」，俗寫體。

〔一三〕覬：《文集》誤作「顗」，徑改。

〔一四〕詠：《東文選》卷四三誤作「泳」。

起居表〔一〕

臣某言：伏承鑾駕巡幸華州，孟春猶寒，伏惟皇帝陛下，聖躬萬福。伏以歲巡襲福，時邁騰謠。臣處蓬海之一隅，想溝池於萬仞。（中謝）臣聞龜爻演頣則象箸省方〔二〕，麟史揚蕤則言標展義。是故夏諺稱吾何以助，商書美矦來其蘇〔三〕。伏惟聖文睿德光武弘孝皇帝陛下〔四〕，三綱開仁，兩階敷德〔五〕。用人惟舊，恕物自新。既俾黃巾服七縱七擒之略，何妨翠輦恣一遊一豫之懽。莫不仙掌開途，華封祝壽。三峰太守欣避舍以迎恩〔六〕，萬國行人競來庭而送款。既叶歌汾之樂，佇觀封岱之儀〔七〕。臣致冦多慙，瘝官自責。跛鼈蹋桑津之浪，莫遂駿奔；賓鴻翥蓮嶽之雲，徒增健羡。伏限風濤阻路，不獲隨例扈從，無任仰望仙蹕結戀屏營之至。謹附表起居以聞。

〔校記〕

〔一〕此表見《東文選》卷三九。按：此表代新羅憲康王金晸作。
〔二〕演：《文集》皆作「演」，異構字。下不另出校。頣：《東文選》卷三九作「賾」。
〔三〕矦：《東文選》卷三九作「后」。「矦」爲「侯」之異構字，《字彙·矢部》：「矦，古侯字」。下不另出校。
〔四〕睿：《文集》皆作「睿」，異構字。下不另出校。
〔五〕敷：《文集》皆作「敷」，異構字。下不另出校。

〔六〕太：《東文選》卷三九作「大」。按：「大」、「太」古今字。

〔七〕佇：《東文選》卷三九作「竚」，異構字。

謝嗣位表〔一〕

臣某言：前權知當國王事臣坦，是親叔。臣自亾父贈大傅臣晸〔二〕，及次叔臣晃，相次亾沒。叔權守蕃服，疾故相仍。至乾寧四年六月一日，懇推蕃務，令臣主持。官吏甿黎，再三詣請。臣亦固辭付託，未欲遵承。而乃〔缺〕阻羣情，遙歸私第。臣顧惟沖藐〔三〕，謬襲宗祊〔四〕。俯氷谷以兢魂，仰雲天而跼影。（中謝）臣聞難進易退，乃君子之用心；徇公滅私，實古人之陳力。口誇者甚衆〔五〕，躬行者頗稀。而臣叔坦志切立人，言湥責己。以爲火生於木，而火猛則木焚；水泛其舟，而水狂則舟覆。當國大饑頻致〔六〕，小盜相尋。本恣豺狼之貪，漸矜鴻鵠之志〔七〕。其以藏奸鼠竊〔八〕，始聞胠篋探囊；乘勢蜂飛，遽見分城剽邑〔九〕。遂使烟塵匝境，風雨衍期。羣戎益熾於東陵，餘粒莫栖於南畝。加復龍虎節則去沉遼壑〔一〇〕，鳳凰使則來輟中途。有辱恩榮，莫伸誠效〔一一〕。實多違者〔一二〕，亹恐滋焉。愼思三命而恭，決計一辭而退〔一三〕。當蕃具寮牆進，庶族雲趨，而泣請曰：天災所行，地分難免。以斯自咎，未見其宜。受帝命爲期，讓王爵非晚。又以慈踰十起〔一四〕，禮過三辭。叔坦謂臣，涕隨言下，曰：顧茲一境，異彼三方。何則？改服章，奉正朔，仰遵帝國，俯緝侯蕃〔一五〕。故昔玉皇賜詩先祖曰：「禮義國爲最，詩書家所藏。」又頃皇華元季方者，來紀鷄林政事詩云：「但美詩書教，曾無鼙鼓喧。」古哲矦靜理斯在〔一六〕。而今也郡邑遍爲賊窟，山川皆是戰場。豈謂天殃偏流海曲〔一七〕，都因懵昧致此寇戎。罪不容誅，理宜辤職。冀令一國興讓，惟在二人同心。引而進之，勿効疏受。臣以叔坦少私寡欲，多病愛閒〔一八〕。時然後言，志不可奪。顯拒擁轅之請，終追脫屣之蹤。臣也作室資功，倚門承念。宋穆能賢之舉，存歿懸殊；謝安相任之機，始終加慎。而且董戎猶近，諸盜多乖。磨鉛而盤錯未除，漏網而兇狂益甚。至使水無芥船〔一九〕，陸絕蓬輪。不獲早遣下僚，仰陳忠懇。齊橫島外，馳魂解慍之風；秦帝橋邊，瀝膽朝宗之浪。臣伏限權叨蕃寄，莫能奔詣行朝，無任望恩兢懼之至。

〔校記〕

〔一〕此表見《東人之文四六》卷一、《東文選》卷三一。按：此表代新羅孝恭王金嶢作。

〔二〕臣自：《東文選》卷三一作「自臣」。

〔三〕藐：《文集》「貌」作「狽」，俗寫體。

〔四〕祊：《文集》「礻」作「衤」，俗寫二者不拘，今改為通行字體。

〔五〕誇：《文集》「夸」皆作「夸」，俗寫體。按：從「夸」之字如「匏」、「跨」等，《文集》亦如此作。下不另出校。

〔六〕「當國大饑」與「頻致」間《東文選》卷三一有缺字。

〔七〕「鴻鵠之志」後《東文選》卷三一有缺字。

〔八〕其以藏奸鼠竊：《東文選》卷三一無「其」字。

〔九〕遽見分城剽邑：《東文選》卷三一作「遽見（缺）城剽邑」。

〔一〇〕去沉遼壑：《東文選》卷三一作「去沉（缺）壑」。

〔一一〕伸：《文集》「申」旁作「申」，異構字。从「申」之字，如「神」、「紳」等皆从「申」，下不另出校。誠效：《東文選》卷三一作「誠款」。

〔一二〕實多違者：《東文選》卷三一作「（缺）多違者」。

〔一三〕決：《文集》「夬」旁作「叏」，異構字。下同，不另出校。

〔一四〕踰：《文集》「俞」旁皆作「兪」，異構字。按：從「俞」之字，如「愈」、「逾」、「瑜」、「渝」、「諭」、「偷」等，《文集》亦如此作。下不一一出校。

〔一五〕侯：《文集》作「矦」，異構字。

〔一六〕矦：《東文選》卷三一作「候」。按：「矦」同「侯」，「侯」、「候」俗寫不拘。

〔一七〕海：《文集》均作「海」，異構字。下不另出校。

〔一八〕閒：《東文選》卷三一誤作「閉」。

〔一九〕船：《東文選》卷三一作「艇」。

謝恩表〔一〕

臣某言：臣叔坦權守蕃務日，俱表陳請追贈〔二〕。去乾寧四年七月五日，先入朝慶賀判官、檢校尚書祠部郎中、賜紫、金魚袋臣崔元還國，伏奉制旨〔三〕。亡祖故鷄林州大都督、檢校太尉臣凝太師，亾父故持節充寧海軍事、檢校太保臣晸太傅〔四〕，仍各賜官告一通者。寵降天家，光融日宅。舉瀛區而增感，告泉隧而倘聞。固知喜是悲端〔五〕，益驗榮爲懼本。（中謝）臣伏以當蕃家崇地義，國仰天慈。故昔遠祖政明，仰求《禮記》，玄宗聖帝，別賜《孝經》。灼見化成，著於實錄。臣謹案《記》曰：「子孫之守宗廟社稷者，其先祖有善而弗知，不昭也；知而不傳，不仁也。」又據《經》曰：「立身揚名，以顯父母，孝之終也。」臣以亡祖贈太師凝，頃遇咸通中，化行而天下同風，德被於海隅出日。東晼蹁跡，北極馳心。守遐蕃而莫遂觀周，奉儒道而唯期至魯〔六〕。雖在公無暇，而嗜學自娱〔七〕。《中和》《宣布》之歌，欽承往哲；太平織錦之作，景仰前修。遂著求賢才賦一篇，美皇化詩六韻。蓋乃餐和柔遠之德，挺秀登高之才。示之鄉人，翫爲家寳。敢謂歿而不朽〔八〕，粗亦粲然可觀。以亡父贈太傅臣晸，近屬乾符末，寰海之風波稍起，關河之祲沴旋興。寇逼咸秦，駕巡庸蜀。先臣爰披楚袂〔九〕，冀請終纓。齊徵下瀨之師，决徇太朝之難〔一〇〕。故東面都統淮南節度使高駢非因纓短，欲假鞭長〔一一〕。但審先聲，將觀後効。上陳蕃款，外振軍威。是躡前規，無虧遠慮。而屬本道故青州節度使安師儒，謂彼越庖，阻玆叩楫。言雖顧後，意或忩前。專馳使人，來約兵士。以此遠俗之忠誠莫展，先臣之遺恨斯多。則臣大父之仰遵文德也既如彼，先考之願助武功也又如此。當國顧自武德，至于開元，每見告終，皆蒙餙往〔一二〕。而乃追寵偶爲中絕，遐方實所大羞。臣亡父晸願竭孝思，懇遺悲囑。臣叔坦以初凋韡萼，益痛蓼莪。湙仰澤於雲天，覬追榮於岡岵。不匱之情雖可恕，無厭之罪實難逃。豈料伏蒙睿慈，俯允丹請。特假上公之貴爵，分霈外裔之冥魂。大孝尊親，一方多幸；小人懷惠，萬死何酬〔一三〕？且如太師也，遠則文王贈殷比干，近則德宗贈郭尚父。又如太傅也，王陵少戇，嘗屬具瞻；胡廣中庸，始階眞拜。雖復存歿難比，華夷有殊，而寵渥霑幽，宸波浸遠。惟祖惟考，非勳非勞。截彼南山，益媿三師之秩；放諸東海，惟欽百行之先〔一四〕。所冀諸矦章則永作國章，孝子傳則少裨家傳。希驥於以親九族，叔坦庶幾；刻鵠於有懷二人，臣嶢仰止。伏限卑栖四郡〔一五〕，追慟九原，不獲奔詣天庭，泣謝雲陛。

〔校記〕

〔一〕此表見《東人之文四六》卷一、《東文選》卷三一。按：此表代新羅孝恭王金嶢作。

〔二〕俱：《東文選》卷三一作「具」，通用字。請：《文集》「青」旁作「青」，異構字。按：從「青」之字如「清」、「靜」、「精」、「靖」、「情」等，《文集》亦多如此作。下不一一出校。

〔三〕旨：《文集》皆作「旨」，異構字。按：從「旨」之字如「詣」、「指」等，《文集》亦如此作。下不另出校。

〔四〕保：《文集》皆作「休」，異構字。按：從「保」之字如「堡」、「賲」、「葆」等，《文集》亦如此作。下不另出校。

〔五〕固：《東文選》卷三一作「因」。

〔六〕唯：《文集》「口」旁作「△」，俗寫體，《敦煌俗字典》「唯」字條收有此形。下不另出校。

〔七〕嗜：《東文選》卷三一作「耆」。按：「耆」、「嗜」古今字。

〔八〕朽：《東文選》卷三一作「杇」，俗寫體。

〔九〕披：《東文選》卷三一作「投」。袂：《文集》「夬」旁作「叏」，異構字。下同，不另出校。

〔一〇〕太朝：即「大朝」，指稱居於正統的朝廷。唐鄭谷《寄邊上從事》詩：「高壘觀諸寨，全師護大朝。」《舊五代史・僭僞傳一・李景》：「景願割濠、壽、泗、楚、光、海等六州之地，隸於大朝，乞罷攻討。」「大」、「太」古今字。

〔一一〕鞭：《文集》均作「鞕」，古體字。下不另出校。

〔一二〕餙：《東文選》卷三一作「飾」，異構字。

〔一三〕死：《文集》均作「𣦸」，異構字。按：此形字典、俗字典未見收載，亦為《文集》特色用字之一。下不另出校。

〔一四〕惟：《東文選》卷三一作「唯」，二者同詞異構。

〔一五〕栖：《東文選》卷三一作「棲」，異構字。

謝不許北國居上表〔一〕

臣某言：臣得當番宿衛院狀報，去乾寧四年七月，渤海賀正王子大封裔，進狀請許渤海居新羅之上。伏奉勑旨：國名先後，比不引强弱而稱〔二〕；朝制等威，今豈以盛衰而改？宜仍舊貫，準此宣示者。綸飛漢詔，繩舉周班。積薪之愁歎既銷，集木之憂兢轉窃。惟天照膽〔三〕，何地容身？（中謝）臣聞禮貴不忘其本，是戒浮虚〔四〕；書稱克慎厥猷，惟防僭越。苟不循其涯分，乃自掇其悔尤〔五〕。臣謹按渤海之源流也，句驪未滅之時，本爲疣贅部落，靺鞨之屬〔六〕，寔繁有徒，是名粟末小蕃。嘗逐句驪内徙，其首領乞四羽及大祚榮等，至武后臨朝之際，自營州作孽而逃。輒據荒丘，始稱振國。時有句驪遺燼，勿吉雜流。梟音則嘯聚白山，鴟義則喧張黑水。始與契丹濟惡，旋於突厥通謀。萬里耨苗〔七〕，累拒渡遼之轍；十年食葚，晚陳降漢之旗。初建邑居，來憑隣援。其酋長大祚榮，始受臣藩第五品大阿餐之秩。後至先天二年，方受大朝寵命，封爲渤海郡王。邇來漸見倖恩〔八〕，遽聞抗禮。臣藩絳、灌同列，所不忍言；廉、藺用和，以爲前誡。而渤海汰之沙礫，區以雲泥。莫慎守中，惟圖犯上；恥爲牛後，覬作龍頭。妄有陳論，初無畏忌。豈拘儀於隔座〔九〕，寔昧禮於降階。伏惟陛下居高劼毖，視遠孔昭。念臣蕃之驥或羸而可稱，牛雖瘠而非怯；察彼虜之鷹飽腹而高颺，鼠有體而恣貪。永許同事梯航〔一〇〕，不令倒置冠屨。聞魯府之仍舊，驗周命之惟新。抑且名位不同，等衰斯在。臣國受秦官極品，彼蕃假周禮夏卿。而乃近至先朝，驟霑優寵。戎狄不可厭也，堯舜其猶病諸。遂攀滕國之爭，自取葛王之誚。向非皇帝陛下英襟獨斷，神筆横批，則必槿花鄉廉讓自沉，楛矢國毒痛愈盛。今者遠綏南越，漢文之深意融春；罷省東曹，魏祖之嘉言同曉。自此八裔絕躁求之望，萬邦無妄動之徒。確守成規〔一一〕，靜銷紛競。臣伏限統戎海徼，不獲奔詣天朝。

〔校記〕

〔一〕此表見《東人之文四六》卷一、《東文選》卷三一。按：此表代新羅孝恭王金嶢作。

〔二〕引：《東文選》卷三一作「因」。

〔三〕膽：《東文選》卷三一作「瞻」，形近而訛。

〔四〕戒：《東文選》卷三一作「誡」，通用字。

〔五〕尤：《文集》均作「尢」，減筆俗字。下不另出校。

〔六〕鞢羯：《東文選》卷三一誤作「鞅羯」。

〔七〕苖：《文集》「田」作「由」，俗寫體。按：俗寫「田」、「由」不拘。敦煌本《秋胡變文》：「未習巢父之功，粗知許由之意。」「由」，原卷作「田」。敦煌本《韓擒虎話本》：「遂揀細馬百疋，明駝千頭。」「細」，原卷作「紬」，均其例。下不另出校。

〔八〕倖恩：《東文選》卷三一作「辜恩」。

〔九〕隔：《文集》「鬲」旁作「鬲」，俗寫體。從「鬲」之「融」，亦如此作。下不另出校。
〔一〇〕永：《文集》均作「永」，異構字。按：從「永」之「詠」，《文集》亦多如此作。下不另出校。
〔一一〕確：《文集》均作「確」，訛俗字。下不另出校。

謝賜詔書兩函表〔一〕

臣某言：臣亡兄故國王臣晸，先差陪臣試殿中監金僅等，奉表慶賀先皇帝西幸鑾駕歸闕，仍別付表稱賀斬梟賊黄巢。伏蒙聖恩許降勑書兩函，別賜獎餙者〔二〕。烏輪上處，鸞綍飛來。分輝滋絶域之榮，感化激佳城之恨。（中謝）臣以當國昔者周、秦質代〔三〕，燕、趙多虞。佳人猶合浦珠移去〔四〕，壯士若延津劍化來。胥興邑洛〔五〕，助守藩隅。是以辰韓誤秦韓之名，樂浪擬滄浪之字。但屬焚書餘弊，猶隨避地之徒；師古成規，久昧移風之術。是處銜十尋之髮，何人傳五色之毫？《國語》、《孝經》，殊難化俗。床頭《周易》，罕見知名。而乃臣亾兄贈太傅臣晸，生知老教，雅善秦言〔六〕。茂才則何翅錚錚，善話則實餘袞袞〔七〕。故得身文耀俗，心畫超倫〔八〕。每慚爲屏外之臣，惟願逐壺中之客。形于歌咏〔九〕，深於嘆嗟。至如虞松五守之難，免求於鍾會；谷永萬條之易，見賞於王充。未遇己知，頗希自試。頃者仰承先皇帝，罷狩錦川，言歸絳闕。又聞東諸侯，齊驅虎豹，顯戮鯨鯢〔一〇〕。難勝拊髀之歡，冀寫由衷之懇〔一一〕。手成草奏，口絶技詞。雖粗殊西北之流，能期至海；且未擅東南之美，敢望動天？而仰蒙睿慈，俯念忠款。遠飛還詔，特越常規。鸞鳳雙函，儷影指鼇山之路；虬龍一札，聯行入鰈水之鄉。是乃自天降無價之珠，舉國爲不朽之榮〔一二〕。伏覩詔旨，節文曰：「必在秉心彌固，服義不忘。勉修正朔之儀，用契車書之美。冀使赫曦之續，首冠於他方；雱霈之恩〔一三〕，常霑於爾土者。」臣聞昔第五倫每見漢光武詔書，即顧等輩而嘆曰：「是眞聖主也！恨不得見之耶！」臣今奉聖君詔旨，若承慈父誨言。其於仰聖之滚〔一四〕，懷德之切，倍萬伯魚矣。有以見天上之詔，惟照也，能委照於日邊；日邊之人，謂仁乎，永歸仁於天上。且臣蕃途程踰二萬里，朝貢僅三百年，許中父事之儀，繼獻子來之款〔一五〕。每奉詔勑〔一六〕，皆成義方。先祖既奉以周旋，裔孫固服之無斁。至如開元御寓〔一七〕，海不揚波。類錫王言〔一八〕，誕敷文德。仍以臣先祖興光、憲英父子，但能慕善，累賜八分御札，莫不龍騰鳳翻，綵牋由是益光，神筆至今猶潤。分寶玉於伯叔之國，則嘗聞之；賜銀鉤於夷狄之鄉〔一九〕，所未見也。其詔旨則曰：「殆比卿於魯、衛，豈復同於蕃服？」又至大曆年中，天降語曰〔二〇〕：「在九州之外，可比諸侯；於萬國之中，乃爲君子。」此皆愛忘譽過，小國之所不堪。伏惟聖文睿德光武弘孝皇帝陛下，丕承列聖，光宅羣方。舉典謨訓誥之宗〔二一〕，警戎狄蠻夷之輩。行看萬國，合作一家。臣所痛傷，亾兄臣晸。先晞薤露，阻奉芝泥。生爲飲化之身，殁作負恩之魄。其所賜戒勑〔二二〕，臣謹已緘諸玉笥，護以金函。授姪男嶢，俾傳國寶。嶢當銘于瑗座，書在師紳。入則勗勵三卿，出則撫柔百姓。粗成功於式遏，仰裨化於時雍〔二三〕。臣今者殷樹辝春〔二四〕，孔匏繫遠。

道之云阻，魂飛截海之鷹；天不可升，目斷凌雲之鶴。不獲奔波詣闕，稱謝宮庭，無任賀聖戀恩抃躍戰懼屛營之至。謹奉表陳謝以聞〔二五〕。

〔校記〕

〔一〕此表見《東人之文四六》卷一、《東文選》卷三一。按：此表代新羅定康王金晃作。

〔二〕餙：《東文選》卷三一作「飾」，異構字。

〔三〕者：《文集》均作「者」，乃「者」字之早期楷書字形。文中「諸」、「都」、「渚」、「著」、「儲」、「翥」、「楮」等字亦如此作。按：此形字典未見收載，為《文集》特色用字之一。下不另出校。

〔四〕合浦珠移去：《東文選》卷三一無「去」字。

〔五〕胥興邑洛：《東文選》卷三一無「胥」字。

〔六〕秦言：《東文選》卷三一誤作「泰言」。

〔七〕衮：《文集》均作上「六」下「衣」之形，俗寫體。下不另出校。

〔八〕晝：《東文選》卷三一誤作「晝」。

〔九〕詠：《東文選》卷三一作「泳」。

〔一〇〕戮：《文集》「翏」旁均作「翠」，異構字。下不另出校。

〔一一〕衷：《文集》均作「衷」，異構字。下不另出校。

〔一二〕不朽之榮：《東文選》卷三一作「不枯之草」。

〔一三〕霶：《文集》「滂」作「⿰氵㫄」，異構字。下不另出校。

〔一四〕其於仰聖之湥：《東文選》卷三一無「仰」字。

〔一五〕款：《東文選》卷三一作「欵」，異構字。

〔一六〕勑：《東文選》卷三一作「勅」，異構字。

〔一七〕御：《文集》均作「御」，俗寫體。下不另出校。

〔一八〕類錫王言：《東文選》卷三一作「頪錫王言」。

〔一九〕銀鉤：《文集》誤作「銀駒」，此據文意徑改。按：「銀鉤」喻遒媚剛勁的書法。唐杜甫《陳拾遺故宅》詩：「到今素壁滑，灑翰銀鉤連。」即其例。又，「銀鉤」一詞，《筆耕錄》中習見。

〔二〇〕天降：《東文選》卷三一作「降天」。

〔二一〕訓詁：《東文選》卷三一作「訓誥」。按：據文意，當作「訓誥」。「訓誥」為《尚書》六體中「訓」與「誥」的並稱。「訓」乃教導之詞，「誥」則用於會同時的告誡。《書序》：「足以垂世立教，典謨、訓誥、誓命之文凡百篇。」後泛指訓導告誡之類的文辭。《陳書・宣帝紀》：「懋賞之言，明於訓誥；挾纊之美，著在撫巡。」宋陸佃《答陳民先都曹書》：「古之人胥訓誥，不必親相與言也，以文與象示之而已。」

〔二二〕戒：《東文選》卷三一作「誡」，通用字。

〔二三〕仰禆：《東文選》卷三一作「禆仰」。

〔二四〕辥：《東文選》卷三一作「辭」。按：唐顏元孫《干祿字書》：「辥辤辭：上中並辥讓，下辭說。」知二者本來義別，但此處不分，成為異構字。

〔二五〕《東文選》卷三一無「無任賀聖戀恩抃躍戰懼屏營之至謹奉表陳謝以聞」二十一字。

狀

遣宿衛學生首領等入朝狀〔一〕（代新羅王作，下同）

新羅國當國差遣宿衛學生首領入朝請附國子監習業。謹具人數姓名，分析申奏如後〔二〕：學生八人（崔愼之等），大首領八人（祈婥等〔三〕），小首領二人（蘇恩等）。右臣伏覩太宗文武聖皇帝實錄，貞觀元年宴羣臣，奏罷陣樂之曲，上謂侍臣曰：「朕雖以武功定天下，終當以文德綏海內。」尋建學舍數百間，聚四方生徒。無何，諸蕃慕善，酋長請遣子弟受業，許之。自爾臣蕃益勤航棧。螟蛉有子，琛贐與偕〔四〕。遂得庇身於米廩之中，勵志於稷山之下。學其四術，限以十冬。雖慚入洛之賢，不減浴沂之數。況遇開元闡化，大設衢樽，挹彼注兹，自近及遠。每降漢使，精擇魯儒。兩錫天章，一變海俗。故得鄉無毀校之議，家有斷機之親。雖扑作教刑，僅同刑措；且禮聞來學，惟競學優。是時登笈之子〔五〕，分在兩京。憧憧往來，多多益辦。至今國子監內，獨有新羅馬道，在四門館北廊中。蠢彼諸蕃，閴其中絕。祇如渤海〔六〕，無籍膠庠〔七〕。惟令桃野諸生，得側杏壇學侶。由是海人賤姓，泉客微名，或高掛金牌，寧慚附贅；或榮昇玉案，實賴餘光。雖乖業擅專門，可證人無異國。臣竊以東人西學，惟禮與樂。至使攻文以餘力，變語以正音。文則俾之修表章，陳海外之臣節；語則俾之達情禮，奉天上之使車。職曰翰林，終身從事。是以每遣陪臣執贄，即令胄子觀光。而能視鯨浪爲夷途，乘鷁舟爲安宅。鋭於嚮化，喜若登仙。况近者蕃臣之寬猛乖宜，荒服之兇頑得便〔八〕。顏瓢則頓改其樂，孔席則愈嗟非溫。仰聞聖文睿德光武弘孝皇帝陛下，俯徇羣情，崇加懿號。以聖文冠上，光武弸中。能使大邦，無軍旅之事；至於小邑，有弦歌之聲。以此臣蕃鴻漸者隨陽是思，蟻術者慕羶增切，競攜持而避亂，願匍匐以投仁。臣今差前件學生等，以首領充傔，令隨賀正使守倉部侍郎級餐金潁船次，赴闕習業，兼充宿衛。其崔慎之等，雖材慚美箭，而業嗣良弓。用之則行，利有攸往，輒以多爲貴者，豈亦遠於禮乎？金鵠是故海州縣刺史金裝親男〔九〕，生在中華，歷於兩代，可承堂構，免墜家聲。臣敢以興學爲先，求賢是務。買書金則已均薄貺〔一〇〕，讀書粮則竊覬洪恩。且千里之行，聚費猶勞於三月；十年爲活，濟窮惟仰於九天。幸遇聖朝，誕敷文德。伏乞恕撞鍾之無力，憐擊磬之有心。垂慈於磁石引針，周急於浮埃生甑。特賜宣下鴻臚寺准去龍紀三年隨賀登極使判官檢校祠部郎中崔元，入朝學生崔霙等事例，勑京兆府〔一一〕，支給逐月書粮。兼乞冬春恩賜時服。所冀身資飽學，無憂餒在其中；跡異暗投，不媿藝成而下〔一二〕。更霑榮於挾纊〔一三〕，終免苦於易衣。臣以目想鸎喬〔一四〕，心攀驥乘，仰趨丹陛，俯羨青襟〔一五〕，實貴儒宗，輕凂宸鑑，無任望恩懷德技癢切瑳之至〔一六〕。

〔校記〕

〔一〕此狀見《東人之文四六》卷一、《東文選》卷四七。按：此狀代新羅真聖女主金曼作。

〔二〕析：《文集》「斤」作「斥」，俗寫體。

〔三〕祈婥：《東文選》卷四七作「祈綽」。

〔四〕琛：《文集》作「琛」，異構字。下不另出校。

〔五〕登笈：《東文選》卷四七作「簦笈」。按：二者同詞異寫。

〔六〕渤海：《東文選》卷四七作「浡海」。按：二者同詞異寫。

〔七〕籍：《東文選》卷四七作「藉」，通用字。

〔八〕便：《文集》均作「便」，異構字。下不另出校。

〔九〕刺：《文集》均作「剌」，俗寫體。下不另出校。

〔一〇〕薄：《文集》「尃」作「専」，俗寫體。按：「尃」作「専」，乃俗寫通例，如「礴」、「博」、「嚩」、「膊」、「鎛」等，均其比。

〔一一〕勑：《東文選》卷四七作「勅」，異構字。

〔一二〕媿：《東文選》卷四七作「愧」，古今字。《說文・女部》：「媿，慙也。」邵瑛群經正字：「今經典多從或體作愧。」《漢書・文帝紀》：「以不敏不明，而久撫臨天下，朕甚自媿。」顏師古注：「媿，古愧字。」

〔一三〕更：《文集》均作「叓」，異構字。下不另出校。

〔一四〕鷽喬：《東文選》卷四七作「鶯喬」。按：二者同詞異寫。「鶯（鷽）喬」謂鶯遷喬木，喻及第或升官。唐李商隱《為舉人獻韓郎中琮啟》：「幽谷未見於鶯喬，曲沼空勤於鳧藻。」

〔一五〕青襟：《東文選》卷四七作「青衿」。按：二者同詞異寫。「青襟（衿）」本謂青色交領的長衫，是古代學子之常服。《詩・鄭風・子衿》「青青子衿，悠悠我心」毛傳：「青衿，青領也。學子之所服。」後借指學子。

〔一六〕無任望恩懷德技癢切瑳之至：《文集》闕「癢」字，據《東文選》卷四七補。瑳：通「磋」。《荀子・天論》：「則日切瑳而不省也。」王先謙集解引郝懿行曰：「磋，古作瑳，今作磋。」

奏請宿衛學生還蕃狀〔一〕

新羅國當國先具表奏宿衛習業學生四人，今錄年限已滿，伏請放還。謹錄姓名，奏聞如後（金茂先、楊穎、崔渙、崔匡裕）：右臣伏以當蕃地號秦韓，道欽鄒魯。然而殷父師之始教，蹔見躳親〔二〕；孔司寇之欲居，惟聞口惠。郯子則徒矜遠祖，徐生則可媿頑仙。是以車書欲慶於混同，筆舌或慚於差異。何者？文體雖侔其蟲跡，土聲難辨其鳥言。字纔免於結繩，譚固乖於成綺。皆因譯導，始得通流。以此敷奏天朝，祇迎星使，須憑西學之辨，方達東夷之情。故自國初，每陳蕃貢，即遣橫經之侶，聊申慕化之誠。惟渙無鰈水之靈挺〔三〕，鷄林之秀者。不遂他山攻石，徒勞陸海探珠。屬文則高謝葳蕤，曾莫從心所欲；發語則猶多澀囁，未免惟口起羞。趙步易違，郢歌難和。然則梯航執禮，每願勤修；籩豆司存，淚慚懵拙。若慮耗關中之米，無因搜席上之珍〔四〕。故臣亡父先臣贈太傅晸，遣陪臣試殿中監金僅，充慶賀副使，入朝之日，差發前件學生金茂先，赴闕習業，兼充宿衛。其崔渙、崔匡裕二人，金僅面叩玉階，請留學問。聖恩允許，得廁黌中。今已限滿十年，威收二物。銜泥海鷰，久汚雕樑；遵渚塞鴻，宜還舊路。況乃國境尚多離亂，家親切待放歸。雖乖大成，輒具上請。靡慚窺豹之說，冀試搏螢之功〔五〕。伏乞睿慈，俯徇故事，特賜宣付屬國所司，令准去文德元年放歸限滿學生大學博士金紹游等例〔六〕，勒金茂先等幷首領輩，隨賀正使級餐金潁船次還蕃。庶使駕馬成規，無辝十駕之役〔七〕；割鷄新刃，聊呈一割之能。臣義重在三，情淚勸百，冒犯宸扆〔八〕，無任激切屏營之至。

〔校記〕

〔一〕此狀見《東人之文四六》卷一、《東文選》卷四七。按：此狀代新羅孝恭王金嶢作。

〔二〕蹔：《東文選》卷四七作「暫」，異構字。

〔三〕惟渙無鰈水之靈挺：《文集》缺「無」字，據《東文選》卷四七補。

〔四〕搜：《文集》《東文選》均作「捜」，異構字。下不另出校。

〔五〕搏：《文集》「尃」作「専」，俗寫體。

〔六〕大學：即「太學」。《禮記・王制》：「小學在公宮南之左，大學在郊。」《大戴禮記・保傅》：「束髮而就大學，學大蓺焉，履大節焉。」盧辯注：「大學，王宮之東者。」《漢書・禮樂志》：「古之王者莫不以教化爲大務，立大學以教於國，設庠序以化於邑。」

〔七〕辤：《東文選》卷四七作「辭」，異構字。

〔八〕宸衮：《東文選》卷四七作「宸扆」。

新羅王與唐江西高大夫湘狀〔一〕

昔貞觀中，太宗文皇帝手詔示天下曰：「今欲巡幸幽薊，問罪遼碣。」盖爲句麗獷俗，干紀亂常。遂振天誅，肅清海徼。武功既建，文德聿修。因許遠人，亦隨貢士。以此獻遼豕而無媿〔二〕，逐遷鶯而有期〔三〕。惟彼句麗，今爲渤海。爰從近歲，繼忝高科。斯乃錄外方慕善之誠，表大國無私之化。雖涉於賤鷄貴鶴，或類於披沙揀金。靖恭崔侍郎，放賓貢兩人，以渤海烏昭度爲首。韓非同老聃之傳，早已難甘；何偃在劉瑀之前，其實堪恨。縱謂簸揚糠粃，豈能餔啜糟醨〔四〕？既致四隣之譏，永貽一國之耻。伏遇大夫，手提蜀秤，心照秦臺，作蟾桂之主人，顧鷄林之士子。特令朴仁範、金渥兩人，雙飛鳳里，對躍龍門，許列青襟〔五〕，同趨絳帳。不容醜虜，有玷仙科。此實奉太宗逐惡之心，守宣尼擇善之旨。振嘉聲於鼇岫〔六〕，浮喜氣於鯷溟。伏以朴仁範苦心爲詩，金渥克己復禮，獲窺樂鏡，共陟丘堂。自古已來，斯榮無比。縱使糜軀粉骨，莫報深恩；惟當谷變陵遷，永傳盛事。弊國素習先王之道，忝稱君子之鄉。每當見善若驚，豈敢以儒爲戲？早欲遠憑書札〔七〕，感謝眷知。竊審烟塵驟興，道路多阻，未伸素懇，已至後時。空餘異口同音，遙陳善祝；雖願揮毫頌德，難盡微誠。惟望早離避地之遊，速展濟川之業。永安區宇，再活烝黎〔八〕。不獨海外之禱祠，實爲天下之幸甚。

〔校記〕

〔一〕此狀見《東人之文四六》卷一、《東文選》卷四七。

〔二〕媿：《東文選》卷四七作「愧」，二者古今字。

〔三〕遷鸎：《東文選》卷四七作「遷鶯」，同詞異寫。按：「遷鸎（鶯）」喻登第。唐李商隱《喜舍弟羲叟及第上禮部魏公》詩：「朝滿遷鶯侶，門多吐鳳才。」韋絢《劉賓客嘉話錄》：「今謂進士登第爲遷鸎者久矣，蓋自《毛詩·伐木篇》。」

〔四〕鋪：《文集》「甫」字闕點，減筆俗體。按：《文集》及原注中「補」、「哺」、「浦」、「蒲」、「輔」、「誧」、「捕」、「鋪」等，亦如此作。下不另出校。

〔五〕青襟：《東文選》卷四七作「青衿」。按：二者同詞異寫。

〔六〕峀：《東文選》卷四七作「岫」，異構字。按：「峀」本為「邦」的古字。此處則為「岫」之異構。字書「峀」字條未及此種用法。

〔七〕札：《東文選》卷四七作「扎」。俗書二字無别。
〔八〕黎：《文集》皆作「棃」，俗體字。下不另出校。

與禮部裴尚書瓚狀〔一〕

昔者句麗衛國，負險驕盈，殺主虐民，違天逆命。太宗文皇帝震赫斯之盛怒，除蠢爾之羣兇〔二〕，親率六軍，遠巡萬里，龔行天罰，靜掃海隅。句麗既息狂飇，劣收遺燼，别謀邑聚，遽竊國名。則知昔之句麗，則是今之渤海。當國自貞觀中，偏荷殊恩，永安遠俗。仍許桑津之學者，俾隨槐市之生徒。遂有負笈忘疲，乘桴涉險。編名獻賦，遂趨於金馬門前；舉跡昇仙，得到於巨鼇山上。無何異俗，亦忝同科。自大中初，一彼一此。春官歷試，但務懷柔。此實修文德以來之，又乃不念舊惡之旨。有以見聖朝則恩深含垢，渤海則志切慕羶。既非莫往莫來，則亦何先何後？然至故靖恭崔侍郎主貢之年〔三〕，賓薦及第者兩人，以渤海烏昭度爲上。有同瘠魯而肥杞〔四〕，誰驗鄭昭而宋聾？淘之汰之，雖甘沙礫居後；時止則止，豈使淄澠並流？車書縱賀其混同，冠屨實慚於倒置。伏遇尚書，高懸藻鑑，榮掌桂科。既照膽以無差，固推心而有待。前都統巡官、殿中侍御史崔致遠，幸將薄技，獲廁諸生。先啗牛心，得爲鷄口。免與辭侯爭長，不令趙將懷嫌。實逢至公，得雪前恥。變化深資於一顧，光榮遠播於三韓。自此已來，未之或改。遂絶積薪之嘆，益慚刈楚之恩。今則崔致遠奉使言歸，懷才待用，粗有可取，無辱所知。示使鰈水儒流，鳩林學植〔五〕，競勵觀光之志，皆增嚮化之心。斯乃尚書洞炤九流，精修四教，善誘風行於闕里，濱仁波及於互鄉。欲知舉國懷恩，惟願經邦佐聖。無思隱霧，早遂爲霖。拜謁難期，瞻攀莫極。但遇金風之爽節，遠想音徽；每吟珪月之曉光。空勞夢想〔六〕。聊憑鴈足，略染鵝毛，欲代中拜賜之誠，惟恨非盡言之具。

〔校記〕

〔一〕此狀見《東人之文四六》卷一、《東文選》卷四七。

〔二〕爾：《東文選》卷四七作「尒」。按：「尒」為「爾」之古字。

〔三〕崔：《文集》多作「寉」，俗體字。下不另出校。

〔四〕有同：《東文選》卷四七誤作「有固」。按：「有同」謂如同。唐無名氏《開河記》：「陛下欲聽狂夫之言，學亡秦之事，但恐社稷崩離，有同秦世。」杞：《文集》作「𣏌」，俗寫二者不拘，據文意徑改。又，文中「起」、「改」、「記」等，《文集》「己」均作「巳」，亦其例。下不一一出校。

〔五〕植：《文集》均作「植」，異構字。下不另出校。

〔六〕空勞夢想：《東文選》卷四七作「空勞夢寐」。

與青州高尚書狀〔一〕

伏以尚書道習圯書，家傳渭訣〔二〕。資潤南山之霧，威德日彰；撫寧東海之波，遠方風靡。加以察俗則地猶開鈹，訓兵則谷亦磨鉛〔三〕。自分憂於距岱之藩，能變俗於臨淄之境。指萊夷而作牧，豈矜千駟馬之名〔四〕；招管晏以爲賓，寧效五羖羊之禮。美聲能大，新命匪遙。佇連耀於六階，永施恩於千里。某依栖宇下，容邇壺中。裨海雖滨，順風斯在。永言瞻禱，不捨斯須。其他并令所司，各具公牒諮白。

〔校記〕

〔一〕此狀見《東人之文四六》卷一、《東文選》卷四七。

〔二〕訣：《文集》均作「諘」，異構字。下不另出校。

〔三〕鉛：《文集》均作「鈆」，異構字。下不另出校。

〔四〕矜：《東文選》卷四七作「矝」。按：「矝」乃「矜」之俗，《敦煌俗字典》「矝」字條收錄此形。

上太師侍中狀〔一〕

伏以東海之外有三國〔二〕，其名馬韓、卞韓、辰韓。馬韓則高麗〔三〕，卞韓則百濟，辰韓則新羅也。

高麗、百濟全盛之時，强兵百萬，南侵吴越，北撓幽燕齊魯，爲中國巨蠹。隋皇失馭，由於征遼。貞觀中，我太宗皇帝親統六軍渡海〔四〕，恭行天罰。高麗畏威請和，文皇受降回蹕。我武烈大王〔五〕，請以犬馬之誠，助定一方之難。入唐朝謁，自此而始。後以高麗、百濟，踵前造惡，武烈王請爲鄉導〔六〕。至高宗皇帝顯慶五年，勑蘇定方統十道强兵，樓船萬隻，大破百濟。乃於其地置扶餘都督府，招輯遺氓，莅以漢官。以臭味不同，屢聞離叛，遂徙其人於河南。摠章元年，命英公李勣破高句麗〔七〕，置安東都督府。至儀鳳三年，徙其人於河南隴右。高句麗殘孽類聚，北依太白山下，國號渤海〔八〕。開元二十年，怨恨天朝，將兵掩襲登州，殺刺史韋俊。於是明皇帝大怒，命內史高品何行成〔九〕，大僕卿金思蘭〔一〇〕，發兵過海攻討，仍就加我王金某爲正太尉，持節充寧海軍事鷄林州大都督。以冬深雪厚，蕃漢苦寒，勑命廻軍〔一一〕。至今三百餘年，一方無事，滄海晏然。此乃我武烈大王之功也。今致遠儒門末學〔一二〕，海外凡材，謬奉表章，來朝樂土。凡有誠懇，禮合披陳。伏見元和十二年本國王子金張廉，風飄至明年下岸〔一三〕。浙東某官，發送入京。中和二年，入朝使金直諒，爲叛臣作亂，道路不通，遂於楚州下岸，邐迤至楊州〔一四〕。得知聖駕幸蜀，高太尉差都頭張儉，監押送至西川。已前事例分明。伏乞太師侍中，俯降台恩，特賜水陸券牒，令所在供給舟船、熟食及長行驢馬艸料，并差軍將，監送至駕前〔一五〕。此所謂太師侍中，姓名亦不可知也。不度涯分，冒瀆嚴威，下情不任攀恩戀德兢惕戰懼之至〔一六〕。

〔校記〕

〔一〕此狀見金富軾《三國史記》卷四六（列傳第六），又見《東國通鑑》、《唐文拾遺》卷四三。

〔二〕以：韓國精神文化研究院一九七九年校勘本《三國史記》作「聞」。

〔三〕高麗：《唐文拾遺》卷四三作「高句麗」。下同，不另出校。

〔四〕我太宗皇帝：《三國史記》作「我唐太宗皇帝」。六軍：《唐文拾遺》卷四三作「六師」。

〔五〕我武烈大王：《三國史記》作「此際我武烈大王」。

〔六〕武烈王請為鄉導：《三國史記》作「武烈入朝請為鄉導」。

〔七〕英公李勣：《三國史記》作「英國公徐勣」。按：當作「李勣」。

〔八〕國號渤海：《三國史記》、《唐文拾遺》卷四三作「國號為渤海」。

〔九〕史：《唐文拾遺》卷四三作「使」。

〔一〇〕大僕卿：《三國史記》、《唐文拾遺》卷四三作「太僕卿」。按「大」、「太」古今字。蘭：《唐文拾遺》卷四三作「闌」。

〔一一〕廻：《文集》作「迴」，異構字。

〔一二〕致遠：《三國史記》作「某」。

〔一三〕明年：《三國史記》、《東國通鑑》作「明州」。

〔一四〕楊：《三國史記》、《唐文拾遺》卷四三作「揚」，俗寫二字不分。

〔一五〕「駕前」後《唐文拾遺》卷四三有「幸甚」。

〔一六〕「此所謂」至文末，《唐文拾遺》卷四三無。按：此文録自《三國史記》，「此所謂太師侍中姓名亦不可知也」，原為《三國史記》編者之說明，在此則為衍文。

啓

上襄陽李相公讓館給啓〔一〕

致遠啓：伏以孔聖絶粮，乃興譏於濫矣；孟軻傳食，嘗致問於泰乎。斯乃志在屬厭，心無苟得。每尋言於知足，常勵節於責躬。伏念致遠，四郡族微，七州學淺。俯習先王之道，雖自勤修；仰瞻夫子之牆，固難攀謁。今者整塵衣之陋質，趨露冕之清威。酒甕飯囊，莫逃稱誚〔二〕；行屍走肉，豈逭任嗤〔三〕？敢矜穿葉之功〔四〕，惟切斷根之嘆。伏蒙相公，念以來從絶域，遠詣樂郊，特賜獎憐，榮垂撫恤。厚霑館穀，免嗟藜藿之餐〔五〕；每捧簞飧，但飽鹽梅之味〔六〕。莫不恩浹啗炙，迹忝食魚。才遠謝於徐郎，空能實腹；病惟慙於吴客，即恐腐腸。昨者輒具懇誠，敢陳辞讓。未蒙允諾，再賜支供。遂使息燃桂之窮愁，飫燀橙之美饌〔七〕。昏煩自釋，枯悴將蘇。然僅歷五旬，常霑三飯。誠慙獻鳳呈祥，而卻是凡禽；每媿養牛負重〔八〕，而不如羸牸。雖異於若填巨壑，實同於如履薄冰〔九〕。切緣致遠，久役旅遊，又縈微恙，精神沈頓，氣力疲羸，未獲走拜旌幢，整持簦屩。猶滯身於客舍，惟戀德於高門。重寫肺肝，仰塵視聽。伏惟特垂朗鑑，俯察微誠，所賜館給熟食，伏乞處分停供。所冀免耗稻粱，蹔安萍梗。食非求飽，能遵易退之言；泌可療飢，得避難盈之刺。干瀆尊威，下情無任。

〔校記〕

〔一〕此啓見《東文選》卷四五。

〔二〕稱誚：《東文選》卷四五作「禰誚」。

〔三〕嗤：《文集》「蚩」旁作「蚩」，減筆俗字。下不另出校。

〔四〕矜：《東文選》卷四五作「矜」。按：「矜」乃「矜」之俗。

〔五〕藜：《文集》「黎」作「黎」，俗體字。

〔六〕梅：《文集》「每」作「每」，異構字。按：「每」及從「每」之字如「海」、「敏」、「侮」等，《文集》多如此作。下不另出校。

〔七〕饌：《文集》皆作「饌」，異構字。下不另出校。

〔八〕媿：《東文選》卷四五作「愧」，二者古今字。

〔九〕履：《文集》皆作「履」，異構字。下不另出校。

記（凡三首，轉轉謄寫，字多舛譌，謹俟知者）

新羅伽倻山海印寺結界場記〔一〕

嘗聞大一山釋氏，援金言而警沙界云：「戒如大地，生成住持。蓋發心業之謂也。」故大經曰：「世及出世諸善根，皆依最勝尸羅地。」然則地名相協，天語可尋。國號尸羅，實波羅提興法之處；山稱伽倻，同釋迦文成道之所。而況境超二室，峰聳五臺，儼兹隆崛之奇，宛是清涼之秀。由是門標海印而雲蔚義龍，道倚山王而風嚴律虎。賚興三於勝塈，年僅百於和居。而顧結界嶔崟，權輿齷齪〔二〕，議諧改作，律許開張。遂於乾寧四載之秋，宴坐九旬之杪，爰謀拓土，竚俟布金。莫不地媼齋心，天神悅目。矧在山中仙境，眞爲海外福場。然金界易標，珠輪難瑩。如或有心不斂，其猶無翅欲飛。身同乎玉葉隨風，生何可保；戒異乎金波出海，虧必難圓。況今象法將衰，魔軍競起。覩日暮而途邈〔三〕，慮烟滨而火熠。道訓曰其安易持，儒書云不戒謂暴〔四〕，制惟人道，可不勗歟？畫界四周，悉數如左。諒所謂起屋三層，昇樓四級。好是高山易仰，覬無反水難收。則斯地也，介如金剛，巋然玉刹。威鎮俗而庾塵斯絕，德勝妖而張霧莫侵。且洗心曰齋，防患曰戒，儒猶若此，釋豈徒然？欲避鬼遮，勉求神護。時有唐乾寧五祀之陬月也。

〔校記〕

〔一〕此記見《東文選》卷六四。

〔二〕齷齪：《文集》「齒」皆作「齿」，減筆俗寫。按：從「齒」之字如「齡」、「齔」、「齧」、「齠」、「齰」、「齕」等，《文集》亦如此作。下不另出校。

〔三〕邈：《文集》「貌」作「𧳜」，俗寫體。下不另出校。

〔四〕㬥：《東文選》卷六四作「暴」，異構字。

善安住院壁記〔一〕

《王制》：「東方曰夷。」范曄云：「夷者，抵也〔二〕。言仁也而好生，萬物抵地而出。故天性柔順，易以道御。」愚也謂夷訓齊平易，言教濟化之方。按《爾雅》云〔三〕：「東至日所出，爲大平〔四〕。大平之人仁。」《尚書》曰：「命羲仲，宅嵎夷，曰暘谷。平秩東作。」故我大王之國也，日昇月盛，水順風和。豈惟幽蟄振蘇，抑亦句萌啚懋。〔缺二字〕生化，出震爲基。加復姬詩舉西顧之言，釋祖始東行之步，宜乎九種，勉以三歸。地之使然，天所假也。《儒行篇》曰：「上不臣天子，下不事諸侯。慎靜尚寬，博學知服。雖分國如錙銖，不臣不仕，其規為有如此者。」則大易之不事王侯，高尚其事。幽人貞吉，其履道乎？幽人何謂？梵子或亦近是。援儒譬釋，視古猶今。偉矣犹！天所貴者人，人所宗者道。人能弘道，道不遠人。故道或尊焉，人自貴矣。能助道者，惟崇德歟！然則道之尊，德之貴，睠惟法首，方洽物情；必也正名，乃稱大德。是由道强名大，德成而上。禮稱得位得名得壽則敦化之説，將非是歟？東人峻堦〔五〕，義取窺豹，試稽所根，則有梁童子學士，著《荆楚歲時記》云：「昔吴主孫權病篤〔六〕，道士葛玄往看之。權家人聞空中語曰：『既有大德道士，宜爲啓申。』遂差。」大德之目，或記于兹。後譯葉書，廣編花偈，如大德舍利弗輩，犖犖然者斑有焉。且三界大師，付囑尊法于邦君國宰，有涣旨㦲！其故何耶？化俗所資，尊賢是務。意圖馴虎，事甚好龍。故有國者，欲俾業熾傳燈，光踰銜燭，爰崇淨號，或表奇林。昔我善德女君，宛若吉祥聖化，誕膺東后，景仰西方。時有觀光比丘曰智頴，曰乘固，去探赤水，來耀青丘。於是寵彼上乘，擢爲大德。自爾厥後，寔繁有徒。五岳羣英，竟勵爲山之志；四海釋種，能均入海之名。曰瑜伽，曰驃訶健拏，曰毗柰耶，曰毗婆沙。復有彩混楚禽，號齊周璞者。或推懺誦，或採摠持〔七〕，或舉華儕，或疇苦節。斯皆假王給之所擢，舉重金牌；侔帝網之相含〔八〕，光融玉刹。舉之若取火於燧，用之猶度木於山。覬使粉䑑，終無犯齒。遂制過衛瑗知非之歲，時滿魯聖學易之年，始許遷喬，終期七稔。其或業敦時敏，德協老成，則令禰鶚獨飛。盖奬宋鷄奇辯，仍加別字，用慶後生。故幼學十成，謂優曇一現，就是方廣相應二宗也。靜則粹山王之氣，動則儼海會之雄。譬夫翔空九苞，蹠實一角〔九〕。代上猶忻逢化佛，黌中若虔奉嚴君。衆既肘趨，事皆頤指。然咸能潔己，罕見驕人。寔所謂高而不危，威而不猛者爾。抑又學之能講，言必可師。觀其鯨杵騰雷〔一〇〕，鵲爐飛靄，仰三尊而有裕，顧四衆以無譁。窟現象王，綏擧象王之步；座升獅子〔一一〕，高揚獅子之音。天口籠雲，海脣鼓浪。既比神錐鬪鋭，實同明鏡忘疲。有問必酬，無疑不剖。或能折角，奚翅解頤？俾遮著者失儀，寄載者知返。每遊刃而無畏，欲藏鋒而莫能。誰言虐我則讐，允協當仁不讓。誘人也俗以之悟，護國也道以之興〔一二〕。經云：「受持萬偈經，不如一句義。」猶信後發前至，其惟是山。何則？有若祖師順應大德，效成覼於神琳，碩德問老聃。於大曆初年，託窽木以忘軀，尋住山而得髓，窮探教海，俊達禪河。洎遂言歸，光膺妙選〔一三〕。乃歎曰：「人資琢玉，世貴藏金。既含天地之靈，亦藉山川之秀〔一四〕。烏能擇木，吾盍誅茅？」越貞元十八年良月既望，牽率同志，卜築於斯。山靈鈞妙德之名，地體印清涼之勢。分裝五髻〔一五〕，競拔一毛。于時聖穆王太后，母儀四夷，子育三學，聞風敬悅，誓日歸依，捨以嘉蔬，副之束帛。是乃自天獲祐，實惟得地成因。然屬生徒方霧擁嵒扉〔一六〕，耆德遽露晞林宇，利貞禪伯，踵武興功。依乎中庸，盡住持之美；取諸大壯，煥營搆之奇〔一七〕。雲矗霞舒〔一八〕，日新月改。自是伽倻勝境，雅符成道之基；海印殊珍，益耀連城之價。既見玉林皆拔，寔同珠岸不枯。故得開薙則僅一百年，徽鉊者盈四七德。以誦持同昇者五，由演暢別座者三。是皆行不浮于言，名克保于實。書曰：「不矜細行〔一九〕，終累大德。」競能敦化，詎欲踰閑？且嶽不辝塵〔二〇〕，川能注海。可畏者如涌，并行者自沉。糊口雖資乎地財，鍊心惟貴乎天爵。既仰止龍象，盍煥乎鳥蹤？遂志粉墉，聊光黛巘。庶使入室者堂基順法，負墙者壁觀宜機。如能敏則有功，自得歿而不朽。獲麟晉乘，其或在兹！希驥顏徒，云胡不勗？巨唐光化三禩天一泰齋臈月霧日記。

〔校記〕

〔一〕此記《東文選》卷六四題作「新羅伽倻山海印寺善住院壁記」，又見於《伽倻山海印寺古籍》。

〔二〕抵：《文集》作「扺」。按：「扺」為「抵」之俗寫，此據《東文選》卷六四改為正體。下同，不另出校。

〔三〕爾雅：《東文選》卷六四作「尒雅」。按：二者同詞異寫。

〔四〕大平：即「太平」，「大」、「太」古今字。

〔五〕東人：《東文選》卷六四作「東倭」。

〔六〕病篤：《東文選》卷六四作「病蔦」。按：二者同詞異寫。

〔七〕摠：《文集》「扌」旁作「牛」，訛俗字，據《東文選》卷六四改正字。下徑改不另出校。

〔八〕帝網：《文集》誤為「帝綱」，徑改。按：「帝網」為佛教術語，佛教謂帝釋所居忉利天宮上懸有珠網，上綴寶珠無數，重重疊疊，交相輝映。

〔九〕角：《文集》均作「甪」，異構字。下不另出校。

〔一〇〕雷：異構為「雷」，《文集》「回」作「囘」，乃其微變。

〔一一〕獅子：《東文選》卷六四作「師子」。按：二者同詞異寫，「師」、「獅」古今字。下不另出校。

〔一二〕興：《文集》作「興」。按：「興」為「興」之簡俗體（唐顏元孫《干禄字書》：「興興：上通，下正。」《敦煌俗字典》「興」字條收此形），此據《東文選》卷六四改為正體。下不另出校。

〔一三〕選：《文集》均作「選」，異構字。下不另出校。

〔一四〕藉：《東文選》卷六四作「籍」，通用字。

〔一五〕髻：《文集》誤作「髻」，此據《東文選》卷六四改為正體。按：「髻」本指在頭頂或腦後盤成各種形狀的髮髻，亦喻指山峰。宋蘇軾《送張天覺得山字》詩：「晴空浮五髻，晻靄卿雲間。」句中即用此比喻義。

〔一六〕嵒扉：《東文選》卷六四作「嵓扉」。按：「嵓」同「巖」。「嵒」本同「讘」（義多言），此處為「嵓」之異構。「嵒」的這一用法字書未見揭載。「嵒（嵓、巖）扉」謂岩洞之門。唐孟浩然《夜歸鹿門歌》：「巖扉松徑長寂寥，惟有幽人自來去。」又李商隱《重過聖女祠》詩：「白石巖扉碧蘚滋，上清淪謫得歸遲。」即其例。

〔一七〕搆：《東文選》卷六四作「構」，俗寫二者不拘。

〔一八〕矗：《文集》作三「直」鼎立之形，異構字。下不另出校。

〔一九〕矜：《東文選》卷六四作「矜」。按：「矜」乃「矜」之俗。

〔二〇〕辤：《東文選》卷六四作「辭」。按：唐顏元孫《干祿字書》：「辝辤辭：上中並辝讓，下辭說。」知二者本來義別，但此處不分，成為異構字。

新羅壽昌郡護國城八角燈樓記〔一〕

天祐五年戊辰冬十月，護國義營都將重閼粲異才，建八角燈樓于南嶺，所以資國慶而攘兵釁〔二〕。俚語曰：「人有善願，天必從之。」則知願苟善焉，事無違者。觀夫今昔交質，有無相生，凡列地名，盖符天意。是堡兌位有塘，號佛佐者。巽隅有池〔三〕，號佛體者。其東又有別池，號天王者。坤維有古城，稱爲達佛。城南有山，亦號爲佛。名非虛設，理必有因。勝處所與，良時斯應。粤有重閼粲者，偉大夫也。乘機奮志，嘗逞儁於風雲；易操修身，冀償恩於水土。豹變而併除三害，蛇盤而益愼九思。既能除剗荆蓁，爰必復歸桑梓。所居則化，何往不諧？遂乃銓擇崇丘，築成義堡。臨流而屹若斷岸，負險而矗如長雲。於是乎靜守西畿，對從南畝。按撫安土，祗迓賓朋。來者如雲，納之似海。使憧憧有託，能榾榾無辞〔四〕。加以志切三歸，船行六度，頓悟而朝凡暮聖，漸修而小往大來。皆由貶己若讎，敬僧如佛，常營法事，靡尋他緣〔五〕。實綻火中之蓮，獨標霜下之桂。况乎令室，素自宜家。四德有餘，一言無失。風聞玉偈，必託于心。日誦金經，不離於手。是乃用慈悲爲鉛粉〔六〕，開智慧爲鏡輪。嘉聲孔彰，衆善普會。古所謂「不有此婦，焉有此夫」者。閼粲，眞是在家大士，蔚爲本國忠臣。以盤若爲干戈，以菩提爲甲胄。能安一境，僅涉十秋。氣高者志望偏高，心正者神交必正。乃以龍年羊月庚申夜，夢於達佛城北摩頂溪寺，覩一大像〔七〕，坐蓮花座，峻極于天。左面有補處菩薩，高亦如之。南行於溪滸，見一女子，因訊晬容所以然。優婆夷答曰：「是處是聖地也。」又見城南佛山上，有七彌勒像，累體蹈肩，面北而立，其高挂空。後踰數夕，復夢於城東獐山，見羅漢僧披毳衣，以玄雲爲座，抱膝面稱〔八〕，可其山口云：「伊處道（殉命興法之列士也）由此地，領軍來時矣。」洎覺，乃念言曰：「天未悔禍，地猶容奸。時危而生命皆危，世亂而物情亦亂。而我偶諧先覺，勉慎後圖。今得魂交異徵，目擊奇相，輒覬裨山益海，寧慚撮壤導涓。決報君恩，盖隆佛事。所願不生冥處，遍悟迷羣；惟宜顯舉法燈，亟銷兵火。爰憑聖槩，高搠麗譙，爇以銀釭，鎮於鐵甕。永使燭龍開口，無令燧象焚軀。」其年孟冬，建燈樓已。至十一月四日，邀請公山桐寺弘順大德爲座主，設齋慶讚，有若泰然大德、靈達禪大德、景寂禪大德、持念緣善大德、興輪寺融善呪師等，龍象畢集，莊嚴法筵。妙矣！是功德也。八觚之〔缺〕九光，五夜之中四炤，無幽不燭，有感必通。則乃阿那律正炷之緣，維摩詰傳燈之說，宛成雙美，廣示孤標者，闕粲之謂矣。錠光如來，忉利天女，前功不棄，後世能超者，賢耦之謂矣。愚也尋蒙遙徵拙文，俾述弘願，遂敢直書其事，用警將來。且道叶忩家，功斯永立；城題護國，名亦不誣。德既可誇，詞無所媿者爾。

〔校記〕

〔一〕此記見《東文選》卷六四。

〔二〕《東文選》卷六四「而攘兵釁」下有一「也」字。

〔三〕巽：《文集》作「巺」，異構字。下不另出校。

〔四〕辞：《東文選》卷六四作「辭」，異構字。

〔五〕导：「礙」之俗。按：「导」本為「得」之異體，東漢後又作為「礙」之俗體（去「得」之「彳」，示有障礙不能得到之義），今之「碍」即由此增旁而來。

〔六〕用：《文集》均作「用」，異構字。下不另出校。

〔七〕覩一大像：《文集》誤作「都一大像」，徑改。按：《筆耕集》卷一四《上都昊天觀聲讚大德賜紫謝遵符充淮南管內威儀指揮諸宮觀制置》正文徐有榘木活字本「都」即誤作「覩」，亦其例。

〔八〕膝：《文集》均作「𦡞」，異構字。下不另出校。

孤雲先生文集卷之二

碑

無染和尚碑銘並序〔一〕（奉教撰〔二〕。下同）

（奉教撰）

帝唐揃亂以武功（乾符戊戌滅黃巢）〔三〕，易元以文德之年。暢月（仲冬曰暢月）月缺之七日〔四〕，日蘸咸池時（咸池星，在紫微内垣天潢傍〔五〕，即未時），海東兩朝國師禪和尚，盥浴已，趺坐示滅（新羅眞聖主二年十一月十七日）。國中人如喪左右目〔六〕，矧門下諸弟子乎？嗚呼！應東身者八十九春（新羅哀莊王六年十二月二十八日生），服西戒者六十五夏。去世三日，倚繩座，儼然面如生。門人詢乂等，號奉遺體，假殔（音異，殯坎）禪室中。上（眞聖主，文考女，康王妹）聞之震悼，使馹（驛使）吊以書，賻以穀〔七〕，所以資淨供而贍玄福〔八〕。越二年，攻石封層塚〔九〕，聲聞玉京〔一〇〕。菩薩戒弟子武州都督蘇判（新羅五品爵中第五秩）鎰、執事侍郎寬柔、浿江都護咸雄〔一一〕、全州別駕英雄，皆王孫也，維城輔君德，險道賴師恩，何必出家然後入室，遂與門人昭玄大德釋通玄〔一二〕、四天王寺（在慶州狼山南麓）上座釋愼符議曰：「師云亡，君爲慟，柰何吾儕忍灰心木舌，缺緣餙在三之義乎（君師父三）〔一三〕？」乃黑白相應〔一四〕，請贈謚暨銘塔。教曰可。旋命王孫夏官二卿（《説文》：天官今吏部，地官今戶部，春官今禮部，夏官今兵部，秋官今刑部，冬官今工部）禹珪〔一五〕，召桂苑（翰林苑）行人（周禮大小行人，即今舍人）、侍御史崔致遠至蓬萊宮〔一六〕，因得竝（音傍，倚也）琪樹上瑤墀，跽竢命珠箔外（女君故也）。上曰：「故聖住大師，眞一佛出世（唐太宗撥亂行仁德，人謂之一佛出世）！昔文考、康王，咸師事，福國家爲日久。余始克纘承，願繼〔二字缺〕先志〔一七〕。而天不憖遺，益用悼厥心。余以有大行者授大名故，追謚曰『大朗慧』，塔曰『白月葆光』。乃（汝也）嘗西宦，絲染錦歸。顧文考選國子（先生嘗爲國子監學士）命學之，康王視國士禮待之。若（汝也）宜銘國師以報之（報先王待汝之德也）。」謝曰：「主臣（主擊臣伏，惶恐之意）！殿下恕粟饒浮秕（秕，粟不成實者，先生自謙），念桂飽餘香（古詩「桂死有餘香」，指大師）〔一八〕，俾報德以文，固多天幸。第大師於有爲澆世，演無爲秘宗；小臣以有限麼才，紀無限景行。弱轅載重，短綆汲深（《莊子》：「褚小者不可懷大，綆短者不可汲深。」）。其或石有異言（《春秋》：石言于晉師曠，以作事怨讟動于小民，進諫。我恐此碑或有異言），龜無善顧（《説文》：孔愉買龜而放，龜乃三顧。今此石龜亦肎顧我乎？言不當作文）。決叵使山輝川媚（《陸賦》：「石蘊玉而山輝，水懷珠而川媚。」）〔一九〕，反贏得林慚澗媿（《北山移文》：「林慚無盡，澗媿不歇。」注云，是乃周彦倫之媿也〔二〇〕）。請筆路斯避。」上曰：「好讓也，盖吾國風。善則善已〔二一〕，然苟不能是，惡用黃金榜爲（古制：龍榜餙以金，虎榜餙以銀。先生以文登第，故曰金榜）〔二二〕？爾勉之（縱欲辞避，不可得也）！」遽出書一編，大如椽者〔二三〕，俾中涓（文官名。漢萬石君爲中涓，受書謁）授受，乃門人弟子所獻狀也。

復惟之〔二四〕：「西學也彼此俱爲之（入中國受學，則彼此同）。而爲師者何人，爲役者何人，豈心學者高，口學者勞耶？故古之君子愼所學。抑心學者立德，口學者立言（《任安書》：「太上立德，其次立功，其次立言。」）。則彼德也或憑言而可稱，是言也或倚德而不朽〔二五〕。可稱則心能遠示乎來者，不朽則口亦無慚乎昔人。爲可爲於可爲之時，復焉敢膠讓乎篆刻〔二六〕？」始繹（音亦，究也）如椽狀。則見大師西遊東返之歲年，稟戒悟禪之因緣，公卿守宰之歸仰，像殿影堂之開創，故翰林郎金立之所撰《聖住寺碑》敘之詳矣。爲佛爲孫之德化，爲君爲師之聲價，鎭俗降魔之威力，鵬顯（《莊子》北溟魚化鳥南徙，言大師入中國）鶴歸（華表丁令威鶴，比大師歸東土）之動息〔二七〕，贈太傅、獻康大王親製《深妙寺（在今尚州）碑》錄之備矣。顧腐儒之今作也（敘佛浩漫之間，忙不忿自家儒字〔二八〕），止宜標大師就般泹槃之期〔二九〕（般，返也，言返始；泹，離也；槃，結也，言離煩惱〔三〇〕：結也），及與吾君崇窣覩波之號（高顯塔号也）而已〔三一〕。口將手議，役將自適其適，這有上足苾蒭來趣籥臼（蔡邕題《曹娥碑》曰：「黃絹幼婦，外孫籥臼。」乃「絕妙好辞」。而楊修見知，曹操行三十里方知）〔三二〕，語及斯意，則曰：「立之碑，立之久矣，尚闕數十年遺美。太傅王神筆所記〔三三〕，蓋顯示殊遇云爾。吾子口嚼古賢書，面飮今君命，耳飫國師行〔三四〕，目醉門生狀，宜廣記而備言之〔三五〕。殆貽厥可畏（後生），俾原始要終〔三六〕。脫（音太，若也）西笑者（關東俚語：「人聞長安樂，則西向而笑。」今指中原人曰西笑者也），或袖之；脫西人笑，則幸甚。吾敢求益，子無憚煩。」狂奴餘態（漢光武譏嚴子陵曰：「狂奴故態竟不同。」）〔三七〕，率爾應曰：「僕編苦者，師買菜乎（編苦者，常以編索比於前，欲其短也。買菜者，常求其小益也）？」遂絆猿心，强搖兔翰（不得已也）。憶得《西漢書・畱矦傳》尻（尾也）云〔三八〕：「良所與上從容言天下事甚衆，非天下所以存亡，故不著。」則大師時順間事蹟（《莊子》：「適來也時，適去也順。」），犖犖者星繁，非所以警後學，亦不書。自許窺一班於班史然（以管窺豹，只見一班）。於是乎管述曰：光盛且實，而有暉八紘（四方四維）之質者，莫均乎曉日；氣和且融，而有乎萬物之功者，莫溥乎春風〔三九〕。惟俊風與旭日，俱東方自出也。則天鍾（聚也）斯二餘慶，岳降于一靈性（《詩》云：「維岳降神。」）〔四〇〕，俾挺生君子國，特立梵王家者，大師其人也〔四一〕。法諱無染〔四二〕，於圓覺祖師（唐代宗追謚達麼云圓覺）爲十世孫；俗姓金氏，以武烈大王爲八代祖。大父周川，品眞骨，位韓粲。高、曾出入皆將相，戶知之。父範淸，族降眞骨一等，曰得難（新羅爵有五品：一曰聖骨，二曰眞骨，三曰得難，四曰王族，五曰金骨），晚節追蹤趙文業（趙文王好劍故，劍士來門者三千人。今範淸晚而喜劍，見憲章公謀反被誅，遂落髮入道）。母華氏，魂交（《莊子》：「寤也其神開，寐也其魂交。」），覩脩臂天垂授藕（蓮花）花〔四三〕，因有娠。幾踰時（三月），申夢胡道人，自稱法藏（彌陀佛因地時号也），授十護（十戒）充胎教（如太妊懷文王時事），過期（十三月也）而誕〔四四〕。大師阿孩時，行坐必合掌趺對〔四五〕。至與羣兒戲，畫墁聚沙，必模樣像塔〔四六〕，而不忍一日離膝下。九歲始鼓篋（《禮記》：「入學鼓篋。」）〔四七〕，目所覽，口必誦，人稱曰海東神童。跨一星終（《左傳》：十二年一終。謂一星終也。太師十二歲出家，即宣德王五年），有隘九流（儒流，道流，陰陽流，法流，名流，墨流，縱橫流，雜流，農流），意入道，先白母。母念已前夢，泣曰：「誇（音倚，諾辞）！」後謁父，父悔已晚悟，喜曰：「善〔四八〕！」遂零（髮也）染（衣也）雪山（太白山）五石寺（有五色石，故名也，即今順興浮石寺）。口精嘗藥（善解經義），力鋭補天（女媧氏鍊五色石補天，比大師架空説法之意）。有法性禪師，嘗扣騣（音宗）伽門（小乘法）于中夏者〔四九〕。大師師事數年，撢（探同）索無孑遺。性嘆曰：「迅足騣騣（馬疾行貌），後發前至〔五〇〕，吾於子驗之矣。吾悏（悏，同心悵也）矣〔五一〕，無餘勇可賈於子矣。如子者，宜西也。」大師曰：「維（唯同）〔五二〕。夜繩易惑（惑夜繩而爲實蛇，是偏計之情執，指小乘法，執有之言也），空縷難分（古有至愚者，詣織師求細布，以極細縷示之，愚人猶以爲麁。織師知其不分，乃指空曰：「此縷何如？」愚曰：「何以無見？」師曰：「細故無見。若有見則是麁。」此指大乘法之玄空也）。魚非緣木可求（《孟子》曰：「以若所爲，求若所欲，猶緣木而求魚也。」），兔非守株可待（《韓子·五蠹》曰：宋人見兔觸株死，守株以待之。盖喻不可執一而學也）。故師所教，己所悟，互有所長。苟珠火斯來〔五三〕，則蚌燧可棄（得珠棄蚌，得火棄燧。盖取得魚忘筌之義。《論衡》曰：「五月丙午日，銷鍊南方五色石銅，圓如鏡，中央霪，天晴向日取火。十一月壬子日，鍊北方五色石銅，狀如盃盂，向月得水。」）〔五四〕。凡志於道者，何常師之有？」尋移去〔五五〕，問《驃訶健拏》（《華嚴》）于浮石山釋澄大德〔五六〕，日敵三十夫〔五七〕，藍茜沮本色（《淮南子》：「青出於藍而青於藍，絳生於茜而絳於茜。」喻弟子過於師也）。顧坳盃之譬（《莊子》：「覆盃水於坳堂之上，芥爲之舟。置盃焉膠，水淺而舟大也。」謂向中原之計）〔五八〕，曰東面而望〔五九〕，不見西牆（指中原）。彼岸不遙，何必懷土？遽出山並（音方，倚也）海〔六〇〕，覘西泛之緣。會國使歸瑞節（皇帝聖節）象魏下（象，像也。魏，巍也。天子之闕）〔六一〕，任（托同）足而西。及大洋中，風濤欻顛怒，巨艑壞〔六二〕，人不可復振。大師與心友道亮，跨隻板〔六三〕，恣業風（《眞諦傳》云：「泛船西歸，業風賦命。」），通星（晝夜通也）半月餘，飄至劒山島（謂黑山島，島形如劒故，名曰劒山）。

刴行之碕（音奇，曲岸頭也）上〔六四〕，悵然甚久，曰：「魚腹中幸得脱身（涉海免死），龍頷下庶幾攙（音斬，扶也）手（庶得大寶）〔六五〕。我心非石，其可退轉乎（《詩》云：「我心非石，不可轉也。」）〔六六〕？」洎長慶（穆宗年号）初，朝正使（《春秋傳》：「諸侯朝正於王。」）王子昕（金陽字魏昕，太宗之後，金周元之曾孫）艤舟唐恩浦（南陽郡）〔六七〕，使請寓載〔六八〕，許焉。既達之罘（音浮）山禁（山足）〔六九〕，顧先難後易，土揖（《周禮・秋官・司儀》：「王南面見諸侯，土揖庶姓，時揖異姓，天揖同姓。」注：土揖，推手少下也。時揖，平揖手也。天揖，推手少舉也）海若（海神）曰〔七〇〕：「珍重鯨波，好戰風魔〔七一〕。」行至大興城南山至相寺，遇説《雜花》者，猶在浮石時。有一毉（音曳，美石黑色）顔耆年，言提之曰：「遠欲取諸物（《易》曰：「近取諸身，遠取諸物。」），孰與認而（汝也）佛〔七二〕？」大師舌底大悟。自是置翰墨，游歷佛光寺〔七三〕，問道如滿。滿佩西江印〔七四〕，爲香山白尚書樂天空門友者，而應對有慚色，曰：「吾閲人多矣，罕有如是新羅子〔七五〕。他日中國失禪，將問之東夷耶？」去謁麻谷寶徹和尚〔七六〕，服勤勞無所擇〔七七〕，人所難，己必易〔七八〕。衆目曰：「禪門庾黔婁異行（黔婁爲孱陵令，父易在家遘疾，黔婁忽心驚，舉體流汗，即日棄官歸家，嘗糞甘苦，焚香祝天，父疾得愈）〔七九〕。」徹公賢苦節，嘗一日告之曰：「昔吾師馬和尚訣我曰：『春蘤繁，秋實寡，攀道樹者所悲吒（音且，去聲，嘆也）。今授若印，異日徒中有奇功可封者封之，無使刓（削也）。復云：『東流之説，盖出鉤讖（古兵有鉤有鑲，皆劒屬，引來曰鉤，推去曰鑲。盖引當來説，故曰鉤讖）。彼日出處善男子，根殆熟矣。若若得東人可目語者（以心傳心）〔八〇〕，畎道之（畎，田中溝，取其流引之意。道，導同）〔八一〕，俾慧水丕冒於海隅〔八二〕，爲德非淺。』」師言在耳，吾喜若徠（來也）〔八三〕，今授印焉〔八四〕。俾冠禪疾于東土〔八五〕。往欽哉！則我當年作江西大兒，後世爲海東大父，其無媿先師乎〔八六〕？」居無何〔八七〕，師化去。墨巾離首（服喪），乃曰：「筏既捨矣，舟何繫焉？」自爾浪遊，飄飄然，勢不可遏，志不可奪。於是渡汾水〔八八〕，登崞（音郭）山，跡之古必尋，僧之眞必詣。凡所止舍遠人烟，大要在安其危〔八九〕、甘其苦，役四體爲奴虜，奉一心爲君主。就是中顓（專同）以視篤癃、恤孤獨爲己任〔九〇〕。至祁寒酷暑，且煩渴或皸瘃（手足凍瘡）侵〔九一〕，曾無勸容。耳名者不覺遙禮，囂作東方大菩薩。其三十餘年行事也如是〔九二〕。會昌五年來歸，帝命也（武帝乙丑勑外國僧各還本蕃，詳見《年譜》）。國人相慶曰：「連城璧復還，天實爲之，地有幸也。」自是請益者，所至稻麻矣。入王城（慶州）省母社，大歡喜曰：「顧吾疇昔夢，乃非優曇（《般泥洹經》云：閻浮提內有尊樹，名優曇鉢羅，若生金花，則有佛出世）之一顯耶？願度來世。吾不復撓倚門之望也（王孫賈母言）〔九三〕。」已矣，迺北行，擬目選終焉之所〔九四〕。會王子昕懸車（《漢書》：辟廣德乞骸歸沛〔九五〕，懸天子所賜安車以爲榮，傳之子孫。盖言致仕也），爲山中宰相（梁陶弘景隱茅山，武帝每有大政訪之，人謂「山中宰相」），邂逅適願（不期而遇），謂曰：「師與吾俱祖龍樹（新羅太宗名）乙粲（職名），則師內外爲龍樹令孫（師以法嗣龍樹菩薩），直瞠若不可及者〔九六〕。而滄海外躡瀟湘故事（唐柳惲詩曰：「洞庭有歸家，瀟湘逢故人。」謂唐恩浦相遇之事）〔九七〕，則親舊緣固不淺〔九八〕。有一寺在能州（今公州）坤隅（西南間，藍浦聖住寺）〔九九〕，是吾祖臨海公受封之所（太宗第二子仁文公，字仁壽，以屠穢貊功封能州）。間劫衷（燼同）流栽（天火）〔一〇〇〕，金田（須達長者以金布地而買祇陀太子園以施佛，故云）半灰〔一〇一〕。匪慈哲，孰能興滅繼絕？可強爲朽夫住持乎〔一〇二〕？」大師畣曰〔一〇三〕：「有緣則住。」大中初（唐宣宗年号），始就居，且肹餙之（肹音惠，振也，言振整而餙也）〔一〇四〕。俄而道大行，寺大成。繇是四遠問津輩，視千里猶跬步（一舉足爲跬，再舉足爲步）〔一〇五〕，其戱（麗同）不億（不啻億也）〔一〇六〕，寔繁有徒。大師猶鍾待扣（大扣大鳴，小扣小鳴），而鏡忘罷（音疲，胡來胡見，漢來漢現，如問即答之意）。至者靡不以惠炤導其目〔一〇七〕，法喜（禪悦，食也）娛其腹，誘憧憧之躅，變蚩蚩之俗〔一〇八〕。文聖大王（神武王之太子）聆其運爲，莫非裨王化。甚恕（音哥，法也，楷也）之〔一〇九〕，飛手教，優勞且多。大師畣山相之四言（「有緣則住」四字），易寺榜（舊名烏合寺）爲「聖住」，仍編録大興輪寺（興輪，國之願堂，奴婢田畓屬於聖住寺）。大師酬使者曰〔一一〇〕：「寺以『聖住』爲名，招提固所爲榮。至寵庸僧〔一一一〕，濫吹高笛（《莊子》：齊宣王好竽，南郭先生不知竽而以吹竽食禄）〔一一二〕，寔避風斯媲（音比，配也。《莊子》：海鳥避風止於魯郊，魯侯御以觴之于廟，具太牢以爲膳。鳥乃眩視，憂悲不敢食飲，三日而死，是不以鳥養鳥。今王之寵師亦猶是也），而隱霧可慙矣（陶荅子不顧名譽而治家産，其妾諫曰：「南山有玄豹，霧雨七日不下食，欲澤其文章，隱而避害。凡豕貪啗無厭故，因以見俎。今子無隱霧之操，有凡豕之欲，妾懼之。」）。」時憲安大王（文聖王之弟，神武王之次子，名宜靖）與檀越（唐梵雙舉。檀，此云惠施，即惠施越苦海也）季（弟也）舒發韓（翰同，職名）魏昕（名也，姓金）爲南北相（左右相也）〔一一三〕，遙展攝齎（音咨，裳下縫也。師行，弟子攝師之齊）禮〔一一四〕，贄以茗馞（香也），使無虛月。至使名霥（霑同）東國〔一一五〕，士流不識大師之門〔一一六〕，爲一世羞〔一一七〕。得禮足者，退必唶（音借，嘆聲）曰：「面謁百倍乎耳聞〔一一八〕，口未出而心已入。抑有猴虎而冠者，亦熄其趫（音躁，輕急貌也）、譁（音革，更也）其虣（音暴，虐也，猛也。《周禮・大司徒》：「以刑教中，則民不虣。」）而傹（競同）犇馳善道〔一一九〕。」暨憲王嗣位〔一二〇〕，賜書乞言。大師畬曰：「《周禮》對魯公之語〔一二一〕，有旨哉！著在《禮經》，請銘座側（哀公問曰：「何爲則民服？」孔子對曰：「舉直措諸枉則民服。」又問：「一言可以興邦，有諸？」對曰：「人之言曰：爲君難，爲臣不易。如知爲君之難，不幾乎一言興邦乎？」又問：「一言可以喪邦，有諸？」對曰：「人之言曰：予無樂乎爲君。惟其言而莫予違。如其不善而莫之違，則不幾乎一言喪邦乎？」）。」逮贈太師先大王（景文王也，姓金名膺廉，僖康王孫，阿飡殷明子也。憲安無子，立以爲嗣）即位，欽重如先朝志，而日加厚焉。最（凡同）所施爲〔一二二〕，必馳問然後舉。咸通（懿宗年号）十二年秋，飛鵠頭書（天子詔以紫泥封之，含於丹鳳頭，以五色絲係而下之。諸侯以黄泥封之，含於黄鵠頭，以綵絲引而下也），以傳（去聲，即驛馬也）召曰：「山林何親，城市何疎〔一二三〕？」大師謂生徒曰：「逃命伯宗（《左傳》：梁山崩，晉侯以傳召伯宗，伯宗避之）〔一二四〕，深慚遠公（《通載》云：惠遠公在廬岑，天子至潯陽，三召不出）。然道之將行也，時乎不可失。念付囑故（佛涅槃時，以佛法流通付囑國王大臣也）。吾其往矣！」欻爾至轂下。及見，先大王（景文王）冕服拜爲師。君夫人世子暨大弟相國羣公子公孫〔一二五〕，環仰如一。一如古伽藍繢壁面寫出西方諸國長侍勃陁（佛陀同）樣式。上曰：「弟子不佞，少好屬文〔一二六〕，嘗覽劉勰（音叶，梁武帝時人，推爲昭明太子所重〔一二七〕，著《文心雕讋》五十卷）《文心》，有語云：『滯有守無，徒銳偏解。欲詣眞源，其般若之絕境。』則境之絕者，或可聞乎？」大師對曰：「境既絕矣，理亦無矣〔一二八〕。斯印也默行爾。」上曰：「寡人固請少進。」爰命徒中錚錚者（光武謂樊崇「鐵中錚錚」），更手撞擊（隨問以答，如鍾撞擊）〔一二九〕，春容盡聲（春容，鯨枹春鍾之聲，言說法之意），剖滯祛煩，若商飈之劃陰藹然。於是上大喜，懊（恨也）見大師晚，曰：「恭己南面，司南（司，守主也；南，任也）南宗。舜何人哉，余何人也（用孟子語）？」既出，卿相延迓，與謀不暇；士庶趨承，欲去不能。自是國人皆認衣珠（《法華》中，有人衣內係珠，喻事不煩引），隣叟罷窺廡玉焉（《尹文子》云：魏叟得徑尺玉。隣人曰：『此至恠石也。』抛置廡下，夜間光照一室。益大駭，棄之野。隣人獻之王，王賜獻玉者千金，長食上大夫祿）〔一三〇〕。俄若樊笯中（樊笯，養鳥之具，比王宮）〔一三一〕，即亡去。上知不可强，乃降芝檢（《瑞命記》云：「王者德仁則芝艸生。」故王之手書，謂芝檢），以尚州深妙寺不遠京，請禪那別館。辭不獲，往居之。一日必葺〔一三二〕，儼若化城（別開一城，誘引權少，故云化城）。乾符（僖宗年号）三年春，先大王不預，命近侍曰：「亟迎我大醫王來。」使至，大師曰：「山僧足及王門，一之謂甚。知我者謂聖住爲無住，不知我者謂無染爲有染乎！然顧與吾君有香花因緣（郭子儀與吐蕃結香火之約，言焚香告天而結兄弟），忉利之行（此云三十三天。帝王之死云乘天、賓天，故取其意也）有期矣。盍就一訣？」復步至王居。設藥言，施箴戒。不覺疾愈〔一三三〕，舉國異之。既逾月，獻康大王居翼室（捨正殿而居翼室，以居憂故也）〔一三四〕，泣命王孫勛榮，諭旨曰：「孤幼遭閔凶（父死）〔一三五〕，未能知政。致君奉佛，誧（普同）濟海人，與獨善其身，不同言也。幸大師無遠適，所居惟所擇。」對曰：「古之師則六籍（王守仁曰：「六經是聖心之記籍。」）存〔一三六〕，今之輔則三卿在。老山僧何爲者？坐蝗蠹桂玉哉（蝗蠹，害穀蟲。《戰國策》：蘇秦說楚王曰：「米貴於玉，薪貴於桂。」）！就有三言，庸可留獻，曰『能官人（言任賢人）。』」翌日，挈山裝鳥逝。自爾騎置（音智，驛傳也。《漢烏孫傳》：「騎置以聞。」師古曰：「今之顯馬。」）傳訊，影綴巖溪。遽人（驛卒）知往抵聖住〔一三七〕，即皆雀躍。叢手易轡，慮滯王程，猶尺寸地〔一三八〕。由是騎常侍（司馬門校尉，即今宣傳官）倫伍（倫輩，伍卒）得急宣，爲輕擧。乾符帝（僖宗）錫命之歲（册封獻康王），令國內舌抄有可道者（以道治國之政事）〔一三九〕，貢興利除害策〔一四〇〕。別用蠻牋（南蠻所出美牋）書，言荷天寵，有所自因。垂益國之問，大師引出何尚之獻替宋文帝（劉宋）心聲（孟子曰：「言者，心之聲也。」）爲對〔一四一〕。太傅王覽，謂介弟（介大也）南宮相（有南北相）曰：「三畏（孟子曰：「君子有三畏：畏天命、畏大人、畏聖人。」）比三歸，五常均五戒。能踐王道，是符佛心。大師之言至矣哉！吾與汝宜惓惓〔一四二〕。」中和西狩之年秋（僖宗辛丑，避黄巢亂，入蜀），上謂侍人曰：「國有大寶珠，畢世匵（櫝同）而藏之〔一四三〕，其可乎〔一四四〕？」曰：「不可。不若時一出，俾醒萬戶眼，醉四隣心。」曰：「我有摩尼（如意珠）上珍〔一四五〕，匿曜在崇巖山〔一四六〕。脫闢秘藏，宜照透三千界，何十二乘之足道哉〔一四七〕！我文考懇迎，嘗再顯矣〔一四八〕。昔鄭侯譏漢王拜大將如召少兒〔一四九〕，不能致商山四老人〔一五〇〕。以此今聞天子蒙塵（黄巢亂），趣令奔問官守（天子之官守）。勤王加厚，歸佛居先。將邀大師〔一五一〕，必叶外議。豈敢倚其一，慢其二哉（用孟子爵齒德語）〔一五二〕！」乃重其使卑其辭徵之。大師云：「孤雲出岫，寧有心哉？有緣乎大王之風〔一五三〕，無固乃上士之道。」遂來見。見如先朝之禮。禮之加，焯灼可屈指者〔一五四〕：面供饌，一也；手傳香（表信），二也；三禮者三，三也；秉鵲尾爐（香爐有長柄者），締生生世世緣，四也；加法稱曰廣宗，五也；翌日命振鷺（少昊鳥官之時，以鵷鷺爲三公），趨鳳樹（鳳非梧桐不栖，鳳樹指大師留宿之所）〔一五五〕，雁列賀，六也；教國中磋磨（如磋如磨）

六義（風、雅、頌、比、賦、興）者〔一五六〕，賦送歸之什，在家弟子王孫蘇判嶷榮首唱斂成軸〔一五七〕，侍讀翰林才子朴邕爲引而（引，始於班固《典引》。引與序一也）贈行〔一五八〕，七也；申命掌次（《禮記》，掌次即修正處所次知官），張淨室，要敍別，八也。臨告別，求妙訣〔一五九〕。乃眴（音旬，以目指揮）從者舉眞要。有若詢乂、圓藏、靈源、玄影四禪中得清淨者〔一六〇〕，緒柚（杼，持緯者。柚，受經者）其慧〔一六一〕，表纖旨，注意無怠，沃心有餘（《太甲》曰：「啓乃心沃朕心。」）。上甚悦，擡拜曰（擡，舉也，舉手而拜）：「昔文考爲捨瑟之賢，今寡人忝避席之子（捨瑟，曾點言志事。曾子避席，見《孝經》），繼體（紹父之體）得崆峒之請（廣成子在崆峒上，黄帝問長久之道），服膺（《中庸》：「眷眷服膺而不失。」）開混沌之源（混沌，元氣未分之前，即生无極）〔一六二〕。則彼渭濱老翁（姜太公），眞釣名者；圯上孺子（張子房）〔一六三〕，蓋履跡焉（履古人言跡）。雖爲王者師，徒弄三寸舌也。曷若吾師語密，傳一片心乎！」奉以周旋，不敢失墜。太傅王雅善華言，金玉之音〔一六四〕，不患衆咮聒〔一六五〕，而能出口成儷語（偶配之語），如宿構云。大師既退且往〔一六六〕。應王孫蘇判鎰共言數返，即嘆曰：「昔人主有遠體（體度）而無遠神（神知）者〔一六七〕，而吾君備；人臣有公才而無公望者〔一六八〕，而吾子全〔一六九〕。國其庶乎（孟子云：「齊其庶幾乎。」），宜好德自愛〔一七〇〕！」及歸謝絕。於是遣輶軒（輕車）標放生場（立禁標使獵士不入，故謂放生。顔眞卿作《放生碑》）界，則鳥獸悦；紐（結也）銀鉤札（寫也）「聖住寺」題，則龍蛇活。盛事畢矣〔一七一〕，昌期忽兮（獻康昇遐）〔一七二〕。定康大王（獻康之弟）莅阼，兩朝寵遇，帥而行之〔一七三〕。使緇素重使迎之，辭以老且病。太尉王（即位之初帝命錫太尉）流恩海表〔一七四〕，仰德高山。嗣位九旬，馳訊十返。

俄聞瞖（音期，痛也）腰之苦〔一七五〕，遽命國醫往爲之（治也）。至則請苦狀，大師微破顏曰：「老病〔一七六〕，無煩治。」糜飧二時，必聞鍾後進。其徒憂食力虧，陰戒掌枹者陽密擊，乃目牖而命撤〔一七七〕。將化往〔一七八〕，命傍侍〔一七九〕，警遺訓于介衆（《左傳》：「問于介衆。」介，大也）曰：「已過中壽（上壽百，中壽八十，下壽六十），難逃大期。我儂遠遊（楚人謂我爲儂），爾曹好住！講若畫一〔一八〇〕，守而勿失。古之吏尚如是〔一八一〕，今之禪宜勉旃〔一八二〕！」告訣犮（纔同）罷〔一八三〕，慹然（慹音執，不動貌）而化〔一八四〕。大師性恭謹，語不傷和氣。《禮》所云「中退然，言吶吶然（《禮記》注：中，身也。退，謙也。吶同訥）」者乎！黌侶（學侶也）必目以禪師，接賓客未嘗殊敬乎尊卑。故滿室慈悲，烝徒悅隨。五日爲期，俾來求者質疑。論生徒則曰：「心雖身主〔一八五〕，身要作心師。患不爾思，道豈遠而（汝也）？設是田舍兒（農夫），能擺脫塵羈，我馳則心馳矣〔一八六〕。導師教父〔一八七〕，寧有種乎？」又曰：「彼所啜不濟我渴，彼所噉不救我餒〔一八八〕。盍努力自飲自食〔一八九〕？或謂教（儒也）禪（佛也）爲無同，吾未見其宗（不同之宗）。語本夥頤（《陳涉世家》云：楚人謂多爲夥。服虔曰：「頤者，助聲之謂也。」），非吾所知。大較（音角，大略）同弗與（許也）〔一九〇〕，異弗非（《禮記·儒行篇》註：「與其所可與，不必同乎己也；非其所可非，不必異乎己也。同於己者，或鄉愿公而不與；異於己者，或行怙惡而不非。」）。宴坐息機〔一九一〕，斯近縷褐被者歟？」其言顯而順〔一九二〕，其旨奧而信，故能使尋相爲無相。道者勤而行之（《道經》云：「上士聞道，勤而行之也。」），不見有歧中之歧（楊子有亾羊，歧中多歧，故不知所之。喻大道本一而人各異說）。始壯及衰，自貶爲基。食不異粮，衣必均服。凡所營葺，役先衆人。每言：「祖師嘗踏泥（佛造祇垣精舍所，舍利弗爲匹迦葉踏泥）〔一九三〕，吾豈蹔安栖？」至摙水（摙音連，負擔也）負薪〔一九四〕，或躬親，且曰：「山爲我爲塵（言名山由我居而污也），我安得安身〔一九五〕？」其克己勵物皆是類。大師少讀儒家書，餘味在唇吻，故酬對多韻語。門弟子名可名者，厪二千人。索居而稱坐道場者，曰僧亮，曰普愼，曰詢乂，曰僧光〔一九六〕。諸孫詵詵（音侁，衆也），厥衆濟濟（盛貌），實可謂馬祖毓龍子，東海掩西河焉（子貢弟子田子方教授於西河，學者數千人）。論曰：麟史不云乎，「公矦之子孫，必復（入聲）其始」？則昔武烈大王（太宗金春秋也）爲乙粲時，爲屠穢貊乞師計，將眞德女君命，陛覲昭陵皇帝（唐太宗），面陳願奉正朔、易服章。天子嘉許，庭賜華裝（玩好寶物）〔一九七〕，授位特進（品秩）〔一九八〕。一日，召諸蕃王子宴〔一九九〕，大置酒，堆寶貨〔二〇〇〕，俾恣滿所欲。王乃杯觴則禮以防亂，繒綵則智以獲多。臮（洎同）辤出〔二〇一〕，文皇（唐太宗〔二〇二〕）目送而嘆曰：「國器！」及其行也，以御製并書《溫陽》、《晉祠》二碑〔二〇三〕，暨御撰《晉書》一部（太宗即位之初，魏王泰請撰《晉書》）賚（音賴，賜也）之〔二〇四〕。時蓬閣（校書官名）寫是書，裁竟二本。上一賜儲君〔二〇五〕，一爲我賜。復命華資官（疑是護賓官也）祖道靑門外（高辛氏之子累祖遠遊死於道，後人發行祭之，則他鬼不侵云）〔二〇六〕。則寵之優、禮之厚，設聾盲乎智者〔二〇七〕，亦足駭耳目。自茲吾土一變至於魯，八世之後太師西學而東化〔二〇八〕，加一變至於道，則莫之與京（大也），捨我謂誰〔二〇九〕？偉矣哉！先祖（武烈大王）平二敵國（高麗、百濟），俾人變外飾（易服章）〔二一〇〕；大師降六魔賊，俾人修內德。故得千乘主兩朝拜起，四方民萬里奔趨，動必頤使之（賈誼曰：「頤指如意。」言易使也。），靜無腹非者，庸詎非應半千而顯大千者歟？復其始之說，亦何慊乎哉？彼文成侯爲師，漢祖大誇，封萬戶位列侯，爲韓相子孫之極則僊矣。假學仙有始終〔二一一〕，果能白日上升去？於中止得爲鶴背上一幻軀爾（言子房托仙之非），又焉珽（音畜，齊也）大師拔俗於始〔二一二〕，濟衆於中，潔己於終矣乎？美盛德之形容，古尚乎頌。頌，偈類也〔二一三〕。扣寂爲銘（扣寂，遠公注：「扣虛課寂。」），其詞曰：

可道爲常道（《道經》註：「無用之體即非常道。」），如穿艸上露。

即佛爲眞佛（馬祖說法：即心即佛爲眞佛）〔二一四〕，如攬水中月。

道常得佛眞，海東金上人。

本枝根聖骨，瑞蓮資報身（脩臂授蓮）。

五百年擇地，十三歲離塵（出家）。

《雜花》引鵬路（授《花嚴》于浮石），窾木浮鯨津（隻板至劒山島事）〔二一五〕。

觀光堯日下（中原），巨筏悉能捨（指徹公化去後浪遊）。

先達皆嘆云，苦行無及者（如滿言）。

沙之復汰之。東流是天假（會昌年間，仍戒賢僧沙汰佛法之事）。

心珠瑩麻谷，目鏡燭桃野（《商受本記》：東海桃索山，有大桃樹，根盤五千里，東西南北枝長各三千里，是以東土謂之桃也）〔二一六〕。

既得鳳來儀，衆翼爭追隨。

試觀龍變化〔二一七〕，凡情那測知。
仁方示方便，聖住强住持。
松門遍掛錫，巖徑難容錐〔二一八〕。
我非待三顧，我非迎七步（北齊文宣王謁僧稠，稠趺坐不迎。其徒有勸迎者，稠曰：「昔賓頭盧尊者迎阿育王，起行七步，致王失國七年。貧道雖寡德，冀王獲福。」）。
時行則且行，爲緣付囑故。
二王拜下風，一國滋甘露。
鶴出洞天秋（出山），雲歸海山暮（入山）〔二一九〕。
來貴乎業龍（《西遊記》：涇河龍王夢見唐太宗曰：「陛下是眞龍，小臣是業龍。以罪業故，爲龍行雨。」）〔二二〇〕，
去高乎冥鴻（冥空也，色斯之鴻）。
渡水陋巢父（堯讓天下，許由洗耳，巢父飲犢上流。比師入京則反陋也），入谷超朗公（釋僧朗，常在京洛乞飯饍，未嘗入山。今師則還山，故超也）。
一從歸島外（自中原返東國），三返遊壺中（費長房爲汝南市掾，見賣藥翁，市罷入壺中，長房隨入，則別有天地）。
羣迷謾臧否〔二二一〕，至極何異同〔二二二〕。
是道澹無味，然須强飲食（去聲）。
他酌不吾醉，他飡不吾飽。

諴衆點心何〔二二三〕，糠名復粃利。

勸俗餙身何，甲仁復胄義〔二二四〕。

汲引無棄遺，其實天人師。

昔在世間時，舉國成琉璃。

自寂滅歸後，觸地生蒺莉（《西域記》：莊法師到摩竭陀國，菩提金剛座上荆棘匝地云）〔二二五〕。

泥洹一何早，（《通載》：老子至流沙，嘆曰：「吾生一何晚，泥洹一何早。不見釋迦文，中心空懊惱。」又《黄庭經》注，丹中眞火自尾閭上升，過夾脊玉京髓海，入泥洹宮中則昇天，如佛之涅槃也），今古所共悲〔二二六〕。

甃石復刊石，藏形且顯跡。

鵠塔點青山，龜碑撑翠壁。

是豈向來心，徒勞文字靦（音麥，相視貌）。

欲使後知今，猶如今視昔〔二二七〕。

君恩千載深，師化萬人欽。

誰持有柯斧（元曉詩：「誰許沒柯斧，以作撑天柱。」），誰倚無絃琴（喻大師無生說法也）。

禪境雖沒守，客塵寧許侵。

鷄峰待彌勒（付法持應與迦梨，入鷄足山，三峰合爲一峰，乃至彌勒出世），長在東鷄林（始林有鷄異，故改名鷄林，詳見《東史》）〔二二八〕。

〔校記〕

〔一〕據韓國金煐泰《三國新羅時代佛教金石文考證》（韓國民族社，一九九〇）等介紹，此碑現存韓國忠清南道保寧郡嵋山面聖住里，碑身為黑色大理石，新羅留唐歸國學生崔仁滾書。《唐文拾遺》卷四四題為《有唐新羅國故兩朝國師教諡大朗慧和尚白月葆光之塔碑銘並序》。《金石文考證》六十六題為《聖住寺大朗慧和尚白月葆光塔碑》，所錄碑額題署為：「有唐新羅國故兩朝國師教諡大朗慧和尚白月葆光之塔碑銘並序，淮南入本國送國信、詔書等使，前東面都統巡官、承務郎、侍御史內供奉、賜紫、金魚袋臣崔致遠奉教撰」。

〔二〕撰：《文集》均作「撰」，異構字。下不另出校。

〔三〕揄：《唐文拾遺》卷四四作「揄」，異構字。

〔四〕缺：《文集》作「鈌」，《金石總覽》、《金石全文》作「缺」，《唐文拾遺》卷四四作「缺」，均異構字。下不另出校。

〔五〕傍：《文集》及原注作「傍」，異構字。下不另出校。

〔六〕喪：《文集》即原注均作「喪」，《唐文拾遺》卷四四作「喪」，異構字。下不另出校。

〔七〕賻：《文集》「尃」作「専」，俗寫體。

〔八〕贍：《金石全文》、《唐文拾遺》卷四四作「贍」。玄：《唐文拾遺》卷四四避清諱作「元」。

〔九〕塚：《文集》原作「塜」，《金石全文》、《唐文拾遺》卷四四作「冢」，二者爲通用字。按：「塜」音「蓬」，爲

「塳」之異構字，義爲尘。俗刻常爲「塚」之訛字，此據他本改正字。

〔一〇〕玉京：《金石總覽》作「王京」。按：二者義同，均指帝都。唐孟郊《長安旅情》詩：「玉京十二樓，峨峨倚青翠。」《宣和遺事》後集：「玉京曾憶舊繁華，萬里帝王家。」宋張耒《正月二十日夢在京師》詩：「朦朧五更夢，俄頃踏王京。」即其例。

〔一一〕浿：《金石總覽》、《唐文拾遺》卷四四作「貝」，省旁字。咸：《唐文拾遺》卷四四誤作「威」。

〔一二〕昭玄：《唐文拾遺》卷四四作「昭元」。通玄：《唐文拾遺》卷四四、《金石文考證》作「通賢」。

〔一三〕三：《金石全文》作「參」，《唐文拾遺》卷四四作「弎」，通用字。

〔一四〕乃：《唐文拾遺》卷四四作「迺」，異構字。下同，不另出校。黑白：《金石文考證》、《唐文拾遺》卷四四作「白黑」。按：二者義同，均為佛教語，指俗人與僧徒。因俗人衣白，僧徒衣黑，故稱。南朝梁慧皎《高僧傳・義解五・智秀》：「葬之日，黑白奔赴，街巷填闉，士庶含酸，榮哀以備。」《八瓊室金石補正・唐本願寺三門碑》：「講唱表正，白黑攸歸。」

〔一五〕命：《佛教通史》作「令」。

〔一六〕苑：《唐文拾遺》卷四四作「菀」，異構字。

〔一七〕「願繼」句：《唐文拾遺》卷四四作「願繼餘先志」，《韓國金石全文》、《金石文考證》作「願繼餘同先志」。

〔一八〕桂飽餘香：《金石文考證》、《唐文拾遺》卷四四作「桂飽餘馨」。

〔一九〕媚：《文集》及原注作「媢」，異構字。下不另出校。

〔二〇〕倫：原注誤作「論」，徑改。
〔二一〕已：《佛教通史》、《四山碑錄》作「矣」，通用字。
〔二二〕榜：《文集》及原注作「㮄」，《金石總覽》、《唐文拾遺》卷四四作「牓」，異構字。下不另出校。
〔二三〕椽：《金石總覽》、《唐文拾遺》卷四四誤作「椓」。下同，不另出校。
〔二四〕復惟之：《唐文拾遺》卷四四誤作「役□之」。
〔二五〕德：《金石總覽》、《唐文拾遺》卷四四作「悳」，異構字。朽：《金石總覽》、《金石全文》作「杇」，俗寫體。
〔二六〕復：《唐文拾遺》卷四四闕。
〔二七〕鶴：《文集》及原注作「鶴」，俗寫體。下不另出校。
〔二八〕忙：原注作「⿰丬亾」，俗別體。按：此形他處鮮見，字典、俗字典未見收載，《文集》中則習見，屬特色用字之一。下不另出校。
〔二九〕般泹槃：《金石總覽》、《唐文拾遺》卷四四作「般涅盤」。按：二者同詞異寫。
〔三〇〕惱：原注右旁作「甾」，俗寫體。按：此俗形亦見《筆耕錄》。
〔三一〕窣覩波：《唐文拾遺》卷四四作「窣堵婆」。按：二者同詞異寫。
〔三二〕苾蒭：《唐文拾遺》卷四四作「苾芻」。按：二者同詞異寫。
〔三三〕太：《唐文拾遺》卷四四作「大」，二者古今字。記：《唐文拾遺》卷四四作「紀」，下闕一字。
〔三四〕耳：《金石全文》誤作「再」。飫：《唐文拾遺》卷四四作「飲」，《金石全文》誤作「飯」。

〔三五〕之：《唐文拾遺》卷四四闕。

〔三六〕俾原始要終：《唐文拾遺》卷四四作「俾之原始要終」。

〔三七〕餘態：《唐文拾遺》卷四四、《金石文考證》作「態餘」。

〔三八〕憶：《唐文拾遺》卷四四作「意」，通用字。尻：《唐文拾遺》卷四四闕。

〔三九〕溥：《文集》「尃」作「專」，俗寫體。

〔四〇〕岳：《金石文考證》、《唐文拾遺》卷四四作「嶽」，異構字。一：《金石全文》作「二」。

〔四一〕大師其人也：《金石文考證》「大師」前有「我」字。

〔四二〕諱：《唐文拾遺》卷四四作「號」。

〔四三〕脩：《唐文拾遺》卷四四作「修」，通用字。授：《唐文拾遺》卷四四作「受」，通用字。藕：《文集》、《唐文拾遺》卷四四作「⿱艹⿰禺殳」，《金石總覽》作「萬」旁著「攵」之形，均訛俗字。按：「藕」的這兩個俗形未見字典、俗字典收載。

〔四四〕期：《唐文拾遺》卷四四作「朞」，異構字。

〔四五〕合掌：《唐文拾遺》卷四四作「掌合」。

〔四六〕模：《唐文拾遺》卷四四作「摸」。按：俗寫二者不拘。

〔四七〕鼓：《文集》、《唐文拾遺》卷四四作「鼔」，異構字。《金石文考證》作「皷」，俗寫體，《敦煌俗字典》「鼓」字條收有此形。

〔四八〕善：《金石總覽》、《唐文拾遺》卷四四作「譱」。按：「譱」為「善」的古字。《漢書・禮樂志》：「安上治民，莫譱於禮；移風易俗，莫譱於樂。」顔師古注：「譱，古善字。」

〔四九〕騣伽：《祖堂集》卷一七本傳錄作「楞伽」。按：二者義同。

〔五〇〕後：《唐文拾遺》卷四四作「後」，俗寫會意字，《敦煌俗字典》「後」字條收此形。下略，不另出校。

〔五一〕悏：《唐文拾遺》卷四四作「㥦」。

〔五二〕維：《佛教通史》、《唐文拾遺》卷四四作「惟」，通用字。

〔五三〕珠：《金石全文》誤作「株」。

〔五四〕蚌：《唐文拾遺》卷四四作「蛖」，《金石全文》作「蚘」。按：「蛖」同「蚌」。清李調元《卍齋瑣錄》卷八：「《淮南子》：『月死而蠃蛖膲。』按，蛖與蚌同。」作「蚘」者形誤。棄：《唐文拾遺》卷四四作「弃」，簡俗體，《敦煌俗字典》「棄」字條收此形，今之簡化字即取其俗形。下不另出校。

〔五五〕移：《唐文拾遺》卷四四、《金石文考證》作「迻」，通用字。

〔五六〕澄：《唐文拾遺》卷四四作「燈」，《金石總覽》作「登」。

〔五七〕日：《金石全文》作「曰」，俗寫二者不拘。

〔五八〕盃：《佛教通史》作「堂」。

〔五九〕曰：《唐文拾遺》卷四四作「日」，俗寫二者不拘。

〔六〇〕並：《佛教通史》作「併」。

〔六一〕使：《佛教通史》作「師」。

〔六二〕壞：《文集》作「褱」旁著「欠」，《唐文拾遺》卷四四作「褱」旁著「攵」，皆訛俗字，今改為正體。

〔六三〕跨：《文集》、《唐文拾遺》卷四四「夸」作「夸」，俗寫體。下不另出校。

〔六四〕⿱㓞卩：《文集》「卩」作「巳」，《唐文拾遺》卷四四作「⿱大尔」旁著「巴」之形，均訛俗字，今改為正體。

〔六五〕攙：《金石全文》作「搊」。

〔六六〕其可退轉乎：《唐文拾遺》卷四四、《金石文考證》無「可」字。

〔六七〕朝正使：《唐文拾遺》卷四四無「使」字。

〔六八〕寓載：《唐文拾遺》卷四四誤作「寫載」。

〔六九〕罘：《文集》作「⿱罒木」，訛俗字。禁：《金石文考證》作「麓」，異構字。

〔七〇〕揖：《唐文拾遺》卷四四作「揹」，俗寫體。按：北齊顔之推《顔氏家訓・書證》中曾列舉了許多「鄙俗」字，其中就有「『揖』下無『耳』」者。此形敦煌寫卷中習見，參見《敦煌俗字典》「揖」字條。

〔七一〕珍重鯨波好戰風魔：《唐文拾遺》卷四四作「戰風瀰重，鯨浪好魔」。

〔七二〕佛：《佛教通史》作「心」。

〔七三〕游：《文集》「斿」作「捊」，俗寫體。按：「遊」俗作「遻」，亦其例。歷：《唐文拾遺》卷四四作「歴」，異構字。按：「歴」是清人為避高宗名諱而改用此字。佛光寺：《祖堂集》卷一七本傳誤作「佛爽寺」。按：「佛光寺」在洛陽龍門，為馬祖弟子如滿的住寺。

〔七四〕西江：《唐文拾遺》卷四四、《金石文考證》作「江西」。按：作「江西」是。
〔七五〕罕：《唐文拾遺》卷四四作「罕」，異構字。子：《佛教通史》作「矣」。
〔七六〕徹：《唐文拾遺》卷四四作「澈」。下同，不另出校。
〔七七〕服勤勞無所擇：《唐文拾遺》卷四四無「勞」字。
〔七八〕必：《唐文拾遺》卷四四、《金石全文》作「心」。
〔七九〕禪門庚黔婁異行：《唐文拾遺》卷四四作「禪門庚異行□」。
〔八〇〕目語：《祖堂集》卷一七本傳錄作「目擊」。按：二者義同。
〔八一〕畎道之：《祖堂集》卷一七本傳錄作「畎渠道中」。按：「道」為「導」之古字，《佛教通史》即作「導」。
〔八二〕冒：《祖堂集》卷一七本傳錄作「胃」，訛俗字。
〔八三〕若：《祖堂集》卷一七本傳錄作「汝」，二者義同。
〔八四〕今授印焉：《唐文拾遺》卷四四、《金石文考證》闕「授」字。
〔八五〕俟：《祖堂集》卷一七本傳錄作「俟」。按：「俟」即「俟」，作「俟」乃形誤。
〔八六〕其無媿先師乎：《唐文拾遺》卷四四作「其無慙先師矣乎」，《金石文考證》作「其無慚先師矣」。
〔八七〕居無何：《唐文拾遺》卷四四作「屋無何□」。按：「屋」、「居」異構字。下不另出校。
〔八八〕是：《唐文拾遺》卷四四闕。汾：《金石全文》作「泠」。
〔八九〕大：《唐文拾遺》卷四四誤作「火」。

〔九〇〕篤：《文集》作「蔦」，二者俗寫不拘。
〔九一〕渴：《唐文拾遺》卷四四、《金石文考證》作「暍」。
〔九二〕如是：《唐文拾遺》卷四四、《金石文考證》作「其如是」。其：《佛教通史》作「具」。
〔九三〕吾：《佛教通史》作「我」。望：《唐文拾遺》卷四四、《金石全文》作「念」。
〔九四〕目：《唐文拾遺》卷四四誤作「曰」。按：「曰」乃「因」之俗。唐顏元孫《干祿字書》：「曰因：上俗，下正。」下不另出校。
〔九五〕沛：原注作「沛」，俗寫體。俗寫「市」、「市」不拘。唐顏元孫《干祿字書》：「市市：上俗，下正。」敦煌字書斯三八八號《群書新定字樣》：「市市：二同。」下不另出校。
〔九六〕直：《唐文拾遺》卷四四、《金石文考證》作「眞」。
〔九七〕瀟：《金石總覽》、《唐文拾遺》卷四四作「蕭」，通用字。
〔九八〕親：疑當作「新」。
〔九九〕能州：《唐文拾遺》卷四四、《金石文考證》作「熊川州」。
〔一〇〇〕間劫叓流栽：《金石文考證》作「間劫燼流菑」。劫：《金石總覽》、《金石全文》作「刦」，俗別字。流：《唐文拾遺》卷四四、《金石全文》作「沠」。按：「沠」，「流」的古字。
〔一〇一〕灰：《唐文拾遺》卷四四作「灰」，俗寫體。唐顏元孫《干祿字書》：「灰灰：上俗，下正。」
〔一〇二〕朽：《唐文拾遺》卷四四作「朽」，《金石總覽》、《金石全文》作「朽」，均俗字。

〔一〇三〕畣曰：《唐文拾遺》卷四四、《金石文考證》作「答曰」。按：「畣」為「答」的古字。《集韻・合韻》：「答，當也。古作畣。」此字辭書已收而未有書證。下同，不另出校。

〔一〇四〕餙：《唐文拾遺》卷四四、《金石文考證》作「飭」。按：「餙」同「飾」，「飾」、「飭」二者通用。《晏子春秋・雜下十六》：「吾君好治宮室，民之力弊矣；又好盤遊翫好，以飭女子，民之財竭矣。」吳則虞集釋引孫星衍曰：「『飭』與『飾』通。」

〔一〇五〕跬：《唐文拾遺》卷四四、《金石文考證》作「趌」，異構字。

〔一〇六〕⿰麗攵：《唐文拾遺》卷四四、《金石文考證》作「麗」旁著「攴」，《金石全文》作「麗」旁著「欠」，均異構字。

〔一〇七〕導：《唐文拾遺》卷四四作「導」，俗別體，《敦煌俗字典》「導」字條收此形。

〔一〇八〕蚩：《文集》作「蚩」，減筆俗字。

〔一〇九〕恕：《佛教通史》作「嘉」，二者義同。

〔一一〇〕酬：《唐文拾遺》卷四四、《金石文考證》作「醻」，異構字。

〔一一一〕庸：《金石全文》訛作「⿸广⿱肀月」。

〔一一二〕高笛：《唐文拾遺》卷四四、《金石文考證》作「高藉」。

〔一一三〕昕：《文集》作「昕」，俗寫二者無別，今改為正體。

〔一一四〕齎：《唐文拾遺》卷四四作「齊」，通用字。

〔一一五〕使：《唐文拾遺》卷四四訛作「夜」。⿱雨叕：《佛教通史》作「⿱雨活」。

〔一一六〕大師之門：《唐文拾遺》卷四四無「之」字。
〔一一七〕羞：《唐文拾遺》卷四四作「著」，訛俗字。
〔一一八〕百倍：《唐文拾遺》卷四四作「倍百」。
〔一一九〕諱：《佛教通史》作「革」。儻：《唐文拾遺》卷四四訛作「億」，《佛教通史》作「竟」，通用字。
〔一二〇〕位：《唐文拾遺》卷四四、《金石全文》作「立」，通用字。
〔一二一〕禮：《唐文拾遺》卷四四作「豊」，省旁字。對：《唐文拾遺》卷四四作「莿」，俗寫體。
〔一二二〕最：《文集》作「冣」，訛俗字，《唐文拾遺》卷四四作「最」，《金石文考證》作「寂」，《佛教通史》作「凡」。
〔一二三〕市：《唐文拾遺》卷四四、《金石文考證》作「邑」。
〔一二四〕逃：《唐文拾遺》卷四四、《金石文考證》作「遽」。
〔一二五〕「相國」下《唐文拾遺》卷四四、《金石文考證》有注：「追奉尊謚惠成大王」。暨：《唐文拾遺》卷四四作「既」。
〔一二六〕少：《唐文拾遺》卷四四作「小」。
〔一二七〕推：疑為「雅」之誤。
〔一二八〕《唐文拾遺》卷四四、《金石文考證》無「亦」字。
〔一二九〕擊：《唐文拾遺》卷四四誤作「小」。
〔一三〇〕叟：《文集》作「叜」，異構字。按：從「叟」之字如「搜」、「廋」等，《文集》亦如此作。下不一一出校。

〔一三一〕若：《唐文拾遺》卷四四、《金石總覽》、《金石全文》作「苦」。

〔一三二〕必：《佛教通史》作「畢」，通用字。葺：《唐文拾遺》卷四四、《金石總覽》作「茸」，俗寫體。

〔一三三〕不覺疾愈：《唐文拾遺》卷四四、《金石文考證》作「覺中愈」。

〔一三四〕翼：《唐文拾遺》卷四四、《金石文考證》作「翌」。

〔一三五〕閟凶：《唐文拾遺》卷四四、《金石文考證》作「閔凶」。按：據文意，當作「閔凶」。「閔凶」指憂患凶喪之事。《左傳·宣公十二年》：「寡君少遭閔凶，不能文。」杜預注：「閔，憂也。」南朝陳徐陵《梁貞陽侯重與裴之橫書》：「頃家國多患，頻遘閔凶，前事不忘，便爲龜兆。」唐張九齡《爲何給事進亡父所著書表》：「尋屬臣私門殃衅，夙遘閔凶。」均其例。

〔一三六〕存：《唐文拾遺》卷四四、《金石文考證》作「在」。

〔一三七〕人：《文集》誤作「入」，徑改。

〔一三八〕猶尺寸地：《唐文拾遺》卷四四、《金石文考證》無「猶」字。

〔一三九〕令：《唐文拾遺》卷四四作「今」。抄：《唐文拾遺》卷四四、《金石文考證》作「杪」，俗寫二者不拘。

〔一四〇〕害：《文集》作「𡨚」，異構字。下同，不另出校。策：《文集》作「筞」，《唐文拾遺》卷四四作「筞」，均俗寫體。

〔一四一〕引：《唐文拾遺》卷四四作「因」。

〔一四二〕能踐王道是符佛心大師之言至矣玳吾與汝宜惓惓：《唐文拾遺》卷四四作「能踐王道至矣哉吾與是符

佛心大師之言汝宜惓惓」。

〔一四三〕顱：《唐文拾遺》卷四四作「顱」，《佛教通史》作「匵」，異構字。

〔一四四〕乎：《唐文拾遺》卷四四作「耶」，二者義同。

〔一四五〕摩尼：《唐文拾遺》卷四四作「末尼」。按：二者同詞異寫。梵語寶珠的譯音。晉葛洪《抱朴子・廣譬》：「摩尼不宵朗，則無別於磧礫。」唐玄奘《大唐西域記・藍摩國》：「（太子）於天冠中解末尼寶，命僕夫曰：『汝持此寶，還白父王。』」即其例。

〔一四六〕崇巖山：《唐文拾遺》卷四四作「嵩嚴山」。

〔一四七〕之足道栽：《唐文拾遺》卷四四作「足之道哉」。

〔一四八〕顯：《文集》「頁」旁誤作「系」，據諸本改。

〔一四九〕如召少兒：《唐文拾遺》卷四四、《金石文考證》無「如」字。少兒：《唐文拾遺》卷四四、《金石文考證》作「小兒」。

〔一五〇〕商山：《唐文拾遺》卷四四、《金石文考證》作「商於」。

〔一五一〕將邀大師：《唐文拾遺》卷四四無「大」字。

〔一五二〕慢：《金石全文》作「熳」，通用字。

〔一五三〕風：《文集》作「迚」。按：此字字書未見收錄，當為「風」之訛俗字，今據《唐文拾遺》卷四四、《金石文考證》等改作正體。

〔一五四〕焯灼：《唐文拾遺》卷四四、《金石文考證》作「焯然」。按：據文意，當作「焯然」。「焯然」謂昭著貌。《續資治通鑑・宋理宗端平三年》：「了翁刻苦向學，凡四十年，國家人才，焯然有稱如了翁者幾人？願亟召還，處以台輔。」佛教典籍、禪宗語錄中亦作「灼然」、「酌然」。

〔一五五〕鳳：《唐文拾遺》卷四四作「風」。

〔一五六〕磨：《文集》作「礳」，異構字，據諸本改為通行字體。

〔一五七〕嶷：《唐文拾遺》卷四四作「嶷」。

〔一五八〕朴：《唐文拾遺》卷四四作「樸」。

〔一五九〕訣：《唐文拾遺》卷四四作「語」。

〔一六〇〕玄：《唐文拾遺》卷四四避清諱作「元」。

〔一六一〕柚：《唐文拾遺》卷四四作「抽」，俗寫二者不拘。

〔一六二〕源：《唐文拾遺》卷四四作「原」。按：「原」為「源」的古字。《左傳・昭公九年》：「猶衣服之有冠冕，木水之有本原。」即其例。

〔一六三〕孺：《唐文拾遺》卷四四作「孺」，異構字。

〔一六四〕金玉之音：《唐文拾遺》卷四四、《金石文考證》無「之」。

〔一六五〕聒：《唐文拾遺》卷四四誤作「聒」。

〔一六六〕退：《文集》作「退」，異構字，據諸本改為通行字體。

〔一六七〕有遠體：《唐文拾遺》卷四四、《金石文考證》作「有有遠禮」。
〔一六八〕有公才：《唐文拾遺》卷四四、《金石文考證》作「有有公才」。
〔一六九〕而吾子全：《唐文拾遺》卷四四闕「子」字。
〔一七〇〕愛：《唐文拾遺》卷四四、《金石總覽》作「悉」，異構字。《玉篇·心部》：「悉，今作愛。」
〔一七一〕矣：《金石文考證》作「也」。
〔一七二〕兮：《金石文考證》作「焉」。
〔一七三〕帥：《唐文拾遺》卷四四、《金石文考證》作「師」。
〔一七四〕太尉王：《唐文拾遺》卷四四、《金石文考證》作「太尉大王」。海表：《唐文拾遺》卷四四、《金石文考證》誤作「表海」。
〔一七五〕曁：《金石全文》誤作「暨」。
〔一七六〕老病：《唐文拾遺》卷四四、《金石文考證》作「老病耳」。
〔一七七〕目：《唐文拾遺》卷四四誤作「自」。
〔一七八〕將化往：《唐文拾遺》卷四四無「往」字。
〔一七九〕傍：《文集》作「徬」，異構字。《唐文拾遺》卷四四、《金石文考證》作「旁」，通用字。
〔一八〇〕講：《唐文拾遺》卷四四作「溝」。按：「講」、「溝」均費解，疑當作「顜」。《史記·曹相國世家》：「蕭何爲法，顜若畫一。」司馬貞索隱：「訓直，又訓明，言法明直若畫一也。」「顜若畫一」即本句所從出。

〔一八一〕吏：《唐文拾遺》卷四四作「史」。

〔一八二〕旃：俗寫作「旃」，《文集》「冉」作「冄」，乃其變。

〔一八三〕訣：《唐文拾遺》卷四四作「語」。烖：《唐文拾遺》卷四四、《金石文考證》作「裁」，二者義同。

〔一八四〕慹：《金石全文》誤作「熱」。按：「慹然」出自《莊子・田子方》：「老聃新沐，方將披髮而乾，慹然似非人。」陸德明釋文引司馬彪曰：「慹然，不動貌。」

〔一八五〕心雖身主：《唐文拾遺》卷四四、《金石文考證》作「心雖是身主」。

〔一八六〕心：《唐文拾遺》卷四四、《金石文考證》作「必」。

〔一八七〕導：《唐文拾遺》卷四四、《金石文考證》作「道」。按：二者古今字。

〔一八八〕所：《文集》作「所」，俗别字。唐顔元孫《干禄字書》：「所所：上俗，下正。」下不另出校。

〔一八九〕努力：《唐文拾遺》卷四四作「怒力」。按：「怒」同「努」，勉力。《廣雅・釋詁三》：「怒，勉也。」《金石萃編》卷一〇七引唐玄應《憲超塔銘》：「怒力勤策，法乳相親。」《全唐文》作「努」。自食：《唐文拾遺》卷四四、《金石文考證》作「且食」。

〔一九〇〕弗：《金石全文》作「不」，二者義同。

〔一九一〕宴：《唐文拾遺》卷四四、《金石文考證》作「晏」，通用字。

〔一九二〕顯：《文集》「頁」旁誤作「系」，據諸本改。

〔一九三〕踏：《文集》及原注「沓」作「畓」，俗寫體，據諸本改為正體。

〔一九四〕摙：《佛教通史》作「運」，二者義同。

〔一九五〕我安得安身：《唐文拾遺》卷四四、《金石文考證》作「安我得安身」。

〔一九六〕僧光：《唐文拾遺》卷四四、《金石文考證》作「心光」。

〔一九七〕「玩好寶物」四字為下文「寶貨」之釋語而誤置於此。

〔一九八〕授：《唐文拾遺》卷四四、《金石文考證》作「受」，通用字。

〔一九九〕蕃：《唐文拾遺》卷四四、《金石全文》作「番」，省旁字。

〔二〇〇〕寶：《唐文拾遺》卷四四作「寚」，異構字。下不另出校。

〔二〇一〕臮：《唐文拾遺》卷四四誤作「眾」，《金石全文》訛作「泉」，《金石文考證》作「洎」。按：「臮」同「曁」，與「洎」義同。

〔二〇二〕唐太宗：原注脫「太」字，徑補。

〔二〇三〕溫陽：《唐文拾遺》卷四四、《金石文考證》作「溫湯」。

〔二〇四〕賫：《文集》、《唐文拾遺》卷四四作「賚」，異構字。下不另出校。

〔二〇五〕賜：《唐文拾遺》卷四四、《金石全文》作「錫」，通用字。

〔二〇六〕青：《唐文拾遺》卷四四作「清」。

〔二〇七〕聾：《文集》作「聾」之形，異構字。

〔二〇八〕太師：《唐文拾遺》卷四四、《金石文考證》作「大師」，二者同詞異寫，「大」、「太」古今字。

〔二〇九〕謂誰：《唐文拾遺》卷四四、《金石文考證》作「誰謂」。

〔二一〇〕餙：《唐文拾遺》卷四四作「餝」，俗别體。唐顔元孫《干禄字書》：「餝飾：上俗，下正。」《敦煌俗字典》「飾」字條收此形。

〔二一一〕始終：《唐文拾遺》卷四四、《金石文考證》作「終始」。

〔二一二〕琁：《佛教通史》作「望」。拔：《文集》「犮」作「友」，異構字。下同，不另出校。

〔二一三〕頌偈類也：《唐文拾遺》卷四四、《金石文考證》作「偈頌類也」。

〔二一四〕爲：《佛教通史》作「非」。

〔二一五〕「津」字下，《唐文拾遺》卷四四、《金石文考證》有「其一」。

〔二一六〕「野」字下，《唐文拾遺》卷四四、《金石文考證》有「其二」。

〔二一七〕觀：《唐文拾遺》卷四四、《金石文考證》作「覰」，二者義近。

〔二一八〕「錐」字下，《唐文拾遺》卷四四、《金石文考證》有「其三」。

〔二一九〕「暮」字下，《唐文拾遺》卷四四、《金石文考證》有「其四」。

〔二二〇〕業龍：《唐文拾遺》卷四四、《金石文考證》作「葉龍」。

〔二二一〕謾：《唐文拾遺》卷四四、《金石文考證》作「漫」，通用字。

〔二二二〕「同」字下，《唐文拾遺》卷四四、《金石文考證》有「其五」。

〔二二三〕點：《唐文拾遺》卷四四、《金石文考證》作「黜」。按：作「黜」義長。

〔二二四〕「義」字下，《唐文拾遺》卷四四、《金石文考證》有「其六」。

〔二二五〕蒺莉：《金石全文》作「蒺藜」，《唐文拾遺》卷四四、《金石文考證》作「蒺槷」，同詞異寫。

〔二二六〕「悲」字下，《唐文拾遺》卷四四、《金石文考證》有「其七」。

〔二二七〕「昔」字下，《唐文拾遺》卷四四、《金石文考證》有「其八」。

〔二二八〕長：《唐文拾遺》卷四四、《金石文考證》作「將」。「長在東雞林」下，《唐文拾遺》卷四四有「其九□□□□□巨筏□□憲□已于（下缺）」。又，《金石全文》、《金石文考證》等下有「從弟朝請大夫、前守執事侍郎、賜紫、金魚袋臣崔仁渷奉教書」，蓋據原碑所錄文字。

眞監和尚碑銘並序〔一〕

夫道不遠人，人無異國。是以東人之子，爲釋爲儒（此人爲釋，與我之爲儒同其勞），必也西浮大洋〔二〕，重譯（通語不一）從學。命寄刳木（黄帝刳木爲舟），心懸寶洲（水中可居地曰洲。洲亦作主。《西域記》：南贍部州地有四主，南衆主，北馬主，東人主，西寶主。衆即交趾，馬即匈奴，人即震旦，寶即西域。今指中原曰寶洲），虚往實歸，先難後獲。亦猶采玉者，不憚崑丘之峻（《治水經》云：崑崙山高五萬里，河源出其東，日月相碍而隱，其中多寶玉）〔三〕；探珠者，不辤驪壑之深（《說文》：河上翁之子，沒川而得千金之珠。翁曰：「珠在驪龍頷下，汝遭其睡。若悟，則當爲齏粉。」）。遂得慧炬則光融五乘（聲聞，緣覺，菩薩，人乘，天乘），嘉肴則味飫六籍（六經）〔四〕，競使千門入善，能令一國興仁〔五〕。而學者或謂身（音千）毒（印度別名，佛所生地）與闕里（孔子所居里）之說教也，分流異體，圓鑿方枘（鑿枘本相入之物，惟方枘圓鑿則不相入），互相矛盾（《韓子》曰：有賣矛與盾者，譽其矛曰：「犀革無所不入。」譽其盾曰：「矢戟不能入。」傍人曰：「以子之矛刺子之盾，入耶？不入耶？」）〔六〕，守滯一隅。嘗試論之，說詩者不以文害辭，不以辭害志，《禮》所謂「言豈一端而已」。夫各有所當，故廬峰慧遠著論，謂如來之與周孔〔七〕，發致雖殊，所歸一揆。體極（體達至極之理）不能兼者（釋不兼儒，儒不兼釋）〔八〕，物不能兼受故也。沈約有云：「孔發其端，釋窮其致。」眞可謂識其大者，始可與言至道矣（慧遠許沈約之言也）。至若佛語心法，玄之又玄〔九〕，名不可名，說無可說。雖云得月，指或坐忘（見月休觀指，歸家罷問程〔一〇〕），終類係風，影難行捕（言佛說虛無）。然陟遐自邇，取譬何傷？昔尼父謂門弟子曰〔一一〕：「予欲無言，天何言哉（子曰：「予欲無言。」子貢曰：「子如不言，則小子何述焉？」子曰：「天何言哉？四時行焉，萬物生焉。」）？」則彼淨名之默對文殊（文殊問：「何等是不二法門？」淨名默然不應。文殊曰：「善哉！善哉！乃至無有言語文字，直入不二法門。」），善逝之密傳迦葉（善逝，涅槃也，即佛之十号中一數也。世尊在靈山會上拈花示衆，獨迦葉微笑破顔）〔一二〕，不勞鼓舌〔一三〕，能叶印心。言天不言，捨此奚適〔一四〕？而得遠傳妙道，廣耀吾鄉，亦豈異人哉〔一五〕？禪師是也。禪師法諱慧照〔一六〕，俗姓崔氏。其先漢族，冠盖山東（即華山之東，六國在焉）。隋師征遼〔一七〕，多沒驪貊（隋煬帝征遼東，爲乙支文德所敗，卒百二十萬沒薩水以死）〔一八〕，有降志而爲遐甿者〔一九〕。爰及聖唐，囊括四郡（唐高宗遺蘇定方與新羅合攻百濟，滅之。又遣李績等合攻高麗〔二〇〕，滅之，置安東都護府，以辟仁貴爲統官），今爲全州金馬人也（金馬，今益山，舊屬全州）〔二一〕。父曰昌元，在家有出家之行。母顧氏〔二二〕，嘗晝假寐（不脫衣冠而眠），夢一梵僧謂之曰：「吾願爲阿孁之子（孁，音彌，楚人呼母爲阿孁，江南人稱母爲阿嫗），以琉璃罌爲寄〔二三〕。」未幾娠禪師焉。生而不啼，乃夙挺銷聲息言之勝芽也〔二四〕。暨齔（改齒也）從戲〔二五〕，必燌葉爲香，采花爲供。或西向危坐（跪也），移晷未嘗動容。是知善本固百千劫前所栽植，非可跂（舉足望也）而及者。自丱貫弁（丱音貫，束髮在後也。弁，冠也，男二十而冠）〔二六〕，志切反哺（烏哺其雛，五十日而後，雛還哺其母），跬步不忩。而家無斗儲，又無尺壤，可盜天時者（《列子》：齊之國氏大富，宋之向氏問術焉。國氏曰：「吾善爲盜也。」向氏歸家，無所不盜，以臧獲罪而怨之。國氏曰：「若只知爲盜之言，而不知爲盜之意也。吾乃盜天地之時與利，而生吾禾，植吾稼，築吾垣，建吾舍。陸盜禽獸，水盜魚鱉。此皆天之所生，非吾所有。然吾善盜天時，故富而無殃。」）。口腹之養，惟力是視。乃裨販陬隅（南蠻人以青魚謂陬隅，郝隆詩云：「陬隅躍清池。」）〔二七〕，爲贍滑甘之業（以苦澀者自養，滑甘者奉親，乃孝子之事）〔二八〕。手非勞於結網〔二九〕，心已契於忩筌（網，捉兔具。筌，捕魚器。網、筌喻能詮，兔、魚喻所詮。言不假文字而得旨之意）。能豐啜菽之資（《檀弓》：「啜菽飲水，能盡其歡。不違其志，故能令親歡。」），允叶采蘭之榮（《詩》云：「循彼南山，言采其蘭。」此是孝子養親之事）〔三〇〕。洎鍾艱棘（居喪也。《詩》云：「棘人欒欒。」）〔三一〕，負土成墳。乃曰：「鞠育之恩，聊將力報；希微之旨，盍以心求（《道經》云：「目之不見曰希，搏之不得曰微。」言至道玄玄）？吾豈匏瓜，壯齡滯跡（《論語》曰：「吾豈匏瓜哉，焉能係而不食？」）？」遂於貞元二十年（唐德宗年号，新羅元聖王元年）〔三二〕，詣歲貢使（至使也），求爲枋人（舟長也）〔三三〕，寓足西泛。多能鄙事〔三四〕，視險如夷（平也），揮楫慈航，超截苦海。及達彼岸，告國使曰：「人各有志，請從此辭。」遂行至滄州，謁神鑑大師（馬祖傍傳鹽官齊安之嗣）。投體方半，大師怡然曰：「戲別非遙〔三五〕，喜再相遇（《通載》：杯度在彭城，聞羅叶入關中，嘆曰：「吾與此子戲別三百餘年。」）。」遽令剃染〔三六〕，頓受印戒〔三七〕，若火添燥艾〔三八〕，水走卑遼然〔三九〕。徒中相謂曰：「東方聖人，於此復見（前見道義，今見禪師）。」禪師形貌黯然，衆不名而目爲黑頭陀。斯則探玄處默〔四〇〕，眞爲漆道人後身（道安法師貌黑，故人謂之「漆道人」，亦曰「黑頭陀」）。豈比夫邑中之黔，能慰衆心而已哉（《左傳》：宋皇國父爲平公築臺，子罕請候農隙。築者謳曰：「澤門之白，實興我役。邑中之黔，能慰我心。」盖子罕貌黑而居邑中）！永可與赤髭青眼〔四一〕，以色相顯示矣（佛陀耶舍赤髭，達麼青眼）。元和五年（唐憲宗年号），受具於嵩山少林寺（嵩山，中岳也。寺之窟前有二株桂樹，故曰少林寺）琉璃壇。側聖善（《詩》云：「母氏聖善。」）前夢〔四二〕，完若合符〔四三〕。既瑩戒珠，復歸覺海〔四四〕。聞一知十，茜絳藍青（出《淮南子》）。雖止水澄心（人莫鑑於流水而鑑於止水），而斷雲浪跡。粤（於也）有鄉僧道義，先訪道於華夏，邂逅適願，西南得朋（《易·坤卦》：「東北喪朋，西南得朋。邂逅相遇，適我願兮。」），四遠參尋，證佛知見。義公先歸故國，禪師即入終南（長安山名），登萬仞之峰，餌松實而止觀，寂寂者三年；後出紫閣（函谷關外池名），當四達之道，織芒屩而廣施，憧憧者又三年（芒屩，藁鞋也。憧憧，往來不絕也）。於是苦行既已修，他方亦已遊。雖曰觀空，豈能忘本？乃於大和四年（唐文宗年号）來歸。大覺上乘，照我仁域〔四五〕。興德大王飛鳳筆迎勞曰：「道義禪師，曩已歸止。上人繼至，爲二菩薩。昔聞黑衣之傑（南朝齊武帝敕沙門法獻、玄暢爲天下僧主，會于帝前，肩輿入殿，時稱「黑衣二傑」），今見縷褐之英（縷褐，弊衣也）。彌天慈威，舉國欣賴。寡人行當以東鷄林之境，成吉祥之宅也（行，將也。吉祥，即薄伽梵六義之一也）。」始甜錫於尚州露嶽長柏寺（今南長寺）〔四六〕，醫門多病，來者如雲，方丈雖寬，物情自隘。遂步至康州（今晉州）智異山〔四七〕。有數於菟（楚人稱虎之名），哮吼前導，避危從坦〔四八〕，不殊俞騎（俞，仁也，如仁順馬在前去。《書》：「帝曰俞之先行騎。」注：俞者，輿後相應之騎），從者無所怖畏，豢犬如也。則與善無畏三藏（佛名）結夏靈山，猛獸前路，深入山穴〔四九〕，見牟尼立像，完同事跡〔五〇〕。彼竺曇猷之扣睡虎頭，令聽經，亦未專孅於僧史也（晉沙門竺曇猷，一名法猷，康居國人。在豐城赤石山石室誦經，有猛虎數十蹲在猷前，一虎獨睡，猷以如意杖扣睡虎頭，呵曰：「何不聽經？」俄而羣虎皆去）。因於花開谷故三法和尚蘭若遺基，纂修堂宇〔五一〕，儼若化城〔五二〕。洎開成（唐文宗年号）三年，愍哀大王驟登寶位（開成三年戊午，金明弑僖康王自立。四年巳未，金陽等討金明，誅之，立古徵爲王，即神武王也，追謚金明曰愍哀），湥託玄慈，降璽書，餽齋費，而別求見願。禪師曰：「在勤修善政，何用願爲？」使復于王，王聞之愧悟〔五三〕。以禪師色空雙泯，定惠俱圓，降使賜號爲「惠照」〔五四〕。「昭」字避聖祖廟諱，易之也（廟諱，即昭聖大王也，名俊邕）。仍貫籍于大皇龍寺（如《無染碑》編錄興輪寺奴婢田地之意），徵詣京邑，星使（《漢書》：李郃善天文，和帝遣使觀風，郃見使，問京中消息。使曰：「君何以知吾爲使也？」郃曰：「見有二使星來向益州，故知之。」）往復者交轡于路〔五五〕，而嶽立不移其志。昔僧稠非元魏之三召，云：「在山行道，不爽大通（齊鄴西龍山雲門寺僧稠，拒元魏孝明帝之前後三召也。爽，差也，忒也）。」栖幽養高，異代同趣。居數年，請益者稻麻城列〔五六〕，殆無錐地。遂歷銓（音全，言選擇也）奇境，得南嶺之麓，塽塏（地高明也）居最。經始禪廬，却倚霞岑，俯壓雲澗。清眼界者隔江遠岳，爽耳根者迸石飛湍。至如春溪花，夏徑松，秋壑月，冬嶠雪，四時變態，萬象交光，百籟（凡有孔竅皆曰籟，人籟則比竹是已，地籟則衆竅是已，天籟則人心自動者是已。見《莊子·齊物》）和吟〔五七〕，千巖競秀。嘗遊西土者，至止咸愕，視謂遠公東林（晉惠遠於廬山創東林寺）移歸海表〔五八〕。蓮花世界，非凡想可擬，壺中別有天地，則信也。架竹引流，環階四注，始用「玉泉」爲牓。屈指法胤，則禪師迺曹溪之玄孫〔五九〕。是庸建六祖影堂（今雙溪寺也）〔六〇〕。彩餙粉墉，廣資導誘〔六一〕，《經》所謂（《法華經》偈）「爲説衆生故〔六二〕，綺錯繪衆像」者也。大中四年（唐宣宗年号）正月九日詰朝（平明）〔六三〕，告門人曰：「萬法皆空，吾將行矣。一心爲本，汝等勉之！無以塔藏形，無以銘記跡〔六四〕。」言竟坐滅。報年七十七〔六五〕，積夏四十一。于時天無纖雲，風雷欻起〔六六〕，虎狼號咽，杉栝變衰〔六七〕。俄而紫雲翳空，空中有彈指聲，會葬者無不入耳。則《梁史》載，褚侍中翔，嘗請沙門爲母疾祈福〔六八〕，聞空中彈指，聖感冥應，豈誣也哉！凡志於道者，寄聲相吊；未忘情者〔六九〕，含悲以泣〔七〇〕。天人痛悼〔七一〕，斷可知矣。靈函幽隧（函，棺也。隧，墓道），預使備具。弟子法諒等，號奉色身，不踰日而窆于東峰之冢（山頂也），遵遺命也。禪師性不散樸（不亂不質而得其中）〔七二〕，言不由機（巧餙），服暖緼黂（《列子》曰：「父衣緼黂。」緼，久絮；黂，雄麻也，言挾纊弊麻衣），食甘糠籺（音屹，《漢書》晉灼注：「米屑也，又音麧。」《説文》云：「堅麥。」），芧（音序，山栗，即橡子也）菽雜糅，蔬佐無二。貴達時至，曾無異饌〔七三〕。門人以摻腹（摻音參，不澄清之意）進難，則曰：「有心至此，雖糲（麄米）何害？」尊卑耋穉，接之如一。每有王人（王使）乘馹傳命，遙祈法力，則曰：「凡居王土而載佛日者〔七四〕，孰不傾心護念，爲君貯福，亦何必遠污綸言（王言如絲，其出如綸）於枯木朽株（自謙之辭）？傳乘之飢不得齕，渴不得飲，吁！可念也。」或有以胡香爲贈者，則以瓦載煻灰，不爲丸而焫之曰：「吾不識是何臭〔七五〕，虔心而已。」復有以漢茗爲供者，則以薪爨石釜〔七六〕，不爲屑而煑之曰：「吾不識是何味，濡服而已〔七七〕。」守眞忤俗皆此類也。雅善梵唄（長聲偈），金玉其音，側調飛聲，爽快哀婉〔七八〕，能使諸天歡喜，永於遠地流傳。學者滿堂，誨之不倦。至今東國習魚山之妙者（曹子建喜讀佛經，一日遊魚山間，有空聲特異，情颺哀婉，因倣其聲以寫梵唄），競如掩鼻（謝安有鼻病，故音濁。士子愛其咏，掩鼻而效之）〔七九〕。效玉泉餘響〔八〇〕，豈非以聲聞度之之化乎？禪師泥洹，當文聖大王之朝，上側仙衿（王心也。凡人之心則塵衿）〔八一〕，將寵淨謚。及聞遺戒（坐滅時語），愧而寢之。越三紀，門人以陵谷爲慮，扣不朽之緣於慕法弟子。內供奉一吉干（音汗也，一品爵）楊進方〔八二〕、嵩文臺郎鄭詢一，斷金爲心（《易》曰：「二人同心，其利斷金。」），勒石是請。憲康大王恢弘至化，欽仰眞宗，追謚眞監禪師〔八三〕，大空靈塔，仍許篆刻，以永終譽。懿乎日出暘谷，無幽不燭；海岸植香，久而彌芳。或曰：「禪師垂不銘不塔之戒，而降及西河之徒（弟子），不能確奉先志〔八四〕，求之歟？抑與之歟〔八五〕？適足爲白圭之玷。」噫！非之者〔八六〕，亦非也。不近名而名彰，蓋定力之餘報。與其灰滅電絕，曷若爲可爲於可爲之時，使聲震大千之界？而龜未戴石，龍遽昇天（獻康王薨）。今上（定康王也）繼興，塤篪相應（《小雅》：「伯氏吹塤，仲氏吹篪。」），意諧付囑〔八七〕，善者從之。以隣岳招提有「玉泉」之號（即今之晉州玉泉寺），爲名所累，衆耳致惑。將俾棄同即異，則宜捨舊從新。使視其寺之所枕倚〔八八〕，則以門臨複澗爲對，乃錫題爲「雙溪」焉（改「玉泉」爲「雙溪」）。申命下臣曰：「師以行顯〔八九〕，汝以文進〔九〇〕，宜爲銘。」致遠拜手曰：「唯唯。」退而思之，頃捕名中州（先生十二入唐，十八登第，文名大振。二十八東還，乃僖宗光啓元年，而定康王嗣位之初載也。至翌年，僖宗遣使，特令先生撰《中興功德頌》一卷），嚼腴咀雋于章句間（腴，肥魚臠。雋，肥鳥肉。比古人典籍淡奥有味也），未能盡醉衢罇（衢罇比聖人之道。杜詩云：「聖人之道猶中衢而致樽者，斟酌多少得其宜。」），惟媿深跧泥甃（跧，就。泥，淤泥。甃，井也。言踐盡其勇，只就泥甃間）。況法離文字，無地措言（先生自言，北學中州，未能盡得聖人之道，則況於佛家文字，無所措言）。苟或言之，北轅適郢（道之相違也）。第以國主之外護，門人之大願，非文字不能昭昭乎羣目，遂敢身從兩役（兩，二也。以儒而役於佛，爲二役），力效五能（鼯鼠，一名夷由，有五能五不能。一能飛不能過屋，二能緣不能穿木，三能逾不能渡谷，四能穴不能掩身，五能走不能先人。喻述作之能，反不能也）。雖石或憑言〔九一〕，可慚可懼（慚於心而懼於人也）；而道强名也，何是何非（《字解》曰：「强，自是也。」自是以道爲名，何必是非）？掘（音凡。《莊子》：「掘若枯木。」不動之意）筆藏鋒，則臣豈敢（王命也，不敢不作）？重宣前義，謹札銘云（札，櫛也，編之如櫛齒相比）：

杜口禪那，歸心佛陀（禪那，靜慮。佛陀，覺也）。根熟菩薩，弘之靡他〔九二〕。

猛探虎窟〔九三〕，遠泛鯨波。去傳秘印，來化斯羅（新羅之一稱）。

尋幽選勝，卜築巖磴。水月澄懷，雲泉奇興〔九四〕。

山與性寂，谷與梵應。觸境無閡〔九五〕，息機是證〔九六〕。

道贊五朝（憲德，興德，僖康，神武，文聖），威摧衆妖。默垂慈蔭，顯拒嘉招。
海自飃蕩，山何動搖〔九七〕。無思無慮〔九八〕，匪斲匪雕。
食不兼味，服不必備〔九九〕。風雨如晦，始終一致。
慧柯方秀，法棟俄墜〔一〇〇〕。洞壑凄凉，烟蘿憔悴〔一〇一〕。
人亾道存，終不可諼。上士陳願〔一〇二〕，大君流恩。
燈傳海裔，塔聳雲根。天衣拂石〔一〇三〕，永耀松門（天衣拂石，取久遠之意。《大劫頌》云：「有石長廣四萬里，長壽天人過百年。六銖袈裟磨鍊盡，是則名爲一大劫。」）〔一〇四〕。

〔校記〕

〔一〕據韓國金煐泰《三國新羅時代佛教金石文考證》（韓國民族社，一九九〇）等介紹，此碑現存韓國廣尚南道河東郡花開面雲樹里智異山雙溪寺，釋奐榮正書寫，龜趺及螭首為花崗石，碑身為黑色大理石。《唐文拾遺》卷四四題為《有唐新羅國故知異山雙谿寺教謚眞鑒禪師碑銘並序》，《金石文考證》四十八題為《雙溪寺眞鑒禪師大空塔碑》。《金石文考證》首有原碑題錄：「唐海東故眞鑒禪師碑（題額）。有唐新羅國故知異山雙谿寺教謚眞鑒禪師碑銘並序，前西國都統巡官、承務郎、侍御史內供奉、賜紫、金魚袋臣崔致遠奉教撰并書篆額。」

〔二〕必也西浮大洋：《金石總覽》闕「必也」二字，《唐文拾遺》卷四四闕「必」字。

〔三〕崑丘：《唐文拾遺》卷四四作「崐邱」。二者同詞異寫。

〔四〕籍：《唐文拾遺》卷四四作「藉」。二者俗寫不拘。

〔五〕能令一國興仁：《金石總覽》闕「國興」二字。

〔六〕矛盾：《唐文拾遺》卷四四、《金石文考證》作「矛楯」。二者同詞異寫。

〔七〕慧遠著論謂如來之與周孔：《金石總覽》闕「論謂如」三字。

〔八〕體極不能兼者：《唐文拾遺》卷四四、《金石文考證》作「體極不兼應者」。

〔九〕玄之又玄：《唐文拾遺》卷四四作「元之又元」。按：「玄」避清諱作「元」。

〔一〇〕程：原注作「呈」。按：「呈」為「程」之殘文，「歸家罷問程」乃禪門習語，徑改。

〔一一〕昔：《唐文拾遺》卷四四、《金石文考證》作「且」。

〔一二〕客：「密」之俗寫體。《集韻・質韻》：「密，俗作客。」下不另出校。

〔一三〕鼓：《唐文拾遺》卷四四作「皷」，俗寫體。

〔一四〕言天不言捨此奚適：《文集》闕「捨此」二字，據《唐文拾遺》卷四四、《金石文考證》補。《金石總覽》闕「言捨」二字。

〔一五〕亦豈異人芁：《唐文拾遺》卷四四、《金石文考證》作「豈異人乎」。

〔一六〕諱：《唐文拾遺》卷四四闕。照：《唐文拾遺》卷四四、《金石文考證》作「昭」。按：「照」、「昭」通用。南朝宋顏延之《宋郊祀歌》之二：「奔精昭夜，高燎煬晨。」一本即作「照」。

〔一七〕征：《唐文拾遺》卷四四闕。

〔一八〕驪貊：《唐文拾遺》卷四四作「驪貃」。按：二者同詞異寫。

〔一九〕甿：《文集》作「田」旁著「民」之形。按：字書未見此字，當為「甿」之俗構，今據《唐文拾遺》卷四四、《金石文考證》改作「甿」。

〔二〇〕李績：當作「李勣」。

〔二一〕今爲全州金馬人也：《金石總覽》闕「州金」二字。

〔二二〕母顧氏：《唐文拾遺》卷四四闕「氏」字。

〔二三〕罌：《文集》作「罌」，減筆俗字。《唐文拾遺》卷四四、《金石文考證》作「罌」。「罌」、「罌」異構字。

〔二四〕鎖：《金石全文》誤作「鎖」。芽：《唐文拾遺》卷四四、《金石文考證》作「牙」，通用字。

〔二五〕暨：《唐文拾遺》卷四四、《金石文考證》作「既」。

〔二六〕臬：《文集》作「泉」，《唐文拾遺》卷四四闕，《金石全文》作「角」，《金石文考證》作「臬」。按：「臬」者，及也。與文意密合，作「泉」者乃形近而誤，因據改。

〔二七〕禪：《唐文拾遺》卷四四誤作「禪」。陬：《唐文拾遺》卷四四誤作「娵」。

〔二八〕贍：《金石全文》誤作「瞻」。

〔二九〕網：《文集》及原注「罔」均作「囧」，異構字。下不另出校。

〔三〇〕榮：《唐文拾遺》卷四四、《金石文考證》作「詠」。

〔三一〕洎：《唐文拾遺》卷四四、《金石文考證》作「暨」，二者同義。艱：《唐文拾遺》卷四四、《金石文考證》作

「囏」。按：「囏」，「艱」的古字。《漢書・揚雄傳上》：「騁驊騮以曲囏兮，驢騾連蹇而齊足。」顔師古注：「囏，古艱字。」棘：《文集》及原注均作「棘」，俗別字。下從略，不另出校。

〔三二〕二十：《唐文拾遺》卷四四、《金石文考證》作「廿」，二者同義。

〔三三〕枋人：《唐文拾遺》卷四四、《金石文考證》作「榜人」。按：「枋」通「舫」。「枋（舫）人」義同「榜人」，均指船夫。《説文・舟部》「舫」引《明堂月令》：「舫人，習水者。」《文選・司馬相如〈子虛賦〉》：「榜人歌，聲流喝，水蟲駭，波鴻沸。」唐吴筠《舟中夜行》詩：「榜人識江路，掛席從宵征。」辭書失收「枋人」條。

〔三四〕鄙：《唐文拾遺》卷四四闕。

〔三五〕非：《唐文拾遺》卷四四、《金石文考證》作「匪」，古通用。

〔三六〕剃：《唐文拾遺》卷四四、《金石文考證》作「削」，二者同義。

〔三七〕戒：《唐文拾遺》卷四四、《金石文考證》作「契」。

〔三八〕添：《唐文拾遺》卷四四、《金石文考證》作「沾」。

〔三九〕走：《唐文拾遺》卷四四、《金石文考證》作「注」。邍：《佛教通史》作「原」。按：二者古今字。《周禮・地官・大司徒》「辨其山林川澤丘陵墳衍原隰之名物」唐陸德明釋文：「原，本又作邍。」

〔四〇〕玄：《唐文拾遺》卷四四避清諱作「元」。

〔四一〕與：《金石全文》誤作「興」。髭：《唐文拾遺》卷四四作「鬚」。

〔四二〕側：《唐文拾遺》卷四四、《金石文考證》作「則」。按：據文意，作「則」義長。

〔四三〕完：《唐文拾遺》卷四四、《金石文考證》作「宛」。按：據文意，作「宛」義長。
〔四四〕釁海：《唐文拾遺》卷四四、《金石文考證》作「橫海」。
〔四五〕照：《唐文拾遺》卷四四作「昭」，通用字。
〔四六〕柏：《唐文拾遺》卷四四作「栢」，俗寫體。唐顏元孫《干祿字書》：「栢柏：上俗，下正。」下不另出校。
〔四七〕智異山：《唐文拾遺》卷四四、《金石文考證》作「知異山」。
〔四八〕坦：《唐文拾遺》卷四四誤作「垣」。
〔四九〕深：《唐文拾遺》卷四四作「果」。
〔五〇〕完：《唐文拾遺》卷四四、《金石文考證》作「宛」。按：據文意，作「宛」義長。
〔五一〕纂：《金石全文》作「簒」，通用字。
〔五二〕化城：《唐文拾遺》卷四四、《金石文考證》作「化成」。
〔五三〕王聞之愧悟：《唐文拾遺》卷四四、《金石文考證》闕「王」字。
〔五四〕照：《唐文拾遺》卷四四、《金石文考證》作「昭」，通用字。
〔五五〕往：《文集》作「迬」。按：「迬」、「往」古今字。《玉篇·辵部》：「迬，古文往。」今據《唐文拾遺》卷四四、《金石文考證》改作通行字體。
〔五六〕城列：《唐文拾遺》卷四四、《金石文考證》作「成列」。
〔五七〕和吟：《唐文拾遺》卷四四、《金石文考證》作「和唫」。按：二者義同，均指和鳴。唐許敬宗《謝皇太子玉華山宮銘賦啟》：「仙鶴和吟，憇八音於雅韻；神龍縟彩，謝五色於雕文。」辭書失收「和唫」條。

〔五八〕謂：《唐文拾遺》卷四四作「為」，通用字。

〔五九〕溪：《唐文拾遺》卷四四作「磎」，通用字。晉張協《雜詩》之九：「磎壑無人跡，荒楚鬱蕭森。」一本即作「溪」。

〔六〇〕庸：《唐文拾遺》卷四四、《金石文考證》作「用」，二者義同。

〔六一〕導：《唐文拾遺》卷四四闕。

〔六二〕為：《唐文拾遺》卷四四闕。

〔六三〕詰朝：《唐文拾遺》卷四四、《金石文考證》作「詰旦」。按：二者義同，指平明，清晨。《左傳·僖公二十八年》：「戒爾車乘，敬爾君事，詰朝將見。」杜預注：「詰朝，平旦。」《宋書·柳元景傳》：「自詰旦而戰，至於日昃，虜衆大潰。」

〔六四〕記：《唐文拾遺》卷四四、《金石文考證》作「紀」，通用字。

〔六五〕七十七：《唐文拾遺》卷四四作「七十有七」。

〔六六〕風雷：《唐文拾遺》卷四四作「風雲」。雷：異構為「靁」，《文集》「回」作「囘」，乃其微變。欻：《金石總覽》、《金石全文》作「歘」，異構字。《佛教通史》作「飆」，形近而訛。

〔六七〕扆：《唐文拾遺》卷四四作「扆」。按：「扆」謂門檻。

〔六八〕請：《唐文拾遺》卷四四闕。

〔六九〕忘：《唐文拾遺》卷四四、《金石文考證》作「亡」，通用字。

〔七〇〕含：《唐文拾遺》卷四四、《金石文考證》作「銜」，二者義同。

〔七一〕天人：《唐文拾遺》卷四四誤作「天下」。

〔七二〕散：《文集》作「㪚」，異構字，今據《唐文拾遺》卷四四、《金石文考證》改作通行字體。

〔七三〕無：《唐文拾遺》卷四四、《金石文考證》作「不」。

〔七四〕載：《唐文拾遺》卷四四、《金石文考證》作「戴」，通用字。按：據文意，當作「戴」。

〔七五〕臭：《文集》「犬」作「大」，俗別字，今據《唐文拾遺》卷四四、《金石文考證》改作通行字體。

〔七六〕薪：《唐文拾遺》卷四四作「新」。按：二者古今字。

〔七七〕服：《唐文拾遺》卷四四、《金石文考證》作「腹」。

〔七八〕快：《文集》「夬」旁作「叏」，異構字。下不另出校。

〔七九〕如：《唐文拾遺》卷四四誤作「知」。

〔八〇〕響：《文集》作「響」，俗寫體。按：此形已見於漢碑，《敦煌俗字典》「響」字條亦收此形，後為日本常用漢字。下不另出校。

〔八一〕側：《唐文拾遺》卷四四、《金石文考證》作「惻」，通用字。仙衿：《唐文拾遺》卷四四、《金石文考證》作「僊襟」，二者義同。

〔八二〕楊進方：《唐文拾遺》卷四四作「楊音方」，《金石文考證》作「楊晉方」。按：「音」乃「晉」之形訛。「晉」、

「進」則音同。

〔八三〕眞監禪師：《唐文拾遺》卷四四、《金石文考證》作「眞鑒禪師」。

〔八四〕確：《文集》作「碻」，訛俗字，今據《唐文拾遺》卷四四、《金石文考證》改作通行字體。

〔八五〕求之歟：《唐文拾遺》卷四四作「求之與」。按：「歟」、「與」義同，均表疑問語氣。下「歟」同，不另出校。

〔八六〕之：《金石全文》作「也」。

〔八七〕意：《唐文拾遺》卷四四作「義」。

〔八八〕視：《唐文拾遺》卷四四、《金石文考證》作「眎」，異構字。

〔八九〕師以行顯：《金石總覽》闕「以行顯」三字。

〔九〇〕以：《唐文拾遺》卷四四闕。

〔九一〕言：《唐文拾遺》卷四四、《金石文考證》作「焉」。

〔九二〕他：《唐文拾遺》卷四四、《金石文考證》作「它」，二者義同。

〔九三〕探：《唐文拾遺》卷四四誤作「深」。

〔九四〕奇興：《唐文拾遺》卷四四、《金石文考證》作「寄興」。按：據文意，「寄興」義長。

〔九五〕閡：《唐文拾遺》卷四四、《金石文考證》作「硋」，二者義同。

〔九六〕證：《唐文拾遺》卷四四誤作「蹬」。

〔九七〕何：《唐文拾遺》卷四四作「河」。

〔九八〕無思無慮：《唐文拾遺》卷四四作「無思不服」。
〔九九〕《唐文拾遺》卷四四「必備」前闕「匪斲匪雕食不兼味服不」十字。
〔一〇〇〕墜：《唐文拾遺》卷四四闕。
〔一〇一〕悴：《金石文考證》「卒」旁作「卆」，俗別字。按：「卒」俗寫每作「卆」，從「卒」之字如「醉」、「粹」、「悴」、「崪」、「倅」、「膵」等亦作此形。《祖堂集》卷二《第二十八祖菩提達摩和尚》：「五口相共行，九十無彼我。」《太平廣記》卷二七九「孟德崇」（出《野人閒話》）：「大書九十字而覺。」「九十」即為「卆」字之隱語。
〔一〇二〕上：《唐文拾遺》卷四四闕。
〔一〇三〕拂石：《唐文拾遺》卷四四誤作「佛石」。
〔一〇四〕松：《唐文拾遺》卷四四闕。《金石文考證》等後有「光啟三年七月日建僧奐榮刻字」十三字，蓋據原碑記錄。

孤雲先生文集卷之三

碑

大嵩福寺碑銘並序〔一〕

臣聞王者之基，祖德而峻孫謀也。政以仁為本，禮以孝為先（仁孝，為一編大旨）。仁以推濟衆之誠，孝以舉尊親之典。莫不體無偏於夏範（無偏無黨，王道蕩蕩），遵不匱於周詩（孝子不匱，永錫爾類）。聿修芟秕稗之譏（芟，刈也。秕，不成粟也。稗，似稻而實細也。比政事不明），克祀潔蘋蘩之薦（《采蘩》注：「南國被文王之化，諸侯大夫能盡誠敬，以奉祭祀。」）。俾惠渥均濡於庶彙，德馨高達於穹旻〔二〕。勞心而扇暍（音謁，暑病。武王自孟津還于周，見暍人，左擁而右扇）泣辜（夏禹出見罪人，下車問而泣之），莫非拯羣品於大迷之域〔三〕；竭力而配天饗帝（《周頌》：「思文后稷，克配彼天。」盖尊之也。），莫非奉尊靈於常樂之鄉〔四〕。是知敦睦九親（《堯典》曰：「九族既睦。」），實惟紹隆三寶（佛、法、僧）。矧乃玉毫光所燭照，金口偈所流傳，靡私於西土生霛，爰及於東方世界（佛說《法華》時，放眉間瑞光，照東方萬八千里云）〔五〕。則我太平勝地也，性兹柔順（東方配五常則仁，故柔順）〔六〕，氣合發生（東方始生万物）。山林多靜默之徒，以仁會友；江海協朝宗之勢〔七〕，從善如流。故激揚君子之風〔八〕，薰漬梵王之道，猶若泥從璽（天子之璽，以紫泥封之），金在鎔（董仲舒曰：「上之和下，下之從上，猶金之在鎔。」此二句明從善如流），而得君臣鏡志於三歸，士庶翹誠於六度（鏡，照也。翹，秀起貌）。至乃國城無惜，能令塔廟相望。雖在贍部洲海邊，寧慚都史多（即兜率）天上？衆妙之妙，何名可名？金城之离（金城，新羅都城名），日觀之麓（日觀者，泰山東南峰名，而今新羅東亦有之），有伽藍號嵩福者〔九〕，乃先朝（景文王）嗣位之初載，奉爲烈祖元聖大王（册号敬信，即景文王之九世祖）園陵，追福之所修建也。粤若稽古寺之濫觴（《詩》云：「三江浩浩，其源濫觴。」注：濫，泛也。觴，杯也。謂岷山初出之源，但可泛一杯而已。故言凡事之始曰濫觴），審新刹之覆簣（《孟子》云：「爲山九仞，功虧一簣。」若盡一簣，則是覆也。故言凡事之終云覆簣），則昔波珍飡（職名）金元良者〔一〇〕，昭文王后（元聖大王之母）之元舅〔一一〕，肅貞王后（元聖大王之后）之外祖也。身雖貴公子，心實眞古人。始則謝安縱賞於東山，儼作歌堂舞館；終乃慧遠同期於西境，捨爲像殿經臺（晉謝安携妓遊東山三十年，後與慧遠法師共對遺民雷次宗、周續之、宗炳等百二十人結白蓮社，發願往生西方）。當年之鳳管鵾絃（崑山之竹，作管吹之，有龍鳳之音。以鵾之筋，作琴瑟之絃，用鐵撥彈，則其響如雷〔一二〕），此日之金鍾玉磬。隨時變改，出世因緣。寺之所枕倚也，巖有鵠狀，仍爲戶牓（鵠寺）。能使鶖盧長價（鶖鶬必具雌雄，故東西翼廊謂鶖盧），永令鵝殿增輝（養鵝園林，則蛇遠去，如佛之所住，百害盡祛，故法堂謂之鵝殿）。則彼波羅越之標形（西域達親國，有過去加葉佛伽藍，竆大石山作之，凡五層。最下層作象形，五百間石室。第二層獅子形，四百間。第三層馬形，三百間。第四層牛形，二百間。第五層鴿形，一百間。

囪牖通明，室中朗然。是名波羅越寺也），崛惤遮之紀號〔一三〕，詎若飛千里以取譬（古詩：「黃鶴飛千里。」），變雙林而刱題者哉（梁武帝時，傅大士於松山頂古寺，有雙檮樹故，改名雙林而居之）？但兹地也，威卑鷲頭（梵語枯標陀羅，乃唐言鷲峰也，佛於此說法），德峻龍耳（郭璞《錦囊經》云：葬龍耳則三年內白衣天子到門），與晝金界（金沙寶界），宜開玉田（王者之葬用玉匣）〔一四〕。洎貞元（唐德宗年号）戊寅年（元聖大王十四年）冬〔一五〕，遺教窀穸之事，因山是命（《綱目》注：「帝王之葬，因其山川而不復起墳。」），擇地尤難〔一六〕。乃指淨居（鵠寺），將安秘殿（王陵）。時獻疑者有言：「昔游氏之廟（鄭公欲毀游氏之廟，以廣園囿。子產曰：「子游之善，不能保五畝之宅耶？」公乃止。子游，是言偃之字，而曰游氏者未詳），孔子之宅（魯恭王欲壞孔子舊宅，以廣其居，聞有金石絲竹之音，乃不壞），皆不忍終毀〔一七〕，人到于今稱之〔一八〕。則欲請奪金地，無乃負須達多大捨之心乎（須達多，指給孤獨，作祇垣精舍者。比金元良也）？冥裝者〔一九〕，地所祐天所咎（地則增其厚，天則減其虛），不相補矣〔二〇〕。」而莅政者譏曰〔二一〕：「梵廟也者，所居必化，無往不諧，故能轉禍基爲福場，百億劫濟其危俗；霧隧也者，頫硂坤脉（頫音府，低頭也。硂同銓。坤脉，五行之氣運於地中，猶人之血脉運於皮膚之中），仰揆乾心（二十八宿與列星羅于乾心，各有主張分地），必在苞（抱同）四象于九原（四象，老少陰陽。九原，葬處也），千萬代保其餘慶。則也法無住相（佛法），禮有盛期（葬禮）。易地而居，順天之理。但得青鳥善視（郭璞之師青鳥先生，善陰陽地理，著《錦囊經》），豈令白馬悲嘶（《梁高傳》云：昔外國王盡毀諸寺，惟招提一寺未及毀，夜有白馬繞塔悲嘶，王乃停毀，改招提爲白馬寺）？且驗是仁祠（寺也），本隸（付屬）戚里（金元良也），誠宜去卑就峻（應上「威卑德峻」），捨舊（寺也）謀新（陵也）。使幽庭據海域之雄（陵也），淨刹擅雲泉之孅(寺也)。 則我王室之福山高峙，彼侯門之德海安流(《周禮》「師侯禳」注，侯者，侯迎。吉祥佛之所居，亦侯迎言祥，故曰侯門)。 斯可謂知無不爲，各得其所。 豈與夫鄭子産之小惠，魯恭王之中輟，同日而是非哉？宜聞龜筮協從，可見龍神歡喜。」遂遷精舍，爰創玄宮。 兩役庀徒(庀音披，具也，治也)，百工蕆事(蕆音闡，備也)〔二二〕。 其改創紺宇，則有緣之衆，相率而來。 張袂不風，植錐無地。 霧市奔趨於五里(後漢張楷能作五里霧，學術者塡門，人謂霧市)〔二三〕，雪山和會於一時(《西域記》：伊爛那城長者之子二百億，性情仁善，投雪山學佛，凡有所須，自其居家至于雪山，隣里奴僕交路替傳，曾不踰時。其和會可知)。 至於撤瓦抽椽，奉經戴像，迭相授受，競以誠成。 役夫之跬步不移〔二四〕，釋子之宴居已就(寺役畢)。 其成九原，則雖云王土，且非公田，於是括以邇封(括，量也。封，墳也。邇封，封之近地。)〔二五〕，求之善價，益丘隴餘二百結(丘隴，田畓。結，卜數)〔二六〕，酧稻穀合二千苫(猶石也)〔二七〕。 旋命所司(司治葬者)與王官之邑(之葬地也)，共芟榛徑，分蒔松埏。 故得蕭蕭多悲風，激舞鳳歌鸞之思(言宮人歌舞，以思先王)；鬱鬱見白日，助盤龍踞虎之威(言陵之形勢也。《漢書》：諸葛亮至石頭城，嘆曰：「鍾山虎踞，石頭龍盤，眞帝王之宅。」)。 且觀其地，壤異瑕丘(《檀弓》：公叔文子昇於瑕丘，嘆曰：「吾將死葬于斯。」)，境連暘谷(日出處)〔二八〕。 祇樹之餘香未泯(曾是寺址)，穀林之佳氣增濃(穀林，堯葬處)。 繡峰則四遠相朝(峰如錦繡)，練浦則一條在望(浦似亘練)。 實謂橋山孕秀(黃帝壽百一十歲，昇龍上天，葬弓劍於橋山)，畢陌標奇(畢陌，文王葬地)，而使金枝(本孫)益茂於鷄林，玉派(外孫)增湙於鰈水者矣(《爾雅》：「東方有比目魚，其名曰鰈。」葬事畢。)。 初，寺宇之徒也，雖同聳出(言寶塔多也，見《法華經》)〔二九〕，未若化城哉！ 得剗荊棘而認罔戀，雜茅茨而避風雨，僅踰六紀（十二年爲一紀，取歲星一周天），驟歷九朝（元聖、照聖、哀莊、憲德、德興、僖康、神武、文聖、憲安），而屢值顛覆，未遑嵩篩〔三〇〕。三利之勝緣有待（憲安王無子，欲擇膺廉爲婿。膺廉聞長女醜而少女有姿色，欲娶少女。範喬曰：「娶長女有三利：一王無子，以婿爲太子；二少女自然相從；三終得大位。」是爲景文王），千齡之寶運無虧。伏惟先大王（景文王也，僖康王之曾孫），虹渚騰輝（虹，水名。顓頊母曰女節，見有星流華渚，感而生顓頊），鰲岑降跡（慶州有鰲山）。始馳名於玉鹿（教授官也。南唐建學舍於玉鹿洞，以李道爲洞主，掌教授），別振風流〔三一〕；俄綰職於金貂（侍中冠名。《漢官儀》「貂蟬」注：「金取堅，蟬取高居飲潔，貂取內勁悍，外溫潤。」），肅清海俗。據龍田而種德（《易·乾卦》「九二」曰：「見龍在田，利見大人。」言其德已著，如舜遇釐降，即其時也。先王之爲憲安婿亦類此），栖鳳沼而沃心（周靈王太子晉吹鳳簫求凰，與秦穆公之女季嘯俱爲神仙而去。後人稱太子所居室曰鳳閣，所遊池曰鳳沼）。發言則仁者安人，謀政乃導之以道。八柄之重權咸舉（《周禮》：太宰以八柄詔王，御羣臣。注：「一有德則爵，二有功則祿，三言語合道則賜予，四有善行則置于位，五有大勳則使子孫享養，六有大罪則殺而奪符，七有罪則廢而放之，八有過失則譴責。」），四維之墜緒斯張（四維：天之東西南北，人之仁義禮智）。歷試諸難，利有攸往。旋屬憂侵杞國（李白詩：「杞國無事憂天傾。」此言王之昇遐，取天傾意）〔三二〕，位曠搖山（古文：「邦國曠位，山岳搖動。」亦言王之昇遐）。雖非逐鹿之原，亦有集烏之苑（《詩》云：「瞻烏爰止，于誰之屋。」言未知寶位將止于誰也）。然以賢以順，且長且仁，爲民所推，捨我奚適？乃安身代邸（漢文帝以代王至長安，受皇帝位於代邸），注意慈門（佛門也），慮致祖羞（移寺而安陵，若不嵩篩其寺，則是爲祖先奉佛之羞），願興佛事。因請芬皇寺僧嵩唱以修奉梵居之旨（芬皇寺，在今慶州邑北）〔三三〕，白于佛；復遣金純行以隆宣祖業之誠，告于廟。《詩》所謂「愷悌君子，求福不回」；《書》所謂「上帝時歆，下民祇協」。故能至誠冥應，善欲克從〔三四〕。卿士大夫與守，同心龜協〔三五〕。赫赫東國而君臨之，爰遣陪臣（諸侯之臣於天子爲陪臣），告終稱嗣（憲安王薨，景文王嗣位）。遂於咸通六年（唐懿宗年号），天子使攝御史中丞胡歸厚，以我鄉人前進士裴匡，腰魚（金魚袋）頂豸（音池，一名神羊，似鹿而一角，生于北荒。楚文王好服豸冠，漢爲法冠，御史冠之。堯時有一雙獬豸，立於階下。善者入則引之，不肖者入則觸之。死葬殿左，朱草生長一丈，小人入則指之），爲輔行（副使），與王人田獻，銛（音暹，利也）來錫命，曰：「自光膺嗣續，克奉聲猷，俾彰善繼之名，允協至公之舉（非王子弟而以仁善承位，故曰至公）。是用命爾爲新羅國王，仍授檢校太尉兼持節充寧海軍使。」向非變齊標秀，至魯騰芬，何以致飛鳳筆而寵外諸侯，降龍旌而假大司馬之如是矣（筆柄雕鳳，旌上畫龍）？亦既榮沾聖澤，必將親拜霸丘（先王陵）。肆以備千乘之行，奚翅耗十家之産（漢文帝曰：「百金，中人十家之産。」）？遂命大弟相國〔三六〕，致齊淸廟〔三七〕，代謁玄扃（陵也）。懿乎鷄樹（雞林）揚蕤（音惟，草木華垂貌。又孫氏《瑞應》曰：「王者禮備至，則葳蕤生于殿前。」），鴒原挺茂（《詩·常棣》注：鶺鴒行則首尾相接。喻兄弟急難相救）。歲久而永懷耕象（陸龜蒙曰：世謂舜田于歷山，象爲耕，鳥爲耘。吾觀象行必端而必湥，法其端湥曰象耕。鳥之啄食務疾而畏奪，法其疾畏故曰鳥耘。非眞象鳥耕耘），時和而罷問喘牛（漢相丙吉事）。藻野耨川（《文選》云：「靚粧藻野，袨服耨川。」或曰當作「耨野藻川」，言耘耨於野，采藻于川），觀者如雲。乃有鮐背之叜（背瘠如鮐），鶬眉之僧（眉皓如鶬），抃手相慶，大相賀曰：「貴介弟之是行也，聖帝之恩光著矣，吾君之孝理成焉。」禮義鄉風，綽有餘裕。遂使海波晏，塞塵清，天吏均(《淮南子》：「四時天之吏。」)，地財羨(音衍，餘也)。則乃踵修蓮宇(寺也)，威護柏城(陵也)。今也其時，捨之何俟？於是孝誠旁達，思夢相符(晝思夜夢)，乃見(現也)聖祖大王(元聖王)，撫而告曰：「余而(汝也)祖也。而(上同)欲建佛像，餙護予陵域，小心翼翼，經始勿亟〔三八〕。佛之德，予之力，庇爾躬。允執厥中，天祿永終。」既而韻耿銅壺(漏壺也)，形開玉枕(《莊子》：「其寢也魂交，其覺也形開。」)〔三九〕。不占十煇(春官掌十煇之法，以觀妖祥。煇謂日傍之光。一曰侵，陰陽相侵，赤雲爲陽，黑雲爲陰；二曰象，如赤鳥；三曰鑴，日傍雲氣刺日；四曰監，赤雲在日傍如冠珥；五曰闇，日月食也；六曰瞢，日月無光；七曰彌，雲氣貫日而過；八曰叙，雲氣次序如山；九曰隮，升虹也；十曰想，雜氣形象)，若佩九齡(文王謂武王曰：「汝何夢矣？」武王對曰：「帝與我九齡。」文王曰：「汝九十，我百歲。」)。遽命有司，虔修法會。華嚴大德釋決言承旨，於當寺講經五日，所以申孝思而薦冥福也。因下教曰〔四〇〕：「不愛其親，經所戒也；無念爾祖，詩寧忘乎？睠言在藩(新羅是海外藩邦而天子睠顧)，有欲修寺。魂交致感，瘁慓(心驚聳動貌)衿靈〔四一〕。既媿三年不蜚，滐思一日必葺。百尹(尹，治也，猶言百官)御史，謂利害何？雖保無賣兒貼婦之譏(宋明帝以湘東舊宅爲寺，謂何尚之曰：「此是朕之大功德。」散騎常侍虞愿對曰：「此是賣兒貼婦之錢，佛若有知，必當悲愍，何功德之有？」注：貼，以物爲質。言徭役繁重，民不能供，故或賣兒質婦，以當役錢)，或慮有鬼怨人勞之說(秦築長城，民作《魚河曲》，鬼有怨恨之聲)。獻可替否，爾無忽諸(替，廢也。否，非也)！」宗臣繼宗勛榮以下，協議上言曰：「妙願感神，慈靈現夢。誠因君志先定，果見衆議僉同。是寺也成，九族多慶。幸值農隙，請興杍工(杍，音子，木匠也)〔四二〕。」爰用擇人龍於建禮仙門（馬岌謂宋纖曰：「人中之龍。」摩詰詩：「建禮高秋夜。」注：建禮，門名，盖禮曹門也），舉僧象於昭玄精署（即持律院）〔四三〕，乃命宗室三良曰端元、毓榮、裕榮，與釋門二傑曰賢諒、神解，及贊導僧嵩唱等督其事〔四四〕。且國君爲檀越，邦彦爲司存（即有司也。彦，美士），力既有餘，心能匪懈，將俾小加大，豈宜新間舊？然恐沮檀溪宿願（梁武帝伐竹木沉檀溪，積茅如岡阜，立願云：「事若成，則當以此材建立伽藍。」竟得如意），不瑕傷棎苑前功（西域有中虚棎樹，女子從中而出，王取而爲后，建寺於其地，号棎苑）。選掇故材，就遷高墌。於是占星揆日（《詩》云：「定之方中，揆之以日。」乃作楚宫之事也），廣拓宏規，合土範金（造作器用，見《禮運》），爭呈妙技。雪梯而倕材架險（削木爲梯，其白如雪。倕，黄帝時巧匠名），霜塗而獿堊黏香（獿，古之土工。堊，白土也。黏，着也。言以香和土而塗之）〔四五〕。斵嵒麓而培垣（培，加土也）〔四六〕，壓溪流而敞戶（敞，高明也）。易荒階以釦砌（釦，音口，金餙也。言砌石之隙，以鉛錫而鑄餙），變卑廡以琱廊（琱，雕餙也）。複（重也）殿龍盤，中以廬舍那（淨滿也）爲主；層樓鳳跱（峙同。屹立貌），上以修多羅（契經也）爲名。高設鯨桴（張衡《東京賦》：「撥鯨魚鏗牢鍾。」注：海岸有獸，名蒲牢，其聲如鍾，性畏鯨，見鯨輒吼，故鑄鍾以蒲牢爲首。桴則像鯨而擊之），對標鸞檻（畫鸞於檻）。綺井華欑而鞞鞢（綺井者，即藻井也。畫芰荷水草以覆之，所以避火，乃井上板子。欑，音贊，聚也。鞞，音狎。鞢，音雜，花相次比貌也），繡楣枝擁而杈枒（楣，音而，梁上柱。杈音叉，歧枝木。枒，音牙。言楣梠相接，齒牙相入）〔四七〕。聳翼如飛，回眸必眩。其以增嵩而改作者〔四八〕，有若晬容（佛也）別室（別於衆寮，即正殿也），圓頂（僧也）蓮房（蓮也一房百子，故喻僧之一舍衆居）。揣（度也）食臑（音奭）堂（即食堂），晨炊㢋（音侈，廣也）舍（即香積殿）〔四九〕，加以雕礱（磨也）罄（盡也）巧，彩臒（音廓，丹中之善者，多出衡山）竄精（俄知寺役畢也，更加治理，使人眩眸）〔五〇〕。巖洞共清，烟霞相煥。玉刹（法堂上左右白竿）掛蓬溟之月，兩朶霜蓮；金鈴激松澗之風，四時天樂。就觀勝槩，傑出遐陬。左峰巒則鷄足挐雲（三峰特秀，如鷄足之倒立。挐，牽引也），右原隰則龍鱗閃（動也）曰（《公羊傳》：「上坪曰原，下坪曰隰。」言上下阡陌，相次如龍鱗），前臨則黛列鯷嶠（黛，翠黑色。鯷，腹大尾少魚，山形似之），後睇則鉤連鳳岡（飛鳳山）〔五一〕，故得遠而望也峭而奇，迫而察也爽而麗。則可謂樂浪仙境，眞是樂邦（佛國曰極樂）；初月名山，便爲初地（十地中初地也。地有生成住持四義。先生筆法，與山水而并奇麗）。善建而事能周匝（寺與陵俱修），勤修而福不虛捐。必爲大庇仁方，上資寶壽。罩三千界爲四境（罩音朝，壓也），籌五百歲爲一春（人間五百歲爲四王天一晝夜）。豈期獵豹樊岑，方歡豎尾；跨龍荆峀，遽泣墮髯（黃帝鑄鼎於荆山下湖水上，鼎成龍至。帝及羣臣宮女七十二人乘龍上天。百姓攀龍髯，髯絕帝墮弓，百姓抱弓号泣。喻景文王昇遐。奉佛既勤，豈期至此乎）〔五二〕。獻康大王（景文王太子）德峻竗齡〔五三〕，神清遠體。仰痛於寢門問豎（文王爲世子時，王季有疾，則鷄初鳴就寢門，問候於宦豎），俯遵於翼室宅宗（宅，居。宗，主。蓋帝王居喪則不居正殿，徙居翼室，爲居憂之宗主也）〔五四〕。滕文公盡禮居憂，終能剋己（克除私欲也）〔五五〕；楚莊王侯時修政，其實驚人（楚皐之鳥，三年不飛不鳴，飛將衝天，鳴將驚人之語）。矧復性襲華風，貽滋慧露，抗（舉也）尊祖之義，激歸佛之誠。中和（唐僖宗年号）乙巳年秋，教曰：「善繼其志，善述其事。永錫爾類，在我而已。先朝所建鵠寺，宜易榜爲『大嵩福寺』〔五六〕。其持經開士（大心始開），提綱淨吏（維羅之類），南畝以資供施，一依奉恩故事（武烈王爲眞智王追福所建）〔五七〕。其故波珍飡金元良所捨地利〔五八〕，輸轉非輕。宜委正法司（糾正僧法之司），別選二宿德，編籍爲常住。」薦祉于冥路，則有以見居上位者（王自稱）無幽不察，結大緣者（金元良）有感必通。自是鳧鍾（《考工記》：「黄帝命鳧氏造鍾。」）吼泬寥（泬音穴。宋玉《九辨》〔五九〕：「泬寥兮天高。」注：泬，曠蕩也。寥，空也），龍鉢（《壇經》云：曹溪寶林寺前潭中，有一龍常出没，現形甚巨。師叱之曰：「爾不能現少身耶？」龍乃少身躍出。師展鉢曰：「爾入老僧鉢。」龍乃入鉢。師至堂爲龍設法，龍乃蜕去。故云龍鉢耶？又龍所獻鉢歟？）飫香積（《維摩經》：淨名居士過上房四十二恒沙世界，至香積世界，借一飯供養一萬文殊也）。唱導則六時玉振（「金聲而玉振」之語），修持則萬劫珠聯（持戒之法，如聯珠而不絶）。偉矣哉！得非尼父所謂「無憂者其惟文王〔六〇〕，父作之子述之」者耶（父王季，子武王）？慶曆景午（即丙午也，丙字高宗之諱，故改爲景）年春〔六一〕，顧謂下臣曰：「《禮》不云乎，『銘者自名也。以稱其先祖之德，而明著之後世，此孝子孝孫之心也』？先朝締構之初〔六二〕，發大誓願，金純行與若（汝也）父肩逸，嘗從事於斯矣。銘一稱而上下皆得（吾與汝俱得孝之心也）〔六三〕，爾宜譔銘（譔，造也。銘，名記其功）〔六四〕。」臣也浪跡星槎（引張騫乘槎〔六五〕，自喻入中國），偷香月桂（言登第也）。虞丘永慟（《家語》：孔子至虞丘，聞子皋哭甚哀，問其故。對曰：「樹欲静而風不待，子欲養而親不待。遊宦列國，既歸而親没，故哭之。」），季路徒榮（《家語》：子路少時爲親負米，及親没，仕於楚而嘆曰：「雖欲負米，其可得乎？」）。承命震驚，撫躳悲咽（昔於乘桴之時，父有嚴訓。今於還錦之日，父不待養。季路、子皋，實與我千古同情。況有君命，及於父事。心驚淚咽，無地措躳）。竊思西宦，日覽柳氏子珪錄東國事之筆〔六六〕，所述政條，莫非王道。今讀鄉史，完是聖祖大王（文聖王）朝事迹〔六七〕。抑又流聞漢使胡公歸厚之復命也（流聞，傳聞也），飽採風謠，白時相曰：「自愚已往出山西者（言武士也。《漢書》云：「山西出將。」故烈武夫多出楊州），不宜使海東矣。何則？鷄林多佳山水，東王詩以印之而爲贈。賴愚嘗學，爲綴韻語，强忍媿酧之〔六八〕。不爾，爲海外笑必矣。」君子以爲知言（東國之行王道，右文學，中國人習知之）。是惟烈祖以四術開基（武烈王使金春秋統合三韓，始開詩書禮樂之教。一云元聖王以五經三史諸子百家分上中下而用人），先王以六經（《詩》、《書》、《易》、《禮記》、《春秋》、《周禮》）化俗，豈非貽厥之力（應上峻孫謨勸王基祖德）能得焕乎？其文則銘無媿辭，筆有餘勇（言若使我贊揚四術六經之化，則無愧於心，有勇於文），遂敢窺天（側管窺天）酌海（傾蠡酌海），始緝凡詞（今撰佛碑，未免凡詞）〔六九〕。誰知墜月摧峰（獻康王薨，如月墜山崩），俄興永恨。旋遇定康大王，功成遺礪，韻叶吹篪。既嗣守丕圖，將繼成遺績。無安厥位（《伊訓》文），未喪其文。而遠逐日弟兄，遽値西山之影；高憑月妹姊〔七〇〕，永流東海之光（《說文》：東王以日爲兄弟，以月爲姊妹。又《春秋感精符》曰：「人主父天母地，兄日姊月也。」今定康遠逐獻康兄之日，而共作西山之影，言其死也。死而無子，傳於眞聖妹，則是憑月流光也）。伏惟大王殿下（眞聖女主），瓊蕚聯芳（取《詩》棣蕚比兄弟之意。唐玄宗兄弟五人，作花蕚聯芳樓）〔七一〕，璇源激爽（王者宗系），體英坤德，纘懿天倫。諒所謂懷神珠（《法華經》：八歲龍女懷珠，入會獻珠，往南方成佛）、鍊彩石（女媧補天事），有虧皆補，無善不修。故得《寶雨》金言，焯然授記（《寶雨經》云：五百年後，法欲滅時，汝於瞻部洲東北方，摩訶支那國顯女身，自在王位，化育羣生）；《大雲》（亦經名）玉偈，完若合符〔七二〕。且以文考成佛宫，康王施僧供，已峻琉璃之界（寺也），未刊琬琰之詞（碑文也），申命瑣才（瑣，玉屑，言才少也。申，重也。先王既命，今王重命之）〔七三〕，俾搖柔翰（柔，無力也，言非長杠巨筆）。臣雖池慚變墨（羲之洗硯，池色變黑），而筆忝夢椽（忝，辱也。王洵，字坦之，夢人授如椽大筆）。窃比張融，不恨無二王之法（齊張融善草書，高帝曰：「恨卿無二王書法。」對曰：「亦恨二王之無臣法。」二王，羲之、坦之）；庶幾曹操，或能解八字之褒。設使灰撲塡池（漢武帝鑿昆明池得灰，問東方朔，不知，藏之府庫。後有西來胡僧曰：「此乃天地撲滅時劫灰也。」），塵飛漲海（王方平與麻姑言，見東海三變爲桑田），本枝蔚矣，齊若木而長榮（《淮南子》曰：「灰野之山有樹名曰若木，日入處也。」）；豐（厚也）石（碑也）巋然，對焦墟而卓立（十住昆婆娑云：南海有石，其名沃焦，万流至此皆焦，故海水不增。取久遠之義）〔七四〕。齋誠拜手〔七五〕，抆涕（思先主之命，自然流涕）援毫，追蹤華（蹤迹之華麗也）而獻銘曰：

迦衛慈王（迦衛，具云迦維衛，此云赤津），嵎夷太陽（嵎夷，日出處）〔七六〕。
現于西土〔七七〕，出自東方。無遠不照，有緣者昌。
功嵩淨刹（寺也）〔七八〕，福蔭冥藏（陵也）〔七九〕。烈烈英祖（元聖王），德符命禹（指大舜）。
納于大麓（用《舜典》語），奄有下土。保我子孫，爲民父母。
根湥桃野，派遠桑浦（都桃扶桑，皆在東海）。蜃紼龍輴，山園保眞。
幽堂闢隧（治陵），聳塔遷隣（移寺）〔八〇〕。萬歲哀禮，千生淨因。
金田厚利，玉葉長春。孝孫淵懿，昭感天地。
鳳翥龍躍，金圭合瑞（此二句，言子孫英傑，世世顯榮。金圭，諸侯所執之信。圭上圓下方，瑞信也。五等諸侯，各有所執。公執桓圭，侯執信圭，伯執躬圭，子執穀璧，男執蒲璧也。言以王之金圭，符合于天子之冒。《周禮》：「天子執冒以朝諸侯。」冒，鎮圭也，以德覆冒天下）。包靈不昧〔八一〕，徽福斯至。

欲報之德（先祖之德），克隆法事〔八二〕。妙選邦傑（俗三良，邦二傑），嚴敦國工（工匠也）。伺農之隙，成佛之宫。彩檻攢鳳，雕樑架虹〔八三〕。繚墉雲矗，繢壁霞融。盤基爽塏，觸境蕭灑〔八四〕。藍峀交聳，蘭泉迸瀉。花媚春巖〔八五〕，月高秋夜。雖居海外，獨秀天下。陳稱「報德」（陳後主爲高宗創報德寺），隋號「興國」（隋文帝創興國寺）。孰與家福（金元良），興之國力（景文移建，獻康改榜）〔八六〕。堂聒妙音，廚豐淨食。嗣君（定康王）遺化，萬劫無極。於（嘆美辭）鑠（盛也）嫓后（指眞聖女主也），情敦孝友。致孅雁行，愼徽（美也）龍首（陵也）。詞恧（音六，媿也）腐毫（自謙也），書慚掣（引也）肘（臂節也。《説苑》：魯君使宓子賤爲單父宰，子賤恐魯君聽讒而不得便其政，遂請魯君之近吏善書者，俱與至官，使之書，傍坐掣其肘，書醜則怒，更欲善書，則又掣之。書者歸告于君。君不會其意，問於孔子。孔子曰：「不齊，君子也。意者以此爲諫乎？」君悟而從之。單父大治。不齊，子賤之名。先生此書中，諷諫之語，實不媿於掣肘之意，而其如君不能悟，何哉？）。

鰌壑雖渴（鰌音秋，長千餘丈，入穴則潮進，出穴則潮退。壑，指其所居之海），龜珉不朽（珉，美石，即龜上所竪之碑也。世傳言龍生九子，不成龍而各有所好。一曰贔屭，形似龍而好負重，故碑下趺是也。二曰螭吻，形似獸，性好望，故今之屋上獸頭是也。三曰蒲牢，形似龍而好吼，今之鍾上紐是也。四曰狴犴，形似虎有威力，故立于獄門是也。五曰饕餮，性好飲食，故立于鼎蓋是也。六曰蚣蝮，性好水，故立于橋頭是也。七曰睚眦，性好殺，故立于刀環是也。八曰金猊，形似獅〔八七〕，性好烟，故立于香爐是也。九曰椒圖，形似螺蚌，性好閉，故立于門鋪首是也）〔八八〕。

〔校記〕

〔一〕據韓國金煐泰《三國新羅時代佛教金石文考證》（韓國民族社，一九九〇）等介紹，此碑原在慶尚北道慶州初月山崇福寺（見《三國遺事》卷二），今僅存殘片。《金石文考證》七十五題作《大崇福寺碑》，前有題署：「有唐新羅國初月山大崇福寺碑銘並序」，蓋據原碑錄。按：東國金石諸錄皆作「大崇福寺」，惟此作「大嵩福寺」。

〔二〕穹旻：韓國許興植《韓國金石全文》（漢城亞細亞文化社，一九八四）作「穹昊」。按：二者義同，均指穹蒼。南朝陳徐陵《陳文帝哀策》：「億兆何覺，穹旻遽傾。」吴兆宜箋注：「《爾雅》：穹蒼，蒼天也。又：秋爲旻天。」《周書・宣帝紀》：「穹昊在上，聰明自下。」是其例。

〔三〕莫非：《金石文考證》作「豈若」。

〔四〕莫非：《金石文考證》作「豈若」。

〔五〕爰：《金石文考證》作「先」。

〔六〕玆：《金石文考證》作「滋」。按：二者古今字。《墨子・非攻上》：「以虧人愈多，其不仁玆甚，罪益厚。」孫詒讓間詁：「玆、滋古今字。」

〔七〕朝宗之勢：《金石文考證》誤作「祖宗之欲」。

〔八〕故激揚君子之風：《金石文考證》作「是故激揚君子之風」。

〔九〕嵩福：《金石文考證》作「崇福」。

〔一〇〕飧：《金石文考證》作「飡」，異構字。
〔一一〕昭：《金石文考證》作「炤」，異構字。
〔一二〕雷：異構為「靁」，原注「回」作「囘」，乃其變。下同，不另出校。
〔一三〕怪：《韓國金石全文》作「恠」。按：「恠」為「怪」之俗寫體。唐顏元孫《干禄字書》：「恠怪：上俗，下正。」
〔一四〕開：《金石文考證》作「闓」，通用字。
〔一五〕寅：《文集》作「寅」，異構字。下不另出校。
〔一六〕尤：《文集》作「九」，減筆俗字。按：從「尤」之字如「就」、「稽」、「鷲」等，《文集》及原注亦如此作。下不另出校。
〔一七〕皆不忍：《金石文考證》作「猶皆不忍」。
〔一八〕到：《金石文考證》作「致」，二者義同。
〔一九〕冥裝者：《金石文考證》作「冥葬者」。
〔二〇〕地所祐天所咎不相補矣：《金石文考證》作「地所祐天所咎也咎不相補矣」。
〔二一〕讖：《韓國金石全文》作「誠」，形近而誤。
〔二二〕蕆：《文集》及原注作「藏」，俗別字。兹據《金石文考證》等改為正體。按：「蕆事」謂事情辦理完成。前蜀杜光庭《王宗玠宅弘農郡夫人降聖日修大醮詞》：「瀝丹欵以騰詞，拂碧壇而蕆事。」《宋史・樂志九》：「新廟肅肅，蕆事以時。」均其例。

〔二三〕趨：《韓國金石全文》作「超」，《金石文考證》作「趍」。按：「超」字形誤，「趍」為「趨」之俗。

〔二四〕跬步：《金石文考證》誤作「走步」。不：《韓國金石全文》作「未」。

〔二五〕以：《韓國金石全文》作「其」。

〔二六〕二百結：《金石文考證》作「弍百結」。

〔二七〕酧：《金石文考證》作「酬」，異構字。

〔二八〕境：《韓國金石全文》作「場」。

〔二九〕聳出：《金石文考證》作「湧出」，二者義同。

〔三〇〕嵩餙：《金石文考證》作「崇飾」，二者義同。

〔三一〕風流：《金石文考證》作「玄風」。

〔三二〕杞：《文集》及原注均作「杞」。按：俗寫二者不拘，今據文意改為正體。原注所引李白詩句見《相和歌辭・梁甫吟》。

〔三三〕嵩唱：《金石文考證》作「崇昌」。

〔三四〕從：《金石文考證》作「終」。

〔三五〕同心龜協：《金石文考證》闕「同心」二字。

〔三六〕《金石文考證》此句下有注「尊謚惠成大王」。

〔三七〕齊：《金石文考證》作「齋」，通用字。

〔三八〕經：《金石總覽》作「營」。

〔三九〕玉枕：《金石文考證》作「玉寢」。

〔四〇〕因：《金石文考證》作「仍」。

〔四一〕痒：《金石文考證》誤作「痒」。

〔四二〕杍工：《金石文考證》誤作「杍工」。

〔四三〕舉：《金石文考證》作「擧」，異構字。《玉篇·手部》：「擧，《説文》曰，對舉也。今作舉。」僧象：《金石文考證》作「僧衆」。

〔四四〕嵩唱：《金石文考證》作「崇昌」。

〔四五〕獿：《文集》作「忄」旁著「夒」之形，訛俗字，今據《金石文考證》等改為通行字體。按：「獿」指古代善於塗刷牆壁的人。《漢書·揚雄傳下》：「獿人亡，則匠石輟斤而不敢妄斲。」顏師古注：「服虔曰：『獿，古之善塗墍者也。施廣領大袖以仰塗，而領袖不汙。有小飛泥誤著其鼻，因令匠石揮斤而斲，知匠石之善斲，故敢使之也。』墍即今之仰泥也。獿，抆拭也，故謂塗者爲獿人。」

〔四六〕斸：《韓國金石全文》作「斸」。

〔四七〕杈：《文集》及原注作「木」旁著「义」之形，《金石文考證》作「杈」，均「杈」字之俗。「杈枒」，亦作「杈椏」，謂樹的分枝。《方言》第二：「江東謂樹歧曰杈椏。」唐杜甫《雕賦》：「擊叢薄之不開，突杈枒而皆折。」又《王兵馬使二角鷹》詩：「悲臺蕭瑟石巃嵸，哀壑杈枒浩呼洶。」

〔四八〕嵩：《金石文考證》作「崇」。

〔四九〕舍：《金石文考證》作「屋」。

〔五〇〕彩雘：《金石文考證》作「彩艧」。按：二者同詞異寫，「雘」同「艧」。南朝梁江淹《閩中草木頌・薯蕷》：「黃金共壽，青艧爭妍。」一本作「雘」。宋梅堯臣《送刁景純學士赴越州》詩：「會稽迎太守，舟屋畫粉艧。」一本作「雘」。精：《文集》及原注均作「精」，異構字。下不另出校。

〔五一〕岡：《金石文考證》作「崗」。按：「崗」為「岡」之俗。《集韻・唐韻》：「岡，俗作崗。」

〔五二〕鬢：《金石文考證》作「髩」。

〔五三〕竗齡：《金石文考證》作「妙齡」。按：二者同詞異寫，「竗」同「妙」。

〔五四〕翼室：《金石文考證》作「翌室」。按：二者義同，指路寢旁的左右室。《書・顧命》：「延入翼室，恤宅宗。」曾運乾正讀：「江聲云：路寢旁室也。翼是左右兩旁之名。」《晉書・禮志中》：「昔周康王始登翌室，猶戴冕臨朝。」是其例。

〔五五〕剋：《金石文考證》作「克」，《金石全文》作「尅」，通用字。

〔五六〕大嵩福寺：《金石文考證》作「大崇福」。

〔五七〕此句後《金石文考證》有注：「奉恩寺乃聖憲大王追福建□」。

〔五八〕飡：《金石文考證》作「湌」，異構字。

〔五九〕辨：當作「辯」。引文出自宋玉《楚辭·九辯》：「泬寥兮天高而氣清。」王逸注：「泬寥，曠蕩空虚也。」

〔六〇〕其惟文王：《金石文考證》作「其惟文王乎」。

〔六一〕曆：《金石文考證》作「歷」，通用字。

〔六二〕締構：《金石文考證》作「締搆」。按：二者同詞異寫。

〔六三〕一：《金石文考證》作「壹」，按：「壹」為「一」的大寫。

〔六四〕譔：《文集》及原注作「諟」，異構字。

〔六五〕張騫：原注誤作「張蹇」，徑改。據南朝梁宗懍《荆楚歲時記》載：漢張騫曾奉命出使西域等河源，乘槎經月。

〔六六〕日覽：《金石文考證》作「日賞覽」。

〔六七〕完：《金石文考證》作「宛」。按：據文意，作「宛」義長。

〔六八〕媿酧：《金石文考證》作「愧酬」。按：二者義同。

〔六九〕詞：《韓國金石全文》作「辭」。

〔七〇〕妹姊：《金石文考證》作「妹娣」。

〔七一〕蕚，《文集》及原注「亐」旁作「亏」，俗寫體。

〔七二〕完：《金石文考證》作「宛」。按：據文意，作「宛」義長。

〔七三〕瑣：《文集》及原注、《金石文考證》等均作「瑣」，俗寫體，《敦煌俗字典》「瑣」字條收錄此形。才：《金石文考證》作「材」，通用字。

〔七四〕焦墟：《金石文考證》作「沃焦」。

〔七五〕齎誠：《金石文考證》作「齊誠」。

〔七六〕太陽：《金石文考證》作「大陽」。按：二者同詞異寫，「大」、「太」古今字。

〔七七〕現：《金石文考證》作「顯」，二者義同。

〔七八〕嵩：《金石文考證》作「崇」。

〔七九〕藏：《金石文考證》作「裝」。

〔八〇〕聳塔：《金石文考證》作「踴塔」。

〔八一〕包：《金石文考證》作「乞」。

〔八二〕克：《金石文考證》作「剋」，通用字。

〔八三〕雕：《金石文考證》作「彫」，通用字。

〔八四〕蕭灑：《韓國金石全文》作「瀟灑」，《金石文考證》作「蕭洒」。按：三者同詞異寫。

〔八五〕媚：《文集》作「媚」，異構字。《金石文考證》作「娓」，義同「媚」。按：「娓」亦有美義。《詩·陳風·防有鵲巢》：「誰侜予美」唐陸德明釋文：「予美，《韓詩》作娓……娓，美也。」

〔八六〕興：《金石文考證》作「崇」。

〔八七〕獅：原注作「亻」旁著「師」之形，訛俗字，兹改為正字。

〔八八〕《金石文考證》末有「手桓謚等刻」五字，蓋據原碑所錄。

智證和尚碑銘 並序〔一〕

序曰〔二〕：五常（仁、義、禮、智、信）分位，配動方（東是萬物始生之方，故曰「動方」）者曰仁〔三〕；三教（儒、佛、老）立名，現淨域者曰佛〔四〕。仁心則佛，佛目能仁，則（音測，法也）也。導郁夷（東方）柔順性源〔五〕，達迦衛（竺國）慈悲教海，寔猶石投水〔六〕，雨聚沙然（言易也）。矧東諸矦之外守者〔七〕，莫我大也〔八〕。而地靄既好生爲本，風俗亦交讓爲先〔九〕。熙熙（和樂之貌）太平之春，隱隱（安適之貌）上古之化〔一〇〕。加以性參釋種〔一一〕，遍（削也）頭居寐錦（音昧，金緇衣也）之尊（眞平王剃頭爲僧，自号法雲）；語襲梵音，彈舌足多羅（西域木名，其葉廣大潔白，故寫經文）之字〔一二〕。寔迺天彰（明也。或云指漢明帝，未詳）西顧〔一三〕，海印（佛之證法也。《會玄記》：七寶山間，香水海中，閻浮提有情無情一切物像，炳現其中，故謂之海印）東流〔一四〕。宜君子之鄉，染法王之道〔一五〕，日深又日深矣〔一六〕。且自魯記隕星（《春秋》：魯莊公七年夏四月，星隕如雨，恒星不見而夜明如日，即佛生之應）〔一七〕，漢徵佩日（漢明帝永平三年，夢見金人項佩圓日，飛行殿庭。帝覺問傅毅，遣中郎將蔡請往西域求佛法來）〔一八〕，像跡則百川含月〔一九〕，法音則萬籟號風〔二〇〕。或緝（績也）懿（美也）縑緗（淡黃帛，謂繡織佛像），或鐫（刻也）花琬琰（玉石也，謂雕刻佛像）〔二一〕。故濫觴洛宅（洛邑也。周召王二十四年甲寅夏四月八日，江漢泉池忽然汎漲，大地震動。五色光氣貫紫微，遍於四方。王問太史蘇由，對曰：「必有聖人生于西方。一千年後，聲教及此。」因刻石，埋南郊祀側。此佛法將來之始）〔二一〕、懸鏡秦宮（始皇時，有外國沙門悉利防等十八人，持佛經來。始皇囚防等，夜有丈六金身面如懸鏡，破獄出之。乃驚懼謝焉。此佛法現著之事）之事跡昭昭焉〔二二〕，如揭合璧（此明白之意。古詩：「日月如合璧，五星如連珠。」）。苟非三尺喙（孔子曰願有三尺喙，出《莊子》）、五色毫（江淹夢受五色筆，自後文藻日新），焉能措辞其間，駕（傳也）說于後？就以國觀國〔二四〕，考從鄉至鄉（此用《道經》文：「一國觀一國，一鄉觀一鄉。」），則風傳沙嶮而來（沙嶮，流沙，葱嶺峙也）〔二五〕，波及海隅之始。昔當東表鼎峙（三韓也）之秋，有百濟蘇塗之儀（蘇木塗土也，言土木爲像而祀也。《説文》謂塔曰浮屠，亦曰蘇塗。《東夷傳》：三韓立蘇塗，似浮屠也），若甘泉金人之祀（漢武帝元狩中，霍去病入西域，獲渾邪王及金人一軀來，長丈餘。帝以爲大神，置甘泉宮，燒香禮拜）〔二六〕。厥後西晉曇始，始之貊（今春川），如攝騰（西域僧東入（漢明帝時入中國）〔二七〕；句驪（今平壤）阿度，度于我（一本作羅。新羅訥祇王時，墨胡子自高句麗來至善山，刱立桃李寺）〔二八〕，如康會南行（《吴書》：赤烏四年，康居國大丞相之康會，棄俗歸緇，以遊化爲任。行至建康，立茅茨設像行道，限三七日，瓶中乞得舍利有驗。權喜，立寺塔）。時乃梁菩薩帝，反東泰一春（《南史》：普通八年改元大通，而帝幸東泰寺捨身）〔二九〕；我法興王，制律條八載也（法興王十三年）〔三〇〕。亦既海岸植與樂之根（慈能與樂，悲能拔苦），日鄉曜增長之寶（信能增長智功德也）〔三一〕。天融善願〔三二〕，地聳勝因。爰有中貴（《廣利傳》：「中貴從廣。」注：居中用事之貴人）捐軀〔三三〕，上仙（王子也）剔髮，苾蒭西學，羅漢東遊。因爾混沌能開（東國佛教之初世界）〔三四〕，娑婆（堪忍也）遍化。莫不選山川勝槩，竊土木奇功，藻（音早，文飾也）宴坐之宮，燭修行之路〔三五〕。信心泉涌，慧力風揚。果使漂杵（武成血流漂杵）蠲災（兵亂息也）〔三六〕，韔（弓衣）櫜（音高，箭韜）騰慶〔三七〕。昔之蕞爾

（小也）三國，今也壯㦲一家（武烈王滅百濟，文武王滅高麗也）。雁刹（《西域記》云：昔有伽藍僧，懷小乘教，食五淨肉，見羣雁飛，戲曰：「今日廚供有缺，宜善和。」時有一雁折翼而下，上應大德曰：「此佛菩薩憐愍愚迷示現。」因以瘞雁爲塔，故云雁塔）雲排，將無隙地；鯨桴雷振，不遠諸天〔三八〕。漸染有餘〔三九〕，幽求不斁〔四〇〕。其教之興也〔四一〕，毘婆娑（廣海，小乘教也）先至，則四郡（樂浪、臨屯、玄菟、眞蕃）驅四諦之輪；摩訶衍（大乘教也）後來，則一國曜一乘之鏡。然能義龍雲躍，律虎風騰（《高僧傳》云：義淨能通義學，故曰義龍。贊寧能解律學，故曰律虎也）〔四二〕，洶學海之波濤，蔚鷄林之柯葉〔四三〕，道咸融乎無外〔四四〕，情或涉於有中〔四五〕，抑止水停漪（水波也，比妄想）〔四六〕，高山佩旭（初出日，比心印）者盖有之矣〔四七〕，世未之知。洎長慶（唐穆宗年号）初〔四八〕，有僧道義〔四九〕，西泛睹西堂之奥，智光（自心也）侔智藏而還（西堂，馬祖弟子，智藏禪師）〔五〇〕。始語玄契者〔五一〕，縛猿心護奔北之短（節終，適越而北轅也）〔五二〕，矜鷃翼誚圖南之高（《莊子》：斥鷃笑大鵬曰：「彼奚適也？我騰躍而上，不過數仞而下，翱翔蓬蒿之間，此亦飛之至也。」喻禪之見謗於世），既醉於誦言，競嗤爲魔語〔五三〕。是用韜光廡下（棄玉也），斂跡壺中（長房壺也），罷思東海東〔五四〕，終遁北山北（佛陀耶舍謝秦使曰：「脫如見禮羅什，則貧道當遠遁於北山之北。」）〔五五〕。豈大易之无悶（遯世无悶）〔五六〕，中庸之不悔者耶（不見知而不悔）〔五七〕？然秀冬嶺，芳定林（東坡詩：「冬嶺秀孤松。」）〔五八〕，蟻慕（《徐無鬼》云：「羊肉不慕蟻，蟻慕羊肉，羊肉羶也。舜有羶行，百姓悅，故三徙成都，至隥之墟，而十有万家。」）者彌山〔五九〕，鷹化（變惡爲善，如鷹化爲鳩）者幽谷〔六〇〕。道不可廢，時然後行。及興德大王纂（繼也）戎（大也），宣康太子監撫（古詩：「監國撫軍太子事。」），去邪醫國，樂善肥家。有洪陟大師〔六一〕，去西堂證心〔六二〕，來南岳休足。鶩（似山鷄而小，乃華虫）冕（天子玉冕，公衮冕，侯伯鶩冕，子男毳冕，大夫絺冕，士玄冕。蓋朝祭之冠，上玄下纁，前後有旒各十二，每旒十二玉，玉之色以朱白蒼黄玄爲次。冕者略俛之意，前低一寸二分）陳順風之請（黄帝往崆峒山，順下風而問道於廣成子也）〔六三〕，龍樓（王者所居）慶開霧之期〔六四〕。顯示密傳〔六五〕，朝凡暮聖。變非蔚也，興且勃焉（《左傳》臧文仲曰：「禹湯罪己，其興也勃焉。」）〔六六〕。試較其宗趣〔六七〕，則修乎修沒修，證乎證沒證（無修、無證，言虚無也）。其靜也山立，其動也谷應。無爲之益，不爭而勝。於是乎東人方寸地（心地）霧矣（言溺於佛也）〔六八〕。能以彭（靜同）利利海外〔六九〕，不言其所利。大矣哉！爾後觴（盃也）鶱（飛也）河（盃度和尚携一木盃渡河）〔七〇〕，筌融道（即道義，明宗旨之意）〔七一〕，無念爾祖〔七二〕，寔繁有徒〔七三〕。或劒化延津（言得道中原而不還也。西晉惠帝時，張華使雷煥掘鼓城獄，而得雌雄二劒，各佩其一。華誅，失劒所在。煥死，其子雷華持劒渡延平津，劒躍入水，使潛水者求之，不得，但見雙龍蜿蜒而去），或珠還合浦（言得道而還也。後漢孟嘗爲合浦太守，郡不産穀，海出寶珠，民以爲業。先是太守貪取珠，民不勝其苦，珠徙交趾郡。至是革袪舊弊，珠即還來）〔七四〕。爲巨擘者，可屈指焉。西化則靜衆無相（無相大師燒指求指〔七五〕，衣草食土，居靜衆寺。保唐、無住，皆其門人。唐玄宗西幸時，禮敬殊深。柳尚書按東川，畫無相、無住、道一、地藏四祖師影，起四證堂。李尚書作銘云：「猗歟靜衆，來隔天潯。遺珪擲組，爐指求心。柔菅伐毳，掬土延陰。蘇含檀鉢，露濕瓊針。」碑在東川惠義寺。天潯指中原）、常山慧覺（金云卿弟也，馬和尚弟子），益州金、鎮州金者是也〔七六〕。東歸則前所叙北山義（道義）、南岳陟（洪陟）、而降太安（寺也）徹（惠徹）〔七七〕、國師慧目〔七八〕、育智力門〔七九〕、雙溪（寺名）昭（惠昭）〔八〇〕、新興（寺名）彦（仲彦）、涌巖體〔八一〕、珠丘（寺名）休（覺休）〔八二〕、雙峰（寺名）雲

(惠雲)〔八三〕、孤山(寺名)日(品日)〔八四〕、兩朝國師聖住(寺名)染(無染)爲菩提宗〔八五〕。德之厚爲父衆生，道之尊爲師王者〔八六〕。古所謂「迯名名我隨〔八七〕，避聲聲我追〔八八〕」者。故得皆化被恒沙〔八九〕，蹟傳豐石，有令兄弟，宜爾子孫。俾定林標秀於鷄林，慧水安流於鰈水矣〔九〇〕。别有不戶不牖而見大道，不山不海而得上寶(二句言不去中原而得道)，恬然息意，澹乎忩味，彼岸也不行而至，此土也不嚴而治，七賢(伯夷、叔齊、虞仲、夷逸、朱張、小連、柳下惠)孰取譬，十住(發心、治地、修行、生貴、具足、正心、不退、童眞、法王子、灌頂)難定位者(不歷階位而證大道)，賢溪山智證大師其人也〔九一〕。始大成也，發蒙于梵體大德〔九二〕，稟具于瓊儀律師；終上達也，探玄于慧隱嚴君〔九三〕，受默于揚孚令子(嚴、令，尊美之稱)〔九四〕。法胤(《說文》：「子孫相承續也。」)唐四祖〔九五〕，爲五世父〔九六〕。東漸于海，遡流(逆流上曰遡洄，順流下曰遡流)數之〔九七〕，雙峰(四祖号也)子法朗，孫愼行，曾孫遵範，玄孫慧隱，末孫大師也〔九八〕。朗大師，從大醫(指四祖也)之大證〔九九〕。按杜中書正倫纂(撰同)銘(《法朗銘》)云〔一〇〇〕：「遠方奇士，異域高人。無憚嶮道〔一〇一〕，來至珍所〔一〇二〕。則掬(兩手承之也。《曲禮》：受珠玉者以掬。恐墮破也)賓(寶同)歸止〔一〇三〕，非師而誰(朗師)？第知者不言〔一〇四〕，復藏于密。能探秘藏，惟行(愼行)大師〔一〇五〕。」然時不利兮，道未亨也。乃浮于海，聞于天。肅宗皇帝，船貽天什(詩篇)〔一〇六〕，曰：「龍兒渡海不憑筏，鳳子冲虛無認月(龍鳳兒子指朗師。筏月喩方便也)。」師以「山鳥海龍」二句爲對(山不擇鳥，鳥能擇山；海不擇龍，龍能擇海)，有湥旨㦲！東還三傳至大師〔一〇七〕，畢萬之後於斯驗矣(《左傳》：晉卜偃曰：「畢万之後必大。」指魏文侯。斯能興宗業，言今大師能復振祖風〔一〇八〕。其世緣則王都（慶州）人，金姓子，號道憲，字智詵。父贊瓌〔一〇九〕。母伊氏。長慶甲辰歲現于世〔一一〇〕，中和壬寅曆歸于寂〔一一一〕，宴坐也四十三夏〔一一二〕，歸全也（曾子曰：「父母全而生之，子全而歸之。」）五十九年。其具體則身仞（七尺）餘〔一一三〕，面尺所（餘也），儀狀魁岸（高也），語言雄亮（清也），眞所謂「威而不猛」者。始孕泊滅〔一一四〕，奇蹤秘說，神出鬼沒，筆不可紀。今撮其感應聳人耳者六異〔一一五〕，操履驚人心者六是〔一一六〕，而分表之。初，母夢一巨人告曰：「僕昔勝見（毘波尸也）佛，季世爲桑門〔一一七〕，以嗔恚故〔一一八〕，久墮龍報〔一一九〕。報既（盡也）矣〔一二〇〕，當爲法孫。故托妙緣〔一二一〕，願弘慈化〔一二二〕。」因有娠〔一二三〕。幾四百日，灌佛之旦（四月八日）誕焉〔一二四〕。事驗蟒亭（《高僧傳》云：漢安息國沙門安清字世高，至廬山郱亭之廟艤舟。廟神語高曰：「吾與汝俱出家學道，吾則好施而多嗔，故受蟒身爲此廟神。周回千里皆吾所轄，報形極醜，又朝暮且死，必入地獄。吾有縑千端並雜寶玩，當爲造塔建寺，以資冥福。」高許之。徐曰：「能出形相？」於是從帳中出頭，乃巨蟒也。高出梵音呪之，蟒垂淚如雨，俄不見。高舟未發，有少年跪前。高報曰：得離惡形，生善處云。後人於山西澤中見一死蟒，頭尾數千里。高至預章，以其物建大安寺。世高本世子，當嗣位，讓叔父，出家。聰敏好學，內外典籍，無不綜達也）〔一二五〕，夢符象室（佛母麼耶夫人夢見大聖乘六牙白象從天而入胎）〔一二六〕，使佩韋者益誡（西門豹性急，佩韋自警）〔一二七〕，擁毳者（着袈裟者）精修。降生之異一也。生數夕不嚥乳，㝅（音樓，壓乳而飲之）之則啼欲嗄（音愛，嘔逆也）〔一二八〕。欻有道人過門誨曰：「欲兒無聲〔一二九〕，忍絕葷腥〔一三〇〕。」母從之，竟無恙。使乳育者加慎，肉飧者懷慚〔一三一〕。宿習之異二也。九歲喪父，殆毀滅。有追福僧（即證師主齊體者）憐之，諭曰〔一三二〕：「幻軀易滅〔一三三〕，壯志（出家度生之志）難成。昔佛報恩，有大方便。子勉之！」因感悟輟哭〔一三四〕，白所生（母也）〔一三五〕，請歸道。母慈其幼，復念保家無主，確不許〔一三六〕。耳踰城古事（佛之踰城出家之事）〔一三七〕，則亾去。就學浮石山，忽一日心驚，坐屢遷。俄聞倚閭成疾〔一三八〕，遽歸省，而病隨愈。時人方之阮孝緒（梁武帝時人，家世仕宦，年十四五，通經大旨。十六丁外艱，終喪，入鍾山聽經。久之，在席驚心而歸家，母果罹疾而合用蔘。船入終南山，有鹿引指蔘處，采用而母疾愈）〔一三九〕。居無何，染沈痾，謁醫無效〔一四〇〕，枚卜之（枚非一也），僉曰：「宜名隸大神（佛也）。」母追惟曩夢，試覆以方袍（袈裟）而泣〔一四一〕。誓言斯疾若起，乞佛爲子。信宿（再宿也），果大瘳（音秋，愈也）。仰悟慈念〔一四二〕，終成素志。使舐犢者割愛（王彪子修，爲曹操所殺。操見彪曰：「公何瘦之甚？」答曰：「恨無金日磾先見之明，猶有老牛舐犢之愛。」操改容謝之。日磾，漢昭帝臣，見其子與宮人戲，遂殺之）〔一四三〕，飲蛇者釋疑（晉樂廣親客杜滿，飲酒見盃中有蛇影，惡之成疾。于時壁上有弓，廣知其弓影。復置酒請飲，盃中果有其影。因疑解病除）〔一四四〕。孝感之異三也。至十七受具，始就壇〔一四五〕，覺袖中光熠熠然〔一四六〕，探之得一珠。豈有心而求，乃無脛而至（孔融云：「珠玉無脛而至者，人好之也。」善言不行而至者，類是），眞《六度經》所喻矣（以戒喻珠）。使飢呼者自飽（喻教學）〔一四七〕，醉偃者能醒（喻禪學）。勵心之異四也。坐雨竟（西域之法，一年分爲熱雨寒三際。自二月十六日至六月十五日爲熱際，六月十六日至十月十五日爲雨際，十月十六日至二月十五日爲寒際），將他適〔一四八〕，夜夢遍吉菩薩（普賢也）撫頂提耳曰〔一四九〕：「昔行難行〔一五〇〕，行之必成。」形開痒然（心驚聳縮貌）〔一五一〕，默篆肥骨（言銘佩也）〔一五二〕。自是不復服繒絮焉〔一五三〕，絛綫（音線）之須（補破之具）〔一五四〕，必用麻楮〔一五五〕，不穿韃（音達，小羊皮也）履〔一五六〕，翃羽翣（扇也）毛茵（氊也）餘用乎〔一五七〕？使緼黂者開眼〔一五八〕，衣蟲者（錦繡衣者）厚顔（恧怩也）。律身之異五也。自綺年（妙年也），飽老成之德，加瑩戒珠。可畏者（後生也）競相從求益，大師拒之曰：「人之大患〔一五九〕，好爲人師（用孟子語）〔一六〇〕。强欲惠不惠（言無惠人之才，而强欲惠之也）〔一六一〕，其如模不模何（言模不可以爲模也。《淮南艸木譜》曰：模木生周公冢上，其葉春青夏赤，秋白冬黑，以色得其正也。楷木生孔子冢上，榦枝疎而不屈，以質得其直。正與直可爲法，況在周孔之冢乎）〔一六二〕？況浮芥海鄉（所得者小，如浮芥舟於大海），自濟未暇〔一六三〕，無影逐（楞嚴演若達多迷頭逐影之事）爲必笑之態。」後山行〔一六四〕，有樵叜假（音格，至也），碍前路曰〔一六五〕：「先覺覺後覺（用伊尹語），何須恪空殼（幻身）〔一六六〕？」就之則無見焉〔一六七〕。爰愧且悟〔一六八〕，不阻來求〔一六九〕。森竹葦（衆多貌）于溪藍山水石寺（即連山開泰寺，或云尚州龍興寺，未詳）〔一七〇〕。俄卜築他所〔一七一〕，曰：「不繫（孔子所云「吾豈匏瓜」之意）爲懷，能遷是貴。」使佔畢者（《學記》：「佔，視也，畢，簡也。」謂但諷誦其佔視之簡牘，不能通其蘊奥之義）三省，營巢者九思（重復思之）。垂訓之異六也。贈太師景文大王心融鼎教（三教也）〔一七二〕，面渴輪工（大轉法輪之工，指大師）〔一七三〕，遙溪爾思，覬裨我則〔一七四〕，乃寓書曰：「伊尹大通（何事非君，何使非民，治亦進，亂亦進）〔一七五〕，宋纖小見（《晉書》：宋纖有遠操，不與世俗交遊。太守馬岌造焉，高臺重閣拒不可見。岌嘆曰：「名可望而身不可見，德可仰而形不可覩，然後知先生人中之龍也。」乃銘詩於石壁曰：「丹岸千尺，青壁萬尋。奇林鬱鬱，蔚若鄧林。其人如玉，維國之珍。室通人遠，實勞我心。」）〔一七六〕。以儒譬釋〔一七七〕，自邇陟遠。甸邑（畿内）巖居〔一七八〕，頗有佳所。木可擇矣，無惜鳳儀。」妙選近侍中可人，鵠陵（宮名）昆孫金立言爲使〔一七九〕，既傳教，已因攝齊（弟子禮）焉。答曰：「修身化人，捨靜奚趣？鳥能之命（應「擇木」語）〔一八〇〕，善爲我辭。幸許安塗中（莊子釣於濮水，楚王使大夫二人往先焉，願以境內累矣。莊子持竿不顧，曰：「吾聞楚有神龜，死已二千歲矣，王巾笥而藏之廟堂之上。此龜者，寧其死爲枯骨貴乎？寧其生而曳尾於塗中貴乎？」二大夫曰：「寧生而曳尾於塗中。」莊子曰：「往矣，吾當曳尾於塗中。」），無令在汶上（季氏使閔子騫爲費宰。子騫曰：「善爲我辭焉。如有復我者，則吾必在汶上。」言遠去也）。」〔一八一〕上聞之，益珍重〔一八二〕。自是譽四飛於無翼〔一八三〕，衆一變於不言。咸通（唐懿宗年号）五年冬，端儀長翁主（景文王之姊）未亾人（寡婦之自稱）爲稱當來佛是歸〔一八四〕，敬謂下生〔一八五〕，厚資上供。以邑司（翁主所封之地）所領賢溪山安樂寺〔一八六〕，富有泉石之美，請爲猿鶴主人。大師乃告其徒曰〔一八七〕：「山號『賢溪』，地殊『愚谷』（柳子厚所居之地名）；寺名『安樂』，僧盍住持〔一八八〕？」從之徙焉，居則化矣〔一八九〕。使樂（音蓼）山者益靜，擇地者愼思。行藏之是一焉〔一九〇〕。佗日告門人曰〔一九一〕：「故輔粲（官名）金公嶷勳度我爲僧〔一九二〕，報公以佛。」乃鑄丈六玄金像〔一九三〕，傅之以銑（金之光澤者），爰用鎭仁宇（寺也），導冥路〔一九四〕。使市恩者曰篤〔一九五〕，償義者風從〔一九六〕。知報（知恩而報也）之是二焉〔一九七〕。至八年丁亥，檀越翁主使茹金（姓名）等〔一九八〕，持伽藍南畝（即賢溪田地）暨贜（男奴）獲（女婢）本籍（文簿）授之〔一九九〕，爲壞袍（袈裟）傳舍（奴隸車馬之所，或云補縫破衣之舍）〔二〇〇〕，俾永不易〔二〇一〕。大師因念言：「王女資法喜，尚如是矣；佛孫味禪悅，豈徒然哉〔二〇二〕！我家非貧〔二〇三〕，親黨皆沒〔二〇四〕。與落路行人之手，寧充門弟子之腹。」遂於乾符六年捨庄（田廬）十二區田五百結（百卜爲一結。方俗以周五弓爲一結。四肘爲弓，一尺八寸爲肘。王荆公詩曰：「臥占寬閒五百弓。」）隸寺焉。飯孰譏囊（著實工夫，則可免此譏。《漢書》稱衡曰：「時輩唯荀則可與同言，餘人皆酒俗飯囊。」）〔二〇五〕，粥能銘鼎（正考父之事）〔二〇六〕。民天（以食爲天）是賴，佛土可期。雖曰我田〔二〇七〕，且居王土〔二〇八〕。始質疑於王孫輔粲繼宗〔二〇九〕、執事侍郎金元八咸熙〔二一〇〕，及正法司大統釋玄亮〔二一一〕。聲九皋，應千里（言遠聞也），贈太傅憲康大王恕（佳之也）而允之〔二一二〕。其年九月，教南川郡統僧訓弼〔二一三〕，標墅畫生場〔二一四〕。斯皆外佐君臣益地〔二一五〕，內資父母生天，使續命者興仁（北齊后主馮淑妃字小憐，以五月五日召入宮，号曰續命）〔二一六〕，賞歌者悛過（唐裴晉公召一歌妓作半日遊，賞絹五疋。書生有詩云：「一曲清歌五疋絹，佳人猶自意嫌輕。不知貧女寒囱下，幾度抛梭織得成。」）〔二一七〕。檀捨之是三焉。有居乾惠地者曰沈忠〔二一八〕，聞大師刃（惠刃也）餘定慧，鑑透乾坤，志確曇、蘭（《法苑珠林傳》云：漢靈帝時，詳曇入洛。明帝時，法蘭入中國。是皆西竺之僧，來化東土者也），術精安、廩（僧道安，內外羣書皆遍覽，亦出《珠林傳》。廩末詳），禮足已（見禮畢）〔二一九〕，白言：「弟子有剩地〔二二〇〕，在曦陽山腹〔二二一〕，鳳巖龍谷，境駭橫目（何尚之曰：「橫目之民。」）〔二二二〕，幸構禪宮〔二二三〕。」徐答曰：「吾未能分身〔二二四〕，惡用是？」忠請膠固，加以山靄〔二二五〕，有甲騎爲前騶之異，乃錫挺樵磎而相（省視也）歷（推察也）焉〔二二六〕。且見山屏四列〔二二七〕，則鷟（紫鳳）翅掀雲〔二二八〕；水帶百圍〔二二九〕，則虬（無角龍）腰偃石。即且喈愕曰〔二三〇〕：「獲是地也，庸非天乎？不爲青衲（僧也）之居〔二三一〕，其作黃巾（賊也）之窟。」遂率先於衆，防後爲基（先於人而作基，以防後慮）。起瓦簷四柱以壓之〔二三二〕，鑄鐵像二軀以衛之。至中和（唐僖宗年号）辛丑年〔二三三〕，教遣前安輪寺統僧俊恭〔二三四〕，司正史裴聿文〔二三五〕，標定疆域，仍榜爲「鳳巖」焉〔二三六〕。及大師化往數年〔二三七〕，有山甿爲野寇者〔二三八〕，始敢拒輪（螗蜋拒轍之喻，言不自量力），終能食椹（《魯頌》「飛鴞食椹」之語，言終歸于化也）〔二三九〕，得非深輿定水，預沃魔山之巨力歟〔二四〇〕？使折臂者標義〔二四一〕，掘尾者制狂（唐含元殿前道路轉如龍尾，安祿山欲掘之。或云地冒生怒，則掘尾而走）。開發之是四焉。太傅大王以華風掃弊〔二四二〕，慧海濡枯，素欽霧育之名（或云霧芝照育王璉二禪師）〔二四三〕，渴聽法深之論（東晉哀帝詔笠僧法深講《般若經》於禁中，及辞還剡山，支遁寓書求買沃川北嶺而歸隱。答曰：「未聞巢、許買山而隱。」及卒，帝賜錢十萬而造塔）。乃注心鷄足（即賢溪山），灑翰鵠頭〔二四四〕，以徵之曰：「外獲小緣〔二四五〕，念踰三際（一年）〔二四六〕；內修大慧〔二四七〕，幸許一來〔二四八〕。」大師感動琅函，言及勝因，通世同塵，率土懷玉〔二四九〕。出山，轡織迎途，至憩足于禪院寺；錫安信宿，引問心于月池宮〔二五〇〕。時屬纖蘿不風，溫樹方夜（溫泉上樹耶？溫室前樹耶），適覩金波（月也）之影，端臨玉沼之心〔二五一〕。大師俯而覬〔二五二〕，仰而告曰：「是即是（上是水月，下是心也）。」餘無所言〔二五三〕。上洗（洒同）然忻契曰〔二五四〕：「金仙（唐武宗改佛号爲大覺金仙）花目（佛以青蓮花目顧視迦葉，迦葉破顔微笑）〔二五五〕，所傳風流〔二五六〕，固協於此〔二五七〕。」遂拜爲忘言師〔二五八〕。及出，俾蓋臣（《大雅》：「王之藎臣。」注：「忠愛之篤，進進無已。」）譬旨〔二五九〕，幸宜小停〔二六〇〕。答曰〔二六一〕：「謂牛戴牛，所直無幾（梁武帝遣使召陶弘景，弘景畫二牛以進。一則戴金籠厭粟豆，一則無羈獨臥於芳草中。帝曰：「此人如此，其可致耶？」言若留京，則如戴牛價少）；以鳥養鳥（即避風魯鳥也）,為惠不貲（言多也）。 請從此辟,枉之則折。」上聞之喟然,以韻語嘆曰:「挽既不留〔二六二〕,空門鄧侯（《晉書》:鄧瑜字伯道,爲吴郡太守,除水以外,束薪斗米,不食於民,稱疾去職,民至有卧輪。人歌曰:「鄧侯挽不留,謝公推不去。」）〔二六三〕。 師是支鶴（西晉哀帝時,支遁字道林,人有遺鶴者,乃放之曰:「沖天凌雲之物,豈耳目之所玩哉?」）〔二六四〕,吾非趙鷗（後趙石勒弟,名虎字季龍,襲兄之位,傾心事佛圖澄。朝會引見,侍御史舉輦升殿,太子諸公扶翼而前。主者唱曰:「大和尚!」坐者皆起。勅司空李農朝夕問候。支遁聞之曰:「澄公,其以季龍爲鷗鳥乎?」《列子》曰:昔有人無心坐江邊,鷗鳥聚游膝下。其父見之曰:「取鷗鳥來!」從其父教,有心待之,鳥更不來）〔二六五〕。」乃命十戒弟子、宣教省副使馮恕行〔二六六〕,投送歸山〔二六七〕。 使待兔者離株（比出山）〔二六八〕,羨魚者學網（比入山靜修）。 出處之是五焉。 在世行無遠近夷險,未嘗代勞以蹄角。 及還山,氷雪梗跋涉〔二六九〕,乃以栟櫚（梗楠之屬,可作床几輪轝者）步轝船行〔二七〇〕,謝使者曰:「是豈非井大春所云人車耶（後漢井丹子大春常曰:「黄帝作車,少昊加牛,大禹加馬,已不可,况代人乎?」）〔二七一〕? 爲顧英君（井大春封君也）所不須〔二七二〕,矧形毁者乎〔二七三〕?」然命既至矣〔二七四〕,受之爲濟苦具〔二七五〕。 及迻（音移）疾于汝樂練（蘭也）若〔二七六〕,杖錫不能起〔二七七〕,始乘之。 使病（憂也）病者了空（病空也,病空故乘之）,賢賢者離執（固執）〔二七八〕。 用捨之是六焉。 至冬杪（十二月）既望之二日〔二七九〕,趺坐晤言（《蘭記》云:「一室相對之言曰晤言。」）之際〔二八〇〕,泊然（恬静無爲也）無常。 嗚呼! 星廻上天〔二八一〕,月落大海。 終風（終日風）吼谷〔二八二〕,則聲咽虎溪（惠遠入滅,虎溪若咽）; 積雪摧松,則色侔鶴樹（佛入泹槃時,雙林變爲白鶴色）〔二八三〕。 物感斯極,人悲可量。 信（再宿）而假殯于賢溪,期而遷窆于曦野〔二八四〕。其詞曰〔二八五〕：

麟聖依仁乃據德（孔子未生時，有麒麟吐玉書，闕里人家曰：「水精之子，繼衰周而素王天下。」孔母徵在，以繡紱係其角。及後獲麟，孔子解紱而泣，絕《春秋》之筆）〔二八六〕，鹿仙知白能守黑（《燉煌實錄》云：老子父姓韓，名虔。夜夢日精敷野而仙人駕鹿入室，與上洋朱氏特猪婢子，合孕而生，故曰鹿仙）。

二教從稱天下式〔二八七〕，螺髻眞人難确力（佛髻如螺形）〔二八八〕。

十萬里外鏡西域（成光子曰：自長安至中印度境五万八千里，西至那拘遮國五萬八千里）〔二八九〕，一千年後燭東國〔二九〇〕。

鷄林地在鼇山側，儒仙自古多奇特〔二九一〕。

可憐曦仲不曠職（羲和，堯時主四時之官，賓日餞日者也）〔二九二〕，更迎佛日辨空色〔二九三〕。

教門從此分階墄〔二九四〕，言路因之理溝洫（田間水道也）。

身依兔窟心難息（兔有三穴，以避外禍），足躡羊歧眼還惑（羊腸山有九曲險路。上四句言教路多端）〔二九五〕。

法海安流眞叵測〔二九六〕，心傳眼詖包眞極〔二九七〕。

得之得類罔象得（春池失珠，覓之不得，罔象無心而得之。出《莊子》）〔二九八〕，嘿之嘿異寒蟬嘿（蟬之不鳴者雄也，不鳴是嘿。大師則具說，故異於常嘿）〔二九九〕。

北山義與南岳陟〔三〇〇〕，垂鵠翅與展鵬翼（鵠、鵬皆言遠遊中原）〔三〇一〕。

海外時來道難抑〔三〇二〕，遠派禪河無擁塞〔三〇三〕。

蓬托麻中能自直〔三〇四〕，珠探衣內體傍貣（音惕，借也）〔三〇五〕。

湛若賢溪善知識，十二因緣非虛餙（六是六異也）〔三〇六〕。

何用攀絙兼拊杙（攀絙，渡流沙之事。拊杙，越葱嶺之事。言在此而得道）〔三〇七〕，何用砥筆及含墨（言不假文字而得道）〔三〇八〕。

彼既遠學來匍匐（指上義與陟也）〔三〇九〕，我能靜坐降魔賊（指大師）〔三一〇〕。

莫抱意樹設栽植〔三一一〕，莫苞情田枉稼穡〔三一二〕。

莫抱恒沙論萬億〔三一三〕，莫抱閒雲定南北（此四句戒辭。前二句戒守嘿之癡禪，次二句戒參尋之愚僧）〔三一四〕。

德馨四遠聞薝蔔（梔子花），慧化一方安社稷（土、穀之神，有德者配食焉。共工氏之子句龍氏，食於社。厲山氏之子柱，食於稷。乃王者崇奉神明，以報天地之功用，是國家安危所在之所）〔三一五〕。

面奉天花飄縷裓（音克，衣裾也），心憑水月呈禪栻（上句入王城時事。此句答王問心之事）〔三一六〕。

霍副（人名，疑古之貧者）往錦誰入棘（或云挾繞壞衣也。然諸解多端，未詳孰是）〔三一七〕，腐儒玄杖慚擿埴（盲者以杖探路之狀也。玄杖，筆也，言以儒記佛，如盲人之不知去路）〔三一八〕。

跡耀寶幢（指塔也）名可勒〔三一九〕，才輸錦頌文難織〔三二〇〕。

囂腹欲飫禪悅食〔三二一〕，來向山中看篆刻〔三二二〕。

附：碑陰文字

太傅王馳醫問疾，降駷（朱子曰：馬高七尺以上者）營齋〔三二三〕。不暇無偏無頗，能諧有始有終〔三二四〕。特教菩薩戒弟子建功鄉（地名）令金立言慰勉諸孤（弟子），賜謚智證〔三二五〕，塔號寂照。仍許勒石，俾錄狀聞。門人性蠲、敏休、楊孚、繼徽等，咸得鳳尾者（晉謝鳳有文章，而其子超宗又有文章，謂之得鳳毛），斂陳迹以獻。至乙巳歲，有國民媒儒道、嫁帝鄉（先生年十二入唐，即僖宗元啓年中也。佛碑中儒道字，尤更生色），而名掛輪中（言登科）、職攀柱下者（侍御史著鐵冠立柱下）曰崔致遠〔三二六〕，捧漢后（天子）龍緘（詔書也），賚淮王（新羅王）鵠幣，雖慚鳳舉，頗類鶴歸（先生自謙言。己之榮貴雖不足爲鳳舉之比，其去家久而今始歸，則頗與丁氏鶴相似）。上命信臣清愼陶竹楊〔三二七〕，授門人狀，錫手教曰：「縷褐東師，始悲西化（大師）〔三二八〕；繡衣西使，滚喜東還（先生）。不朽之爲，有緣而至。無悋外孫之作〔三二九〕，將酧大師之德〔三三〇〕。」臣也雖東箭非才〔三三一〕，而南冠多幸（晉顧象，吴郡人。虞潭，會稽人。時人贊曰：「顧實南冠，虞惟東箭。」注：南冠文人、東箭武主〔三三二〕）。方思運斧（郢人鼻端有堊如蠅糞，使匠人斲之。運斧成風，斲盡其堊而鼻不傷），遽值號弓（言王之昇遐），況復國重佛書，家藏僧史〔三三三〕，法碣相望，禪碑最多。遍覽色絲，試搜錦頌〔三三四〕，則見無去無來之說，競抱斗量〔三三五〕；不生不滅之談〔三三六〕，動論車載。曾無《魯史》新意（《春秋》乃孔子筆削，《魯史》則是史外傳心之要典。而今於法碣中，不見其意），不用周公舊章（孔子修《禮記》，盡用周公之所撰《周禮》）〔三三七〕。是知石不能言，益驗道之云遠（言佛說遍滿國中，而周魯之道則遠矣）。惟懊師化去早，臣歸來遲。鍐鏈字誰告前因（昔有一比丘，誦習《法花》，常忘「鍐鏈」二字。其師曰：「汝於宿世受持《法華》，蠹食此二字，故未克見記。」）〔三三八〕，逍遙義不聞眞訣（恨不與大師相遇，叩其眞而質下之)〔三三九〕。每憂傷手(相傳云：大匠若無則，小匠恐傷手。不能執斧，言以我腐儒，不敢下手於大師之碑)，莫悟中拳(《傳燈錄》云：二十五祖奢耶多，自生至長，恒拳左手。見獅子尊者而申之，有一粒珠，衆皆驚異。獅子叙其宿因，而勸出家。今言無緣於佛，莫悟其理)〔三四〇〕。嘆時則露往霜來，遽凋愁鬢(以東方君子之國而盡入於西天之域耶？可嘆時事之變遷)〔三四一〕；談道則天高地厚，僅腐頑毫(俯仰天地僅存我一人而已乎)〔三四二〕。將諧汗漫之遊(《淮南子》云：盧敖遊北海，見一道士，問曰：「夫子何與我爲友？」士曰：「吾將遊於汗漫之上。」乃聳身直入雲中。敖仰視曰：「吾比夫子，若壤虫之於黄鵠也。」此比大師於道士，而自比於敖也)，始述崆峒之美(崆峒山有廣成子宫，景美不可盡述也。此言述大師之景行)。有門人爽英〔三四三〕，來趣受辛。金口是資(依也。后稷廟前有金人三緘其口，盖愼言之意。言自家資無言而不答也)，石心彌固(堅不欲作序)。忍踰刮骨(五代萇從簡中流矢，命醫刮骨而言笑忍痛。言忍不作序之甚)，求甚刻身(求之益甚)。影伴八冬(久也)，言資三復(累也)。抑六異六是之屬辞，無媿賈勇有餘者，實乃大師內蕩六魔，外除六蔽，行苞六度，坐證六通故也(其苦心勞身既至若是，則竟不可不爲屬辞爾)。事譬採花(然記事也，如蜂之採花，但取其香不擇其味)，文難消蘗(後魏李季白上書切諌，即消其蘗。而今則登石，難於消也)〔三四四〕，遂同榛楛勿剪(陸機賦：「彼榛楛之勿剪兮，亦蒙榮於集翠。」言善惡同歸於美)〔三四五〕，有慚糠粃在前(習鑿齒與道安法師周遊，安先去，齒曰：「簸之揚之，糠粃在前。」安曰：「淘之汰之，沙石在後。」言自家詩文之恥也)。跡追蘭殿之遊(梁武帝與達摩共遊蘭殿)，誰不仰月池佳對(時王崇佛，人皆仰之)；偈效柏梁之作(漢武帝作柏梁臺，命盧多遜作七字詩。七言始於此。五言始於蘇武《河陽詩》。先生於此碑，實緘口持難，八冬之久。然既有王命，如武帝柏梁之爲，則不敢不作)，庶幾騰日域(東方)高譚〔三四六〕。

芬皇寺釋慧江書并刻字歲八十三〔三四七〕

院主大德能善

通俊

都唯那等

玄逸

長解

鳴善

旦越成碣西□大將軍著紫金魚袋蘇判阿叱彌

加恩縣將軍熙弼

當縣□刃淬治□□□于德明

龍德四年歲次甲申六月　日竟建

〔校記〕

〔一〕據韓國金煐泰《三國新羅時代佛教金石文考證》(韓國民族社，一九九〇)等介紹，原碑在慶尚北道聞慶郡加恩面院北里鳳巖寺，釋慧江書並刻。《唐文拾遺》卷四四題為《大唐新羅國故鳳巖山寺教諡智證大師寂照之塔碑銘並序》，《金石文考證》六十三題作《鳳巖寺智證大師寂照塔碑》。《金石文考證》等首有原碑題錄：「大唐新羅國故曦陽山鳳巖寺教諡智證大師寂照之塔碑銘並序，入朝賀正兼延奉皇花等使、朝請大夫、前守兵部侍郎充瑞書院學士、賜紫、金魚袋臣崔致遠奉教撰。」據韓國許興植《韓國金石全文》（漢城亞細亞文化社，一九八四）及《金石文考證》，《文集》誤將碑陰所刻文字（自「太傅王馳醫問疾」至「庶幾騰日域高譚」誤植於「贊詞」（「其詞曰」）之前，此據之移之文後，作為附錄。

〔二〕序：《唐文拾遺》卷四四、《金石文考證》作「叙」，通用字。

〔三〕配動方者曰仁：《唐文拾遺》卷四四、《韓國金石全文》、《金石文考證》「仁」下有「心」字。

〔四〕現：《唐文拾遺》卷四四、《金石文考證》作「顯」。域：《唐文拾遺》卷四四作「城」。

〔五〕導：《韓國金石全文》、《唐文拾遺》卷四四作「道」，二者古今字。

〔六〕寔：《唐文拾遺》卷四四闕。

〔七〕之：《唐文拾遺》卷四四闕。

〔八〕大：《唐文拾遺》卷四四作「天」。也：《唐文拾遺》卷四四闕。

〔九〕交讓為先：《唐文拾遺》卷四四作「交□為□」。

〔一〇〕熙熙太平之春隱隱上古之化：《唐文拾遺》卷四四闕「熙熙太平之春隱」七字。

〔一一〕以：《唐文拾遺》卷四四、《金石文考證》闕。性：《唐文拾遺》卷四四作「姓」，通用字。參：《唐文拾遺》卷四四、《金石文考證》作「叅」，俗寫體，亦即「叅」之增筆俗書。下不另出校。

〔一二〕彈：《唐文拾遺》卷四四誤作「禪」。按：「彈舌」猶搖舌，謂唱念、說話等。唐李洞《送三藏歸西天國》詩：「十萬里程多少磧，沙中彈舌授降龍。」自注：「奘公彈舌念梵語《心經》，以授流沙之龍。」字：《唐文拾遺》卷四四作「密」。

〔一三〕寔：《唐文拾遺》卷四四作「是」，通用字。

〔一四〕印：《唐文拾遺》卷四四、《金石文考證》作「引」。

〔一五〕染：《唐文拾遺》卷四四闕。

〔一六〕日深又日深矣：《唐文拾遺》卷四四、《金石文考證》作「日日深又日深矣」。

〔一七〕記：《唐文拾遺》卷四四、《金石文考證》作「紀」，通用字。

〔一八〕佩日：《唐文拾遺》卷四四作「夢月」。又，據佛典，注文中「蔡請」當作「蔡愔」。

〔一九〕月：《唐文拾遺》卷四四闕。

〔二〇〕法音：《唐文拾遺》卷四四作「德音」。

〔二一〕或緝懿綀緗或鐫花琬琰：《唐文拾遺》卷四四殘缺嚴重，作「或□琬琰」。鐫，《韓國金石全文》作「綵」。
花：《金石文考證》作「華」。

〔二二〕故濫觴洛宅：《唐文拾遺》卷四四誤作「故盜雒宅」。《金石文考證》無「觴」字，「洛」作「雒」。

〔二三〕懸鏡秦宮之事跡昭昭焉：《唐文拾遺》卷四四、《金石文考證》作「鏡秦宮之事跡照照焉」。

〔二四〕就：《唐文拾遺》卷四四闕，《韓國金石全文》作「此」。

〔二五〕風：《唐文拾遺》卷四四作「夙」。　嶮：《唐文拾遺》卷四四闕。

〔二六〕金人之祀：《唐文拾遺》卷四四作「金□祀」。

〔二七〕厥後西晉曇始始之貊如攝騰東入：《唐文拾遺》卷四四殘缺嚴重，作「□西□攝騰東入」。始之貊：《金石文考證》作「始于貊」。

〔二八〕度：《唐文拾遺》卷四四闕。

〔二九〕東泰：《唐文拾遺》卷四四、《金石文考證》作「同泰」。按：據文意，似當作「同泰」。《梁書・武帝紀下》：「大通元年……三月辛未，輿駕幸同泰寺捨身。」《隋書・五行志上》：「是時帝崇尚佛道……數詣同泰寺，捨身爲奴，令王公已下贖之。」可為證。

〔三〇〕制：《唐文拾遺》卷四四、《金石文考證》作「剬」。按：「剬」、「制」古今字。《史記・五帝本紀》：「依鬼神以剬義。」張守節正義：「剬，古制字。」

〔三一〕曜：《唐文拾遺》卷四四、《金石文考證》作「耀」，二者義同。增：《唐文拾遺》卷四四誤作「憎」。

〔三二〕善：《唐文拾遺》卷四四誤作「嘗」。

〔三三〕貴：《唐文拾遺》卷四四闕。

〔三四〕因爾混沌能開：《唐文拾遺》卷四四作「□尒□閅」。

〔三五〕修：《唐文拾遺》卷四四、《韓國金石全文》作「徐」。

〔三六〕漂：《唐文拾遺》卷四四闕。

〔三七〕鞬櫜：《唐文拾遺》卷四四闕。

〔三八〕遠：《唐文拾遺》卷四四誤作「連」。

〔三九〕染：《唐文拾遺》卷四四闕。

〔四〇〕不：《唐文拾遺》卷四四作「無」。歎：《唐文拾遺》卷四四闕。

〔四一〕興：《唐文拾遺》卷四四闕。

〔四二〕然能義龍雲躍律虎風騰：《金石文考證》作「然能龍雲躍律虎風騰」，《唐文拾遺》卷四四作「然能龍雲躍律虎風騰□」。

〔四三〕鷄：《唐文拾遺》卷四四、《金石文考證》作「戒」。

〔四四〕乎：《唐文拾遺》卷四四作「二」。

〔四五〕於：《唐文拾遺》卷四四、《金石文考證》作「乎」。

〔四六〕漪：《唐文拾遺》卷四四作「淵」。

〔四七〕佩：《唐文拾遺》卷四四誤作「偶」。旭：《唐文拾遺》卷四四闕。

〔四八〕洎長慶初：《唐文拾遺》卷四四作「伯長□」。

〔四九〕有僧道義：《唐文拾遺》卷四四作「有得道□」。

〔五〇〕《唐文拾遺》卷四四、《金石文考證》「還」下有「智」。

〔五一〕玄：《唐文拾遺》卷四四避清諱作「元」。

〔五二〕《唐文拾遺》卷四四「縛」前有「蓋」。

〔五三〕競：《唐文拾遺》卷四四闕。魔：《唐文拾遺》卷四四誤作「廣」。

〔五四〕思：《唐文拾遺》卷四四誤作「恩」。

〔五五〕終遁北山北：《唐文拾遺》卷四四作「終□北山□」，《金石文考證》作「終遁北山」。

〔五六〕大昜：《金石文考證》作「太易」。无悶：《唐文拾遺》卷四四、《金石文考證》作「無悶」。按：「大」、「太」古今字，「无」為「無」之俗（《敦煌俗字典》「無」字條收錄此形）。

〔五七〕耶：《唐文拾遺》卷四四、《金石文考證》作「邪」，通用字。

〔五八〕然秀冬嶺芳定林：《唐文拾遺》卷四四作「□秀□嶺西□」。冬：《韓國金石全文》作「東」。

〔五九〕蟻：《唐文拾遺》卷四四、《金石文考證》作「螘」。

〔六〇〕鷹：《唐文拾遺》卷四四作「鴈」。幽谷：《唐文拾遺》卷四四、《金石文考證》作「出谷」。

〔六一〕陟：《唐文拾遺》卷四四作「法」。

〔六二〕去：《唐文拾遺》卷四四、《金石文考證》作「亦」。證：《唐文拾遺》卷四四作「正」。

〔六三〕驚：《文集》「敝」作「敞」，訛俗字。

〔六四〕樓：《唐文拾遺》卷四四作「德」。

〔六五〕密：《唐文拾遺》卷四四作「方」。

〔六六〕興且勃焉：《唐文拾遺》卷四四作「□勃焉」。

〔六七〕試較其宗趣：《唐文拾遺》卷四四、《金石文考證》作「試覦較其宗趣」。

〔六八〕方：《唐文拾遺》卷四四作「於」。⿱雨弱：《唐文拾遺》卷四四作「虛」，《金石文考證》作「虗」。按：「⿱雨弱」為

「靈」的古字，「虚」乃「虛」之俗體。

〔六九〕彭：《唐文拾遺》卷四四作「眾」，《佛教通史》作「静」。

〔七〇〕爾後：《唐文拾遺》卷四四、《金石文考證》作「尒後」，同詞異寫。觴：《韓國金石全文》作「觸」。

〔七一〕筌：《唐文拾遺》卷四四闕。

〔七二〕念：《唐文拾遺》卷四四闕。

〔七三〕寔：《唐文拾遺》卷四四作「實」。按：二者義同。《詩·召南·小星》：「肅肅宵征，夙夜在公，寔命不同。」朱熹集傳：「寔與實同。」

〔七四〕或劍化延津或珠還合浦：《唐文拾遺》卷四四闕「或劍化延」四字。

〔七五〕燒指求指：疑當作「燒指求旨」。「燒指求旨」，意同李尚書銘中之「爐指求心」。

〔七六〕《唐文拾遺》卷四四、《金石文考證》「益州」前有「禪譜」二字。也：《唐文拾遺》卷四四闕。

〔七七〕而降太安徹：《唐文拾遺》卷四四作「而降之安□」。

〔七八〕師：《韓國金石全文》作「歸」。

〔七九〕門：《唐文拾遺》卷四四、《金石文考證》作「聞」。

〔八〇〕昭：《唐文拾遺》卷四四、《金石文考證》作「照」。按：「昭」通「照」。南朝宋顔延之《宋郊祀歌》之二：「奔精昭夜，高燎煬晨。」一本作「照」。

〔八一〕巖：《唐文拾遺》卷四四闕。

〔八二〕珠丘：《唐文拾遺》卷四四作「珎篋」，《金石文考證》作「珍丘」。
〔八三〕雙峰：《唐文拾遺》卷四四闕。
〔八四〕孤：《唐文拾遺》卷四四作「於」。
〔八五〕兩朝國師聖住染為菩提宗：《唐文拾遺》卷四四作「永固□師聖住深善提宗」。
〔八六〕王者：《唐文拾遺》卷四四作「主者」。
〔八七〕迯：《唐文拾遺》卷四四、《金石文考證》作「逃」。按：「迯」為「逃」之會意俗體字。
〔八八〕避：《唐文拾遺》卷四四作「遯」，二者義同。
〔八九〕得：《唐文拾遺》卷四四、《金石文考證》闕。
〔九〇〕慧水：《唐文拾遺》卷四四作「梵水」。鰈：《唐文拾遺》卷四四闕。
〔九一〕賢溪山：《唐文拾遺》卷四四作「賢雞山」。
〔九二〕發：《唐文拾遺》卷四四作「護」。體：《唐文拾遺》卷四四作「躰」，異構字。
〔九三〕探玄于慧隱嚴君：《唐文拾遺》卷四四作「探元於慧隱長居」。
〔九四〕受默于楊孚令子：《唐文拾遺》卷四四作「乎默于楊孚今於」。受，《金石文考證》亦作「乎」。
〔九五〕胤：《文集》作「胤」，異構字。按：此形字書未見收載。《唐文拾遺》卷四四誤作「允」。
〔九六〕世：《唐文拾遺》卷四四闕。
〔九七〕流：《唐文拾遺》卷四四、《金石文考證》作「游」。又，原注中的「洄」作「洞」，異構字。

〔九八〕末孫：《唐文拾遺》卷四四、《金石文考證》作「來孫」。按：二者義近。

〔九九〕醫：《唐文拾遺》卷四四、《金石文考證》作「毉」，異構字。

〔一〇〇〕纂銘云：《唐文拾遺》卷四四作「墓銘叙云」，《金石文考證》作「纂名叙云」。

〔一〇一〕嶮道：《金石文考證》作「險途」，《唐文拾遺》卷四四作「□途」。

〔一〇二〕珍所：《唐文拾遺》卷四四闕。

〔一〇三〕賫：《唐文拾遺》卷四四闕，《金石文考證》作「寶」。

〔一〇四〕第：《唐文拾遺》卷四四作「蓋」。

〔一〇五〕行：《唐文拾遺》卷四四闕。

〔一〇六〕躳：《唐文拾遺》卷四四、《金石文考證》作「寵」。

〔一〇七〕三傳至：《唐文拾遺》卷四四闕。

〔一〇八〕於：《唐文拾遺》卷四四、《金石文考證》闕。驗：《金石文考證》作「譣」，通用字。《廣雅·釋詁》：「占、識、撿、證，譣也。」王念孫疏証：「譣，經傳通作驗。」

〔一〇九〕贊環：《唐文拾遺》卷四四闕，《金石文考證》作「贊瓌」。

〔一一〇〕于：《唐文拾遺》卷四四、《金石文考證》作「乎」，二者義同。

〔一一一〕曆：《唐文拾遺》卷四四作「歷」，通用字。于：《唐文拾遺》卷四四作「乎」，二者義同。寂：《唐文拾遺》卷四四作「宗」，異構字。

〔一一二〕宴：《唐文拾遺》卷四四、《金石文考證》作「宓」。
〔一一三〕具：《唐文拾遺》卷四四作「俱」，通用字。
〔一一四〕始孕泊滅：《唐文拾遺》卷四四作「□可滅」。
〔一一五〕撮：《唐文拾遺》卷四四、《金石文考證》作「探」。
〔一一六〕操履驚人心者：《唐文拾遺》卷四四作「操屑人心者」。
〔一一七〕桑：《唐文拾遺》卷四四作「乘」，形近而訛。
〔一一八〕嗔：《文集》作「嗔」，《唐文拾遺》卷四四作「諿」，《金石文考證》作「諿」，皆異構字。
〔一一九〕墮：《唐文拾遺》卷四四、《金石總覽》作「隨」。
〔一二〇〕報既矣：《唐文拾遺》卷四四、《金石文考證》作「報既既矣」。
〔一二一〕托：《唐文拾遺》卷四四作「佐」，形誤字。《金石文考證》作「侂」。按：「侂」、「托」、「託」通用。《說文·人部》：「侂，寄也。」段玉裁注：「此與『託』音義皆同。」《佛教通史》作「挖」，形誤字。
〔一二二〕弘：《唐文拾遺》卷四四避清諱作「宏」。
〔一二三〕因：《唐文拾遺》卷四四闕。
〔一二四〕之：《唐文拾遺》卷四四闕。又，原注中「人日」當作「八日」。「四月八日」相傳為釋迦牟尼的生日，每逢該日佛教信徒要舉行灌佛（即用各種名貴香料所浸之水灌洗佛像）這種儀式。《宋書·劉敬宣傳》：「四月八日，敬宣見衆人灌佛，乃下頭上金鏡以爲母灌，因悲泣不自勝。」《南史·張融傳》：「王母殷淑儀薨，後四月八日建齋並灌佛。」

〔一二五〕蟒：《唐文拾遺》卷四四闕。又，注文中「䢼亭」，誤作「䢼亭」，今據《高僧傳》卷一《漢雒陽安清》改。「西形」，當為「惡形」之誤，亦據《高僧傳》卷一本傳改。

〔一二六〕象：《唐文拾遺》卷四四、《金石文考證》作「像」，通用字。

〔一二七〕誡：《唐文拾遺》卷四四、《金石總覽》作「試」，《韓國金石全文》作「戒」，通用字。

〔一二八〕敎：《文集》作「敎」，《金石全文》作「孛」旁著「殳」之形，均減筆俗字。《唐文拾遺》卷四四作「穀」，形近而誤。　啼：《唐文拾遺》四四、《金石文考證》作「號」。

〔一二九〕聲：《唐文拾遺》卷四四作「飛」。

〔一三〇〕葷：《唐文拾遺》卷四四、《金石文考證》作「焄」。按：「焄」通「葷」，指蔥韭之類帶辛辣氣味的蔬菜。《禮記·玉藻》「膳於君有葷桃茢」鄭注：「葷，薑及辛菜也……葷或作焄。」《孔子家語·五儀》：「夫端衣玄裳、冕而乘軒者，則志不在於食焄。」《荀子·哀公》即作「食葷」。

〔一三一〕飧：《唐文拾遺》卷四四、《金石文考證》作「食」，《金石全文》作「湌」，異構字。

〔一三二〕諭：《文集》作「諭」，異構字。《韓國金石全文》、《金石文考證》作「喻」，通用字。

〔一三三〕軀：《韓國金石全文》作「躳」。

〔一三四〕悟：《唐文拾遺》卷四四闕。　轍：《唐文拾遺》卷四四、《金石文考證》作「輟」。

〔一三五〕白：《唐文拾遺》卷四四誤作「自」。

〔一三六〕確：《唐文拾遺》卷四四、《金石文考證》作「礭」，異構字。

〔一三七〕城：《唐文拾遺》卷四四作「域」。古事：《唐文拾遺》卷四四、《金石文考證》作「故事」，二者義同。

〔一三八〕閭：《唐文拾遺》卷四四作「門」。

〔一三九〕方之：《唐文拾遺》卷四四闕，《金石文考證》闕「之」字。

〔一四〇〕無：《唐文拾遺》卷四四闕。

〔一四一〕試：《唐文拾遺》卷四四誤作「誡」。覆：《唐文拾遺》卷四四作「慮」。方袍：《唐文拾遺》卷四四作「方袌」。按：二者同詞異寫。

〔一四二〕念：《唐文拾遺》卷四四作「親」。

〔一四三〕舐：《文集》及原注、《唐文拾遺》卷四四均作「舐」。俗字。唐慧琳《一切經音義》卷二九：「舐，經本作舐，俗用字也。」愛：《金石文考證》誤作「受」。

〔一四四〕釋：《唐文拾遺》卷四四、《金石文考證》作「擇」，通用字。

〔一四五〕始就壇：《唐文拾遺》卷四四闕「始」、「壇」二字。就：《文集》及原注「尤」旁均作「九」，減筆俗字。下不另出校。

〔一四六〕熠熠：《韓國金石全文》作「燿燿」，二者義同。

〔一四七〕呼：《唐文拾遺》卷四四誤作「殍」，《金石文考證》作「嘑」，異構字。

〔一四八〕他：《唐文拾遺》卷四四作「它」。

〔一四九〕吉：《唐文拾遺》卷四四誤作「告」。

〔一五〇〕昔行：《唐文拾遺》卷四四誤作「苦竹」，《金石文考證》作「苦行」。按：據文意，作「苦行」是。

〔一五一〕開：《韓國金石全文》、《唐文拾遺》卷四四誤作「聞」。痒：《唐文拾遺》卷四四誤作「瘴」，《金石文考證》誤作「痒」。

〔一五二〕肥：《文集》作「肥」，俗寫體。唐顔元孫《干祿字書》：「肥肥：上通，下正。」《唐文拾遺》卷四四、《金石文考證》誤作「肌」。

〔一五三〕復：《唐文拾遺》卷四四作「進」。

〔一五四〕條：《金文總覽》、《唐文拾遺》卷四四誤作「修」。須：《金石文考證》作「湏」，俗別體。《五經文字》卷中「彡部」：「須，從水訛。」

〔一五五〕必用麻楮：《唐文拾遺》卷四四、《金石文考證》作「所必麻楮」。

〔一五六〕韃：《唐文拾遺》卷四四、《金石文考證》作「達」，省旁字。履：《唐文拾遺》卷四四闕，《金石文考證》作「屣」，二者義同。

〔一五七〕翃羽翣毛茵餘用乎：《唐文拾遺》卷四四作「翃羽□餘用□」。乎：《金石文考證》作「矣」。

〔一五八〕使：《唐文拾遺》卷四四闕。賡：《唐文拾遺》卷四四闕。

〔一五九〕人之大患：《唐文拾遺》卷四四、《金石文考證》作「人大患」。

〔一六〇〕好為人師：《唐文拾遺》卷四四、《金石文考證》作「好為師」。

〔一六一〕惠不惠：《唐文拾遺》卷四四、《金石文考證》作「慧不惠」。

〔一六二〕模不模：《唐文拾遺》卷四四作「摸不□」。何：《唐文拾遺》卷四四、《金石文考證》作「邪」。

〔一六三〕未暇：《唐文拾遺》卷四四誤作「來則」。

〔一六四〕行：《唐文拾遺》卷四四闕。

〔一六五〕假：《唐文拾遺》卷四四闕。碍：《唐文拾遺》卷四四作「疑」。按：「疑」當為「礙」之誤，《金石文考證》即作「礙」。

〔一六六〕恪：《唐文拾遺》卷四四誤作「拾」，《韓國金石全文》誤作「捨」，《金石文考證》作「愘」，異構字。

〔一六七〕無：《唐文拾遺》卷四四闕。

〔一六八〕愧：《唐文拾遺》卷四四、《金石文考證》作「媿」。按：二者古今字。《說文·女部》：「媿，慙也。」邵瑛群經正字：「今經典多從或體作愧。」《漢書·文帝紀》：「以不敏不明，而久撫臨天下，朕甚自媿。」顏師古注：「媿，古愧字。」

〔一六九〕阻：《唐文拾遺》卷四四闕。

〔一七〇〕葦：《唐文拾遺》卷四四作「韋」，省旁字。溪藍山：《唐文拾遺》卷四四、《金石文考證》作「雞籃山」。

〔一七一〕俄：《唐文拾遺》卷四四闕。

〔一七二〕太師：《唐文拾遺》卷四四作「大師」，二者同詞異寫。鼎：《唐文拾遺》卷四四誤作「斲」。

〔一七三〕面：《唐文拾遺》卷四四誤作「而」。

〔一七四〕覬裨我則：《唐文拾遺》卷四四作「所俾我即」。

〔一七五〕通：《唐文拾遺》卷四四作「道」。

〔一七六〕纖：《唐文拾遺》卷四四闕。

〔一七七〕儒：《唐文拾遺》卷四四作「儒」，異構字。譬：《唐文拾遺》卷四四、《金石文考證》作「辟」，省旁字。《佛教通史》作「比」，二者義同。按：《韓國金石全文》亦作「譬」。

〔一七八〕自邇陟遠甸邑巖居：《唐文拾遺》卷四四作「自邇□邑□居」。遠：《韓國金石全文》作「遐」，二者義同。

〔一七九〕金立言：《唐文拾遺》卷四四、《金石文考證》無「金」字。

〔一八〇〕烏：《韓國金石全文》作「為」。命：《唐文拾遺》卷四四作誤「尒」。

〔一八一〕注文中「閔子蹇」當作「閔子騫」，語出《論語·雍也》。

〔一八二〕珍：《唐文拾遺》卷四四闕。

〔一八三〕自是譬四飛於無翼：《唐文拾遺》卷四四作「自□無翼」，《金石文考證》闕「是」字。

〔一八四〕亡：《唐文拾遺》卷四四誤作「三」。

〔一八五〕謂：《韓國金石全文》作「為」，通用字。

〔一八六〕以：《唐文拾遺》卷四四闕。

〔一八七〕《唐文拾遺》卷四四、《金石文考證》無「大師」二字。

〔一八八〕盍：《唐文拾遺》卷四四作「其」。
〔一八九〕居則化矣：《唐文拾遺》卷四四闕。
〔一九〇〕行：《唐文拾遺》卷四四闕。
〔一九一〕佗：《唐文拾遺》卷四四、《金石文考證》作「他」，異構字。
〔一九二〕輔粲：《唐文拾遺》卷四四、《金石文考證》作「韓粲」。
〔一九三〕玄：《唐文拾遺》卷四四避清諱作「元」。
〔一九四〕導：《唐文拾遺》卷四四作「道」，二者古今字。
〔一九五〕市恩者：《唐文拾遺》卷四四、《金石文考證》作「行恩者」。
〔一九六〕償：《唐文拾遺》卷四四、《金石文考證》作「重」。
〔一九七〕報：《唐文拾遺》卷四四作「衆」。
〔一九八〕檀越翁主使茹金等：《唐文拾遺》卷四四闕「茹金等」三字。
〔一九九〕持伽藍南畝暨贓獲本籍授之：《唐文拾遺》卷四四闕「持伽」，《金石文考證》闕「持」字。贓：《文集》作「貝」旁著「藏」之形，異構字。《金石文考證》作「贓」，《唐文拾遺》卷四四作「臧」，通用字。按：表奴婢之義，古多寫作「臧」。《方言》第三：「臧，奴婢賤稱也。荆、淮、海、岱、雜齊之間，駡奴曰臧。」籍：《唐文拾遺》卷四四作「藉」，通用字。
〔二〇〇〕壞：《金文總覽》、《韓國金石全文》誤作「懷」，《唐文拾遺》卷四四闕。

〔二〇一〕永：《唐文拾遺》卷四四、《金石文考證》作「永永」，二者義同。

〔二〇二〕𢦏：《唐文拾遺》卷四四、《金石文考證》作「乎」。

〔二〇三〕非：《唐文拾遺》卷四四、《金石文考證》作「匪」，古通用。

〔二〇四〕沒：《唐文拾遺》卷四四、《金石文考證》作「歿」，通用字。

〔二〇五〕飯：《唐文拾遺》卷四四、《金石文考證》作「飰」，異構字。　譏囊：《唐文拾遺》卷四四闕。

〔二〇六〕粥：《唐文拾遺》卷四四闕。　鼎：《唐文拾遺》卷四四誤作「蹔」。

〔二〇七〕田：《唐文拾遺》卷四四誤作「日」。

〔二〇八〕且居王土：《金石文考證》作「且居王云」，《唐文拾遺》卷四四作「且居□王云」。

〔二〇九〕質：《唐文拾遺》卷四四、《金石文考證》作「資」。　輔粲：《唐文拾遺》卷四四、《金石文考證》作「韓粲」。

〔二一〇〕金元八咸熙：《唐文拾遺》卷四四、《金石文考證》作「金八元金咸熙」。

〔二一一〕正法司：《唐文拾遺》卷四四「正法」下無「司」字。　玄：《唐文拾遺》卷四四避清諱作「元」。

〔二一二〕太傅：《唐文拾遺》卷四四作「大傅」，二者義同。　恕：《唐文拾遺》卷四四作「怨」，形近而誤。

〔二一三〕粥：《金石文考證》作「弼」，異構字。《唐文拾遺》卷四四闕。

〔二一四〕標墅畫生場：《金石文考證》作「擇別墅劃正場」。　標：《唐文拾遺》卷四四誤作「懷」。　墅：《唐文拾遺》卷四四作「別墅」。　畫，《唐文拾遺》卷四四闕。　生，《唐文拾遺》卷四四誤作「王」。

〔二一五〕皆：《唐文拾遺》卷四四闕，《金石文考證》作「盖」。　佐：《唐文拾遺》卷四四闕。

〔二一六〕使續命者與仁：《唐文拾遺》卷四四作「使命者與仁」，《金石文考證》作「使續命者與仁」。
〔二一七〕賞歌者：《唐文拾遺》卷四四作「賓欲者」。
〔二一八〕惠：《唐文拾遺》卷四四、《金石文考證》作「慧」，通用字。
〔二一九〕已：《唐文拾遺》卷四四誤作「乙」。
〔二二〇〕剩：《唐文拾遺》卷四四闕。
〔二二一〕曦陽：《金石文考證》作「曦暘」，《唐文拾遺》卷四四作「義暘」。
〔二二二〕境駭横目：《唐文拾遺》卷四四闕「駭横」二字。
〔二二三〕幸構禪宫：《唐文拾遺》卷四四闕「幸構」二字。構：《金石文考證》作「搆」，通用字。
〔二二四〕分：《唐文拾遺》卷四四闕。
〔二二五〕加以山霛：《金石文考證》作「加山靈」，《唐文拾遺》卷四四作「加山□」。
〔二二六〕相歷：《唐文拾遺》卷四四作「歷相」，《金石文考證》作「歷相」。
〔二二七〕且：《唐文拾遺》卷四四作「旦」。列：《唐文拾遺》卷四四、《金石文考證》作「迾」，通用字。
〔二二八〕鶩：《金石文考證》誤作「獄烏」二字。
〔二二九〕圍：《唐文拾遺》卷四四闕。
〔二三〇〕即且啫愕曰：《唐文拾遺》卷四四作「□堮旦昔日」，《金石文考證》作「既愕且啫曰」。按：當作「既愕且啫曰」。《集續》《唐大薦福寺故寺主翻經大德法藏和尚傳》中有「愕且啫曰」，可比參。

〔二三一〕為：《唐文拾遺》卷四四作「然」。

〔二三二〕起瓦簷四柱以壓之：《唐文拾遺》卷四四闕「起瓦簷」三字，「柱」作「注」，「壓」作「厭」。《金石文考證》「柱」亦作「注」。

〔二三三〕至：《唐文拾遺》卷四四闕。

〔二三四〕統僧：《唐文拾遺》卷四四誤作「緣僧」，《金石文考證》作「僧統」。

〔二三五〕司正史：《唐文拾遺》卷四四、《金石文考證》作「肅正史」。

〔二三六〕仍：《唐文拾遺》卷四四作「乃」，《金石文考證》作「艿」。榜為：《唐文拾遺》卷四四、《金石文考證》作「賜榜為」。

〔二三七〕往：《金石文考證》作「徃」，俗寫體。《碑別字新編》引明《涿州石徑山琬公塔院碑》，「往」即作此形。

〔二三八〕寇：《唐文拾遺》卷四四誤作「冠」。

〔二三九〕椹：《金石文考證》作「葚」，異構字。《詩·衛風·氓》：「于嗟鳩兮，無食桑葚。」唐陸德明釋文：「葚，一本作椹，音甚，桑實也。」亦作「黮」。原注所引《魯頌·泮水》例，一本即作「黮」。《唐文拾遺》卷四四作「蘗」，《韓國金石全文》作「菓」。

〔二四〇〕沃：《唐文拾遺》卷四四作「沷」。

〔二四一〕標：《韓國金石全文》誤作「探」。

〔二四二〕太：《唐文拾遺》卷四四作「大」，二者古今字。華：《唐文拾遺》卷四四、《金石文考證》作「花」。按：

《廣雅·釋草》：「花，華。」《廣韻·麻韻》：「華，《爾雅》云：華，荂也。呼瓜切。花，俗，今通用。」知「花」乃「華」之後起俗字。掃：《唐文拾遺》卷四四誤作「提」。
〔二四三〕霧：《唐文拾遺》卷四四誤作「齷」。
〔二四四〕鴟：《唐文拾遺》卷四四、《金石文考證》作「鶴」。
〔二四五〕外獲小緣：《唐文拾遺》卷四四作「久□緣」。
〔二四六〕際：《唐文拾遺》卷四四作「除」。
〔二四七〕慧：《唐文拾遺》卷四四、《金石文考證》作「惠」，通用字。
〔二四八〕幸：《唐文拾遺》卷四四作「希」，二者義近。
〔二四九〕通世同塵率土懷玉：《唐文拾遺》卷四四闕「塵率土」三字。
〔二五〇〕引：《唐文拾遺》卷四四闕。問：《唐文拾遺》卷四四作「聞」。
〔二五一〕沼：《唐文拾遺》卷四四作「召」，省旁字。
〔二五二〕覬：《唐文拾遺》卷四四闕。
〔二五三〕餘無所言：《唐文拾遺》卷四四作「除俱言」、《金石文考證》作「餘無言」。
〔二五四〕上洗然忻契曰：《唐文拾遺》卷四四殘闕嚴重，作「□之□然應眞□」。忻：《金石文考證》作「欣」，異構字。
〔二五五〕金仙花目：《唐文拾遺》卷四四作「金□曰」。目：《佛教通史》作「月」。
〔二五六〕所傳風流：《唐文拾遺》卷四四作「所傳風□」。

〔二五七〕固協於此：《唐文拾遺》卷四四作「固法於此」。固：《佛教通史》作「宜」。

〔二五八〕忘言師：《唐文拾遺》卷四四作「正言比」。

〔二五九〕俾蓋臣譬旨：《唐文拾遺》卷四四作「俾蓋臣□譬旨」。

〔二六〇〕宜：《佛教通史》作「且」。

〔二六一〕答：《唐文拾遺》卷四四闕。

〔二六二〕挽：《唐文拾遺》卷四四、《金石文考證》作「施」。畱：《唐文拾遺》卷四四作「沒」。

〔二六三〕鄧侯：《唐文拾遺》卷四四闕此二字。鄧：《韓國金石全文》作「鄱」，形誤字。

〔二六四〕是：《唐文拾遺》卷四四闕此字。

〔二六五〕趙鷗：《唐文拾遺》卷四四、《金石文考證》誤作「超鷗」。

〔二六六〕馮：《金石文考證》作「馮」，異構字。按：從「馮」之字如「憑」，《文集》及原注亦寫作「馮」。《唐文拾遺》卷四四作「馬」，省旁字。

〔二六七〕投：《唐文拾遺》卷四四闕，《金石文考證》作「援」。

〔二六八〕株：《唐文拾遺》卷四四作「林」。

〔二六九〕氷：《唐文拾遺》卷四四作「外」，《韓國金石全文》作「水」。雪：《唐文拾遺》卷四四、《金石總覽》作「霓」，《金石文考證》作「霓」。梗：《韓國金石全文》作「便」。跋：《文集》「犮」作「友」，減筆俗字。涉：《韓國金石全文》作「踄」。

〔二七〇〕以：《唐文拾遺》卷四四作「㠯」，異構字。鼙：《唐文拾遺》卷四四、《金石文考證》作「輿」。䑩：《唐文拾遺》卷四四、《金石文考證》作「寵」。

〔二七一〕是豈非井大春所云人車耶：《唐文拾遺》卷四四作「是豈井大春□所云人車□」，《金石文考證》闕「非」字。

〔二七二〕為顧英君所不須：《唐文拾遺》卷四四作「□傾□君所不傾」，《金石文考證》作「顧英所不須」。

〔二七三〕矧形毀者乎：《唐文拾遺》卷四四作「□矧發者□」。

〔二七四〕《唐文拾遺》卷四四、《金石文考證》無「矣」字。

〔二七五〕為：《唐文拾遺》卷四四闕。

〔二七六〕及逡疾于汝樂練若：《唐文拾遺》卷四四作「□移疾千安樂練居」，《金石文考證》作「及移疾于安樂練居」。

〔二七七〕杖錫不能起：《唐文拾遺》卷四四、《金石文考證》無「錫」字。

〔二七八〕執：《唐文拾遺》卷四四作「载」。

〔二七九〕冬杪：《金石文考證》作「冬抄」，同詞異寫。望：《文集》作「朢」，異構字。下同，不另出校。

〔二八〇〕晤：《文集》及原注「日」旁作「目」，訛俗字。《唐文拾遺》卷四四作「語」，《金石文考證》作「悟」。

〔二八一〕廻：《文集》作「迴」，異構字。

〔二八二〕《唐文拾遺》卷四四闕「風吼」二字。

〔二八三〕鶴：《唐文拾遺》卷四四、《金石文考證》作「鵠」。

〔二八四〕期：《唐文拾遺》卷四四、《金石文考證》作「其日」。遷：《唐文拾遺》卷四四作「速」。曦野：《唐文拾遺》卷四四作「義□」。

〔二八五〕詞：《唐文拾遺》卷四四作「辭」，二者義同。

〔二八六〕乃：《唐文拾遺》卷四四、《金石文考證》作「仍」，二者義同。

〔二八七〕從：《唐文拾遺》卷四四、《金石文考證》作「徒」。按：據文意，作「徒」義勝。

〔二八八〕髻：《文集》及原注「吉」旁作「告」，訛俗字。《唐文拾遺》卷四四作「髮」。

〔二八九〕鏡：《唐文拾遺》卷四四闕。

〔二九〇〕「一千年」句：唐文拾遺》卷四四闕「一千」二字。國：《唐文拾遺》卷四四作「圀」。按：「圀」為「國」的古字。漢崔駰《樽銘》：「獻酬交錯，萬圀咸歡。」《敦煌曲子詞・獻忠心》：「早晚得到唐圀裡，朝聖明主，望丹闕，步步淚，滿衣襟。」是其例。

〔二九一〕儒仙：《唐文拾遺》卷四四、《金石文考證》作「仙儒」。

〔二九二〕曦：《唐文拾遺》卷四四、《金石文考證》作「義」。曠職：《唐文拾遺》卷四四作「賓餞」。

〔二九三〕更迎佛日辨空色：《唐文拾遺》卷四四作「更悲佛印辭空色」。

〔二九四〕階城：《唐文拾遺》卷四四作「邪□」。

〔二九五〕躡：《唐文拾遺》卷四四、《金石文考證》作「蹋」。

〔二九六〕眞：《唐文拾遺》卷四四作「直」。

〔二九七〕心傳眼詖包眞極：《唐文拾遺》卷四四作「□心□訣苞眞悊」，《金石文考證》作「心得眼訣苞眞極」。

〔二九八〕罔：《唐文拾遺》卷四四作「因」。

〔二九九〕嘿之嘿異寒蟬嘿：《唐文拾遺》卷四四、《金石文考證》作「默之默異寒蟬默」。按：「嘿」、「默」異構字。

〔三〇〇〕義：《唐文拾遺》卷四四作「昔」。陟：《唐文拾遺》卷四四作「涉」。

〔三〇一〕垂鵠翅：《唐文拾遺》卷四四作「雲鵠翹」。

〔三〇二〕海外時來道難抑：《唐文拾遺》卷四四作「海外時遊遠禪亦」。

〔三〇三〕「遠派」句：《唐文拾遺》卷四四脫此句。擁塞：《金石文考證》作「壅塞」。按：二者同詞異寫。

〔三〇四〕托：《金石文考證》作「託」，通用字。

〔三〇五〕體：《唐文拾遺》卷四四、《金石文考證》作「休」。貢：《唐文拾遺》卷四四、《金石文考證》作「貸」。

〔三〇六〕非：《唐文拾遺》卷四四、《金石文考證》作「匪」，通用字。

〔三〇七〕何用攀組兼拊杙：《唐文拾遺》卷四四作「何因□□拊組□」。

〔三〇八〕砥：《唐文拾遺》卷四四作「紙」，《金石文考證》作「舐」。

〔三〇九〕旣：《唐文拾遺》卷四四、《金石文考證》作「或」。遠學：《唐文拾遺》卷四四作「遠歸」。

〔三一〇〕我能靜坐：《唐文拾遺》卷四四作「幾能前坐」。

〔三一一〕抱：《唐文拾遺》卷四四、《金石文考證》作「把」。設：《唐文拾遺》卷四四、《金石文考證》作「誤」。栽植：《唐文拾遺》卷四四作「裁埴」。

〔三一二〕莫苞情田枉稼穡：《唐文拾遺》卷四四作「莫把□□枉□□」，《金石文考證》「苞」亦作「把」。

〔三一三〕抱：《唐文拾遺》卷四四、《金石文考證》作「把」。

〔三一四〕莫抱閒雲定南北：《唐文拾遺》卷四四、《金石文考證》作「莫抱孤雲定南北」。抱，《韓國金石全文》作「挹」。

〔三一五〕慧：《唐文拾遺》卷四四、《金石文考證》作「惠」，通用字。

〔三一六〕面奉天花飄縷裓心憑水月呈禪栻：《唐文拾遺》卷四四作「同奉天花〔缺〕拭〔缺〕禪〔缺〕」。按：裓，《文集》右旁作「式」，形近而誤。《集韻・德韻》：「裓，衣裾也。」與《文集》原注正同，《金石文考證》亦作「裓」，知作「裓」是，因據改。栻：《金石文考證》作「拭」。

〔三一七〕霍副往錦誰入棘：《唐文拾遺》卷四四作「携嗣佳綿〔缺〕入棘」，《金石文考證》作「寯嗣佳錦誰入棘」。

〔三一八〕腐儒玄杖憾擿埴：《唐文拾遺》卷四四作「腐儒□□慙□」。擿：《金石文考證》作「摘」，異構字。

〔三一九〕跡耀寶幢：《唐文拾遺》卷四四闕。

〔三二〇〕錦：《唐文拾遺》卷四四作「飾」。織：《唐文拾遺》卷四四作「裁」。

〔三二一〕囂腹欲飫禪悅食：《唐文拾遺》卷四四殘闕嚴重，僅存「涉□」。

〔三二二〕來：《唐文拾遺》卷四四誤作「未」。看篆刻：《唐文拾遺》卷四四闕。

〔三二三〕騋：《金石文考證》作「駛」。齋：《金石文考證》作「齊」，通用字。

〔三二四〕終：《金石文考證》作「卒」，二者義同。

〔三二五〕賜謚智證：《金石文考證》下有「禪師」二字。

〔三二六〕攀：《韓國金石全文》作「居」。

〔三二七〕信臣：《韓國金石全文》作「陪臣」。清愼陶竹楊：《金石文考證》作「清信者陶竹陽」。

〔三二八〕西化：《金石文考證》作「遷化」。

〔三二九〕無悋：《金石文考證》作「無悋」。按：二者同詞異寫。

〔三三〇〕將酧大師之德：《金石文考證》作「將酬大師之慈」。

〔三三一〕才：《金石文考證》作「材」。

〔三三二〕顧象：據《晉書》本傳，當作「顧衆」。顧實南冠，虞惟東箭：《晉書·王舒虞潭顧衆等傳贊》作「顧實南金，虞惟東箭」。武主：似當作「武士」。

〔三三三〕况復國重佛書家藏僧史：《金石文考證》闕「書」字。

〔三三四〕試搜錦頌：《金石文考證》作「試搜殘錦」。搜：《文集》作「挍」，異構字。

〔三三五〕抱：《金石文考證》作「把」。

〔三三六〕談：《金石文考證》作「譚」。

〔三三七〕不用周公舊章：《金石文考證》作「或用同公舊章」。

〔三三八〕前因：《金石文考證》作「前日」。

〔三三九〕訣：《金石文考證》作「决」，通用字。

〔三四〇〕中拳：《金石文考證》作「仲拳」。
〔三四一〕凋：《金石文考證》作「涸」。
〔三四二〕僅：《金石文考證》作「廑」，二者同義。
〔三四三〕爽英：《金石文考證》作「英爽」。
〔三四四〕消藁：《金石文考證》作「削藁」。
〔三四五〕剪：《金石文考證》作「翦」。按：「剪」乃「翦」之俗。唐顔元孫《干禄字書》：「剪翦：上俗，下正。」
〔三四六〕騰：《韓國金石全文》作「勝」。
〔三四七〕以下據《金石文考證》補録。

贊

華嚴佛國寺繡釋迦如來像贊並序〔一〕

聞夫法舸飛空，迴出迷津之外〔二〕；慈軒駕說，高辟燬室之中。究之則莫覩沙門〔三〕，導之則實資冥域。而況生標令望，歿託勝因。動有所成，往無不利〔四〕。故全州大都督金公，小昊玄裔〔五〕，太常令孫〔六〕。褰帷而接俗多能〔七〕，早分銅虎；側席而求賢是切，佇戴金貂。豈意未濟巨川，先摧良木？夫人德芳蘭蕙，禮潔蘋蘩。遽失所天，如沒于地〔八〕。報灰心而誓節〔九〕，剃雲鬟而改容〔一〇〕。乃捨淨財，以成追福。中和六年五月十日〔一一〕，敬繡釋迦牟尼佛像幡一幀奉爲蘊判〔一二〕。莊嚴告畢，斯乃三歸勵志，五彩伏栖者薰修日益，汲引日深。果希驥於東林，覬攀龍於西土。睠言福地，乃作頌云〔一三〕：

東海東山有住寺〔一四〕，華嚴佛國爲名字〔一五〕。
主人宗衮親修置，標題四語有深義。
華嚴寓目瞻蓮藏，佛國馳心係安難〔一六〕。
欲使魔山平毒嶂，終令苦海無驚浪。
可愛苾蒭所設施〔一七〕，能遵檀越奉心期。
東居西想寫形儀，觀身落景指崦嵫。
各於其國興福利，阿閦如來亦奇異。
金言未必辨方位，究竟指心令有地。
妄生妄號空對空〔一八〕，浮世修行在慎終。
既能安堵仰睟容，誰謂面牆無感通。
景行支公與遠公，存歿皆居佛國中〔一九〕。

〔校記〕

〔一一〕經核查，本文係拼湊《王妃金氏爲考繡釋迦如來像幡讚並序》的散文部分（見《東文選》卷五〇、《佛國寺古今創記》、《佛國寺事蹟》、《華嚴寺事蹟》與《大華嚴宗佛國寺阿彌陁佛像讃並序》中的韻文「頌」部分(見日本《卐續藏經》第一〇三册《諸宗著述部》載《圓宗文類》卷二二),後皆為《孤雲先生續集》所收,故韓國成均館大學大東文化研究院一九七二年編印《崔文昌侯全集》時將其删落。本校勘本為便於比勘,僅據《韓國文集叢刊》第一輯(韓國景仁文化社,一九九〇)影印之《孤雲先生文集》校錄。

〔二〕迴:《續集》作「逥」,俗寫體。

〔三〕竗門:《續集》作「妙門」。按:二者同詞異寫。

〔四〕往:《續集》作「徃」,俗寫體。

〔五〕小昊:《續集》作「少昊」。按:二者同詞異寫。又,《東京雜記》卷三載崔致遠《全州都督金公影幀記》有「金氏少昊之孫」佚句。

〔六〕太常:《續集》作「大常」。按:二者同詞異寫。又,據《續集》原注,「大(太)常」指「金文亮」。

〔七〕接俗多能:《續集》作「按俗多能」。

〔八〕沒:《續集》作「殁」,通用字。

〔九〕灰:《續集》作「灰」,俗寫體。

〔一〇〕雲鬚:《續集》作「雲鬢」。按:當作「雲鬢」。

〔一一〕中和六年五月十日:《續集》作「唐僖宗中和六年丙午五月十日」。

〔一二〕幀:原作「旗」,異構字。按:此形鮮見,今據《續集》改為通行字體。藕:原作上「艹」下「穗」之形,形誤字，今據《續集》改為「蘓」。

〔一三〕「莊嚴告畢」八句：係由兩篇文字拼湊而成，一是《王妃金氏爲考繡釋迦如來像幡讃並序》中之「五彩成章」句，一是《大華嚴宗佛國寺阿彌陁佛像讃並序》中之「依棲者熏脩日益，汲引日深。果晞驥於東林，覬攀龍於西土。睠言福地，乃作頌云」。

〔一四〕住寺：《續集》作「佳寺」。

〔一五〕名字：《卍續藏經》作「名號」，二者義同。

〔一六〕安難：《續集》、《卍續藏經》作「安養」。按：當作「安養」。

〔一七〕設施：《續集》、《卍續藏經》作「說施」。

〔一八〕號：《續集》作「兮」，《卍續藏經》作「分」。

〔一九〕歿：《續集》作「沒」，《卍續藏經》作「没」。

順應和尚賛〔一〕

東護大師，南行童子。身一片雲，志千里水。浮囊永思，舍筏歸止。彼岸此岸，喻指非指。天業受禪，猶如覺賢。牛頭垂袷，象罔撢玄。岩扃選勝，海岸堤圓。地崇洲渚，天授林泉。

化城口談，學藪心傳。影侔秋月，感隔春煙。

〔缺四字〕綻火中蓮。

〔校記〕

〔一〕此篇見《伽倻山海印寺古籍》。按：《新增東國輿地勝覽》卷二九「高靈縣建置沿革」條輯錄《釋順應傳》之節文云：「大伽倻國月光太子，乃正見之十世孫，父曰異惱王，求婚于新羅迎夷粲比枝輩之女，而生太子。」此當為《釋順應傳》所附之讚語。

利貞和尚贊〔一〕

片雲獨鶴，儷影巖壑。草創蓮刹，混沌逢鑿。

願霈無碍，人天有托。

〔校記〕

〔一〕此篇見《伽倻山海印寺古籍》。按：《新增東國輿地勝覽》卷二九「高靈縣建置沿革」條輯錄《釋利貞傳》之節文云：「伽倻山神正見母主，乃為天神夷毗訶之所惑，生大伽倻王惱窒朱日、金官國王惱窒青裔二人。」此當為《釋利貞傳》所附之讚語。

孤雲先生續集

孤雲先生續集

詩

和李展長官冬日遊山寺〔一〕

暫遊禪室思依依，爲愛溪山似此稀。勝境唯愁無計住〔二〕，閑吟不覺有家歸。僧尋泉脈敲冰汲〔三〕，鶴起松梢擺雪飛〔四〕。曾接陶公詩酒興，世途名利已忘機。

〔校記〕

〔一〕此詩又見《十抄詩》、《夾註名賢十抄詩》。按：詩題中「李展長官」似即《文集》中《秋日再經盱眙縣寄李長官》之「李長官」，第七句用「陶公」典，可知「李展」為縣令。又，「盱眙」有山即名「盱眙山」，山有山寺，當即題中所云「遊山寺」之「山寺」。或謂此詩作於新羅（閻琦《崔致遠佚詩箋證》，載《文學遺産》一九九三年六期），恐未確。

〔二〕唯：底本「口」旁作「△」，俗寫體，俗寫方口尖口不拘，《敦煌俗字典》「唯」字條收有此形。下不另出校。

〔三〕敲：底本「支」作「攴」，俗寫體。下不另出校。

〔四〕鶴：底本作「鶴」，俗寫體。《碑別字新編》引《大智禪師碑》，「鶴」即如此作。下不另出校。雪：《增訂注釋全唐詩》卷八九五錄作「雲」。

汴河懷古〔一〕

遊子停車試問津，隋堤寂寞没遺塵。人心自屬昇平主，柳色全非大業春。濁浪不留龍舸迹〔二〕，暮霞空認錦帆新〔三〕。莫言煬帝曾亡國，今古奢華盡敗身〔四〕。

〔校記〕

〔一〕此詩又見《十抄詩》、《夾註名賢十抄詩》。

〔二〕留：底本作「留」，異構字。按：從「留」之字如「溜」等，底本亦如此作。下不另出校。

〔三〕帆：底本作「帆」，俗寫體，俗寫「凡」作「几」。下略，不另出校。

〔四〕盡：底本作「盡」，異構字。下同，不另出校。

友人以球杖見惠以寶刀爲答〔一〕

月杖輕輕片月彎，霜刀凜凜曉霜寒。感君恩豈尋常用〔二〕，知我心須仔細看。既許驅馳終附驥〔三〕，只希提拔早登壇。當場已見分餘力，引鏡終無照贍難〔四〕。

〔校記〕

〔一〕此詩又見《十抄詩》、《夾註名賢十抄詩》。杖：底本「丈」作「攴」，俗寫體。下略，不另出校。

〔二〕尋：底本均作「尋」，異構字。下同，不另出校。

〔三〕驅馳：《十抄詩》作「馳驅」。

〔四〕贍：底本「詹」作「詹」，俗寫體。《敦煌俗字典》「贍」字條收有相近之形。下不另出校。

辛丑年寄進士吴瞻〔一〕

危時端坐恨非夫，爭奈生逢惡世途。盡愛春鶯言語巧，却嫌秋隼性靈麁。迷津懶問從他笑，直道能行要自愚〔二〕。壯志起來何處說，俗人相對不如無。

〔校記〕

〔一〕此詩又見《十抄詩》、《夾註名賢十抄詩》，題作《辛丑年書事寄進士吴瞻》。瞻：底本「詹」作「詹」，俗寫體。《敦煌俗字典》「瞻」字條收有相近之形。吴：底本作「吳」，異構字。下不另出校。

〔二〕直：底本作「直」，俗寫體。下不另出校。

和友人春日遊野亭〔一〕

每將詩酒樂平生，況値春深煬帝城〔二〕。一望便驅無限景，七言能寫此時情〔三〕。花鋪露錦留連蝶，柳織煙絲惹絆鶯〔四〕。知己相邀歡醉處，羨君稽古賽桓榮〔五〕。

〔校記〕

〔一〕此詩又見《十抄詩》、《夾註名賢十抄詩》。亭：底本作「亭」，異構字。按：從「亭」之字如「停」等，底本亦如此作。下不另出校。

〔二〕値：底本皆作「值」，俗寫體。下不另出校。

〔三〕寫：底本均作「寫」，異構字。下不另出校。

〔四〕絲：底本均作「絲」，俗寫體。下不另出校。

〔五〕稽：底本均作「稽」，異構字。下不另出校。

和顧雲支使暮春即事〔一〕

東風遍閱萬般香〔二〕，意緒偏饒柳帶長〔三〕。蘓武書迴深塞盡〔四〕，莊周夢趂落花忙〔五〕。好憑殘景朝朝醉〔六〕，難把離心寸寸量。正是浴沂時節也〔七〕，舊遊魂斷白雲鄉。

〔校記〕

〔一〕此詩見《十抄詩》、《夾註名賢十抄詩》。又見於《孤雲先生文集》卷一，題為《暮春即事和顧雲友（支）使》。此處重複收錄。即：異構作「卽」，底本「卩」旁作「阝」，訛俗字。按：從「即」之字如同篇中「時節」的「節」，底本亦如此作。下從略，不另出校。

〔二〕萬般香：《孤雲先生文集》卷一作「百般香」。

〔三〕带：底本均作「帯」，異構字。下不另出校。

〔四〕蘓武書廻：《孤雲先生文集》卷一作「蘇武書回」。按：「蘓」為「蘇」之俗，《敦煌俗字典》「蘇」字條收錄此形。

〔五〕夢趂：《孤雲先生文集》卷一作「夢逐」。按：「趂」為「趁」之俗寫體。

〔六〕憑：底本「凴」均作「凴」，異構字。下不另出校。

〔七〕時節也：《孤雲先生文集》卷一作「時節日」。

鄉樂雜詠五首〔一〕

金丸

廻身掉臂弄金丸，月轉星浮滿眼看〔二〕。縱有宜僚那勝此〔三〕，定知鯨海息波瀾。

月顛

肩高項縮髮崔嵬〔四〕，攘臂羣儒鬪酒盃。聽得歌聲人盡笑，夜頭旗幟曉頭催。

大面

黄金面色是其人，手抱珠鞭役鬼神〔五〕。疾步徐趍呈雅舞，宛如丹鳳舞堯春。

束毒

蓬頭藍面異人間，押隊來庭學舞鸞。打鼓冬冬風瑟瑟，南奔北躍也無端。

狻猊

遠涉流沙萬里來，毛衣破盡着塵埃。搖頭掉尾馴仁德，雄氣寧同百獸才。

〔校記〕

〔一〕此組詩又見《三國史記》卷三二。《增訂注釋全唐詩》卷八九五未收錄。

〔二〕看：底本作「看」，俗寫體，《敦煌俗字典》「看」字條收錄此形。下不另出校。

〔三〕那：底本作「邦」，俗寫體。按：《續集》中「那」多作此形，下不另出校。

〔四〕崔：底本作「崔」，俗體字。下不另出校。

〔五〕鞭：底本作「鞭」，古體字。鬼：底本作「鬼」，減筆俗字，《敦煌俗字典》「鬼」字條收有此形。按：從「鬼」

之字，如組詩中「崔嵬」的「嵬」以及「魂」、「愧」、「魄」、「魏」、「魅」、「魔」等，底本亦如此作。下不另出校。

馬上作〔一〕

〔缺〕遠樹參差江畔路，寒雲零落馬前峯。〔缺〕

〔校記〕

〔一〕此聯詩又見許筠（一五六九——一六一八）《惺叟詩話》，原無題，詩題為《續集》編者所擬。按：此聯詩實為《送吴進士巒歸江南》詩之頸聯，全詩見於《東文選》卷九、《三韓詩龜鑑》卷上、朝鮮刊本明人吴明濟《朝鮮詩選》卷五，《孤雲先生文集》卷一亦已收録，《續集》作者未察，誤以為佚句收於此。《崔致遠佚詩箋證》（《文學遺産》一九九三年六期）、《全唐詩》增訂本、《增訂注釋全唐詩》卷八九五仍其誤。

序

鸞郎碑序〔一〕

國有玄妙之道曰風流。設教之源，備詳仙史。實乃包含三教，接化群生。且如入則孝於家，出則忠於國，魯司寇之旨也〔二〕；處無爲之事，行不言之教，周柱史之宗也；諸惡莫作，諸善奉行，竺乾太子之化也。

〔校記〕

〔一〕此篇見《三國史記》卷四。

〔二〕寇：底本「支」作「久」，俗寫體。旨：底本作「𠮛」，亦俗體。唐顏元孫《干禄字書》：「𠮛𠮛旨：上俗，中通，下正。」作「𠮛」者，即上列諸形之變。又，從「旨」之字如「指」、「詣」等，底本亦如此作。下不另出校。

記

海印寺妙吉祥塔記〔一〕

唐十九帝中興之際，兵凶二災〔二〕，西歇東來。惡中惡者，無處無也。餓殍戰骸，原野星排。粤有海印寺別大德僧訓畫傷痛于是，乃用施導師之力，誘分衆之心〔三〕，各捨芧實一科，共成珉甃三級。其願輪之戒道也〔四〕，大較以護國為先，就是中特用拯拔冤横沉淪之魂〔五〕，識禴祭受福，不朽在兹時。乾寧二年申月既望記。

〔校記〕

〔一〕海印寺：朝鮮半島著名大佛寺，位於廣尚南道伽耶山南側山麓，新羅哀莊王清明三年（行唐年號，貞元十八年，西元八〇二年)，由順應、利貞二僧創建。後因多次遭受火災被燒毀，後經重建。此《海印寺妙吉祥塔記》為一九六六年的考古發現。

〔二〕凶：底本作「凶」，異構字。下不另出校。

〔三〕分：底本作「犭」，異構字。下不另出校。

〔四〕願：底本「原」作「原」，減筆俗字。下同，不另出校。

〔五〕冤：底本作「寃」，俗别字。下不另出校。

贊

大華嚴宗佛國寺毘盧遮那(眞興王所鑄佛)文殊普賢像贊並序〔一〕

聞如是：摩訶香水海界十二刹，佛號遍光照，乃諸金仙中叵測其威力者歟！佛國寺光學藏(媛妃權氏，落采為尼，法號秀圓，亦名光學)講室，左壁畫像者〔二〕，贈太傅獻康大王(景文王元子，贈太傅，名曰晸，唐乾符乙未立，在位十二年)。脩媛權氏，法號秀圓，追奉尊靈玄福之所有為也。惟王是神仙中人，媛乃菩薩化身。萬刼所修，千年相遇。而君也降從銀闕，來治金城。方鷩謫墮於雞林，遽促還期於鼇峀。媛也念三無私之德〔三〕，佩四不厭之箴〔四〕。既仰失所天，謂眞歸無日。削除可鑑之髮，澄瑩不溜之心。蕣任彫顔，萱忘植背。以為命或溘先朝露，無有着此心處〔五〕。於是求虎頭妙手，寫螺髻睟容〔六〕。

薩埵既左端右嚴，伽藍能東照西曜。昔二花為供，婉叶良因；今千葉是圖，懇陳深願。願君有德，早圖炤於西極；願己有緣，終補處於東邊。則月面光中，宛同奔月；身雲影下，永罷行雲。有來為桂苑行人，去作桑丘使者，致遠承命颺言而讚之。

〔校記〕

〔一〕此篇又見《佛國寺古今創記》。

〔二〕畫：底本作「畵」，異構字。下同，不另出校。

〔三〕念：底本作「念」，俗寫體。《碑別字新編》引魏《元愔墓誌》，「念」即如此作。私：底本作「私」，亦俗寫體。唐顔元孫《干禄字書》：「私私：上俗，下正。」下同，不另出校。

〔四〕佩：底本作「佩」，簡俗體。下不另出校。

〔五〕處：底本作「處」，俗寫體。下略，不另出校。

〔六〕髻：底本「吉」旁作「告」，訛俗字。按：《文集》及原注「髻」亦如此作。

佛贊〔一〕

凡是有相，皆是虛妄〔二〕。就虛妄中，功德無量。懿蓮花尼，仰蓮花藏。託有為緣，寫無碍像〔三〕。寶雲開月，香海停浪〔四〕。好掛仙帆，穩浮慈舫。太傅先王〔五〕，童真和尚〔六〕。暫化辰下，早取崑閬。屣蓬壺外，席化臺上〔七〕。願言回向，萬刧供養。

〔校記〕

〔一〕此贊出處未詳。

〔二〕安：底本作「安」，異構字。下不另出校。

〔三〕寫：底本「舄」作「舃」，增筆俗字，下不另出校。

〔四〕海：底本作「海」，俗字。按：《文集》、《續集》中「海」均如此作。下不另出校。

〔五〕傅：底本作「傅」，俗體字。下不另出校。

〔六〕真，底本作「眞」，俗體字。下不另出校。

〔七〕臺，底本作「臺」，異構字。下不另出校。

二　菩薩贊〔一〕

有一生菩薩，體二眞菩薩。畫像踰彫塑，慕聖甚飢渴〔二〕。牆進競瞻仰，壁觀能解脱。誰謂以色見，蕙心不可奪。願輪途豈遥〔三〕，慧楫海寧闊。若別桑墟外，必居蓮座末。功成匠偉歟，比事予羞剎。筆端悦眾目，彩艧勝詞札。光啓丁未正月八日，桂苑行人崔致遠撰〔四〕。

〔校記〕

〔一〕此贊出處未詳。

〔二〕渴：底本「曷」旁作「曷」，異構字。下不另出校。

〔三〕遙：底本作「遥」，異構字。下不另出校。

〔四〕苑：底本作「苑」，俗寫體。《敦煌俗字典》「苑」字條收有此形。撰：底本作「撰」，俗寫體。下不另出校。

大華嚴宗佛國寺阿彌陁佛像（眞興王所鑄佛）贊並序〔一〕

昔姚塢上人，有心孝誠無垠，以質所天之説；匡忞大士〔二〕，有心仰思攸濟，僉心西境之譚〔三〕。是皆優入法門，預脩歸路，有備無患，與衆共之者也。故是諸寺桑門，將継蘭於剡山〔四〕，願名曾於盧阜，妙圖神表，廣誘物情，乃於譚舍西墉，敬寫無量壽像。既成功於畫聖，爰請記於腐儒。於是炳心香，合爪甲，而仰告曰：

佛之德，《本色經》在，加有支道林游揚之語〔五〕；僧之願，《興福篇》在，加有劉遺民潤飾之詞。開卷而悉可燭焉。惟愧黑頭虫〔六〕，且非雜色鳥。强慕演暢，祗説慈威。今所耻效寒蟬者實仰止〔七〕，故檀越金丞相（大城）建刹東岳之麓，惟日所曠〔八〕，高山先見。遂使依棲者熏脩日益，汲引日深。果晞驥於東林，覬攀龍於西土。睠言福地，乃作頌云：

東海東山有佳寺〔九〕，華嚴佛國為名字〔一〇〕。
主人宗袞親脩置〔一一〕，標題四語有深義。
華嚴寓目瞻蓮藏，佛國馳心係安養。
欲使魔山平毒嶂，終令苦海無驚浪。
可愛苾蒭所說施，能導檀越奉心期。
東居西想寫形儀，觀身落景指崦嵫。
各於其國興福利，阿閦如來亦奇異。
金言未必辨方位，究竟指心令有地。
妄生妄兮空對空〔一二〕，浮世修行在慎終。
既能安堵仰睟容，誰謂面牆無感通。
景行支公與遠公，存沒皆居佛國中（本寺後，烽孤下三庵主脉之處，有祈雨祭壇，則或有大旱之年，方伯本主，至誠設祭，則雨來可知）〔一三〕。

同年月日，紫、金魚袋崔致遠撰。

〔校記〕

〔一〕日本《卍續藏經》第一〇三册《諸宗著述部》載《圓宗文類》卷二二，有崔致遠文五篇，本篇之「頌文」（從「東海東山」至「存沒皆居佛國中」），即為第五篇。彌：底本「爾」作「尒」，俗寫體。下同，不另出校。

〔二〕岺：同「嶺」。文中「匡岺」、「盧阜」皆指廬山。

〔三〕譚：底本「早」作「甲」，俗寫體。下同，不另出校。

〔四〕继：底本作「繼」，異構字。下不另出校。

〔五〕游揚：底本作「游揚」。按：「游揚」不辭，當作「游揚」。「游揚」謂宣揚、傳揚。《史記·季布欒布列傳》：「僕游揚足下之名於天下，顧不重邪？何足下距僕之深也！」是其例。又，《筆耕錄》中亦多見「游揚」一詞。茲徑改。游：底本作「游」，俗寫體。

〔六〕虫：底本均作「虫」，增筆俗體。下不另出校。

〔七〕效：底本「攵」作「欠」，俗寫體。下不另出校。

〔八〕瞶：底本「目」旁作「日」，訛俗字。

〔九〕佳寺：《卍續藏經》作「住寺」。

〔一〇〕名字：《卍續藏經》作「名號」，二者義同。

〔一一〕置：底本作「置」，異構字。下不另出校。

〔一二〕兮：《卍續藏經》作「分」。

〔一三〕沒：底本作「没」，異構字。下不另出校。

王妃金氏（金大城三世孫女也）為考繡釋迦如來像幡贊並序〔一〕

聞夫法舸飛空，迥出迷津之外；慈軒駕說〔二〕，高辭燬室之中。究之則莫覩妙門，導之則實資冥域〔三〕。而况生標令望，殁託勝因。動有所成，往無不利。故全州大都督金公（蘊判公順憲大成子），少昊玄裔，大常（金文亮）令孫。褰帷而按俗多能，早分銅虎；側席而求賢是切〔四〕，佇戴金貂〔五〕。豈意未濟巨川，先摧良木？夫人德芳蘭蕙，禮潔蘋蘩〔六〕。遽失所天，如殁于地。抱灰心而誓節〔七〕，剃雲鬟而改容。乃捨净財，以成追福。唐僖宗中和六年丙午，五月十日，敬繡釋迦牟尼佛像幡一幀奉為蘊判。莊嚴告畢，斯乃三歸勵志，五彩成章。染其裁扇之餘〔八〕，綴以因針之妙。霞舒瑞質，雲列靈仙。高掛虛空，實彰功德。仰助生天之樂〔九〕，聊申閱水之悲。讚曰：

巍然聖像，粲爾神功〔一〇〕。福潤冥路，光浮梵宫。
虹飜海日，鳳舞天風〔一一〕。杳杳玄夜，飄飄碧空。
絲蘿結恨〔一二〕，組繡呈工。兜率天上，精誠感通〔一三〕。

中和六年丙午，相月日，桑丘使者崔致遠撰。

〔校記〕

〔一〕此篇又見《東文選》卷五〇、《佛國寺古今創記》、《佛國寺事蹟》、《華嚴寺事蹟》。繡：底本「繡」作「繡」，簡俗體。下不另出校。

〔二〕軒：底本作「軒」，俗體字。下不另出校。

〔三〕冥：底本作「寘」，俗體字。下不另出校。
〔四〕切：底本作「切」，訛俗字。下不另出校。
〔五〕貂：底本「召」旁作「㕣」，俗體字。下不另出校。
〔六〕蘋：底本「步」旁作「歩」，訛俗字。下不另出校。
〔七〕灰：底本作「灰」，俗寫體。唐顏元孫《干祿字書》：「灰灰：上俗，下正。」節：底本作「節」，俗寫體。下不另出校。
〔八〕染：底本均作「染」，訛俗字。下不另出校。
〔九〕助：底本「力」旁作「刀」，訛俗字。下不另出校。
〔一〇〕爾：底本作「甬」，俗寫體。下不另出校。
〔一一〕鳳：底本作「鳳」，俗寫體。《字鑑·送韻》：「鳳，《說文》神鳥也，從鳥，凡聲。俗作鳳。」《敦煌俗字典》「鳳」字條均收此形。下不另出校。
〔一二〕絲：底本作「絲」，俗體字。下不另出校。
〔一三〕精：底本作「精」，異構字。下不另出校。

終南山至相寺知儼尊者真贊〔一〕

走者之麟，飛者之鳳。猶我人傑，法門梁棟〔二〕。

雷吼一音，石排四衆。六相能演，十玄斯綜。後素圖眞，騰光化身。葉文耀掌，蓮界棲神〔三〕。鏡掛塵表，燈傳海濱。東林佛影，永契良緣。

【校記】

〔一〕此篇又見於《圓宗文類》卷二二，題作「終南山至相寺智儼尊者真贊」。眞：底本作「真」，異構字。

〔二〕梁：底本作「梁」，減筆俗字。下不另出校。

〔三〕棲神：《圓宗文類》卷二二作「栖神」。按：二者同詞異寫。

願文

上宰國戚大臣等奉為獻康大王結華嚴經社願文〔一〕

夫以經為社者，乃聚人以善緣，報主以至誠之會也。唐曆壬寅相月五日〔二〕，獻康大王，宮車晏駕。台庭重德，宗室懿親，相與追奉冥福〔三〕，成《華嚴經》若干部〔四〕，齊詣京城東佛國寺圓測和尚講壇〔五〕。將設妙願〔六〕，乃著斯文。且夫生滅之期〔七〕，聖賢同貫。君子則能知所息，哲人則亦歎其萎。逐逝水而云歸，百身難贖；寐窮泉而莫寤〔八〕，千載增悲。未超迷妄之塵〔九〕，皆踽感傷之域。然則既失養神於玄牝，莫先歸命於梵雄。能於九十刹那，精心向善；必使三千世界，惠力分慈。况乃手寫金言，口傳寶偈。則福滋玄路，不踰一瞚之間〔一〇〕；志達紺園，永在四流之表。仰資妙果，共託覺林。伏惟先王，剋己為君，視民如子，百揆役乾乾之慮〔一一〕，四聰悦諤諤之言。焕乎能曜文章，儼爾又安辭令。闡康壯於魯道〔一二〕，廣振儒風；治蕪穢於釋門，再光佛日。遂使塵消九野，波息四溟。方當永戢干戈，能藴萬彙，豈料空遺弓劒，遽密八音〔一三〕？聖上（定康大王）當璧嘉徵〔一四〕，嗣膺寶位〔一五〕。陟崗餘戀〔一六〕，難抑哀情〔一七〕。以為報恩莫如結道緣，追福莫如興法會，遂教別大德賢俊〔一八〕，請講《華嚴經》〔一九〕。及降譚座，乃上言曰：「竊見大和中（文宗）〔二〇〕，有僧均諒等，奉為宣懿王后誘緇素之徒，結春秋之社。各賫經卷，共集仁祠。薦玄福以無窮，傳妙音而不絶。雖名言莫及〔二一〕，而信願增深。縱陵遷而谷變〔二二〕，永蘭芬而桂馥。今欲遵依均諒故事，勸誘群臣寫經。敢言煉石補天〔二三〕，惟願撮塵裨岳〔二四〕。法能無礙，志必有成。仰覬聖慈〔二五〕，俯從迷請〔二六〕。」上以孔懷興詠，銜悲於鴻鴈行中〔二七〕；幽贊求慈，注意於狻猊座上〔二八〕。既覽所奏〔二九〕，嘉而許之。仍擇侍書中窮筆妙者，命寫《華嚴經·世間浄眼品第一》，特宣天吉八會〔三〇〕。至其會日，則降王人，捧經就席。則彼楚王英之潔志為誓〔三一〕，似滯小乘；蕭帝衍之降尊就卑〔三二〕，全輕大寶。豈若玩《雜花》之妙偈，資令尊之勝因。友于之至誠俞彰〔三三〕，王者之尊威自峻。遂得衆情風靡，善願雲興。若萬木之遇春陽，如百川之歸巨寖。粤有上宰舒發韓金公林甫〔三四〕、國戚重臣藴判順憲金一等〔三五〕，或兼金瑞彩，或磐石貴宗〔三六〕，高標廊廟之珍，深蘊棟樑之器〔三七〕。瞻茂陵而墮睫，指梵域而傾心〔三八〕。永慕天慈，同追海會，遂寫義熙本經〔三九〕。復有國統及僧録等，寫貞元新經。北宮長公主聞之，仍捨净財，為標帶暨軸之旨〔四〇〕。美矣哉！天倫義重，已垂主會之榮〔四一〕；月娣恩深〔四二〕，又備莊經之具〔四三〕。至於鸞鴛清貫〔四四〕，龍象高流，響應影從，隳肝瀝膽〔四五〕。功倖於血墨皮紙，價邁於香厨寶函。未浹一旬，共成十衮。則足以見我先大王修善化，推厚恩，而入人腹中之深也。如是衆願僉諧，年約兩會。集於佛國寺光學藏〔四六〕，轉讀於百編眞詮〔四七〕。伏願先王月耀金姿，雲承玉趾，縱賞於喜園春色〔四八〕，娱會於靈岫梵音〔四九〕。設使西空芥城，東陊蓬島〔五〇〕，妙緣無墜，仰天上之尊靈〔五一〕；良會不虧，傳日邊之盛事。冥空聖象〔五二〕，炤達斯誠。中和二年，桂苑行人崔致遠撰〔五三〕。

〔校記〕

〔一〕本篇見於《佛國寺古今創記》。

〔二〕壬寅：《卐續藏經》作「景午」。

〔三〕冥：底本作「冥」，減筆俗字。按：從「冥」之字如「溟」等，底本亦如此作。下不另出校。

〔四〕若干部：《卐續藏經》作「兩部」。

〔五〕齊詣京城東佛國寺圓測和尚講壇：《卐續藏經》無此十四字。

〔六〕設：《卍續藏經》作「陳」。

〔七〕之期：《卍續藏經》誤作「定期」。按：「定」俗寫作「之」，故與「之」形近易訛。

〔八〕寐、寤：底本作「寐」、「寤」，俗體字。下不另出校。

〔九〕超：底本「召」旁作「㕣」，俗體字。下不另出校。

〔一〇〕瞚：《卍續藏經》作「瞬」，異構字，謂眨眼。《莊子·庚桑楚》：「終日握而手不掜，共其德也；終日視而目不瞚，偏不在外也。」陸德明釋文：「瞚，又作瞬，動也。」

〔一一〕役：底本「殳」旁作「𠬛」，俗體字。下不另出校。盧：《卍續藏經》作「慮」。按：據文意，似當作「慮」。

〔一二〕康壯：《卍續藏經》作「康莊」。按：二者同詞異寫。

〔一三〕宻：《卍續藏經》作「密」，「密」之俗寫。《集韻·質韻》：「密，俗作宻。」

〔一四〕當壁嘉徵：《卍續藏經》作「當璧嘉徵」。

〔一五〕嗣：底本作「嗣」，增筆俗字。下不另出校。

〔一六〕陟：底本作「陟」，增筆俗字。下不另出校。

〔一七〕難：《卍續藏經》誤作「離」。

〔一八〕遂教別大德賢俊：《卍續藏經》作「遂教大德賢雋」。

〔一九〕請講華嚴經：《卍續藏經》無「請」字。

〔二〇〕竊：底本作「竊」，異構字。下不另出校。

〔二一〕雖：底本作「錐」，俗别字，俗寫方口、尖口不拘。下不另出校。
〔二二〕縱陵遷而谷變：《卐續藏經》作「縱谷變而陵遷」。
〔二三〕煉石補天：《卐續藏經》作「鍊石補天」。
〔二四〕惟願撮塵裨嶽：《卐續藏經》無「願」字，「惟」作「唯」。裨：底本作「禆」，俗寫體。《卐續藏經》作「稗」，亦俗寫體。
〔二五〕覬：《卐續藏經》作「顗」，形近而訛。
〔二六〕迷請：《卐續藏經》作「丹請」。
〔二七〕銜：底本作「銜」，俗寫體。《敦煌俗字典》「銜」字條收此形。
〔二八〕座上：《卐續藏經》作「座下」。
〔二九〕奏：底本作「奏」，俗寫體。《碑别字新編》引魏《元恩墓誌》，「奏」即如此作。下不另出校。
〔三〇〕八會：《卐續藏經》作「入會」。按：據文意，作「入會」是。
〔三一〕楚王：《卐續藏經》作「梵王」。
〔三二〕蕭：底本「肅」作「粛」，簡俗字。衍：底本作「衍」，減筆俗字，《敦煌俗字典》「衍」字條收録此形。下從略，不另出校。
〔三三〕至誠俞彰：《卐續藏經》作「至義逾彰」，「俞」「逾」古通用。
〔三四〕粤：《卐續藏經》誤作「奥」。「上宰舒發韓」後《卐續藏經》有注「新羅官名」。

〔三五〕「國戚」句：「蘇判」後《卐續藏經》有注「官名」。順憲金一：《卐續藏經》作「金一順憲」。
〔三六〕磐石：《卐續藏經》作「盤石」。按：二者同詞異寫。
〔三七〕樑：《卐續藏經》作「梁」。底本作「木」旁著「梁」之形，減筆俗字。
〔三八〕而：《卐續藏經》作「以」，二者義同。
〔三九〕熙：底本作「熈」，俗寫體。下不另出校。
〔四〇〕標：《卐續藏經》作「ネ」旁著「票」之形。按：據文意，當作「縹」。「縹帶」謂淡青色帶子。宋李清照《〈金石録〉後序》：「因憶侯在東萊靜治堂，裝卷初就，芸籤縹帶，束十卷作一帙，每日晚更散，輒校勘二卷，跋題一卷。」即其例。軸：底本作「軸」，俗寫體。下同，不另出校。直：《卐續藏經》作「直」。按：據文意，似當作「直」。
〔四一〕垂：底本作「垂」，俗寫體。下不另出校。
〔四二〕月娣：《卐續藏經》作「月姊」。
〔四三〕具：底本作「具」，減筆俗字。下同，不另出校。
〔四四〕鸞鴛：《卐續藏經》作「鴛鸞」。
〔四五〕瀝：底本作「瀝」，俗寫體。膽：底本「詹」旁作「詹」，亦俗寫體。下略，不另出校。
〔四六〕集於佛國寺光學藏：《卐續藏經》作「集於陵寢北寺」。
〔四七〕真詮：《卐續藏經》作「真筌」，同詞異寫。

〔四八〕喜：底本多作「喜」，俗寫體。下不另出校。
〔四九〕娱會於靈峀梵音：《卍續藏經》作「娱懷於靈岫梵音」。
〔五〇〕陊：《卍續藏經》作「没」。
〔五一〕尊靈：《卍續藏經》作「尊良」。
〔五二〕聖象：《卍續藏經》作「聖眾」。
〔五三〕中和二年桂苑行人崔致遠撰：《卍續藏經》無此十二字。

王妃金氏為先考及亡兄追福施穀願文〔一〕

蓋聞信佛法僧戒者，非捨財寳之難，無精誠以洗瑕滌穢之患；善父母兄弟者〔二〕，非養口腹之難，無至行以慎終追遠之患。然則以精誠濯煩垢者，莫若杜六入之邪門；以至行奉冥祐者，莫若植三歸之固柢〔三〕。苟如是，則其功也不疾而速，其願也無為而成。福不虛捐，言非矯餙。仰正思親之佚，宜伸潔己之誠。弟子娣妹，夙藉善機，得生華胄。而乃弱齡含恤〔四〕，微喘偷生〔五〕。不能继緹縈之美蹤，空自傷女流之湥抱。自幼及長，雖存若亡。豈料劉太保之諸孫，兩朝中選〔六〕；王司空之遺體，同姓無嫌〔七〕。而始叶有行，旋乖偕老。五日之佳期日遠，三星之峻列星分。為雲為雨之言，眞成浮夢；陟岵陟崗之戀，難寫哀情。號天叩地而不聞，日往月來而增痛。遂乃毀容剔髮，湔胃浣腸，思樹良因，虔遵妙教。今奉為先考夷粲，及亡兄追福，共捨稻穀三千苫於京城東山，光學寢陵佛國寺，表訓瑜伽圓測三聖講院。非敢誘求名菩薩，非敢踈無學比丘，惟希濟濟之徒，共念茕茕之懇。或贍於擔簦負笈〔八〕，粗勝於施路檀門。遂捨香秔〔九〕，仰資學藪。所願寶梯架險，慧栰浮溟，動有所依，往無不利。則必先考親瞻睟相，棲身於十刹雲中；亡兄永奉慈顏，邁跡於九重天上。作三賢之眷屬，銷萬刧之冤讐。然後別用莊嚴，廣申誓願。天竺之所覆燾，日車之所照臨，蠢動翻飛，焦焚蟄溺，咸抛愛網，速證眞詮。中和丁未年暢月，富城太守崔致遠。

〔校記〕

〔一〕此篇見《佛國寺古今創記》、《華嚴寺志》。

〔二〕善：底本均作「善」，減筆俗字。下不另出校。

〔三〕植：底本均作「植」，減筆俗字。下不另出校。

〔四〕含：底本作「舍」，俗別字。按：「含」又作「啇」，作「舍」者即其微變。下不另出校。

〔五〕微：底本作「微」，俗別字。《字彙・彳部》：「微，俗微字。」

〔六〕選：底本「巽」作「兲」，俗別字。下同，不另出校。

〔七〕嫌：底本「兼」作「兼」，俗別字。下同，不另出校。

〔八〕贍、擔：底本「詹」均作「詹」，俗寫體。下不另出校。

〔九〕秠：同「槪」。按：字書收「秠」字，然無書證。

王妃金氏為亡弟追福施穀願文〔一〕

甞聞法身圓滿，炤人若臺鏡忘疲；慧力周通，接物若衢樽待□。是以□□□□□□□□□□色□□□□□□□□秀之□□□□之熏修有託。幽則可銷寃釋憾，顯則可拯苦拔危。况能申孝悌□□，必易感慈悲之蔭。我如虔懇，佛豈食言？弟子姉妹〔二〕，少遭閔凶，□抱寃酷。摧心於何怙何恃，泣血於靡瞻靡依。矧銜終鮮之悲，倍結孔懷之戚。不天之責，無地可逃。豈期劉景辨周代之宗，李弘別魏朝之禮？採女功於台室，奉嬪則於王家〔三〕。今則杞國憂深，楚臺夢羅，塊然獨處〔四〕，怳若有亡。無因辭輦以陳誠，空效脱簪而落鬃。顧私門之薄祐〔五〕，實行路之同嗟。但以餘生有涯，永恨無極。若非注心義海，何以訂宿對之因緣；若非藉力法林，何以助冥遊之功德？遂為亡弟追福於華嚴寺光學藏，敬捨稻穀一千苫。且學以聚之，問而辨之，先聖所言，後生所務。敢將瑣瑣之財施〔六〕，特奉莘莘之法流。雖慙撮壤培山，終願導涓歸海。□當廣厦集釁中之侶，浄筵譚衆外之宗。敬願亡弟，擺落塵羈，超以海會。德分四众，為長者室之嘉賔；法究一乘，作如來家之勝友。亦使十方庸品，萬刼昏流，俱乘般若之舟，齊到菩提之岸。

〔校記〕

〔一〕此篇又見於《佛國寺古今創記》。
〔二〕姉：底本作「姉」，俗別字，《敦煌俗字典》「姉」字條收錄此形。
〔三〕嬪：底本作「嬪」，異構字。下不另出校。
〔四〕處：底本作「處」，俗別字。按：此形較為鮮見，字書、俗字典未見收載。下不另出校。
〔五〕薄：底本作「薄」，俗別體，《敦煌俗字典》「薄」字條收有相近之形。下不另出校。
〔六〕瑣：底本作「瑣」，俗寫體，《敦煌俗字典》「瑣」字條收錄此形。下不另出校。

翻經證義大德圓測和尚諱日文〔一〕

觀夫曉日出乎嵎尼，光融萬像〔二〕；春風生乎震位，氣浹八埏。遂能破天下之冥，成地上之實。然後烏飛迅影，迴輪昧谷之深；虎嘯雄威〔三〕，輟扇商郊之遠。是知義因仁發，西自東明。嘗譬人材，何殊物性？然而善逝之遺化也，竺乾現相，震朝傳音〔四〕。故且天域僧來為唐祖者多矣，海鄉人去作漢師者尠焉。而得旭日開心，浚風調力，烏山先照，寒土皆融。稟奇鋒於外鄉，懸朗鑑於中國者，惟我文雅大師其人也。追惟大德，馮鄉士族，燕國王孫，夙種善芽，行攀勝果，為鰈海之龍子，是鷄林之鳳雛。繇是繈褓出家，早辭塵路；梯航觀國，遠艘天庭。學寧限於七洲，語將通於六國。果能天言鼓舌，而重譚華音；海會印心，而優探梵義。若楚材歸晉，趙璞入秦。遂得行高十地之中，名達九天之上。文皇識寶，遽度以為僧；武后尊賢，寔重之如佛。每遇西天開士，則徵東海異人。俾就討論〔五〕，因資演暢。是以譚經則必居其首，撰疏則獨斷于心。棲幽則靈感荐臻，昇座則法音隨應。大矣哉！臺無輟照，衢有餘斟。既東流之妙義無窮〔六〕，抑西學之迷群有託。垂拱中（則天），吾君慕法，累表請還〔七〕。聖帝垂情，優詔顯拒。故其來也，是避秦之賢胤；其去也，是輔漢之慈靈。自是我國釋門，高山仰止。修業若四河歸海，發言如萬籟唫風。諸德且會議曰：故文雅大師，功踰倏忽，而神遷異壤，骨瘞空山〔八〕。但思鵬運扶搖〔九〕，莫見鶴歸華表〔一〇〕。彼弟子，分骸起塔；我同人，杜口忘機。雖觀無二之宗，慮缺在三之義〔一一〕。況芝蘭訣喻〔一二〕，久而彌芳；木李編詩，永以為好。既奉嚴師之訓，盍修尊祖之儀？乃構忌辰，仰追慈祐。伏願高遊佛土，遠護仁方。騰望嶺之大音，出龍宮之上本。使法生法滅，共燭因緣；無我無人，永隆功德。歸墟縱涸，願海常流。謹疏。

〔校記〕

〔一〕此篇又見《華嚴寺事蹟》。
〔二〕融：底本「鬲」作「蒚」，異構字。下不另出校。
〔三〕嘯：底本「肅」作「肃」，簡俗體。下不另出校。
〔四〕傳：底本作「傳」，俗寫體。《碑別字新編》引唐《不空禪師碑》「傳」即如此作。下不另出校。

〔五〕俾：底本作「俾」，異構字。下不另出校。
〔六〕流：底本作「流」，簡俗體。按：同篇「撰疏」的「疏」，右旁亦作「㐬」。下略，不另出校。
〔七〕請：底本「青」旁作「靑」，異構字。按：從「青」之字如「清」、「靜」、「精」、「靖」、「情」等，底本亦多如此作。下不另出校。
〔八〕瘞：底本作「瘗」，俗別體。
〔九〕搖：底本作「摇」，異構字。下不另出校。
〔一〇〕鶴：底本作「鶴」，俗寫體。《碑別字新編》引《大智禪師碑》，「鶴」即如此作。歸：底本作「歸」，亦俗寫體。下不另出校。
〔一一〕缺：底本作「缺」，俗寫體。下不另出校。
〔一二〕訣：底本作「訣」，異構字。下不另出校。

終南山儼和尚報恩社會願文〔一〕

蓋聞高老西河，尼父之遺風廣振；玄歸北海，季長之妙道遐宣。是知傳教之宗，惟以擇師為本。則彼六籍之源流甚溢，五常之疆畛非遥。猶資一衖之評，必俟三隅之返。矧乃大雄奥旨，上界眞宗。若非洞達方言，何以闡揚圓教？僅同九譯，方演一乘。則昔鷄林示寂滅之期〔二〕，金棺掩耀；龍樹誦玄微之義，玉軸騰芳。探秘寶於淵居，化群生於沙界。乃有法領則躬尋聖典，去涉兑郊；覺賢則首唱妙音，來儀震域。遂識《雜華》之殊號，始翻貝葉之正文。由是遠從典午之朝，近至媧皇之運，仰惟開示，継有異人。述微言則琢玉争能，編奇跡則貫珠靡絕。其於博喻〔三〕，不可殫論。然則仰測良緣〔四〕，遐尋善誘〔五〕，契彼東流之說，喻其西學之徒，使我蓬海一隅，桑津四境，金爐耀掌，遠傳薝蔔之香；玉鏡澄心，盡曉芭蕉之喻者，乃巨唐故終南山至相寺智儼和尚付大教於我先師想大德之慧力也。伏惟和尚風篁激爽〔六〕，霜柱標貞。運既叶於半千，義能探於第一。加以學包內外，識貫古今。五天之秘籍幽筌，敷弘有裕〔七〕；四海之沈疑宿滯，剖折無遺。遂能挺秀於中華，仍得流徽於外裔。門人法藏和尚，與我先師大德，同叩玄揵，深窺妙門。無僧因升堂入室之譚，有曇衍出戶面牆之論。自攝齋請益，當仁之意互興；及操袂言歸，求友之聲共切。藏和尚，濬資先訓，廣集異聞。嘗假箋函，寄傳章疏〔八〕。則足以見嚴師誘掖，益友切磋之厚也。天周二十年後〔九〕，有傳業弟子大德決言、大德賢儁等〔一〇〕，高焦智燭，継炤慧炬〔一一〕。山玉海珠，豈假求珍之遠；青藍絳茜，能成受彩之深。乃相與揚言於衆曰：祖祖流傳，師師授記，閱遺文而究玄理，窺囊誨而悟幽宗。一言見心，千載如面。然則至於恤貧擢賤，尚感厚恩。況乃發瞽披聾，難量慈化。每推誠於念祖，宜盡禮於尊師。豈可為我國先師，則已興良會為他方法祖？久則不致妙筵，縱欲觀空，寧宜棄本？遂自中和四年，發大誓願：每至南呂孟旬，奉為故終南和尚，及天竺翻經演偈之尊宿，與中國編章撰疏之法師，謹選精廬，同開講席，高譚聖教，仰報法恩。伏願清涼山中，迭耀奇相；兜率天上，齊成勝因。修定力以濟衆緣，假餘光而炤末學。使龍宮啓藏，早傳上本之金言；鯷壑遐陬，遍誦大乘之寶偈。舉足而永離前泥，修身而得接後塵。生也有涯，固難期於泡沫；歿而不朽，唯共託於香華。設至灰現鯨池〔一一〕，塵飛鰈海，燈燈紹焰，終祛北境之昏冥；葉葉傳芳，不墜東林之誓約者也。

〔校記〕

〔一〕日本《卍續藏經》第一〇三册《諸宗著述部》載《圓宗文類》卷二二，有崔致遠文五篇，本篇為第一篇，題作「故終南山儼和尚報恩社會願文」。

〔二〕鷄林：《卍續藏經》誤作「鶴林」。

〔三〕博：底本作「愽」，俗別字。下不另出校。

〔四〕然則：《卍續藏經》作「然而」。

〔五〕尋：底本作「㝷」，異構字。下不另出校。

〔六〕爽：底本作「爽」，異構字。下不另出校。

〔七〕敷：底本作「敷」，異構字。下不另出校。

〔八〕寄：底本作「寄」，俗寫體。下不另出校。

〔九〕年：《卍續藏經》作「秊」，異構字。下不另出校。

〔一〇〕儁：《卍續藏經》作「儁」，異構字。下不另出校。

〔一一〕慧矩：《卍續藏經》作「慧燈」。

〔一二〕鯨：底本作「奐」旁著「京」之形，異構字。

海東華嚴初祖忌晨願文〔一〕

譬夫燧人鑽木，炤天下之昏冥；夏禹濬川，通域中之滯塞。則乃發揚智炬〔二〕，啓導情波，使明眞者免盧倀倀〔三〕，潤學者無憂浩浩。傳燈妙業，雅符變燧之功；歸海眞宗，實賴決河之力。然則我東國，耀佛華之光熖，闢方廣之源流者〔四〕，其唯杜師之慧化乎！伏惟大德高挺嶽靈，深涵海量。童年慕道，壯志辭家。捨華冑之簪裾，標法門之冠冕。始以教分頓漸，義有淺深，每嗟四郡之遐陬，未達一乘之奧典。乃言曰：就室之火，為小見；炤庭之日，為大智。是以務學不如務求師。古之遺訓，豈可孔匏徒繫，魏瓠虛捐〔五〕？自追小魯之縱，遂決入秦之計〔六〕。時獩戎貊寇〔七〕，烽舉折警〔八〕，言指道途，動自榛梗〔九〕。然而既切為山之志，獨懷背水之心。不憚艱危，遠涉虎狼之國；能逃傷害〔一〇〕，豈憑羊鹿之車？直泛重溟，高登彼岸。於龍朔二載，詣終南山至相寺，以儼和尚為嚴師，以藏和尚為益友。受業則若翻瓴水，傳宗則如走阪丸。有滯必通〔一一〕，無幽不測。則悟百千偈，敵三十夫。執柯而既遂伐柯，學海而終能至海。十年精練，萬里流傳。振龍樹之餘芳，播雞林之遠俗。顯敷妙義，遍諭群迷。披瞶以法雷，開矇以智月〔一二〕。遂得慈航廣濟，化人而永謝愛河〔一三〕；法軑長驅，救物而皆離燬室〔一四〕。一自寂滅為樂，虛空是宗，每懷慥慥之誠，但想循循之誘。不涉鷲頭之嶺，自達妙音；能持鵲尾之爐，競尋懿躅。高山仰止，何日忘之？是以弟子性起等，悲切藏舟，感深入室。同成社會，用報法恩。每值忌晨，仰談遺教。伏願祖師大德，兜率陀之天上，汲引衆流；摩竭提之國中，炤臨法界。海融智慧，雲覆慈悲。傳佛心而盡玩《雜華》，舉寶手而長攀聖果。功灰雖盡，香火無盡。

〔校記〕

〔一〕日本《卍續藏經》第一〇三冊《諸宗著述部》載《圓宗文類》卷二二，有崔致遠文五篇，本篇為第二篇，題同。又見《華嚴寺事蹟》。

〔二〕智炬：《卍續藏經》誤作「智矩」。

〔三〕免盧：《卍續藏經》亦如此作。然「免盧」不辭，似為「免慮」之誤。「免慮倀倀」謂不用擔心無所適從。「倀倀」指無所適從貌。《荀子·修身》：「人無法則倀倀然。」楊倞注：「倀倀，無所適貌，言不知所措履。」

〔四〕源：底本「原」作「原」。按：「原」為「原」之減筆俗字，從「原」之字如「願」等，底本亦如此作。《敦煌俗字典》「源」字條收載此形。下不另出校。

〔五〕虛：《卍續藏經》作「虗」，俗寫體。下不另出校。

〔六〕計：底本均作「計」，增筆俗字。下不另出校。

〔七〕寇：底本作「寇」，俗寫體。下不另出校。

〔八〕烽：《卍續藏經》作「熢」。按：二者異構字。漢揚雄《羽獵賦》：「舉熢烈火，轡者施技，方馳千駟，狡騎萬帥。」一本即作「烽」。

〔九〕動自：《卍續藏經》作「動多」。

〔一〇〕害：底本「宀」作「冖」，減筆俗字。

〔一一〕滯：底本均作「滞」，異構字。下不另出校。

〔一二〕曚：《卍續藏經》作「矇」。

〔一三〕謝：底本「寸」旁作「才」，俗寫體，俗寫「才」、「寸」不拘。文中「射」，底本亦如此作。下不另出校。

〔一四〕救：底本作「救」，減筆俗字。下不另出校。

華嚴社會願文〔一〕

夫聖人之設教也，示其無詐，化彼有緣。觀身則曉露迎風，鍊性則寒潭浸月〔二〕。妄生妄而同拘下界，空至空而莫逭大期。是以麟野傷懷，負手應兩楹之夢〔三〕；鵠林變色，分身結雙樹之悲。則驗去之與來，有若形之與影。既乃息形止影，是為捨幻歸眞。且昔廬峯遠公，與衆立誓，志期西境，遺美可尋。況覽巨唐法藏和尚，寓我祖師大德書云：「夙世同因，今生同業。願當來世，捨身受身。同於盧舍那會，聽受無盡妙法。」則知儒室則顔回早逝，天上修文；釋門則智顗相逢，山中叙舊。宛如符契〔四〕，各自因緣〔五〕。矧乃方廣眞筌，世雄至鑒，包大空而闊視〔六〕，從上界以遐宣。苟能叶志於斯宗〔七〕，必也追縱於曩會。然則同聲相應，固當適我願兮〔八〕；諸善奉行，孰曰非吾徒也？既究一乘之妙義，盡明三世之宿因。故我業中，先達龍象，共締香社，特營法筵。如有先示滅者，衆集皇龍寺〔九〕，講經一日，追冥福也。噫！時當像末，俗尚澆浮。衆病難除，但仰浄名。居士流年漸促，誰封老壽將罕。見歸人然後識行人，至大覺然後知大夢。莫不存心我浄〔一〇〕，目想他方。聊振妙音，同申弘願。所願者祖師已降，後進之徒，永離遼海之隅，高涉靈山之會。棲身浄域，懸智鏡而炤群迷；携手香城，駕慈軒而恣常樂。縱銷天石，继灑雨華〔一一〕。

〔校記〕

〔一〕日本《卍續藏經》第一〇三册《諸宗著述部》載《圓宗文類》卷二二，有崔致遠文五篇，本篇為第三篇，題同。又見《佛國寺事蹟》、《華嚴寺事蹟》。

〔二〕潭：底本「早」作「甲」，俗寫體。下不另出校。

〔三〕兩楹：《卍續藏經》作「兩㨕」，同詞異寫。按：《禮記·檀弓上》：「予疇昔之夜，夢坐奠於兩楹之間……予殆將死也。」后因以「兩楹」表示人之將終。《北史·薛辯傳》：「裕曰：『近夢，恐有兩楹之憂。』」

〔四〕宛：底本作「宛」，俗體字。下不另出校。

〔五〕各自：《卍續藏經》作「皆自」，二者義同。
〔六〕包：底本作「㔾」，異構字。按：從「包」之字如「泡」、「抱」、「匏」等，底本亦如此作。下不另出校。
〔七〕叶志於斯宗：《卍續藏經》作「叶於志斯宗」。
〔八〕兮：底本作「兮」，俗體字。《敦煌俗字典》「兮」字條所收兩例均如此作。下不另出校。
〔九〕皇龍寺：《卍續藏經》作「皇福寺」。
〔一〇〕存心：《卍續藏經》作「心存」。
〔一一〕灑：底本作「灑」，俗體字。下不另出校。

傳

唐大薦福寺故寺主翻經大德法藏和尚傳〔一〕

案《纂靈記》云：「西京華嚴寺僧千里撰《藏公別録》，縷陳靈跡〔二〕。」然是傳未傳海域，如渴聞梅，耳目非長，難矜井識。今且討片文別記中，概見藏之軌躅〔三〕，可聳人視聽者，掇而聚之。古來為傳之體不同，或先統其致，後鋪所因；或首標姓名，尾綰功烈。故太史公每為大賢如夷、齊、孟軻輩立傳〔四〕，必前冠以所聞，然後始著其行事。此無他，德行既峻，譜録宜異故爾。愚也雖慚郢唱，試效越顰〔五〕，仰彼圓宗，列其盈數，仍就藏所著《華嚴三昧觀》直心中十義而配譬焉。一族姓廣大心，二遊學甚深心，三削染方便心，四講演堅固心，五傳譯無間心，六著述折伏心，七修身善巧心，八濟俗不二心，九垂訓無礙心，十示滅圓明心。深悲兩心，互准可見。《書》云：「措諸枉」，「思無邪」，《經》曰：「為浄土，是道場」，乃直心之謂也。事將顯實，語不芟繁，悉擧因緣，聊彰本跡。其傳：

第一科曰：釋法藏者，梵言達摩多羅，字賢首，梵言跋陀羅室利，帝賜別號國一法師。俗姓康氏，本康居國人。屠門濫說，解在字釋。雖僧會異時，而曇諦同跡。亦如法護，月支人支氏；吉藏，安息人安氏，外所謂因生以賜姓是也。諦、護後稱支、竺，盖從西師改焉。猶吉、法二藏，皆歸釋氏，内所謂四河入海是也。高曾蟬聯，為彼國相。祖父自康居來朝，庇身輦下。考諱謐，皇朝贈左衛中郎將。母氏夢呑日光而孕，以貞觀十七年癸卯暢月旁死魄而生。身當四方合統之朝，值三寶重興之運，庸詎非《商頌》所謂「自天降康」者乎？康居地接竺乾〔六〕，人侔梵衆，既饒師子，能胤法王。偉矣哉！弟寶藏以忠孝聞。此之謂族姓因緣。豈非以廣大心，誓願觀一切法，悉如如乎？

第二科曰：年甫十七（顯慶四年己未），志鋭擇師，遍謁都邑緇英〔七〕，懊其拙於用大，遂辭親求法，於太白山餌朮數年〔八〕，敷閱方等〔九〕。後聞親疾，出谷入京。時智儼法師於雲華寺講《華嚴經》，藏於中夜忽覩神光來燭庭宇〔一〇〕，廼歎曰：「當有異人弘揚大教。」翌旦，就寺膜拜已，因設數問，言皆出意表。儼嗟賞曰：「比丘義龍輩，尚罕扣斯端〔一一〕。何計仁賢，發皇耳目！」或告曰：「是居士雲棲朮食〔一二〕，久玩《雜華》〔一三〕，為覲慈親，乍來至此。」藏既飡儼之妙解，以為眞吾師也。儼亦喜傳炷之得人〔一四〕。自是預流徒中，後發前至。高超二運，白牛也力騁通衢〔一五〕；俯視六宗，赤象也躬行實土。不由他悟，莫若自知。此之謂遊學因緣。豈非以甚深心，誓觀眞如，要盡源底乎？

第三科曰：及總章元年，儼將化去，藏猶居俗（時年二十六）。儼乃累道成、薄塵二大德曰〔一六〕：「此賢者注意於《華嚴》，蓋無師自悟。紹隆遺法，其惟是人！幸假餘光，俾沾制度。」至咸亨元年（藏年二十八），榮國夫人奄歸冥路，則天皇后廣樹福田，度人則擇上達僧，捨宅乃成太原寺〔一七〕。於是受顧託者連狀薦推，帝諾曰：「俞。」仍隸新剎〔一八〕，周羅遂落，敻拔常科。此之謂削染因緣。豈非以方便心，推求簡擇，趣眞方便乎？

第四科曰：既出家，未進具，承旨於所配寺講《百千經》。時屬端午，天后遣使送衣五事，其書曰：「蕤賓應節〔一九〕，角黍登期，景候初炎〔二〇〕，師道體清適。屬長絲之令節，承命縷之嘉辰。今送衣裳五事，用符端午之數。願師承兹采艾之序，更茂如松之齡。永耀傳燈，常為導首〔二一〕。略書示意，指不多云。」後於雲華寺講，有光明現從口出，須臾成蓋〔二二〕，衆所具瞻。延載元年，講至《十地品》，香風四合，瑞霧五彩，崇朝不散〔二三〕，縈空射人。又感天華，糝空如霰（中宗《贊》所云「講集天華」是）。後於佛授記寺譯新經畢〔二四〕，衆請藏敷演。下元日序題入文，洎臘月望前三日晚，講至「華藏海震動」之說，講室及寺院欻然震吼。聽衆稻麻，歎未曾有。當寺龍象，狀聞天上。則天御筆批答云：「省狀具之〔二五〕。昨因敷演微言，弘揚秘頤〔二六〕。初譯之日，夢甘露以呈祥；開講之辰，感地動而標異。斯乃如來降祉，用符九會之文；豈朕庸虛，敢當六種之動？披覽來狀，欣暢兼懷。」仍命史官，編於載籍。無慮前後講新、舊兩經三十餘遍。大帝永隆年中，雍州長安縣人郭神亮者，修浄行，暴終。諸天引詣知足天宮，禮敬慈氏。有一菩薩讓之云：「何不受持《華嚴》？」亮以無人講為辭，曰：「有人見講，胡得言無？」及甦委說，衆驗藏之弘轉妙輪，人天咸慶矣。故《演義鈔》題證云（二七）：「講得五雲凝空，六種震地。向非入慈悲之室，著和忍之衣，昇空觀之座，而能融智海，播辯河者，孰能與於是乎？」此之謂講演因緣。豈非以牢固心，設逢極苦，樂受深觀，心不捨離乎？

第五科曰：夫《華嚴大不思議經》者，乃常寂光如來於寂場中覺樹下，與十方諸佛召塵沙菩薩而所說也。龍勝誦傳下本滿十萬偈。東晉廬山釋慧遠以經流江東，多有未備，乃令弟子法浄、法領等，踰越沙雪，遠尋衆經。法領遂至遮拘槃國，求得前分三萬六千偈來歸。時有佛賢三藏，為偽秦所擯，投趾東林（二八）。遠善視之，馳使飛書，解其擯事。賢後至建康，於道場寺譯出領所獲偈，南林寺法業筆受，成五十卷。則知西天應北天之運，契期金水之年；東林助南林之緣，發光木火之用。共成大事，益耀中華。東安寺慧嚴、道場寺慧觀及學士謝靈運等潤文，分成六十卷。然於《入法界品》內有兩處文脫（一從「摩耶夫人」後至「彌勒菩薩」前，中間脫「天主光等十善知識」（二九）。二從「彌勒」後至「普賢」前，中間脫「文殊申手案善財頂」等半紙餘文），歷年僅乎四百，製疏餘乎五三。經來未盡之言，猶如射地；義有不安之處，頗類窺天。莫究闕遺，强成箋釋。唯藏每慨百城之說，多虧一道之文。捧香軸以徒悲，擁疑襟而莫決〔三〇〕。引領西望，日庶幾乎！果至聖唐調露之際，有中天竺三藏地婆訶羅（此云日照〔三一〕），齎此梵本來届。藏乃親共讐校，顯驗缺如。聲聞于天，尋奉綸旨，與成、塵、基師等譯出補之。復禮潤文，慧智度語，依六帙本為定。暨女皇革命〔三二〕，變唐為周，遣使往于闐國求索梵本，仍迎三藏實叉難陀（此言喜學）〔三三〕，譯在神都。作起乎證聖牂年〔三四〕，功成乎聖歷猗歲。計益九千偈，勒成八十卷（通舊翻合四萬五千偈）。命藏筆受，復禮綴文，梵僧戰陀、提婆二人譯語。仍詔唐三藏義浄，海東法將圓測，江陵禪師弘景，及諸大德神英、法寶而下，審覆證義〔三五〕。於譯堂前陸地開百葉蓮華，衆覩禎祥，競加精練。然攻木後其節目，致貫華眩彼文心。雖益數品新言，反脱日照所補。文既乖緒，續者懵焉〔三六〕。藏以宋唐兩翻，對勘梵本〔三七〕。經資線義，雅協結鬘。持日照之補文，綴喜學之漏處。遂得泉始細而增廣，月暫虧而還圓。今之所傳，第四本是。清涼山鎮國沙門澄觀疏《玄義》云：「其第三本先已流行，故今代上之經猶多脱者，願諸達識見闕而續之，則觀之累詞悃愊，後進宜勿忘焉。」久視年中，又奉詔翻大乘《入楞伽經》七卷。進内，璽書褒之曰：「得所譯《楞伽經》，補求那之闕文，翦流支之繁句，鉤深致遠，文要義該，唯識論宗於兹顯矣。」凡與日照譯《密嚴》等經論十有餘部，合二十四卷。並則天制序，深加贊述。復至神龍年中，與喜學奉詔於林光殿，譯《大寶積經·文殊師利授記會》三卷。藏本資西胤，雅善梵言；生寓東華，精詳漢字。故初承日照，則高山擅價；後從喜學，則至海騰功。得以備詢西宗，增衍東美。拔乎十德之萃〔三八〕，擷其九會之芳。此之謂傳譯因緣。豈非以無間心，觀其眞理，盡未來際，不覺其久乎？

第六科曰：初，至相儼和尚，每嗟大教，久阻中興，會驅光統椎輪，益仰聖尊大路〔三九〕。因躡扶纖指於慧表〔四〇〕，緝妙宗於毫端，成《華嚴經・中搜玄義鈔》五卷。其文也玉寡，其理也金相。追琢為難，鎔裁有待。藏以親窺室奧，獨擅國工，善巧逞能，其器甚利。乃效同恥者之述，撰《探玄記》二十通。俾璞玉耀嚴身之華，渾金成刮膜之具。既玉無泣者，或金可懸乎？抑且味「搜」、「探」之二言，品先後於一字。先「搜」則艱矣（搜者，索、求、具、擇、閱、衆、聚七訓〔四一〕），後「探」則便焉（探者，取、試、循、引、候五訓）。其難也，擇而聚之之勞；其易也，引而取之之速。蓋師列十門而「搜」已，資尋一經而「探」之。然或沿淺就深，陟遐自邇，聊憑俗諦，試較眞談，則《周禮・夏官》條職名中，有「搜人」焉，有「探人」焉。「搜人」掌十二閑務，審行九政，以導悟昏蒙。其猶儼之《搜玄》，統十二分教，宗舉九部，以開示知見耶？「探人」掌誦叙王志，道國政事，以巡天下，而喻說諸侯〔四二〕，使不迷惑，曉萬民之心，正向王化。亦猶藏之《探玄》，傳通佛意，演法宗趣，以喻世間，而掩映衆說，使不混淆，開群生之目，深感佛恩耶？窮一化之始終，資二玄之廣略，可謂立之斯立，正是玄之又玄。若向二帙，不倚五編，則撫持也儻然靡暢〔四三〕；或據五編，不憑二帙，則咀嚼也澹乎無味。野諺云：「師明弟子哲。」豈前後相成之謂乎？舉要言之，《搜玄》者，索隱之離辭；《探玄》者，鉤深之異語。隱能心索，十玄之妙旨霞張；深可力鉤，十義之圓科月滿（藏公《搜玄》、《分齊》者，豈謂大經玄旨，有分齊而可搜乎？但自立「十玄義門」以通經旨，俾通智境，應指言搜十玄義之分齊耳。冒進瞽言〔四四〕，幸詳其致）。遂使包羞者前哲〔四五〕，受賜者後生。儼、藏連稱，提孩具審，古所謂死且不朽，久而彌芳者歟！自餘鐘虛而有問必醻，釖利而無疑不剖，涉《華嚴》之緼者〔四六〕，撮機要而補之。其名數曰：《教分記》三卷，《指歸》一卷，《綱目》一卷，《玄義章》一卷，《策林》一卷，就是示歸路之十科也。各標十義，通顯百門。移海影於目前，簇蓮界於掌上。復以行願所極，止觀方成。乃擬天台《法華》，著《華嚴三昧觀》、《華藏世界觀》、《妄盡還源觀》各一通，可令有目得珠，孰曰我心匪鑑？蔚傳盛觀，雅契冲宗。又顧象教誕敷，龍經寖盛（大經結集之後〔四七〕，龍王收入其宮。龍樹誦傳下本，亦是大龍菩薩所導化焉。況初譯經時，龍變青衣童子，躬自給侍。道英講說〔四八〕，海神來聽。致雨救旱，亦是二龍，故輒號曰「龍經」。亦猶儒教《春秋》感麟而作，目為「麟史」，或稱「麟經」。四聖標題〔四九〕，義亦無爽）。讀誦者竹葦，聲訓為簿橇〔五〇〕，而況天語土音，燕肝越膽，苟非會釋，焉可辨通？遂別鈔解晋經中梵語為一編，新經梵語華言共成《音義》一卷。自叙云：「讀經之士，實所要焉（《新經音義》，不見東流。唯有弟子慧苑《音義》兩卷，或者向秀之注《南華》，後傳郭象之名乎？或應潤色耳）〔五一〕。」實顯驗言題〔五二〕，誨人不倦。古有《華嚴經內佛名》二卷，《菩薩名》一卷，莫知集者，而鳩聚闕如。藏乃閱載其名，略無遺漏，添成五軸〔五三〕，為世所珍。經出蚪宮已來，西東靈驗繁蔚。而或班班僧史，或聒聒俚談，義學之徒，心均暢日〔五四〕，耳功是競，躬覽者稀。由是簡二傳而聚異聞，考百祥而謄近說，緝《華嚴傳》五卷，或名《纂靈記》（此記末畢而逝，門人慧苑、慧英等續之，別加論贊，文極省約〔五五〕，所益無幾）。使千古如面，知祖習之無妄焉。《楞伽》實難於往入〔五六〕，

《密嚴》非易得鈎深，《梵網》眞詮〔五七〕，法門嚴憲，三界無怙，惟戒可恃，皆成義疏，備舉源流（《楞伽》、《密嚴疏》未詳卷數，《梵網經疏》三卷，見行于世）。加且發蒙即山下出泉，升進乃地中生木。三根雖異，十信是資。蓋導義流〔五八〕，俾歸教寫。於是製《起信論疏》兩卷、《別記》一卷（《疏》或分為上中下三）。《十二門論》、《法界無差別論》，亦編正義，如別流行。《多心》雖小不輕，疏出塵中經義；《法華》或云有疏，餘光未照扶桑。媧皇之代太皞也，玉鏡披圖，金輪耀德。顧貝葉之書甚博，析悉檀之訣稍頻，廼貢《金師子章》一篇而仰悟之。此作也，搜奇麗水之珍，演妙祇林之賓。數幅該義，十音成章。疑覩奮吼於狻猊，勝獲贐賝於鵝雁。雖云遠取諸物，實乃近取諸身。以頷下之光，為掌中之寶，則彼玉龍子之實玩，豈如金師子之虛求（玉龍子之靈異，具如《明皇雜録》）？啓沃有餘，古今無比。復念妙度餘六，眞歸在三。般若母於勃陀，引無極也；僧伽孫於曇摩，續莫大焉。故製《三寶別行記》一卷，均曉盲聾故也。晚以新經既加一會，舊疏或涉三思，爰隨補衮之文，聊括提綱之義。重述《略疏》，始《妙嚴品》至第六行；迎知報盡，因越次析《十定》微言，僅了九定，未絕筆而長逝。料簡有十二卷（《演義鈔》云：「聖后所翻，文詞富博。賢首將解，大願不終。方至第十九經，奄歸寂滅，遺恨何極！」）。門人宗一、慧苑，兩續遺藁。一師足二十軸，頗近終蠅〔五九〕；苑公成十六編，或譏继祖〔六〇〕。是惟尺有所短，詎得寸無所遺（《演義鈔》云：「苑公言續，而前疏亦刊。筆格文詞，不繫先古。致令後學，輕夫大經。使遮那心源，道流莫挹；普賢行海，後進望涯。將欲弘揚，遂發慨然之歎云云。」故製疏十意中，第三扶昔大義者，皆顯藏公之述）？此之謂著述因緣〔六一〕。豈非以折伏心，或若失念，煩惱暫起，即便觀察折伏，使觀心相續乎？

第七科曰：藏年十六，鍊一指於阿育王舍利塔前，以申法供。越翌載，因入山學道，屬慈親不悆〔六二〕，歸奉庭闈，綿歷歲時，能竭其力。總章初，藏猶為居士，就婆羅門長年請授菩薩戒。或謂西僧曰：「是行者誦《華嚴》，兼善講《梵網》。」叟愕且唶曰：「但持《華嚴》，功用難測，矧解義耶？若有誦百四十願已〔六三〕，為得大士具足戒者，無煩別授，號天授師。」及後曆曰永隆元年〔六四〕，覲親于夏州。道次，郡牧邑宰，靡不郊迎，緇侶為榮。屬神龍初，張柬之叛逆〔六五〕。藏乃內弘法力，外贊皇猷。妖孽既殲，策勳斯及，賞以三品，固辭固授。遂請迴與弟，俾諧榮養。至二年，降勑曰：「朝議郎行統萬監副監康寶藏，頗著行能，早從班秩。其兄法藏，夙參梵侶，淡入妙門。傳無盡之燈，光照暗境；揮智慧之劒，降伏魔怨。凶徒叛逆，預識機兆，誠懇自衷〔六六〕，每有陳奏。奸回既殄，功効居多。雖攝化無著，理絕於酬賞；而宅生有緣，道存於眷顧。復言就養，實寄天倫。宜加榮祿，用申朝奬。寶藏可游擊將軍、行威衛隆平府左果毅都尉，兼令侍母，不須差使。主者施行。」斯惟智鏡如磨，戒珠無纇〔六七〕，進度協忠貞之節，慈光融孝友之規。故得神人無功，匪伐其善；君子不械，能尊厥親。曾子所言：「國人稱願，然曰幸哉〔六八〕。」有子如此，所謂孝也已者，法師其人也。此之謂修身因緣。豈非以善巧心，靜觀眞理，不礙隨事，巧修萬行乎？

第八科曰：垂拱三載，《雲漢》之詩作矣。詔藏於西明寺立壇祈之。長安邑尹張魯客為請主。

每夕齋戒，未七日，雨沾洽。天册萬歲中，雍州長史建安王縉留務，值愆陽，亦求藏致之，應如響答。嘗於曹州講場，適辨教宗邪正。有道士謂呰玄元，含怒問曰：「諸法為平等以不？」答：「平等不平等。」又問：「何有二耶？」答：「眞俗異，故非一槩。」黄冠益㬥〔六九〕，大詬三寶。翌旦頮面〔七〇〕，欻鬚眉隨手墮落〔七一〕，遍體瘡疱。遽來懺過，願轉《華嚴》百遍。讀經未半，形質復舊。神功元年，契丹拒命，出師討之，特詔藏依經教遏寇虐。乃奏曰：「若令摧伏怨敵，請約左道諸法。」詔從之。法師盥浴更衣，建立十一面道場，置光音像。行道始數日，羯虜覩王師無數神王之衆，或矚觀音之像浮空而至，犬羊之群相次逗撓。月捷以聞，天后優詔勞之，曰：「蒯城之外，兵士聞天鼓之聲；良鄉縣中，賊衆覩觀音之像。醴酒流甘於陳塞〔七二〕，仙駕引纛於軍前。此神兵之掃除，蓋慈力之加被。」長安四年冬杪，於內道場因對敭，言及岐州舍利是阿育王靈跡〔七三〕，即魏册所載扶風塔是。則天特命鳳閣侍郎博陵崔玄暐與藏偕往法門寺迎之。時藏為大崇福寺主，遂與應大德、綱律師等十人，俱至塔所。行道七晝夜，然後啓之，神輝煜爚。藏以昔嘗鍊指，今更隳肝，乃手擎興願，顯示道俗。舍利於掌上騰光，洞照遐邇。隨其福力，感見天殊。或覩銑鋈睟容，或觀纓毳奇像。瓌資瑋質〔七四〕，乍大乍小。大或數尺，小或數寸。於是頂釭指炬者爭先，舍寶投財恥後〔七五〕。歲除日至西京崇福寺。是日也，留守會稽王率官屬及五部衆，投身道左，競施異供〔七六〕。香華鼓樂之妙，矇聵亦可覩聞。洎新年端月孟旬有一日入神都，勑令王公已降，洛城近事之衆，精事幡華幢蓋，仍命太常具樂奏迎，置於明堂。

觀燈日，則天身心護净，頭面盡虔。請藏奉持〔七七〕，普為善禱。其眞身也，始自開塔戒道，遠于洛下。凡擒瑞光者七，日抱戴者再（初發匣日，一也；行至武功縣界，其光傍亘法門寺，二也；宿崇福寺，置皇堂內，光如火焰，又似星流，三也；行次崇仁坊門，因光高舉，且抱且戴，四也；宿渭南縣興法寺，夜如晝，五也；行至壽安縣界，光既指天〔七八〕，日又抱戴，六也；安置于明堂，以兜羅綿襯〔七九〕，天后及儲君頂戴時，七也。崔致遠曰：愚於咸通十五年甲午春在西京，于時懿宗皇帝命使迎奉眞身。來自鳳翔，目覩瑞應〔八〇〕，多是類焉。至有牛駕香車而禮拜者三，鶴當寳輿而佪翔者四〔八一〕。諸坊豎塔，多致動搖）。中宗復位，神龍元年冬，勑令寫藏眞儀。御製《贊》四章曰：「宿植明因，專求正眞。菴園晦跡，蓮界分身。闡揚釋教，拯濟迷津。常流一雨〔八二〕，恒净六塵（其一）。辯囿方開，言泉廣濬〔八三〕。護持忍辱，勤修精進。講集天華，徵符地震。運斯法力，殄兹魔陣（其二）。爰標十觀，用契四禪。普斷煩惱〔八四〕，遐祛蓋纏。心源鑒徹，法鏡澄懸。慧筏周運，慈燈永傳（其三）〔八五〕。名簡紫震，聲流紺域。梵衆綱紀，僧徒楷則。鎮治四生，曾無懈息。播美三千，傳芳百億（其四）。」三十二句，百二十（音入）八言〔八六〕。雖文表虛宗，而事皆實録。景龍二年，中夏憫雨，命藏集百法師於薦福寺，以法禱之。近七朝，遽致滂沱；過十夜，皆言浹洽。狀告，詔批曰：「法王乖範〔八七〕，調御流慈。敷百座而祈恩〔八八〕，未一旬而獲應。師等精誠講說，當致疲勞。省表循環，再三欣悅。」後踰再朏，救歎如初〔八九〕。勑曰：「三寶熏修（一本云重修，或謂再設百座講乎），一旬流液。慈雲演蔭，法雨含滋。師等精誠，遽蒙昭感。」由是中宗、睿宗皆請為菩薩戒師〔九〇〕，崆峙之遺美是追〔九一〕。萬乘歸心，八紘延首，無機見阻，有苦待除。藏顧新經化大行焉，知眞丹根遍熟矣，因奏於兩都及吳、越、清涼山五處起寺，均牓「華嚴」之號。仍寫摩訶衍三藏，并諸家章疏貯之。善願天從，功侔踊出。尋復請許、雍、洛閭閻，爭趁梵筵〔九二〕，普締香社。於是乎像圖七處，數越萬家。南齊王之精修，西蜀宏之善誘，重興茲日，夐掩前朝。故人皆不名，而稱華嚴和尚焉。景雲再春，時雨罕潤，冬又不雪，人皆籲天。君命召藏禁中，懇訊救農之術〔九三〕。乃啓沃曰：「有經名《隨求則得大自在陀羅尼》。若結壇淨，寫是總持語，投於龍湫，應時必獲。」詔可其請。遽徃藍田山悟眞寺龍池所作法，未旬大雪。表聞，制報曰：「勅華嚴師：比屬愆陽，憂纏寢食，故令潭所，啓請祈恩，遽得三寶流慈，兩度降雪。師等精誠上感，遂乃盈尺呈祥。欣稔歲之有期，喜豐年之可望。慮不周洽，且未須出山，屈師重更用心，待後進止。」及六出遍四方，復降詔曰：「勅華嚴師：寒光稍切，不委法體何如？昨者使還，云師焼香纔畢，旋降甘雪。雖則如來演貺，實由啓懇虔誠。預喜豐年，略茲示意。」至先天元年十一月二日，太上皇以藏誕辰，賜衣財暨食味。誥曰：「勅華嚴師：黃鐘應律，玄序登司。欣承載誕之祥，喜遇高禖之慶〔九四〕。乘茲令日，用表單心，故奉法衣，兼長命索餅。既薦四禪之味，爰助三衣之資。願壽等恒沙，年同刼石，霜景微冷，法體安和。近阻音符，每增翹仰。因書代叙，筆不宣心。」橋陵脫屣褰衣，忘機養德。以藏乃心王室，每著精勤，悟道有因，嚴師無怠。別賜絹二千匹，俾贍興福所須。至如井中騰素呾纜之光〔九五〕，耳湌奇說；氷內窣覩波之影〔九六〕，目驗嘉祥。偈排地獄之災，二十字俾知心佛；經拔鑊湯之苦，七百人來跪群僧。藏乃或辨彼金言所從，或假其玉軸令寫（具如《華嚴傳》內所述王氏及何容師之事〔九七〕）。莫不惰學者起懸頭之志〔九八〕，阽危者荷援手之慈。此之謂濟俗因緣。豈非以不二心，隨事萬行，與一味眞理，融無二乎？

第九科曰：世寡尚賢，皆慚下問；人多自聖，莫悟大迷。加復語異華戎，教分權實，而唯尋末派，罕究本源。信若飛蓬，窺同側管，致使席上之義多臆斷〔九九〕，釁中之言或面從。縱有梵旅來儀，伽譚委悉，翻加擯黜之辱，懶致諮諏之勤。藏也蓄銳俟時，解紛為念。既遇日照三藏，乃問：「西域古德，其或判一代聖教之昇降乎？」答曰：「近代天竺有二大論師，一名戒賢，二稱智光。賢則遠承慈氏、無著，近踵獲法、難陀，立法相宗（以一乘為權，三乘為實，唐三藏奘之所師宗）。光即遠體曼殊、龍勝，近稟青目、清辯，立法性宗（以三乘為權，一乘為實。青目，有本云提婆）。」由是華梵兩融，空色雙泯，風除惑霧，日釋疑氷（具如《探玄》所釋）。外訓有言：醫不三世，不服其藥。矧於聖典，叵謬憲章。以梁陳間，有慧文禪師，學龍樹法，授衡岳思，思傳智顗，顗付灌頂。三葉騰芳，宛若前朝佛澄、安、遠。聽憶靈山之會，夢聆台嶺之居。說通判四教之歸，圓悟顯一乘之極。藏以寢處定慧，異代同心，隨決教宗，加頓為五：其一曰小乘教，其二曰始教，其三曰終教，其四曰頓教，其五曰圓教。就是或開或合，有別有同，融正覺之圓心，變方來之邪見。永標龜鏡，實淬牛刀。從學如雲，莫能悉數。其錚錚者，略舉六人：釋宏觀、釋文超、東都華嚴寺智光、荷恩寺宗一、靜法寺慧苑、經行寺慧英。並名雷於時，跡露於後。

至比丘尼衆從問道者，多誦晋經。大都稟教僧尼，僉以護律栖禪為恒務。即知華嚴本祖，自阿難海而來，龍猛、佛賢，禪風靡墜。觀行雙翼，可缺一乎？初，藏與海東義想法師同學。其後藏印師說，演述義科，寄示於想。仍寓書曰：「夙世同因，今生同業。得於此報，俱沐大經。特蒙先師，授兹奥典。希傍此業，用結來因。但以和上章疏，義豐文簡，致令後人，多難趣入。是以具録微言妙旨，勒成義記，傳之彼土，幸示箴誨。」想乃自閲藏文，如耳聆儼訓。掩室探討，涉旬方出。召門弟子可器瀉者四英（眞定、相圓、亮元、表訓），俾分講《探玄》，人各五卷。告之曰：「博我者藏公，起予者爾輩。因榻出榻〔一〇〇〕，執柯伐柯。各宜勉旃，無自欺也。」且海表覺母，想為始祖。然初至止若東家丘，及法信遐傳，得群迷遍曉。斯實闇燭龍之眼〔一〇一〕，頓放光明；纖火鼠之毛，益彰奇特。誘令一國，學遍十山（海東華嚴大學之所，有十山焉：中岳公山美理寺，南岳智異山華嚴寺，北岳浮石寺，康州迦耶山海印寺、普光寺，熊州迦耶峽普願寺，鷄龍山岫寺——《括地志》所云鷄藍山是，朔州華山寺，良州金井山梵語寺，琵瑟山玉泉寺〔一〇二〕，全州母山國神寺，更有如漢州負兒山青潭寺也〔一〇三〕。此十餘所）。《雜華》盛耀蟠桃，蓋亦藏之力爾。日出月走，俱在於東；頓漸兩圓，文義雙美。此之為垂訓因緣〔一〇四〕。豈非以無礙心，理事既全融不二，還令全理之事，互相即入乎？

第十科曰：先天元年，龍集壬子，周正月，月幾望，右脇于西京大薦福寺，亨年七十〔一〇五〕，僧夏末悉。誕以辜月，歿亦如之。則李巡有任養之評，孫炎有蟄伏之解，應兹兩釋，終彼浮生。矧乃其來也居朔後，其去也在望前。是表漸圓，先標等覺。豈非菩薩清涼月，遊於畢竟空者哉？越五日，太上皇賜誥賻贈曰：「中使故僧法藏，德業天資，虚明契理，辯才韞識，了覺融心。廣開喻筏之門，備闡傳燈之教。隨緣示應，乘化斯盡。法眞歸寂，雖證無生之空；朝序飾終，宜有褒賢之命。可贈鴻臚卿，賻絹一千二百匹，葬事準僧例官供。」唐制，文武官薨卒，一品賻物二百端，粟二百碩〔一〇六〕，降及九品，限止十端。今兹厚禮，可驗皇恩。有司給營墓夫卒人功十日，諸王公降及士庶，禮懺施捨，亘歷數焉。以其月二十四日葬於神禾原華嚴寺南。送葬之儀，皆用追寵典屬國三品格式，禮也。門人請秘書少監閻朝隐撰碑文，概表行跡，翌載中春，建于塔所。古所謂其生也榮，其死也哀〔一〇七〕。此之謂示滅因緣。豈非以圓明心，頓觀法界，無障無礙乎？

《麟史》稱殁有令名者三立焉，則法師之遊學、削染、示滅，三立德也；講演、傳譯、著述，三立言也；修身、濟俗、垂訓，三立功也。演一乘圓旨，憑十節妙緣，廣記備言，庶或有中。傍詆訶者〔一〇八〕，引《文心》云：「『舊史所無，我書則博〔一〇九〕。欲偉其事，此訛濫之本源，述遠之巨蠹也。』子無近之乎？雖多奚為？以少是貴。」愚略焉曰：「敬佩良箴〔一一〇〕。然立定哀之時，書隐元之事，信以傳信，疑以傳疑。自古常規，非今妄作。況此皆憑舊說，豈衒新聞？」且記藏公之才之美也，實得面無怍色，口無媿辭。顧起信多小之詮〔一一一〕，譔成行廣略之錄，一傳一碑。又史者，使也，執筆左右，使之記也。傳者，轉也，轉授經旨，傳廣碑略，使授於後。恭以師兄大德玄準為名，仍以大乘遠為別號。體葉偈之旅，首花嚴之座〔一一二〕。嗣仍孫於想德，欽益友於藏公。且曰，古賢以取其言而棄其身，心為盜也；今學則稟其訓而昧其迹〔一一三〕，顏實靦焉。況有小鳴之徒，或陳大嚼之說，玷汚前哲，眩惑後生。雖復閭朝隱有碑，釋光嚴有傳，惰於批閱，勇在矯誣矣〔一一四〕。至有譏史學為魔宗，黜僧譜為廢物，及談疏主緣起，或作化人笑端，是謂讌朋，不無忝祖，可掩耳而走，豈俾躬處休。以致遠嘗宦玉京，濫名金牓，聊翻缺語，或類象骨〔一一五〕，遂命直書，難從曲讓，有乖即正，無異不編。猶恨目瞶寶洲，耳驚金奏。仙枰一遇，因路盡而坐忘；帝樂九成，俄曲終而夢覺。罪知相半，用捨在緣。緬徵關右之評，覬續遼東之本〔一一六〕。後博贍者，幸刪補焉〔一一七〕。

于時天復四春，枝幹俱首，於尸羅國迦耶山海印寺華嚴院，避寇養痾，兩偷其便。雖生下界，幸據高齋，平揖群峰，敻拋世路。而所居丈室，密邇蒙泉〔一一八〕，韶光煦然，潤氣蒸兵，衣如遊霧露，座若近陂池。加復病躬目勞，燒灸是使〔一一九〕，棲闐華水，窓菲艾煙〔一二〇〕。厭生而或欲梵軀〔一二一〕，志問疾者多皆掩鼻〔一二二〕。有誰逐臭，空慚海畔一豬；無所竊香，莫遂山中三嗅。及修斯傳，自責增懷。傷手足虞，含毫不快。欻聞香氣，郁烈有餘，斷續再三，尋無來所。誰料嬴君歸載〔一二三〕，變成荀令坐筵。時有客僧持盈，亦言異香撲鼻，春寒劓噓〔一二四〕，因爾豁然。僕既勇於操觚，僧亦忻於闒鼺。斯豈掇古人芳跡，播開士德馨之顯應乎？《傳》草既成，又獲思夢，覩一緇叟，執一卷書而曉愚曰：「永徽是永粲元年也。」劃爾形開，試自解曰：「此或謂所撰録，永振徽音，長明事跡，始於今日，故舉元年者耶？」然而深惡謏聞，莫排疑網。適得藏大德遺像供養，因削二短簡，書「是非」二字為筊，擲影前。取裁再三，「是」字獨見。心香所感，口訣如聞。古德既陰許非非，今愚乃陽增病病，不為無益，聊以自寬。或人不止矙然，且攄胡曰：「子所標證，說春夢可乎哉？」愚徐應曰：「是身非夢歟？」曰：「是。」然則在夢而欲黜夢，其猶踐雪求無迹，入水願不濡者焉？書不云乎，「有大夢，然後有大覺。如睡夢覺，故名佛也」？抑且王者以乾坤謫見，每慎方來；庶人以晝夜魂交，能防未兆。譬形端影直，豈心正夢邪？人或不恒，巫醫拱手。苟冥應悉為虛妄，念大亦涉徒勞耶？聞昔尼父見周公，高宗得傳說，信相金鼓，普眼山神，皆託靈遊，能融妙理。故兩朝僧史，亦一分夢書。況聖教東流，本因睡感，從昏至曉，出假入眞。今也出則窘步樵原，入則酣眠煨室，暫息淒淒之歎，宜從栩栩之遊。客既溺客之笑容，予乃宰予之睡興。因憶得吳中詩叟陸龜蒙斷章云：「思量浮世何如夢，試就南窓一寐看。」於是乎擲握筆，引幽枕，遠尋宰予我，近訪邊孝先。瞥遇二賢，各吟五字曰：「糞牆師有誡，經笥我無慚。」僕於恍惚中〔一二五〕，續其尾云：「亂世成何事，唯添七不堪。」

華嚴宗主賢首國師傳〔一二六〕。

大安八年壬申歲高麗國大興王寺奉宣彫造，本寂居士梁璋施本鏤板。

紹興十五年四月，伏奉指揮許與編華嚴宗教文字入藏流通，莫不慶幸。唯侍講崔公所撰吾祖《賢首國師傳》缺如，遍搜雖得，而傳寫訛舛，攷證不行。遂獲高麗善本，復得秘書少監閻公石刻，乃頓釋疑誤。有士人孫霨，見且驚喜，而為書之。坐夏門人旋積䞋施〔一二七〕，命工鏤板，以廣其傳。冀學者勉旃，上酬法乳。

首座師雅　監院命眞　維那妙智　梵全

書記法慧　副院從悟　知客如顥　典座　釋懷

修證　仲明　了性　道詢　智聰　祖仁

師友　行勤　祖超　從信　善求　從慧

妙暉　法瓊　宗勝　道時　祖周　行依　從釋

如了　子沖　祖高　法無　法和　了慧　善賓

了依　義琚　法珞　懷雅　法蓮　彥依　善定

宗慧　從擇　智圓　義净　師遠　從誘　師正

旹紹興十九年孟冬一日，平江府吴江縣華嚴寶塔教院嗣講住持圓證大師義和謹題。

〔校記〕

〔一〕本篇見日本《大正新修大藏經》史傳部卷五〇。《大正藏》是卷首載日本元祿己卯（二十五年，清康熙三十八年，一六九九年）濬鳳潭《新刊賢首國師碑傳序》；次（唐）祕書少監閻朝隱《大唐大薦福寺故大德康藏法師之碑》；再次即本篇《唐大薦福寺故寺主翻經大德法藏和尚傳》，署「海東新羅國侍講兼翰林學士、承務郎、前守兵部侍郎、權知瑞書監事、賜紫、金魚袋崔致遠結」；末附龍華道忠《新刊賢首碑傳正誤》。另，石峻等編《中國佛教思想資料選編》（中華書局一九八一年版）、方立天《華嚴金師子章校釋》（中華書局一九八三年版）均附有本篇之校點本。

〔二〕縷：底本作「縷」，俗寫體。下不另出校。

〔三〕軌：底本作「軌」，增筆俗字。下不另出校。

〔四〕太史公：《大正藏》卷五〇作「大史公」。按：「大」、「太」古今字。

〔五〕顰：底本「步」旁作「步」，訛俗字。按：文中「蘋」，底本亦如此作。下不另出校。

〔六〕竺乾：《華嚴金師子章校釋》錄作「乾竺」。按：二者義同，即天竺，對印度的古稱。《弘明集·正誣論》：「老子即佛弟子也。故其經云：『聞道竺乾，有古先生，善入泥洹，不始不終，永存緜緜。』竺乾者，天竺也。泥洹者，梵語，晉言『無爲』也。若佛不先老子，何得稱先生？」唐彥悰《唐護法沙門沙琳別傳下》引《老子西昇經》：「乾竺有古皇先生者，是吾師也。」是其例。

〔七〕謁：底本「曷」旁作「曷」，異構字。按：從「曷」之字如「渴」、「暍」、「揭」等，底本亦如此作。下不一一出校。

〔八〕朮：《中國佛教思想資料選編》錄作「術」，未確。按：「朮」指草名。多年生草本，有白術、蒼術等數種，根莖可入藥。三國魏嵇康《與山巨源絕交書》：「又聞道士遺言，餌朮黄精，令人久壽，意甚信之。」北齊顏之推《顏氏家訓·養生》：「鄴中朝士，有單服杏仁、枸杞、黄精、朮、車前得益者甚多。」唐王績《采藥》

詩：「龜蛇採二苓，赤白尋雙朮。」均其例。

〔九〕閱：底本、《大正藏》卷五〇作「閲」，異構字。下不另出校。

〔一〇〕藏：《華嚴金師子章校釋》屬上句，未確。忽：《大正藏》卷五〇作「忽」，俗寫體，《敦煌俗字典》「忽」字條收列此形。

〔一一〕罕：底本作「罕」，俗寫體。下不另出校。

〔一二〕朮：《華嚴金師子章校釋》錄作「求」，未確。

〔一三〕雜：底本作「亲」旁著「隹」之形，俗寫體，《敦煌俗字典》「雜」字條收錄。按：日本國會本《筆耕錄》「雜」亦如此作。

〔一四〕喜：底本作「喜」，俗寫體。下不另出校。

〔一五〕騁：底本誤作「聘」，據《大正藏》卷五〇及諸校點本改。

〔一六〕儼乃累道成，薄塵二大德曰：《中國佛教思想資料選編》錄作「儼乃累道薄、塵二大德曰」，標點未確。

〔一七〕原：底本作「原」，俗寫體，《敦煌俗字典》「原」字條收錄此形。下不另出校。

〔一八〕隸：底本、《大正藏》卷五〇右旁作「頁」，訛俗字，徑改。

〔一九〕節：底本作「節」，俗寫體。下不另出校。

〔二〇〕初炎：《大正藏》卷五〇作「稍炎」。

〔二一〕導首：《華嚴金師子章校釋》錄作「導言」，未確。按：「導首」謂前導，領頭。《百喻經·蛇頭尾共爭在前喻》：「言師耆老，每恒在前，我諸年少，應爲導首。」唐王維《西方變畫贊》：「願以西方爲導首，往生極樂性自在。」即其例。

〔二二〕臾：底本作「史」，俗寫體。《敦煌俗字典》「臾」字條收有此形。下不另出校。

〔二三〕散：底本作「散」，異構字。下文「糝空如霰」之「霰」，底本亦如此作。

〔二四〕佛授記寺：《中國佛教思想資料選編》錄作「佛記寺」，未確。

〔二五〕之：《華嚴金師子章校釋》改作「云」，未確。

〔二六〕頤：《華嚴金師子章校釋》據《大方廣佛華嚴經隨疏演義鈔》卷一五改作「賾」。

〔二七〕題證：《大正藏》卷五〇作「顯證」。

〔二八〕投：底本「殳」旁作「叏」，俗體字。下不另出校。

〔二九〕「中間」句：《華嚴金師子章校釋》于「中間」後補「脱」字，是，因據補。

〔三〇〕襟：底本作「襟」，俗別體，俗書「衤」、「礻」不拘。按：文中從「衤」之字，如「被」、「裕」、「袂」、「袍」、「袪」等，底本亦多從「礻」。下不一一出校。

〔三一〕日昭：《華嚴金師子章校釋》錄作「日照」。按：「昭」通「照」。南朝宋顔延之《宋郊祀歌》之二：「奔精昭夜，高燎煬晨。」一本作「照」。

〔三二〕革：底本作「革」，增筆俗字。下不另出校。

〔三三〕叉：底本作「义」，俗別字，今據《大正藏》卷五〇及諸校點本改為通行字體。

〔三四〕牂年：《大正藏》卷五〇作「牂年」。按：「牂」同「牂」。《字彙・羊部》：「牂，與牂同。」

〔三五〕審：底本作「審」，減筆俗字，《敦煌俗字典》「審」字條收有此形。下不另出校。

〔三六〕續者：《華嚴金師子章校釋》錄作「讀者」，未確。

〔三七〕勘：底本「甚」作「甚」，俗字，《敦煌俗字典》「甚」字條收有此形。下不另出校。

〔三八〕十德：《中國佛教思想資料選編》錄作「十得」，未確。

〔三九〕大路：《華嚴金師子章校釋》改作「大輅」。按：實不煩改。「路」即「輅」。《儀禮・覲禮》：「路先設西上，路下四亞之。」鄭玄注：「路謂車也，凡君所乘之車曰路。」《釋名・釋車》：「天子所乘曰路，路亦車也，謂之路者，言行於道路也。」宋孫奕《履齋示兒編・雜記・人物通稱》：「車亦得稱路。襄公二十六年，享子展，賜之先路，賜子産大路，皆車之總名。」

〔四〇〕躡：底本「聂」作「亖」，俗字。按：文中「攝化」之「攝」，亦如此作。下不另出校。

〔四一〕搜者，索、求、具、擇、閲、衆、聚七訓：《中國佛教思想資料選編》錄作「搜者，索求具擇，閲衆具七訓」，錄字未盡確，標點亦誤。

〔四二〕諸侯：底本作「諸候」，「候」、「侯」俗寫不拘，今改為通行字體。

〔四三〕儻然：《大正藏》卷五〇作「儻然」，二者義同，謂悵然自失貌。《莊子・田子方》：「子方出，文侯儻然終日不言。」成玄英疏：「儻然，自失之貌。聞談順子之德，儻然靡據，自然失所謂，故終日不言。」

〔四四〕進：《大正藏》卷五〇作「陳」。

〔四五〕包羞者：《華嚴金師子章校釋》錄作「食羞者」，未確。

〔四六〕緼：《華嚴金師子章校釋》錄作「蘊」，通用字。

〔四七〕後：底本闕，據《大正藏》卷五〇及諸校點本補。

〔四八〕講：底本闕，據《大正藏》卷五〇及諸校點本補。

〔四九〕四聖：《華嚴金師子章校釋》改作「四靈」。

〔五〇〕簿欚：《大正藏》卷五〇作「箄欚」，《華嚴金師子章校釋》、《中國佛教思想資料選編》作「簰欚」。按：據文意，似當作「箄欚」。「箄」亦作「簰」，指縛竹、木成排的渡河用具。《後漢書·鄧訓傳》：「訓乃發湟中六千人，令長史任尚將之，縫革爲船，置於箄上以渡河。」李賢注：「箄，木筏也。」「箄」、「欚」均指交通工具，與文意密合。

〔五一〕實所要焉：《中國佛教思想資料選編》錄作「實所要也」，錄字未盡確。

〔五二〕實顯驗言題：《中國佛教思想資料選編》錄作「實顯言題」，錄字未盡確。

〔五三〕添：底本作「添」，俗別字。下不另出校。

〔五四〕暢：《中國佛教思想資料選編》、《華嚴金師子章校釋》改作「惕」。

〔五五〕約：底本闕，據《大正藏》卷五〇及諸校點本補。

〔五六〕徃入：《中國佛教思想資料選編》錄作「住入」，未確。

〔五七〕網：底本誤作「綱」，據《大正藏》卷五〇及諸校點本改。按：下文有「兼善講《梵網》」句，亦可證。

〔五八〕蓋：底本、《大正藏》卷五〇作「葢」，異構字。按：此形鮮見，辭書、俗字典未見收載。

〔五九〕終蠅：《大正藏》卷五〇作「從蠅」，《華嚴金師子章校釋》改作「從繩」。

〔六〇〕繼祖：《大正藏》卷五〇作「繼組」。

〔六一〕此之謂著述因緣：《中國佛教思想資料選編》錄作「此之所謂著述因緣」，未盡確。

〔六二〕不悆：《中國佛教思想資料選編》、《華嚴金師子章校釋》錄作「不愈」。按：二者義同，謂病重不起。常作帝王病重之諱稱。如《北史・隋文帝紀》：「（大象二年五月）乙未，周宣帝不悆。」《北史・劉昉傳》：「及帝不悆，召昉及之儀俱入內，屬以後事。」句中則作慈親病重的諱稱。

〔六三〕「若有」句：《大正藏》卷五〇「若有」後有「人」字。

〔六四〕曰：《中國佛教思想資料選編》錄作「日」，未確。

〔六五〕張東之叛逆：《華嚴金師子章校釋》注云：「張東之乃張易之之誤。《通鑑綱目》中宗神龍元年曰：『春正月，張東之等舉兵討武氏之亂，張易之、宗昌伏誅。』道忠在《新刊賢首碑傳正誤》（見《卍續藏經》第貳編乙第七套第三册《法藏和尚傳》附）中也指出：『張東之叛逆，東，元本作易。按，張易之叛逆而張東之討之，實東之非反逆者。濬（僧濬鳳潭）未讀唐史、《通鑑》，妄改字，誣東之陷叛逆莫大之罪，不識者歸責於崔致遠，豈非枉屈耶？』」按：另檢續法《法界宗五祖略記》，該句正作「張易之叛逆」。

〔六六〕自衷：《中國佛教思想資料選編》錄作「自哀」，未確。

〔六七〕無纇：《中國佛教思想資料選編》錄作「無類」，未確。按：「無纇」指沒有毛病。《淮南子・氾論訓》：「夏后氏之璜，不能無考；明月之珠，不能無纇。」高誘注：「考，瑕釁也……纇，磐若絲之結纇也。」《藝文類聚》卷四八引南朝梁元帝《侍中新渝侯墓誌銘》：「方琮有燭，圓珠無纇。」唐劉知幾《史通・探賾》：「蓋明月之珠，不能無瑕，夜光之璧，不能無纇。」均其例。

〔六八〕國人稱願然曰幸戕：《華嚴金師子章校釋》錄作「國人皆稱願焉，曰幸哉」。「皆」據《大戴禮記・曾子大孝篇》補；「然」改為「焉」。按：實不煩增改。

〔六九〕巽：底本作「[illegible]」，簡俗字，今據諸校點本改為通行字體。按：句中「黄冠」指道士。此詞詞典未見收錄，然佛教典籍中習見。

〔七〇〕頮：底本「水」作「米」，訛俗字，今據《大正藏》卷五〇及諸校點本改為通行字體。按：「頮」指洗面。《書・顧命》：「甲子，王乃洮頮水。」陸德明釋文：「頮，音悔，《説文》作『沬』，云古文作『頮』。」

〔七一〕此句《大正藏》卷五〇作「欻見鬚眉隨手墮落」。欻：底本誤作「歘」，茲據《大正藏》卷五〇及諸校點本改。

〔七二〕陳塞：《華嚴金師子章校釋》錄作「陣塞」。

〔七三〕岐：底本作「歧」，俗别字。按：從「山」之字如「嶂」、「崦」、「嵫」、「峻」、「岵」、「嵎」、「崆」、「峙」、「峽」、「岫」等，底本均作「[illegible]」，此為《續集》特色用字之一。下不一一出校。

〔七四〕資：《大正藏》卷五〇作「姿」，通用字。

〔七五〕捨寶投財恥後：《大正藏》卷五〇作「捨寶投財者恥後」。

〔七六〕施：《華嚴金師子章校釋》錄作「旅」，未確。

〔七七〕奉持：《大正藏》卷五〇作「捧持」。按：二者同詞異寫。
〔七八〕指天：《大正藏》卷五〇作「衝天」。
〔七九〕襯：《中國佛教思想資料選編》錄作「櫬」，《大正藏》卷五〇「木」旁作「扌」，俗寫體。
〔八〇〕覩：底本闕，據《大正藏》卷五〇及諸校點本補。
〔八一〕佪：底本闕，據《大正藏》卷五〇及諸校點本補。
〔八二〕雨：《中國佛教思想資料選編》錄作「兩」，未確。
〔八三〕濬：底本、《大正藏》卷五〇作「濬」，異構字。
〔八四〕惱：底本右旁作「甾」，俗寫體。按：此俗形又見於《筆耕錄》、《文集》。
〔八五〕慈燈：《中國佛教思想資料選編》錄作「玆燈」，未確。
〔八六〕二十：《華嚴金師子章校釋》作「廿」，二者義同。
〔八七〕乖範：《華嚴金師子章校釋》改為「垂範」，是。
〔八八〕而：《大正藏》卷五〇作「以」，二者義同。
〔八九〕救歎：《華嚴金師子章校釋》改為「救嘆」。
〔九〇〕戒：底本「廾」作「大」，異構字。
〔九一〕崆峙：《大正藏》卷五〇作「崆峠」，《華嚴金師子章校釋》作「崆峒」。
〔九二〕趍：《大正藏》卷五〇作「趨」。按：「趍」為「趨」之俗。《廣韻·虞韻》：「趨，走也。趍，俗。」

〔九三〕術：底本作「術」，減筆俗字。

〔九四〕高祺：《華嚴金師子章校釋》據續法《法界宗五祖略記》改作「高禖」。

〔九五〕呾：《華嚴金師子章校釋》改作「怛」。按：實不煩改。「素呾纜」，佛教術語，又作「素怛纜」、「蘇呾纜」、「蘇多羅」、「修多羅」等，華譯為綖線，又譯作經、契經、綖經，是經典的通稱。

〔九六〕「氷內」句：《大正藏》卷五〇「氷內」後有「現」。

〔九七〕何容師：《中國佛教思想資料選編》錄作「何客師」，未確。

〔九八〕惰：《中國佛教思想資料選編》錄作「隋」，未確。

〔九九〕席：《大正藏》卷五〇作「㢊」，俗寫體。漢桓寬《鹽鐵論・論功》：「織柳爲室，旃㢊爲蓋。」王利器校注：「《文選・上林賦》注：『㢊』與『席』古字通。此蓋六朝、唐人習用之俗字。」

〔一〇〇〕因榻出榻：《大正藏》卷五〇作「因榍出榍」。

〔一〇一〕闍：《大正藏》卷五〇作「闇」。據文意，作「闇」是。

〔一〇二〕琵瑟山：《大正藏》卷五〇作「毘瑟山」。

〔一〇三〕負兒山：《中國佛教思想資料選編》錄作「員兒山」，未確。

〔一〇四〕垂：底本作「埀」，異構字。

〔一〇五〕亨：《大正藏》卷五〇作「享」。按：二者古今字。《易・大有》：「公用亨于天子，小人弗克。」陸德明釋文：「衆家竝香兩反。」

〔一〇六〕粟：底本作「栗」，訛俗字。今據《大正藏》卷五〇及諸校點本改。

〔一〇七〕衰：《中國佛教思想資料選編》、《華嚴金師子章校釋》錄作「哀」。

〔一〇八〕詆：底本作「詎」，俗寫體，茲改為通行字體。

〔一〇九〕博：《華嚴金師子章校釋》改作「傳」。按：實不煩改。引文出自《文心雕龍》卷四《史傳》，「傳」，《御覽》、《玉海》均作「博」。

〔一一〇〕佩：底本作「偑」，俗寫體，茲改為通行字體。

〔一一一〕多小：《華嚴金師子章校釋》錄作「多少」。按：二者義同。

〔一一二〕花嚴：《中國佛教思想資料選編》、《華嚴金師子章校釋》錄作「華嚴」。按：二者義同，「花」乃「華」之後起俗字。《廣雅·釋草》：「花，華。」《廣韻·麻韻》：「華，《爾雅》云：華，荂也。呼瓜切。花，俗，今通用。」

〔一一三〕昧：底本作「眛」，訛俗字，茲據《大正藏》卷五〇及諸校點本改為通行字體。

〔一一四〕勇：底本作「勇」，俗寫體。《俗書正誤》：「勇，從用，從田，非。」茲改為通行字體。

〔一一五〕象骨：《中國佛教思想資料選編》錄作「象胥」。

〔一一六〕覬：底本誤作「顗」，《中國佛教思想資料選編》、《華嚴金師子章校釋》改作「覬」，是。

〔一一七〕以下自「于時」為跋文。

〔一一八〕蒙：底本作「卄」下著「家」之形，訛俗字，茲據《大正藏》卷五〇改為通行字體。

為通行字體。
〔一一九〕灸：底本「久」作「夕」，訛俗字，太田辰夫《祖堂集俗字譜》「灸」字條收錄此形，兹據《大正藏》卷五〇改為通行字體。
〔一二〇〕窓：底本作「窓」，訛俗字，兹據《大正藏》卷五〇改為通行字體。下不另出校。
〔一二一〕梵：《華嚴金師子章校釋》據龍華道忠《新刊賢首碑傳》改作「焚」。
〔一二二〕志問疾者多皆掩鼻：《華嚴金師子章校釋》録作「問疾者多皆掩鼻」。
〔一二三〕羸：疑當作「嬴」。「嬴君」指秦始皇。
〔一二四〕鼽：《華嚴金師子章校釋》改作「鼽」，是。按：「鼽」謂鼻塞不通。《吕氏春秋·盡數》：「精不流則氣鬱，鬱，處頭則爲腫爲風……處鼻則爲鼽爲窒。」
〔一二五〕恍惚：《華嚴金師子章校釋》録作「怳惚」。按：二者義同。
〔一二六〕此段文字乃宋高宗紹興十九年（朝鮮半島高麗毅宗忠孝王三年，一一四九年）所刊摺本後之識語。
〔一二七〕䞋：底本作「䞋」，訛俗字。按：「䞋」謂施捨。《大正藏》卷五〇作「嚫」，異構字。唐慧琳《一切經音義》卷九十引《文字集略》云：「䞋，施也。或從口作嚫。」

輯佚一

新羅殊異傳

寶開〔一〕

寶開，隅金坊女也。子長春，因販賣泛海去而經年，不知所在。寶開就敏藏寺觀音前祈禱七日，子長春來，執母手，母驚喜哭泣。寺衆問所由，長春曰：「海中遇黑風，船檝皆破，同行人皆溺死。予乘一板，至於吳。吳人因之為奴，耕於田野。忽有一僧來謂曰：『憶汝國乎？』予即跪曰：『予有老母，憶戀罔極。』僧曰：『若慕汝孃，隨我行。』言旋同行。予隨行，有一深渠，僧執予手起之，昏昏如夢。忽聞羅語，亦有哭聲，審之，我猶夢中而非也。」寺僧具事升聞，國家尊崇靈驗，以財貨田地納菩薩所。天寶四年乙酉四月八日申時離吳，戌時到敏藏寺。

〔校記〕

〔一〕《太平通載》卷二〇「寶開」條引《殊異傳》，此據之校錄，未詳是否原題。《三國遺事》卷三《興法第三》有《敏藏寺》曾採此事，文如下：「禺金里貧女寶開，有子名長春，從海賈而征，久無音耗。其母就敏藏寺（寺乃敏藏角干舍家為寺）觀音前克祈七日，而長春忽至。問其由緒，曰：『海中風飄舶壞，同侶皆不免，予乘只板歸泊吴涯。吴人收之，俾耕於野。有異僧如鄉里來，吊慰勤勤，率我同行。前有深渠，僧掖我跳之，昏昏間如聞鄉音與哭泣之聲，見之乃已屆此矣。日晡時離吴，至此才戌初。』即天寶四年乙酉四月八日也。景德王聞之，施田於寺，又納財幣焉。」疑其為轉述。

雙女墳記〔一〕

崔致遠，字孤雲，年十二西學於唐。乾符甲午，學士裴瓚掌試，一舉登魁科，調授溧水縣尉。嘗遊縣南界招賢館，館前岡有古塚，號「雙女墳」，古今名賢遊覽之所。致遠題詩石門曰：

誰家二女此遺墳？寂寂泉扃幾怨春。
形影空留溪畔月，姓名難問塚頭塵。
芳情儻許通幽夢，永夜何妨慰旅人？
孤館若逢雲雨會，與君繼賦洛川神。

題罷到館。是時月白風清，杖藜徐步，忽覩一女，姿容綽約，手操紅帒，就前曰：「八娘子、九娘子傳語秀才，朝來特勞玉趾，兼賜瓊章，各有酬答，謹令奉呈。」公回顧驚惶，再問：「何姓娘子？」女曰：「朝間披榛拂石題詩處，即二娘所居也。」公乃悟。見第一帒，是八娘子奉酬秀才，其詞曰：

幽憤離恨寄孤墳，桃臉柳眉猶帶春。
鶴駕難尋三島路，鳳釵空墮九泉塵。
當時在世長羞客，今日含嬌未識人。
深愧詩詞知妾意，一回延首一傷神。

次見第二帒，是九娘子，其詞曰：

往來誰顧路傍墳，鸞鏡鴛衾盡惹塵。
一死一生天上命，花開花落世間春。
每希秦女能抛俗，不學任姬愛媚人。
欲薦襄王雲雨夢，千思萬憶損精神。

又書於後幅曰：

莫怪藏名姓，孤魂畏俗人。欲將心事說，能許暫相親？

公既見芳詞，頗有喜色，乃問其女名字，曰「翠襟」。公悅而挑之，翠襟怒曰：「秀才合與回書，空欲累人。」致遠乃作詩付翠襟，曰：

偶把狂詞題古墳，豈期仙女問風塵？
翠襟猶帶瓊花豔，紅袖應含玉樹春。
偏隱姓名欺俗客，巧裁文字惱詩人。
斷腸唯願陪歡笑，祝禱千靈與萬神。

繼書末幅云：

青鳥無端報事由，暫時相憶淚雙流。
今宵若不逢仙質，判却殘生入地求。

翠襟得詩還，迅如飆逝。致遠獨立哀吟，久無來耗，乃詠短歌。向畢，香氣忽來。良久，二女齊至。正是一雙明玉，兩朵瑞蓮。致遠驚喜如夢，拜云：「致遠海島微生，風塵末吏，豈期仙侶，猥顧凡流？輒有戲言，便垂芳躅。」二女微笑無言。致遠作詩曰：

芳宵幸得暫相親，何事無言對暮春？
將謂得知秦室婦，不知元是息夫人。

於是紫裙者恚曰：「始欲笑言，便蒙輕蔑。息媯曾從二婿，賤妾未事一夫。」公言：「夫人不言，言必有中。」二女皆笑。致遠乃問曰：「娘子居在何方？族序是誰？」紫裙者隕淚曰：「兒與小妹，溧水縣楚城鄉張氏之二女也。先父不為縣吏，獨佔鄉豪，富似銅山，侈同金谷。及姊年十八，妹年十六，父母論嫁，阿奴則訂婚鹽商，小妹則許嫁茗估。姊妹每說移天，未滿於心。鬱結難伸，遽至夭亡。所冀仁賢，勿萌猜嫌。」致遠曰：「玉音昭然，豈有猜慮？」乃問二女：「寄墳已久，去館非遙，如有英雄相遇，何以示現美談？」紅袖者曰：「往來者皆是鄙夫，今幸遇秀才，氣秀鼇山，可與話玄玄之理。」致遠將進酒，謂二女曰：「不知俗中之味，可獻物外之人乎？」紫裙者曰：「不飡不飲，無饑無渴，然幸接瓌姿，得逢瓊液，豈敢辭違？」於是飲酒各賦詩，皆是清絕不世之句。

是時明月如晝，清風似秋，其姊改令曰：「便將月為題，以風為韻。」於是致遠作起聯曰：「金波滿目泛長空，千里愁心處處同。」八娘曰：「輪影動無迷舊路，桂花開不待春風。」九娘曰：「圓輝漸皎三更外，離思偏傷一望中。」致遠曰：「練色舒時分錦帳，珪模映處透珠櫳。」八娘曰：「人間遠別腸堪斷，泉下孤眠恨無窮。」九娘曰：「每羨嫦娥多計較，能拋香閣到仙宮。」

公歎訝尤甚，乃曰：「此時無笙歌奏於前，能事未能畢矣。」於是紅袖乃顧婢翠襟，而謂致遠曰：「絲不如竹，竹不如肉，此婢善歌。」乃命【訴衷情】詞。翠襟斂衽一歌，清雅絕世。

於是三人半酣，致遠乃挑二女曰：「嘗聞盧充逐獵，忽遇良姻；阮肇尋仙，得逢嘉配。芳情若許，姻好可成。」二女皆諾曰：「虞帝為君，雙雙在御；周良作將，兩兩相隨。彼昔猶然，今胡不爾？」致遠喜出望外，乃相與排三淨枕，展一新衿。三人同衿，繾綣之情，不可具談。致遠戲二女曰：「不向閨中作黃公之子婿，翻來塚側夾陳氏之女奴，未測何緣，得逢此會？」女兄作詩曰：「聞語知君不是賢，應緣慣與女奴眠。」弟應聲續尾曰：「無端嫁得風狂漢，强被輕言辱地仙。」公答為詩曰：

五百年來始遇賢，且歡今夜得雙眠。
芳心莫怪親狂客，曾向春風占謫仙。

小頃，月落雞鳴，二女皆驚，謂公曰：「樂極悲來，離長會促，是人世貴賤同傷。況乃存沒異途，升沉殊路？每慙白晝，虛擲芳時，只應拜一夜之歡，從此作千年之恨。始喜同衿之有幸，遽嗟破鏡之無期。」二女各贈詩曰：

星斗初回更漏闌，欲言離緒淚闌干。
從兹更結千年恨，無計重尋五夜歡。

又曰：

斜月照窗紅臉冷，曉風飄袖翠眉攢。
辭君步步偏腸斷，雨散人歸入夢難。

致遠見詩，不覺垂淚。二女謂致遠曰：「倘或他時重經此處，修掃荒塚。」言訖即滅。

明旦，致遠歸塚邊，彷徨嘯詠，感歎尤甚，作長歌自慰曰：

草暗塵昏雙女墳，古來名跡竟誰聞？
唯傷廣野千秋月，空鎖巫山兩片雲。
自恨雄才為遠吏，偶來孤館尋幽邃。
戲將詞句向門題，感得仙姿侵夜至。
紅錦袖，紫羅裙，坐來蘭麝逼人薰。
翠眉丹頰皆超俗，飲態詩情又出羣。
對殘花，傾美酒，雙雙妙舞呈纖手。
狂心已亂不知羞，芳意試看相許否？
美人顏色久低迷，半含笑態半含啼。
面熱自緣心似火，臉紅寧假醉如泥。
歌豔歌，打懽合，芳宵良會應前定。
纔聞謝女啟清談，又見班姬擒雅詠。
情深意密始求親，正是豔陽桃李辰。
明月倍添衾枕恩，香風偏惹綺羅身。

綺羅身，衾枕恩，幽懽未已離愁至。
數聲餘歌斷孤魂，一點寒燈照雙淚。
曉天鸞鶴各西東，獨坐思量疑夢中。
沉思疑夢又非夢，愁對朝雲歸碧空。
四馬長嘶望行路，狂生猶再尋遺墓。
不逢羅襪步芳塵，但見花枝泣朝露。
腸欲斷，首頻回，泉户寂寥誰為開？
頓轡望時無限淚，垂鞭吟處有餘哀。
暮春風，暮春日，柳花撩亂迎風疾。
常將旅思怨韶光，況是離情念芳質。
人間事，愁殺人，始聞達路又迷津。
草没銅臺千古恨，花開金谷一朝春。
阮肇、劉晨是凡物，秦皇、漢帝非仙骨。
當時嘉會杳難追，後代遺名徒可悲。
悠然來，忽然去，是知雲雨無常主。
我來此地逢雙女，遥似襄王夢雲雨。
大丈夫，大丈夫！壯氣須除兒女恨，莫將心事戀妖狐。

後致遠擢第東還，路上歌詩曰：「浮世榮華夢中夢，白雲深處好安身。」乃退而長往，尋僧於山林江海，結小齋，築石臺，耽翫文書，嘯詠風月，逍遙偃仰於其間。南山清涼寺、合浦縣月影臺、智異山雙溪寺、石南寺，墨泉石臺種牡丹，至今猶存，皆其遊歷也。最後隱於伽耶山海印寺，與兄大德賢俊、南岳師定玄，探賾經論，遊心沖漠，以終老焉。

〔校記〕

〔一〕據（韓國）李仁榮《〈太平通載〉殘卷小考》（《震檀學報》第一二卷，一九四〇），古朝鮮漢籍《太平通載》卷六八有《崔致遠》一文，注出《新羅殊異傳》。《太平通載》一百卷，或云八十卷，今在朝鮮半島已無完帙。《太平通載》原書未得，此僅據李仁榮文轉錄。按：中國南宋高宗紹興時張敦頤撰《六朝事蹟編類》卷下「墳陵門」第十三「雙女墓」曾引佚名《雙女墳記》：「《雙女墳記》曰：有雞林人崔致遠者，唐乾符中補溧水尉，嘗憩於招賢館，前岡有塚號曰『雙女墳』，詢其事蹟，莫有知者，因為詩以吊之。是夜感二女至，稱謝曰：『兒本宣城郡開化縣馬陽鄉張氏二女。少親筆硯，長負才情，不意為父母匹於鹽商小豎，以此憤恚而終，天寶六年同葬於此。』宴語至曉而別。在溧水縣南一百一十里。」實即本篇摘錄，因據之改回原題《雙女墳記》。又，清嘉慶三年（一七八九）朝鮮刻本權文海《大東韻府羣玉》卷一五有「仙女紅袋」條，亦為本篇之節文：「崔致遠西遊，嘗遊招賢館，前岡有古塚，號『雙女墳』，致遠題詩石門云云。忽覩一女，手操紅袋，就前曰：『八娘、九娘各有酬答，謹令奉呈。』公回顧驚惶，問：『何姓娘子？』曰：『朝間拂石題詩，即二娘所居也。』公見第一袋，是八娘奉酬，第二袋，是九娘奉酬，又書於後幅曰：『莫怪藏名姓，孤魂畏俗人。欲將心事說，能許暫相親？』公既見芳詞，頗有喜色，乃問其女名字，曰『翠襟』。公乃作詩付翠襟云云。又書末幅云：『青鳥無端報事由，暫時相憶淚雙流。今宵若不逢仙質，判却殘生入地求。』翠襟得詩，迅如飆逝。公獨立哀吟，良久，香氣忽來，二女齊至。正是一雙明玉，兩朵瑞蓮。公驚拜云：『海島微生，風塵末吏，豈期仙侶，猥顧凡流？』乃問曰：『娘子居何方？族序是誰？』紫裙者隕淚曰：『兒與小妹，乃張氏之二女也。先父富似銅山，侈同金谷。姊年十八，妹年十六，父母論嫁，阿姊則訂婚鹽商，小妹則許嫁茗估。每說移天，未滿於心。鬱結難伸，遽至夭亡。今幸遇秀才，氣秀鼇山，可與話玄玄之理。』是夕明月如晝，清風似秋，將月為題，以風為韻。公作起聯云：『金波滿目泛長空，千里愁心處處同。』八娘繼曰：『輪影動無迷舊路，桂花開不待春風。』九娘又繼曰：『圓輝漸皎三更外，離思偏傷一望中。』云云。竟不知所去。《新羅殊異傳》」詳見本書附錄《新羅崔致遠生平著述及其漢文小說《雙女墳記》的創作流傳》。

首插石枏〔一〕

新羅崔伉，字石南。有愛妾，父母禁之，不得見數月。伉暴死，經八日，夜中伉往妾家。妾不知其死也，顛喜迎接，伉首插石枏枝，分與妾曰：「父母許與汝同居，故來耳。」遂與妾還到其家。伉踰垣而入，夜將曉，久無消息。家人出見之，問其來由。妾具說，家人曰：「伉死八日，今日欲葬，何說怪事?」妾曰:「良人與我分插石柟枝,可以此為驗。」於是開棺視之,屍首插石柟,露濕衣裳,履已穿矣。妾知其死,痛哭欲絕,伉乃還蘇。偕老二十年而終。

〔校記〕

〔一〕權文海《大東韻府群玉》卷八「首插石柟」條引《殊異傳》,此據之擬題並校錄。

竹筒美女〔一〕

金庾信自西州還京,路有異客先行,頭上有非常氣,憩於樹下。庾信亦憩佯寢。客伺絕行人,探懷間出一竹筒,拂之,二美女從竹筒出,共坐語。還入筒中,藏懷間起行。庾信追訊之,言語溫雅,同行入京。庾信與客攜至南山,松下設宴,二美女亦出參。客曰:「我在西海,娶女於東海,與妻歸甯父母。」已而風雲冥暗,忽失不見。

〔校記〕

〔一〕權文海《大東韻府群玉》卷九「竹筒美女」條引《殊異傳》,此據之擬題並校錄。

老翁化狗〔一〕

新羅時,有一老翁,到金庾信門外。庾信攜手入家,設筵。庾信謂翁曰:「變化若舊耶?」翁變為虎，或化為雞，或為鷹，終變為家中狗子而出。

〔校記〕

〔一〕權文海《大東韻府群玉》卷一二「老翁化狗」條引《殊異傳》，此據之擬題並校錄。

虎願〔一〕

新羅俗，每當仲春初八至十五日，都人士女競遶興輪寺之殿塔為福會。元聖王代，有郎君金現者，夜深獨遶不息。有一處女念佛隨遶，相感而目送之。遶畢，引入屏處通焉。女將還，現從之，女辭拒而强隨之。

行至西山之麓，入一茅店。有老嫗問女曰：「附率者何人？」女陳其情，嫗曰：「雖好事，不如無也。然遂事不可諫也，且藏於密，恐汝兄弟之惡也。」把郎而匿之奥。小選，有三虎咆哮而至，作人語曰：「家有腥膻之氣，療饑何幸！」嫗與女叱曰：「爾鼻之爽乎？何言之狂也！」時有天唱：「爾輩嗜害物命尤多，宜誅一以徵惡！」三獸聞之，皆有憂色。女謂曰：「三兄若能遠避而自懲，我能代受其罰。」皆喜，俯首妥尾而遁去。

女入謂郎曰：「始吾恥君子之辱臨弊族，故辭禁爾。今既無隱，敢布腹心。且賤妾之於郎君，雖曰非類，得陪一夕之歡，義重結褵之好。三兄之惡，天既厭之；一家之殃，予欲當之。與其死於等閒人之手，曷若伏於郎君刃下，以報之德乎？妾以明日入市為害劇，則國人無如我何，大王必募以重爵而捉我矣。君其無怯，追我乎城北林中，吾將待之。」現曰：「人交人，彝倫之道；異類而交，蓋非常也。既得從容，固多天幸，何可忍賣於伉儷之死，僥倖一世爵祿乎？」女曰：「郎君無有此言。今妾之壽夭，蓋天命也，亦吾願也。郎君之慶也，予族之福也，國人之喜也。一死之五利備，其可違乎？但為妾創寺，講真詮，資勝報，則郎君之惠莫大焉。」遂相泣而别。

次日，果有猛虎入城中，剽甚，無敢當。元聖王聞之，申命曰：「戡虎者，爵二級。」現詣闕奏曰：「小臣能之。」乃先賜爵以激之。現持短兵入林中，虎變為娘子，熙怡而笑曰：「昨夜共郎君繾綣之事，惟君無忽。今日被爪傷者，皆塗興輪寺醬，聆其寺之螺鉢聲則可治。」乃取現所佩刀，自剄而仆，乃虎也。現出林而託曰：「今兹虎易搏矣。」匿其由不洩。但依諭而治之，其瘡皆効。今俗亦用其方。現既登庸，創寺於西川邊，號虎願寺。常講梵網經，以導虎之冥遊，亦報其殺身成己之恩。

現臨卒，深感前事之異，乃筆成傳，俗始聞知，因名論虎林，稱于今。

【校記】

〔一〕權文海《大東韻府群玉》卷一五「虎願」條引《殊異傳》（文曰：新羅俗，每當仲春初八至十五日，都人士女競遶興輪寺之殿塔為福會。元聖王時，有郎金現者，夜深獨遶不息。有一女隨遶，現遂通而隨去。女曰：「妾明日入市為害，則王必募以重爵而捕我矣。君其無㤼，追我于北林中，吾將待之。但為我創資報勝，則郎君之惠也。」遂相泣別。翌日，果有猛虎入城中，無敢當者。王令曰：「有能捕虎者，爵二級。」現詣闕奏曰：「小臣能之。」現持短兵入北林中，虎變為娘子，笑曰：「昨夜繾綣之事，惟君無忽。」乃取現所佩刀，自剄而仆，乃虎也。現既登庸，創寺於西川邊，號曰虎願。）、《三國遺事》卷五《感通第七》有《金現感虎》，亦敘其事，文詳。此正文據《三國遺事》校錄，題據《大東韻府群玉》。按：《三國遺事》於《金現感虎》後又引唐人小說《申屠澄》事，後有作者釋一然跋曰：「噫！澄、現二公之接異物也，變為人妾則同矣，而贈背人詩，然後哮吼拏攫而走，與現之虎異矣。現之虎不得已而傷人，然善誘良方以救人，獸有為仁如彼者，今有人而不如獸者，何哉？詳觀事之終始，感人於旋繞佛寺中，天唱懲惡，以自代之。傳神方以救人，置精廬講佛戒，非徒獸之性仁者也。蓋大聖應物之多方，感現公之能致情於旋繞，欲報冥益耳，宜其當時能受禧佑乎？贊曰：山家不耐三兄惡，蘭吐那堪一諾芳。義重數條輕萬死，許身林下落花忙。」

心火燒塔〔一〕

志鬼，新羅活里驛人，慕善德王之美麗，憂愁涕泣，形容憔悴。王幸寺行香，聞而召之。志鬼歸寺，塔下待駕幸。忽然睡酣，王脫臂環，置腦還宮。後乃睡覺，志鬼悶絕良久，心火出燒其塔，即變為火鬼。王命術士作咒詞曰：「志鬼心中火，燒身變火神。流移滄海外，不見不相親。」時俗貼此詞於門壁，以鎮火災。

〔校記〕

〔一〕權文海《大東韻府群玉》卷二〇「心火繞塔」條引《殊異傳》，此據之擬題並校錄。按，本文正文作「心火出燒其塔」，而條目作「心火繞塔」，「燒」、「繞」定有一誤。《三國遺事》卷四《義解第五》之《二惠同塵》記釋惠空預知「志鬼心火出燒其塔」事，因知「繞」應為「燒」字之誤，據之改。

迎烏細烏〔一〕

第八阿達羅王即位四年丁酉，東海濱有迎烏郎、細烏女，夫婦同居。一日迎烏歸海采藻，忽有一巖（一云一魚），負歸日本。國人見之曰：「此非常人也。」乃立為王（按《日本帝記》，前後無新羅人為王者，此乃邊邑小王，而非真王也）。細烏怪夫不來，歸尋之。見夫脱鞋，亦上其巖，巖亦負歸如前。其國人驚訝，奏獻于王，夫婦相會，立為貴妃。是時新羅日月無光，日者奏云：「日月之精，降在我國，今去日本，故致斯怪。」王遣使求二人，迎烏曰：「我到此國，天使然也，今何歸乎？雖然，朕之妃有所織細綃，以此祭天，可矣。」仍賜其綃。使人來奏，依其言而祭之，然後日月如舊。藏其綃於御庫為國寶，名其庫為貴妃庫，祭天所名迎日縣，又都祈野。

〔校記〕

〔一〕徐居正《筆苑雜記》卷二云：「日本國內殿以其先世出自我國，向慕之誠，異於尋常，予嘗通考前史，未知出處，但《新羅殊異傳》云：『東海濱有人，夫曰迎烏，妻曰細烏。一日，迎烏採藻海濱，忽漂至日本國小島為主。細烏尋其夫，又漂至其國，立為妃。是時新羅日月無光，日者奏曰：「迎烏細烏，日月之精，今去日本，故有斯怪。」王遣使求二人，迎烏曰：「我到此，天也。」乃使細烏所織綃付送使者，曰：「以此祭天可矣。」遂名祭天所曰迎日，仍置縣，是新羅阿達王四年也。』」《三國遺事》卷一《紀異第一》有《延烏郎細烏女》亦載此事，文詳，徐著當為引述，故此據《三國遺事》校錄。惟《三國遺事》文中「迎烏」作「延烏」。按：「延」、「迎」義同，顯為避高麗熙宗王韺諱改，《三國史節要》引《三國遺事》亦作「迎烏」、「細烏」，故此據《桂苑雜記》及《三國史節要》改「延烏」為「迎烏」，題則據文意擬為《迎烏細烏》。

蘇利伽藍〔一〕

〔校記〕

〔一〕徐居正《四佳集》文集卷三《伽倻山蘇利庵重創記》云：「〔伽倻山〕古有大伽藍，曰蘇利，《新羅殊異傳》所記第一毗婆尸佛始創，羅代九聖人住處者也。」因知《新羅殊異傳》有文記此，惟未見所引原文，因據之擬題以備考。

脫解〔一〕

龍城國王妃生大卵，怪之。置卵小櫃，以奴婢、七寶、文貼載船泛海。來至阿珍浦，村長阿珍等開櫃出卵。忽有鵲來，啄卵開，有童男，自稱脫解，託村嫗為母，學書史，兼通地理，體貌雄傑。登吐含山，相京師地勢。新月城墟可居，而有瓠公者居焉。瓠公浮瓠渡海來居，不知何許人也。脫解欲謀取之，夜入其家園，埋鍛金器，告於朝曰：「予世業鍛金，暫適鄰鄉，瓠公取居吾家，請驗之。」掘之，果有鍛金器。王知脫解實非鷄林人也，特喜其非凡，以其家賜之，遂降長公主。龍城國在倭國東北二千里。

〔校記〕

〔一〕徐居正《三國史節要》卷二引《殊異傳》，此據之校錄並擬題。按：《三國史記》卷一載此故事云：「時海邊老母，以繩引繫海岸，開櫃見之，有一小兒在焉……或曰：『此兒不知姓名，初櫃來時，有一鵲飛鳴而隨之，宜省鵲字，以昔為氏；又解韞櫝而出，宜名脫解。』」又，《三國遺事》卷一《紀異第一》載新羅列祖，於《第四脫解王》云：「脫解齒叱今（一作吐解尼師今）南解王時（古本云壬寅年至者，謬矣。近則後於弩禮即位之初，無爭讓之事，前則在於赫居之世，故知壬寅非也），駕洛國海中有船來泊。其國首露王與臣民鼓噪而迎，將欲留之，而舡乃飛走。至於雞林東下西知村阿珍浦（今有上西知、下西知村名）。時浦邊有一嫗，名阿珍義先，乃赫居王之海尺之母。望之謂曰：『此海中元無石嵓，何因鵲集而鳴？』拏舡尋之，鵲集一舡上。舡中有一櫝子，長二十尺，廣十三尺。曳其船置於一樹林下，而未知凶乎吉乎。向天而誓爾，俄而乃開，見有端正男子並七寶、奴婢滿載其中。供給七日，乃言曰：『我本龍城國人（亦云正明國。或云琓夏國，琓夏或作花廈國。龍城在倭東北一千里）。我國嘗有二十八龍王從人胎而生。自五歲、六歲繼登王位，教萬民修正性命，而有八品姓骨。然無揀擇，皆登大位。時我父王含達婆娉積女國王女為妃，久無子胤，禱祀求息。七年後産一大卵，於是大王會問群臣：人而生卵，古今未有，殆非吉祥。乃造櫝置我，並七寶、奴婢載于舡中，浮海而祝曰：任到有緣之地，立國成家。便有赤龍護舡而至此矣。』言訖，其童子曳杖，率二奴登吐含山上作石塚。留七日，望城中可居之地。見一峰如三日月，勢可久之地。乃下尋之，即瓠公宅也。乃設詭計。潛埋礪炭於其側。詰朝至門云：『此是吾祖代家屋。』瓠公云：『否。』爭訟不決，乃告於官。官曰：『以何驗是汝家？』童曰：『我本冶匠，乍出鄰鄉，而人取居之，請堀地檢看。』從之，果得礪炭，乃取而居。為時南解王知脫解是智人，以長公主妻之，是為阿尼夫人。一日吐解登東岳，廻程次，令白衣索水飲之。白衣汲水，中路先嘗而進。其角盃貼於口不解，因而嘖之。白衣誓曰：『爾後若近遙，不敢先嘗。』然後乃解。自此白衣讋服，不敢欺罔。今東岳中有一井，俗云遙乃井是也。及弩禮王崩，以光虎帝中元六年丁巳六月乃登王位。以昔是吾家取他人家故，因姓昔氏。或云，因鵲開櫝，故去鳥字姓昔氏。解櫝脫卵而生，故因名脫解。在位二十三年。建初四年己卯崩葬疏川丘中。後有神詔：『慎埋葬我骨。』其髑髏周三尺二寸，身骨長九尺七寸，齒凝如一，骨節皆連瑣，所謂天下無敵力士之骨。碎為塑像，安闕內。神又報云：『我骨置於東岳，故令安之。』（一云崩後二十七世文虎王代，調露二年庚辰三月十五日辛酉，夜見夢于太宗。有老人貌甚威猛，曰：『我是脱解也，拔我骨於疏川丘，塑像安於土含山。』）王從其言。故至今國祀不絕。即東岳神也云。」所載與本文事同文異，疑其據《殊異志》文增飾，錄以備考。

善德王〔一〕

第二十七德曼（一作萬）謚善德女大王，姓金氏，父真平王。以貞觀六年壬辰即位，御國十六年。凡知幾有三事：初，唐太宗送畫牡丹三色，紅紫白以其實三升。王見畫花曰：「此花定無香。」仍命種於庭，待其開落，果如其言。二，於靈廟寺玉門池，冬月眾蛙集鳴三四日。國人怪之，問於王。王急命角干閼川、弼吞等，煉精兵二千人：「速去西郊問女根谷，必有賊兵，掩取殺之。」二角干既受命，各率千人，問西郊富山下果有女根谷，百濟兵五百人，來藏於彼，並取殺之。百濟將軍亏召者藏於南山嶺石上，又圍而射之，殪。又有後兵一千二百人來，亦擊而殺之，一無孑遺。三，王無恙時，謂群臣曰：「朕死於某年某月日，葬我於忉利天中。」群臣罔知其處，奏云何所。王曰：「狼山南也。」至其月日，王果崩。群臣葬於狼山之陽。後十餘年，文虎大王創四天王寺于王墳之下。佛經云：「四天王天之上有忉利天。」乃知大王之靈聖也。當時群臣啟于王曰：「何知花、蛙二事之然乎？」王曰：「畫花而無蝶，知其無香。斯乃唐帝欺寡人之無耦也。蛙有怒形，兵士之像。玉門者，女根也。女為陰也，其色白。白，西方也。故知兵在西方。男根入於女根則必死矣，以是知其易捉。」於是群臣皆服其聖智。送花三色者，蓋知新羅有三女王而然耶，謂善德、真德、真聖是也。唐帝以有懸解之明。善德之創靈廟寺，具載良志師傳詳之。別記云，是王代煉石築瞻星台。

〔校記〕

〔一〕徐居正、盧思慎等《三國史節要》卷八引《殊異傳》云：「唐太宗以牡丹子並畫花遺之，善德王見花，笑謂左右曰：『此花妖豔富貴，雖號花王，花無蜂蝶，必不香。帝遺此，豈朕以女人為王耶？亦有微意。』種待花發，果不香。」按：《三國遺事》卷一《紀異第一》載《善德王知幾三事》亦記善德王事，事至有三，詳於《三國史節要》所引，疑與崔致遠《新羅殊異傳》原文相近，故據之校錄，題則據文意擬。

圓光法師傳〔一〕

法師俗姓薛氏，王京人也。初為僧，學佛法。年三十歲，思靜居修道，獨居三岐山。後四年，有一比丘來，所居不遠，別作蘭若，居二年。為人强猛，好修咒術。法師夜獨坐誦經，忽有神呼其名：「善哉，善哉！汝之修行。凡修者雖眾，如法者稀有。今見隣有比丘，徑修咒術而無所得。喧聲惱他靜念，住處礙我行路，每有去來，幾發噁心。法師為我語告，而使移遷，若使久住者，恐我忽作罪業。」明日，法師往而告曰：「吾於昨夜有聽神言，比丘可移別處，不然應有餘殃。」比丘對曰：「至行者為魔所眩，法師何憂狐鬼之言乎？」其夜神又來曰：「向我告事，比丘有何答乎？」法師恐神瞋怒而對曰：「終未了說，若强語者，何敢不聽？」神曰：「吾已具聞，法師何須補說？但可默然見我所為。」遂辭而去。夜中，有聲如雷震。明日視之，山頽填比丘所在蘭若。神亦來曰：「師見如何？」法師對曰：「見甚驚懼。」神曰：「我歲幾於三千年，神術最壯，此是小事，何足為驚！但復將來之事，無所不知，天下之事，無所不達。今思法師惟居此處，雖有自利之行，而無利他之功。現在不揚高名，未來不取勝果。盍採佛法於中國，導群迷於東海？」對曰：「學道中國，是本所願，海陸逈阻，不能自通而已。」神詳誘歸中國所行之計。

法師依其言歸中國，留十一年，博通三藏，兼學儒術。真平王二十二年庚申（《三國史》云明年辛酉來），師將理策東還，乃隨中國朝聘使還國。法師欲謝神，至前住三岐山寺。夜中神亦來，呼其名曰：「海陸途間，往還如何？」對曰：「蒙神鴻恩，平安到訖。」神曰：「吾亦受戒於神。」仍結生生相濟之約。又請曰：「神之真容可得見耶？」神曰：「法師若欲見我形，平旦可望東天之際。」法師明日望之，有大臂貫雲，接於天際。其夜神亦來曰：「法師見我臂耶？」對曰：「見已，甚奇絕異。」因此俗號臂長山。神曰：「雖有此身，不免無常之害，故吾無月日，捨身其嶺，法師來送長逝之魂。」待約日往看，有一老狐黑如柒，但吸吸無息，俄然而死。

法師始自中國來，本朝君臣敬重為師，常講大乘經典。此時高麗、百濟常侵邊鄙，王甚患之，欲請兵於隋(宜作唐)，請法師作《乞兵表》。皇帝見，以三十萬兵親征高麗。自此知法師旁通儒術也。享年八十四入寂，葬明活城西。

〔校記〕

〔一〕本文據《三國遺事》卷四校錄。《三國遺事》卷四《義解第五》之《圓光西學》云：「唐《續高僧傳》第十三卷載，新羅皇隆寺釋圓光，俗姓朴氏，本住三韓，卞韓、辰韓、馬韓，光即辰韓人也。家世海東，祖習綿遠。而神器恢廓，愛染篇章。校獵玄儒，討讎子史……又，東京安逸戶長貞孝家在(藏)古本《殊異傳》載《圓光法師傳》曰……」下即本文。文末接云：「又，《三國史》列傳云：賢士貴山者，沙梁部人也，與同里帚項為友。二人相謂曰：『我等期與士君子游，而不先正心持身，則恐不免於招辱。盍問道於賢者之側乎？』時聞圓光法師入隋回，寓止嘉瑟岬(或作加西，又嘉栖，皆方言也。岬俗云古尸，故或云古尸寺，言岬寺也。今雲門寺東九千步許有加西峴，或云嘉瑟峴，峴之北洞有寺基是也)，二人詣門進告曰：『俗士顓蒙，無所知識，願賜一言，以為終身之誡。』光曰：『佛教有菩薩戒，其別有十。若等為人臣子，恐不能堪。今有世俗五戒：一曰事君以忠；二曰事親以孝；三曰交友有信；四曰臨戰無退；五曰殺生有擇。若行之無忽。』貴山等曰：『他則既受命矣。所謂殺生有擇，特未曉也。』光曰：『六齋日春夏月不殺，是擇時也。不殺使畜，謂馬牛雞犬，不殺細物，謂肉不足一臠，是擇物也。此亦唯其所用，不求多殺，此是世俗之善戒也。』貴山等曰：『自今以後，奉以周旋，不敢失墜。』後二人從軍事，皆有奇功於國家。又，建福三十年癸酉(即真平王即位三十五年也)秋，隋使王世儀至，於皇龍寺設百座道場，請諸高德說經。光最居上首，議曰：『原宗興法已來，津梁始置，而未遑堂奥，故宜以歸戒滅懺之法，開曉愚迷。』故光於所住嘉栖岬，置占察寶以為恒規。時有檀越尼納田於占察寶，今東平郡之田一百結是也。古籍猶存。光性好虚靜，言常含笑，形無慍色。年臘既邁，乘輿入内。當時群彦，德義攸屬無敢出其右者。文藻之贍，一隅所傾。年八十餘，卒於貞觀間。浮圖在三岐山金谷寺（今安康之西南洞也，亦明活之西也），《唐傳》云告寂皇隆寺，未詳其地，疑皇龍之訛也，如芬皇作王芬寺之例也。據如上唐、鄉二傳之文。但姓氏之朴、薛。出家之東、西，如二人焉，不敢詳定，故兩存之。然彼諸傳記，皆無鵲岬璃目與雲門之事，而鄉人金陟明謬以街巷之説潤文作《光師傳》，濫記雲門開山祖寶壤師之事蹟，合為一傳。後撰《海東僧傳》者，承誤而録之，故時人多惑之。因辨於此，不加減一字，載二傳之文詳矣。陳、隋之世，海東人鮮有航海問道者。設有，猶未大振。及光之後，繼踵西學者憧憧焉，光乃啟途矣。贊曰：航海初穿漢地雲，幾人來往挹清芬。昔年蹤跡青山在，金谷嘉西事可聞。」據一然「不加減一字」語，《三國遺事》據古本《殊異傳》所録之《圓光法師傳》當為《殊異傳》之原文，而釋覺訓《海東高僧傳》卷二所載《圓光傳》則為金陟明增飾本。

射琴匣〔一〕

第二十一毘處王（一作炤智王）即位十年戊辰，幸於天泉亭。時有烏與鼠來鳴，鼠作人語云：「此烏去處尋之（或云神德王欲行香興輪寺，路見衆鼠含尾，怪之而還占之。明日先鳴，烏尋之云云。此説非也）。」王命騎士追之。南至避村（今壤避寺村在南山東麓），兩豬相鬭。留連見之，忽失烏所在。徘徊路旁，時有老翁自池中出奉書，外面題云：「開見二人死，不開一人死。」使來獻之，王曰：「與其二人死，莫若不開，但一人死耳。」日官奏云：「二人者庶民也，一人者王也。」王然之，開見書中云「射琴匣」。王入宮，見琴匣射之，乃內殿焚修僧與宮主潛通而所奸也。二人伏誅。自爾國俗每正月上亥、上子、上午等日，忌慎百事，不敢動作，以十五日為烏忌之日，以糯飯祭之，至今行之。俚言怛切，言悲愁而禁忌百事也，命其池曰「書出池」。

〔校記〕

〔一〕《三國遺事》卷一《紀異第一》之《太宗春秋公》：「後旬日庾信與春秋公正月午忌日蹴鞠於庾信宅前……」其「正月午忌日」後有注：「見上射琴匣事，乃崔致遠之說。」《射琴匣》見同卷《第十八實聖王》，記毗處王（注一作炤知王）十年事。徐居正《三國史節要》卷五「新羅炤智王」亦載此事。《三國史節要》序謂其書「兼采《遺事》、《殊異傳》」，因知本篇取自崔致遠《殊異傳》。此據《三國遺事》校錄。

附錄：志疑作品

桃花女鼻荆郎〔一〕

第二十五舍輪王，謚真智大王，姓金氏，妃起烏公之女知刀夫人。大建八年丙申即位（古本云十一年己亥，誤矣）。御國四年，政亂荒婬，國人廢之。前此沙梁部之庶女，姿容艷美，時號桃花娘，王聞而召致宮中，欲幸之，女曰：「女之所守，不事二夫。有夫而適他，雖萬乘之威，終不奪也。」王曰：「殺之何？」女曰：「寧斬於市，有願靡他。」王戲曰：「無夫則可乎？」曰：「可。」王放而遣之。是年，王見廢而崩。後二年其夫亦死。浹旬，忽夜中王如平昔來於女房曰：「汝昔有諾，今無汝夫，可乎？」女不輕諾，告於父母，父母曰：「君王之教，何以避之？」以其女入於房，留御七日，常有五色雲覆屋，香氣滿室。七日後，忽然無蹤。女因而有娠，月滿將產，天地振動。產得一男，名曰鼻荆。真平大王聞其殊異，收養宮中。年至十五，授差執事。每夜逃去遠遊，王使勇士五十人守之。每飛過月城，西去荒川岸上（在京城西），率鬼衆遊。勇士伏林中，窺伺鬼衆聞諸寺曉鍾各散，郎亦歸矣。軍士以事來奏，王召鼻荆曰：「汝領鬼遊，信乎？」郎曰：「然。」王曰：「然則汝使鬼衆，成橋於神元寺北渠（一作神衆寺，誤。一云荒川東深渠）。」荆奉敕，使其徒鍊石，成大橋於一夜，故名鬼橋。王又問：「鬼衆之中，有出現人間輔朝政者乎？」曰：「有，吉達者可輔國政。」王曰：「與來。」翌日荊與俱見，賜爵執事，果忠直無雙。時角干林宗無子，王敕為嗣子。林宗命吉達創樓門於興輪寺南，每夜去宿其門上，故名吉達門。一日吉達變狐而遁去，荊使鬼捉而殺之。故其眾聞鼻荊之名，怖畏而走。時人作詞曰：「聖帝魂生子，鼻荊郎室亭。飛馳諸鬼眾，此處莫留停。」鄉俗帖此詞以辟鬼。

〔校記〕

〔一〕此據《三國遺事》卷一《紀異第一·真興王》之《桃花女鼻荊王》校錄，疑其出崔致遠《新羅殊異傳》。

處容郎望海寺〔一〕

第四十九憲康大王之代，自京師至於海內，比屋連牆，無一草屋。笙歌不絕道路，風雨調於四時。於是大王遊開雲浦（在鶴城西南，今蔚州）。王將還駕，晝歇於汀邊。忽雲霧冥曀，迷失道路。怪問左右，日官奏云：「此東海龍所變也，宜行勝事以解之。」於是敕有司，為龍刱佛寺近境。施令已出，雲開霧散，因名開雲浦。東海龍喜，乃率七子現於駕前，讚德獻舞奏樂。其一子隨駕入京，輔佐王政，名曰處容。王以美女妻之，欲留其意，又賜級干職。其妻甚美，疫神欽慕之，變為人，夜至其家，竊與之宿。處容自外至其家，見寢有二人，乃唱歌作舞而退。歌曰：「東京明期月良，夜入伊遊行如可。入良沙寢矣見昆，脚烏伊四是良羅。二肸隱吾下於叱古，肸隱誰支下焉古本。矣吾下是如馬於隱，奪叱良乙何如為理古。」時神現形，跪於前曰：「吾羨公之妻，今犯之矣。公不見怒，感而美之。誓今已後，見畫公之形容，不入其門矣。」因此國人門帖處容之形，以僻邪進慶。王既還，乃卜靈鷲山東麓勝地置寺，曰望海寺，亦名新房寺，乃為龍而置也。

〔校記〕

〔一〕此據《三國遺事》卷二《景文大王》之《處容郎望海寺》校錄，疑其出崔致遠《新羅殊異傳》。

元曉傳〔一〕

師嘗一日風顛，唱街云：「誰許沒柯斧，我斫支天柱。」人皆未喻。時太宗聞之，曰：「此師殆欲得貴婦産賢子之謂爾。國有大賢，利莫大焉。」時瑤石宮（今學院是也）有寡公主，敕宮吏覓曉引入。宮吏奉敕將求之，已自南山來，過蚊川橋（沙川，俗云年川。又，蚊川橋又名榆橋也）。遇之，佯墮水中，濕衣袴。吏引師於宮，褫衣曬晾，因留宿焉。公主果有娠，生薛聰。聰生而睿敏，博通經史，新羅十賢中一也。以方音通會華夷方俗物名，訓解六經文學。至今海東業明經者，傳受不絕。曉既失戒生聰，已後易俗服，自號小姓居士。偶得優人舞弄大瓠，其狀瑰奇，因其形製為道具，以《華嚴經》「一切無礙人，一道出生死」，命名曰無礙，仍作歌流於世。嘗持此，千村萬落，且歌且舞，化詠而歸。使桑樞甕牖玃猴之輩，皆識佛陀之號，咸作南無之稱。曉之化大矣哉！其生緣之村名佛地，寺名初開，自稱元曉者，蓋初輝佛日之意爾。元曉亦是方言也，當時人皆以鄉言稱之始且也。曾住芬皇寺，纂《華嚴疏》，至《第四十廻向品》終乃絕筆。又嘗因訟，分軀於百松，故皆謂位階初地矣。亦因海龍之誘，承詔於路上，撰《三昧經疏》，置筆硯於牛之兩角上，因謂之《角乘》，亦表本始二覺之微旨也。大安法師排來而粘紙，亦知音唱和也。既入寂，聰碎遺骸，塑真容安芬皇寺，以表敬慕終天之志。聰時旁禮，像忽廻顧，至今猶顧矣。曉嘗所居穴寺旁，有聰家之墟云。

〔校記〕

〔一〕《三國遺事》卷四《義解第五》之《元曉不羈》敘釋元曉故事：「聖師元曉，俗姓薛氏。祖仍皮公，亦云赤大公，今赤大淵側有仍皮公廟。父談捺乃末初示生於押梁郡南（今章山郡）佛地村北栗谷裟羅樹下。村名佛地，或作發智村（俚云弗等乙村）裟羅樹者。諺云：師之家本住此谷西南，母既娠而月滿，適過此谷栗樹下，忽分產，而倉皇不能歸家，且以夫衣掛樹，而寢處其中，因號樹曰裟羅樹。其樹之實亦異於常，至今稱裟羅栗。古傳昔有主寺者，給寺奴一人一夕饌栗二枚。奴訟於官，官吏怪之，取栗檢之，一枚盈一鉢，乃皈判給一枚，故因名栗谷。師既出家，捨其宅為寺，名初開，樹之旁置寺曰裟羅。師之行狀云是京師人，從祖考也。唐僧傳云，本下湘州之人。按：麟德二年間，文武王割上州下州之地，置歃良州。則下州乃今之昌寧郡也。押梁郡本下州之屬縣，上州則今尚州，亦作湘州也。佛地村今屬慈仁縣，則乃押梁之所分開也。師生，小名誓幢，第名新幢（幢者，俗云毛也），初母夢流星入懷，因而有娠。及將產，有五色雲覆地。真平王三十九年，大業十三年丁丑歲也。生而穎異，學不從師，其遊方始末，弘通茂跡，具載唐傳與行狀，不可具載。」以下接云：「唯鄉傳所記有一二段異事……」下即此文，疑「鄉傳」指崔致遠《新羅殊異傳》。此據《三國遺事》校錄，題據文意擬。

郁面婢念佛西昇〔一〕

景德王代，康州（今晉州，一作剛州，則今順安）善士數十人志求西方，於州境創彌陀寺，約萬日為契。時有阿干貴珍家一婢，名郁面，隨其主歸寺，立中庭，隨僧念佛。主憎其不職，每給穀二碩，一夕春之。婢一更春畢，歸寺念佛（俚言：己事之忙，大家之春促，蓋出乎此）。日夕微怠，庭之左右，豎立長橛，以繩穿貫兩掌，繫於橛上合掌，左右遊之激勵焉。時有天唱於空：「郁面娘入堂念佛。」寺眾聞之，勸婢入堂，隨例精進。未幾，天樂從西來，婢湧透屋樑而出，西行至郊外，捐骸變現真身，坐蓮臺放大光明，緩緩而逝，樂聲不徹空中。其堂至今有透穴處云。

〔校記〕

〔一〕《三國遺事》卷五《感通第七》之《郁面郎念佛西昇》有兩節敘「鬱面婢」故事，其一即此文，末有注云：「已上鄉傳。」其二首云：「按《僧傳》：棟梁八珍者，觀音應現也……」後又有：「議曰：按鄉中古傳，鬱面乃景德王代事也。據徵（徵字疑作珍，下亦同）本傳，則元和三年戊子哀莊王時也。景德後歷惠恭、宣德、元聖、昭聖、哀莊等五代，共六十餘年也。徵先面後，與鄉傳乖違，然兩存之闕疑。讚曰：西鄰古寺佛燈明，舂罷歸來夜二更。自許一聲成一佛，掌穿繩子直忘形。」據本文内容，疑所謂「鄉傳」、「鄉中古傳」皆指崔致遠《新羅殊異傳》。此據《三國遺事》校録，題亦據之。

大城孝二世父母〔一〕

神文代，牟梁里（一作浮雲村）之貧女慶祖有兒，頭大，頂平如城，因名大城。家窘不能生育，因役傭於貨殖福安家。其家俵田數畝，以備衣食之資。時有開士漸開，欲設六輪會於興輪寺，勸化至福安家。安施布五十疋，開咒願曰：「檀越好佈施，天神常護持。施一得萬倍，安樂壽命長。」大城聞之，跳踉而入，謂其母曰：「予聽門僧誦倡，云施一得萬倍。念我定無宿善，今茲困匱矣。今又不施，來世益艱。施我傭田於法會，以圖後報何如？」母曰：「善。」乃施田於開。未幾城物故。是日夜，國宰金文亮家有天唱云：「牟梁里大城兒，今托汝家。」家人震驚，使檢牟梁里，城果亡。其日與唱同時，有娠生兒。左手握不發，七日乃開，有金簡子，彫「大城」二字，又以名之。迎其母於第中，兼養之。既壯，好遊獵。一日，登吐含山捕一熊，宿山下村。夢熊變為鬼，訟曰：「汝何殺我？我還啖汝。」城怖懼，請容赦。鬼曰：「能為我創佛寺乎？」城誓之曰：「喏。」既覺，汗流被蓐。自後禁原野，為熊創長壽寺於其捕地。因而情有所感，悲願增篤，乃為現生二親創佛國寺，為前世爺孃創石佛寺，請神琳、表訓二聖師各住焉。茂張像設，且酬鞠養之勞。以一身孝二世父母，古亦罕聞，善施之驗，可不信乎？將彫石佛也，欲鍊一大石為龕蓋，石忽三裂。憤恚而假寐，夜中天神來降，畢造而還。城方擾起，走跋南嶺，爇香木以供天神，故名其地為香嶺。其佛國寺雲梯石塔彫鏤石木之功，東都諸刹未有加也。

〔校記〕

〔一〕《三國遺事》卷五《避隱第八》載此《大城孝二世父母》，文末接云：「古鄉傳所載如上，而寺中有記云：『景德王代。大相大城以天寶十年辛卯始創佛國寺，歷惠恭世，以大歷九年甲寅十二月二日大城卒，國家乃畢成之。初請瑜伽大德降魔住此寺，繼之至於今。』與古傳不同，未詳孰是？讚曰：牟梁春後施三畝，香嶺秋來獲萬金。萱室百年貧富貴，槐庭一夢去來今。」根據本篇內容，一然所言「古鄉傳」、「古傳」似皆指崔致遠《新羅殊異傳》。此據《三國遺事》校錄，題亦據之。

輯佚二

兗州留獻李員外〔一〕

芙蓉零落秋池雨，楊柳蕭疏曉岸風。神思只勞書卷上，年光任過酒杯中。

〔校記〕

〔一〕日本上毛河世甯《全唐詩逸》卷中引日本平安時大江維時（八八七—九六三）編《千載佳句》，此據之校錄。

按：此當為律詩的頸聯和頷聯。又，詩題中之「李員外」，或為李係，其乾符末曾任兗州刺史，見《唐刺史考》。

長安柳〔一〕

煙低紫陌千行柳，日暮朱樓一曲歌。

〔校記〕

〔一〕日本上毛河世甯《全唐詩逸》卷中引日本平安時大江維時（八八七—九六三）編《千載佳句》，此據之校録。

留贈洛中友人〔一〕

洛水波聲新草樹，嵩山雲影舊樓臺。

【校記】

〔一〕日本上毛河世甯《全唐詩逸》卷中引日本平安時大江維時（八八七—九六三）編《千載佳句》，此據之校録。

送舍弟嚴府〔一〕

雲布長天龍勢逸，風高秋月鴈行齊。

【校記】

〔一〕日本上毛河世甯《全唐詩逸》卷中引日本平安時大江維時（八八七—九六三）編《千載佳句》，此據之校録。

春日〔一〕

風遞鶯聲喧座上，日移花影倒林中。

〔校記〕

〔一〕日本上毛河世甯《全唐詩逸》卷中引日本平安時大江維時（八八七—九六三）編《千載佳句》，此據之校録。

成名後酬進士田仁義見贈〔一〕

芳園醉散花盈袖，幽徑吟歸月在帷。

〔校記〕

〔一〕日本上毛河世甯《全唐詩逸》卷中引日本平安時大江維時（八八七—九六三）編《千載佳句》，此據之校録。

江上春懷〔一〕

極目遠山煙外暮，傷心歸棹月邊遲。

〔校記〕

〔一〕日本上毛河世甯《全唐詩逸》卷中引日本平安時大江維時（八八七—九六三）編《千載佳句》，此據之校録。

和顧雲侍御重陽詠菊〔一〕

紫萼紅葩有萬般，凡姿俗態少堪觀。豈如開向三秋節，獨得來供九夕歡。酒泛餘香熏座席，日移寒影掛霜欄，只應詩客多惆悵，零落花前不忍看。

〔校記〕

〔一〕此篇據韓國奎章閣國家圖書館所藏高麗朝佚名編《十抄詩》重刊本之影印件輯錄。按：《十抄詩》輯錄唐詩人二十六人及同時新羅詩人四人詩，人各十首，計三百首。所輯崔致遠詩十首，惟本篇不見於《桂苑筆耕集》、《孤雲先生文集》、《孤雲先生續集》。

公山城詩一首〔一〕

襟帶江山似畫成，可憐今日靜消兵。陰風忽捲驚濤起，猶想當時戰鼓聲。

〔校記〕

〔一〕《東國輿地勝覽》卷一七「公州牧城郭公山城」條錄崔致遠詩一首，朴魯春《崔致遠詩作品數小考》首次拈出（《東洋學》第五輯，一九七五），此據《新增東國輿地勝覽》（亞細亞文化社，一九七四）校錄，題據文意擬。又，張伯偉《韓國歷代詩學文獻總說》（《文獻》，二〇〇〇年，第二期）據朴文錄此詩，惟「忽」誤作「急」。

石榴〔一〕

根愛泥沙性愛海，實如珠玉甲如蟹。酸中甘味何時來，葉落風高月建亥。

〔校記〕

〔一〕金重烈在《崔致遠文學研究》（高麗大學博士論文，一九八三）中指出，崔萬植《孤雲先生文集》卷一有一首七絕《石榴》詩，爲諸輯本所無，崔英成譯注的《崔致遠全集》中已收錄，其較早出處則未詳。茲亦收錄以備考。

智異山花開洞詩八首〔一〕

東國花開洞，壺中別有天。仙人推玉枕，身世欻千年。

萬壑雷聲起，千峰雨色新。山僧忘歲月，唯記葉間春。

雨餘多竹色，移坐白雲開。寂寂因忘我，松風枕上來。

春來花滿地，秋去葉飛天。至道離文字，元來在目前。

澗月初生處，松風不動時。子規聲入耳，幽興自應知。

擬說林泉興，何人識此機。無心見月色，默默坐忘歸。

密旨何勞舌，江澄月影通。長風生萬壑，赤葉秋山空。
松上青蘿結，澗中流白月。石泉吼一聲，萬壑多飛雪。

〔校記〕

〔一〕李氏朝鮮李睟光（一五六三—一六二八）《芝峰類説》卷一三：「智異山有一老髡，於山石窟中得異書累帙，其中有崔致遠所書詩一帖十六首，今逸其半。求禮倅閔君大倫得之以贈余。見其筆跡，則真致遠筆，而詩亦奇古，其為致遠所作無疑，甚可珍也。」此據《韓國歷代詩話類編》（韓國亞細亞文化社）《芝峰類説》校録，題據文意擬。按：八首詩中「東國花開洞」一首，《全唐詩續拾》已收，惟「歘」誤作「欻」。另七首録文又見陳良運《「東方漢文學鼻祖」崔致遠詩述論》（《中國韻文學刊》一九九九年第二期），「澗月初生處」一首，「澗」誤録作「閑」。「松上青蘿結」詩中，「白月」誤作「丹白」。

謝追贈表〔一〕

臣垣言伏奉制旨，追贈亡父臣凝為太傅。

〔校記〕

〔一〕此據《三國史記》卷一一《新羅本紀》真聖王「憲康王之女弟也」注引輯録。

納旌節表〔一〕

臣長兄國王晸以去光啟三年七月五日奄御聲代，臣侄男嶢生未周晬。臣仲兄晃權統藩垣，又未經期月，遠謝明時。

〔校記〕

〔一〕此據《三國史記》卷一一《新羅本紀》真聖王「憲康王之女弟也」注引輯録。

義湘傳〔一〕

相(湘)真平建福四十二年受生。是年，東方聖人安弘法師與西國二三藏漢僧二人至自唐。注云：『北天竺烏萇國毗摩羅真諦年四十四，農伽陀年四十六，摩豆羅國佛陀僧伽年四十六，經由五十二國始漢土，遂東來住皇龍寺，譯出《旃檀香火星光妙女經》，鄉僧曇和筆授。未幾漢僧上表，乞還中國，王許而送之。』

〔校記〕

〔一〕《三國遺事》卷四《義解第五》之《義湘傳教》有注云：「事在崔侯本傳及曉師行狀等。」又有按語：「餘如崔侯所撰本傳。」《海東高僧傳》卷二《釋安含傳》中有「崔致遠所撰《義相(湘)傳》云：『……』則安弘者殆和尚是也……」按：佚文據日本《大正新修大藏經》卷五〇《海東高僧傳》輯録。

釋利貞傳〔一〕

伽倻山神正見母主，乃為天神夷毗訶之所惑，生大伽倻王惱窒朱日、金官國王惱窒青裔二人。

〔校記〕

〔一〕此據《新增東國輿地勝覽》卷二九「高靈縣建置沿革」條輯錄。按：《孤雲先生文集》卷三所輯《利貞和尚贊》，當為此傳末所附之讚語。

釋順應傳〔一〕

大伽倻國月光太子，乃正見之十世孫，父曰異惱王，求婚於新羅迎夷粲比枝輩之女，而生太子。

〔校記〕

〔一〕此據《新增東國輿地勝覽》卷二九「高靈縣建置沿革」條輯錄。按：《孤雲先生文集》卷三所輯《順應和尚贊》，當為此傳末所附之讚語。

附錄

《崔致遠傳》(《三國史記》卷四六)[一]

崔致遠,字孤雲,或云海雲,王京沙梁部人也。史傳泯滅,不知其世系。致遠少精敏好學,至年十二,將隨海舶入唐求學,其父謂曰:「十年不第,即非吾子也。行矣勉之!」致遠至唐追師,學問無怠。乾符元年甲午,禮部侍郎裴瓚下一舉及第。調授宣州溧水縣尉,考績為承務郎、侍御史内供奉,賜紫、金魚袋。時黄巢叛,高駢為諸道行營兵馬都統以討之,辟致遠為從事,以委書記之任。其表狀書啟,傳之至今。及年二十八歲,有歸寧之志。僖宗知之,光啟元年,使將詔書來聘,留為侍讀兼翰林學士,守兵部侍郎,知瑞書監事。致遠自以西學多所得,及來將行己志,而衰季多疑忌,不能容,出為太山郡太守。唐昭宗景福二年,納旌節使兵部侍郎金處誨没於海,即差橘城郡太守金峻為告奏使。時致遠為富城郡太守,祗召為賀正使。以比歲饑荒,因之盜賊交午,道梗不果行。其後致遠亦嘗奉使如唐,但不知其歲月耳。故其文集有《上太師侍中狀》云:

「伏聞東海之外有三國〔二〕，其名馬韓、卞韓、辰韓。馬韓則高麗，卞韓則百濟，辰韓則新羅也。高麗、百濟全盛之時，强兵百萬，南侵吴越，北撓幽燕齊魯，為中國巨蠹。隋皇失馭，由於征遼。貞觀中，我唐太宗皇帝〔三〕，親統六軍渡海，恭行天罰。高麗畏威請和，文皇受降迴蹕。此際我武烈大王〔四〕，請以犬馬之誠，助定一方之難。入唐朝謁，自此而始。後以高麗、百濟，踵前造惡，武烈入朝請為鄉導〔五〕。至高宗皇帝顯慶五年，勅蘇定方統十萬强兵、樓舡萬隻，大破百濟。乃於其地置扶餘都督府，招緝遺氓，蒞以漢官。以臭味不同，屢聞離叛，遂徙其人於河南。摠章元年，命英國公徐勣破高句麗〔六〕，置安東都督府。至儀鳳三年，徙其人於河南隴右。高句麗殘孽類聚，北依太白山下，國號為渤海〔七〕。開元二十年，怨恨天朝，將兵掩襲登州，殺刺史韋俊。於是明皇帝大怒，命内史高品、何行成，太僕卿金思蘭，發兵過海攻討，仍就加我王金某為正太尉，持節充寧海軍事雞林州大都督。以冬深雪厚，蕃漢苦寒，勅命迴軍。至今三百餘年，一方無事，滄海晏然。此乃我武烈大王之功也。今某儒林末學〔八〕，海外凡材，謬奉表章，來朝樂土。凡有誠懇，禮合披陳。伏見元和十二年，本國王子金張廉，風飄至明州下岸〔九〕，浙東某官，發送入京。中和二年，入朝使金直諒，為叛臣作亂，道路不通，遂於楚州下岸，邐迤至揚州。得知聖駕幸蜀，高太尉差都頭張儉，監押送至西川。以前事例分明。伏乞太師侍中，俯降台恩，特賜水陸券牒，令所在供給舟舡、熟食及長行驢馬草料，並差軍將，監送至駕前。」

此所謂太師侍中，姓名亦不可知矣。

致遠自西事大唐，東歸故國，皆遭亂世。屯邅蹇連，動輒得咎。自傷不偶，無復仕進意，逍遙自放山林之下、江海之濱。營臺榭，植松竹，枕藉書史，嘯詠風月。若慶州南山、剛州氷山、陜州清凉寺、智異山雙溪寺、合浦縣別墅，此皆遊焉之所。最後帶家隱伽耶山海印寺，與母兄浮圖賢俊及定玄師結爲道友，棲遲偃仰，以終老焉。

始西遊時，與江東詩人羅隱相知。隱負才自高，不輕許可人，示致遠所制歌詩五軸。又與同年顧雲友善。將歸，顧雲以詩送別，略云：

「我聞海上三金鼇，金鼇頭戴山高高。山之上兮珠宮貝闕黄金殿，山之下兮千里萬里之洪濤。傍邊一點雞林碧，鼇山孕秀生奇特。十二乘船渡海來，文章感動中華國。十八横行戰詞苑，一箭射穿金門策……」

《新唐書·藝文志》云：「崔致遠《四六集》一卷、《桂苑筆耕》二十卷。」注云：「崔致遠，高麗人，賓貢及第，爲高駢從事。」其名聞上國如此。又有《文集》三十卷行於世。初我太祖作興，致遠知非常人，必受命開國，因致書問，有「雞林黄葉，鵠嶺青松」之句。其門人等至國初來朝，仕至達官者非一。顯宗在位，爲致遠密贊祖業，功不可忘，下教贈内史令，至十四歲太平三年癸亥二月，贈謚文昌侯。

〔校記〕

〔一〕此據高麗金富軾《三國史記》（韓國精神文化研究院一九七九年校勘本）卷四六（列傳第六）校録。其中《上太師侍中狀》又見《東國通鑑》和《孤雲先生文集》，或兩者所收皆源於此。

〔二〕聞：《東國通鑑》、《孤雲先生文集》作「以」。

〔三〕我唐太宗皇帝：《東國通鑑》、《孤雲先生文集》作「我太宗皇帝」。

〔四〕此際我武烈大王：《東國通鑑》、《孤雲先生文集》無「此際」二字。

〔五〕武烈入朝請為鄉導：《孤雲先生文集》無「入朝」二字。

〔六〕英國公徐勣：《東國通鑑》、《孤雲先生文集》作「英公李勣」。按：當作「李勣」。

〔七〕國號為渤海：《孤雲先生文集》無「為」字。

〔八〕某：《東國通鑑》、《孤雲先生文集》作「致遠」。

〔九〕明州：《孤雲先生文集》作「明年」。

孤雲先生事蹟〔一〕

《三國史》本傳：

崔致遠字孤雲，一字海雲，新羅沙梁部人也。公美風儀，少精敏好學。至年十二，將隨海舶入唐求學，其父謂曰：「十年不第，即非吾兒也〔二〕。行矣勉之！」公至唐，尋師力學〔三〕，以唐僖宗乾符元年甲午〔四〕，禮部侍郎裴瓚下一舉及第，時年十八〔五〕。調授宣州溧水縣尉〔六〕，考績爲承務郎、侍御史内供奉，賜紫、金魚袋。時黄巢叛，高駢爲諸道行營兵馬都統以討之，辟公爲從事巡官，委以書記之任〔七〕。其表狀書啓、徵兵告檄，皆出其手〔八〕。其《檄黄巢》，有「不惟天下之人皆思顯戮，抑亦地中之鬼已議陰誅」之語，巢不覺下床，由是名振天下。及年二十八，僖宗知公有歸寧之志，使將詔書來聘本國。憲康王留公爲侍讀兼翰林學士，守兵部侍郎，知瑞書監事。公自以西學多所得，及來欲展所藴，而衰季多疑忌，出爲太山郡（今泰仁）太守。唐昭宗景福二年，即眞聖王之七年，公時爲富城郡（今瑞山）太守，祗召爲賀正使。將入唐，以比歲饑荒，盜賊交午，道梗不果行。其後，亦嘗奉使如唐。眞聖王八年，公進時務十餘條，王嘉納之，以為阿飡。公自西仕大唐，及至東歸，故國皆遭亂。屯邅蹇連，動輒得咎。自傷不遇〔九〕，無復仕進意，逍遥自放山林之下、江海之濱。營臺榭，植松竹，枕藉書史，嘯詠風月。若慶州南山、剛州氷山、陜川清涼寺〔一〇〕、智異山雙溪寺、合浦月影臺〔一一〕，皆公遊焉之所。最後帶家隱伽倻山，棲遲偃仰，以終老焉。始西遊時，與江東詩人羅隱相知。隱負自高〔一二〕，不輕許可人。人示以公所製歌詩五軸，隱乃歎賞。又與同年顧雲友善，將歸，顧雲以詩送別：「我聞海上三金鼇，金鼇頭戴山高高。山之上兮珠宫貝闕黄金殿，山之下兮千里萬里之洪濤。傍邊一點雞林碧，鼇山孕秀生奇特。十二乘船渡海來，文章感動中華國。十八横行戰詞苑，一箭射破金門策。」蓋心有所服云。《新唐書·藝文志》載崔致遠《四六集》一卷、《桂苑筆耕》二十卷。注云：

「崔致遠，高麗人，賓貢及第。」其名顯上國如此。又有《文集》三十卷，行於世。高麗顯宗時，從祀文廟，謚文昌侯。

《東國通鑑》：

新羅憲康王乙巳十一年（唐光啟元年）春三月，崔致遠奉帝詔，還自唐。致遠，沙梁部人。精敏好學。年十二，隨海舶入唐求學，其父謂曰：「十年不第，非吾子也。」致遠至唐，尋師力學，十八登第。調宣州溧水縣尉，遷侍御史內供奉。時黃巢反，高駢爲兵馬都統以討之，辟致遠爲從事，以委書記之任。其表狀書啓，多出其手。其《檄黃巢》，有「不惟天下之人皆思顯戮，抑亦地中之鬼已議陰誅」之語，巢不覺下牀，由是名振天下。又《上大師侍中狀》云〔一三〕：「伏聞東海之外有三國，其名馬韓、弁韓、辰韓〔一四〕。馬韓則高句麗，弁韓則百濟，辰韓則新羅也。高句麗、百濟全盛之時，强兵百萬，南侵吴越，北撓幽燕齊魯，爲中國巨蠹。隋皇失御，由於征遼。貞觀中，我太宗皇帝親統六軍渡海，恭行天討。高句麗畏威請和，文皇受降回蹕。我武烈大王，請以犬馬之誠，助定一方之難。入唐朝謁，自此而始。後以高句麗、百濟踵前造惡，武烈入朝請爲鄉導。至高宗皇帝顯慶五年，勑蘇定方統十道强兵〔一五〕，樓船萬隻，大破百濟。乃於其地置扶餘都督府，招輯遺氓，莅以漢官〔一六〕。以臭味不同，屢聞離叛，遂徙其人於河南。摠章元年，命英公李勣破高句麗，置安東都督府。至儀鳳三年，徙其人於河南隴右。高句麗殘孽類聚，北依太白山下，國號爲渤海。開元二十年，怨恨天朝，將兵掩襲登州，殺刺史韋俊。於是帝大怒〔一七〕，命內史高品、何行成，太僕郎金恩蘭〔一八〕，發兵過海攻討，仍就加我王金某爲正太尉，持節充寧海郡事雞林州大都督〔一九〕。以冬深雪厚，蕃漢苦寒，勑命回軍。至今三百餘年，一方無事，滄海晏然。此乃我武烈大王之功也。今致遠儒門末學，海外凡材，謬奉表章，來朝樂土。凡有誠懇，禮合披陳。伏見元和十二年本國王子金張廉，飄風至明州下岸，浙東某官，發送入京。中和二年，入朝使金直諒，爲叛臣作亂，道路不通，遂於楚州下岸，邐迤至楊州〔二〇〕。得知聖駕幸蜀，高太尉差督頭張儉監押送至西川。已前事例分明〔二一〕。伏乞太師侍中，俯降台恩，特賜水陸券牒，令所在供給舟船、熟食及長行驢馬草料，並差軍將監送至駕前。幸甚〔二二〕！」及還，王留爲侍讀兼翰林學士，守兵部侍郎，知瑞書監事。致遠自以西學多所得，欲展所蘊，而衰季多疑忌，不能容，出爲太山郡太守。

《東史纂要》〔二三〕：

曹偉曰：「或者疑其以孤雲大才，卷而東歸，盡力就列，遇事匡救，彌縫其闕失，粉飾其文治，則國勢不至於捏卼，萓裔何遽於猖獗？而顧乃棲遲偃仰，不屑仕宦，國之危亾視若越人之肥瘠，無乃幾於潔身而亂倫，懷寶而迷邦者耶？是不然。公以童穉之年，遠涉溟海，不憚險艱，未弱冠取科第如摘髭，其心豈欲效向子平臺孝威者耶？其勵志功名，而有志於立揚者，蓋無疑也。惟其欲仕唐也，則宦寺擅於內，藩鎮橫於外，朱梁篡代之兆已萌；欲仕本國也，則昏主委政於非人，女后淫瀆而亂紀，孽幸盈朝，翕翕訿訿。此固不暇容吾身，而望其行吾道乎？況公之明識，已炳於『青松黃葉』之句。大廈將傾，非一木可支；滄海横流，非隻手可遏。尋湊山而友麋鹿，攀薜蘿而弄明月者，豈公之本心哉？嗚呼！自三國以來，文人才士，世不乏人，而公之名獨光前掩後，膾炙人口。平生足迹所及之處，至今樵人牧豎，皆指之曰：『崔公所遊之地。』至於閭閻細人，鄉曲愚婦，皆知誦公之姓名〔二四〕，慕公之文章。則其所以得於一身者，必有不可名言。而人與時不偶，命與才不諧，豈非千古之恨耶？余少時，嘗讀『人間之要路通津，眼無開處；物外之青山綠水，夢有歸時』之句，想公之襟抱，飄飄然非塵寰中人。及觀公之平生，名區勝地之在國內者，足迹殆將遍焉。則『青山綠水』之句本非寓言，而益歎公雅意之所存也。」

《三國遺事》：孤雲舊宅在新羅本彼部皇龍寺南，味吞寺北。

《家乘》：

先生父諱肩逸。

新羅憲安王元年丁丑（唐宣宗大中十一年），先生生。

景文王八年戊子（唐懿宗咸通九年），入唐。

十四年甲午（唐僖宗乾符元年）登第（禮部侍郎裴瓚榜），調宣州漂（一作溧）水縣尉，考績爲承務郎、殿中侍御史内供奉，賜紫、金魚袋。及黃巢叛，爲都統高駢從事巡官。

憲康王十年甲辰（唐僖宗中和四年）八月，奉帝詔來聘本國。候風海浦〔二五〕，淹滯經冬。

十一年乙巳（唐僖宗光啓元年）三月，始到國（有年狀曰：「巫峽重峰之歲〔二六〕，絲入中原；銀河列宿之年，錦還東土。」），王留爲侍讀兼翰林學士，守兵部侍郎，知瑞書監事。

十二年丙午（唐僖宗光啓二年）七月，王薨，朝廷多疑忌，出爲太山郡太守。

眞聖主七年甲寅（唐昭宗乾寧元年），爲富城郡太守，祗召爲賀正使，以道多盜賊，不果行。二月，進時務十餘條，主嘉納之，以爲阿飡。自傷遭値亂世，不復仕進，自放於山水之間，惟以嘯詠爲事。

高麗顯宗十一年庚申（宋眞宗天禧四年），追贈内史令，從祀先聖廟庭。

愼齋周世鵬《上李晦齋書》：「崔文昌之文藻神異，其所見所行，眞可謂百世之師。而至於誠正之説，槩乎其未聞也。然其生一隅，倡文學，功莫大焉。則配享先聖，非斯人而誰歟？」

十四年癸亥（宋仁宗天聖元年）五月，贈謚文昌侯。

國朝明宗七年壬子（明肅宗嘉靖三十一年），《傳》曰：「先賢文昌侯崔致遠，即吾東方理學之宗也。其子孫中，勿論賤孽，雖在遐荒，世世勿侵軍役事。」

十六年辛酉（明肅宗嘉靖四十年），建書院于慶州西岳。《東京志》：府尹龜巖李公楨，稟於退溪李先生，歲癸亥奉安。退溪先生命名曰「西岳精舍」，講堂曰「時習」，東齋曰「進修」，西齋曰「誠敬」，東下齋曰「切磋」，西下齋曰「澡雪」，前樓曰「詠歸」，門曰「道東」。樓楣間，揭先生筆而俱燬于壬辰，位版則移藏于山谷中。萬曆庚子，府尹李時發時，構草舍于舊址，還安位版。壬寅府尹李時彦時，重新祠宇，而猶未盡復。庚戌府尹崔沂時〔二七〕，重創講堂齋舍及典祀廳、藏書室。天啓癸亥府尹呂祐吉時，府儒進士崔東彦等，陳疏請額，賜額曰「西岳書院」，扁額則「元振海筆」也。丙戌府尹李民宬時，重建詠歸樓，廟制東向。弘儒侯開國公、文昌公，以次並享。

龜巖李公楨《西岳精舍》詩：「虞家數語相傳後，萬古斯文白日明。一唯參乎心默契，再賢回也道重亨。光風東洛從容意，秋月西林感慨情。會友琢磨今有地，丁寧無負此堂名。」

退溪先生次：「箕教吾東曾善國，至今天步屬文明。多材聖作非無本，至道人行詎自亨。寥落塵篇尋寶訣，奮興豪傑出常情。儒宮好闢仙山境，老我增恩實趁名。」

八溪鄭宗榮詩：「大東文教自箕殷，羅代名賢濟濟羣。興亡百變餘山海，治亂千秋混臭薰。旌別終歸人正表，指麾重見士如雲。藏修可託西山下，鄒魯曾多外議紛。」

金鶴峯《謁西岳示諸生》詩：「西兄精舍舊聞名，遠客初回萬里程。誰識龜翁開院意，雞林葉葉盡風聲。」

宣祖六年癸酉（明神宗萬曆元年），《傳》曰：「文昌侯道德文章，我東方第一人也。其後孫，雖殘微賤孽，勿侵軍役事。」

光海乙卯，建書院于泰仁武城。泰仁有蓮池，先生宰本郡時所鑿，池種蓮云。佔畢齋金先生詩：「割雞當日播清芬，枳棘棲鸞衆所云。千載吟魂何處覓，芙蕖萬柄萬孤雲。」

仁祖四年丙寅（明章宗天啓四年），《傳》曰：「文昌侯後裔，雖支庶賤孽，勿爲軍丁事。」

顯宗十一年庚戌（清聖祖康熙九年），建書院于咸陽柏淵。

肅宗二十二年丙子（清聖祖康熙三十五年），賜額「武城書院」。

英祖三十一年乙亥（清高宗乾隆二十年），建桂林祠于大丘解顔縣，奉安影幀（今移建于九會堂後）。

正祖二十年丙辰（清仁宗嘉慶元年），《傳》曰：「文昌侯子孫，雖支庶，勿侵軍役，勿入汰講之例。列聖朝受教道來，果能遵行乎？令該曹嚴飭舉行，而其有犯守令，亦爲隨現勘處事。」

（以上并《家乘》）

《輿地勝覽略》：

陝川海印寺：在伽倻山西，新羅時所創。有崔致遠書「巖碁閣」。

題詩石：海印寺之洞，俗云「紅流洞」。洞口有武陵橋。自橋循寺而行五六里，有崔致遠題詩石，後人名其石曰「致遠臺」。

讀書堂：世傳崔致遠隱伽倻山，一朝早起出戶，遺冠屨於林間，不知所歸。海印寺僧以其日薦冥冠禧舄，寫眞畱讀書堂。堂之遺址在寺西。

昌原月影臺：在會原縣西海邊，崔致遠所遊處，有石刻剝落。　咸陽名宦崔致遠。致遠寄海印寺僧希朗詩下，題「防虜太監天嶺郡太守遏粲崔致遠」。　瑞山名宦崔致遠。眞聖時爲太守。王召爲賀正使。盜賊交午，道梗不行。　泰仁名宦崔致遠。致遠自以西學多所得，及東還將行已志，而衰季多疑忌，不能容，遂出爲太山郡太守〔二八〕。

上書庄：在慶州金鰲山北蚊川上。眞聖主八年，先生上書陳時務十餘條，此其所也。州人今建屋守護。李鍾祥詩：「西遊高幕憶書庄，漠漠東還意叓長。一入伽倻消息遠，浮雲落照古都忙。」

讀書堂：在慶州狼山西麓，先生讀書之所，古井尚存。後人因其舊礎而堂之，肄業其中，豎遺墟碑。

月影臺（月影在海中，積九十七億三萬八千尺有奇）：

高麗鄭知常詩：「碧波浩渺石崔嵬，中有蓬萊學士臺。松老壇邊荒草合，雲低天末片帆來。百年文雅新詩句，萬里江山一酒栝。囘首雞林人不見，月華空照海門迴。」

蔡洪哲詩：「文章氣習轉崔嵬，忽憶崔侯一上臺。風月不隨黃鶴去，烟波相逐白鷗來。雨晴山色濃低檻，春盡松花亂入栝。叓有琴心隔塵土，佗時好與雨雲迴。」

眉叟許穆《記略》：「《新羅史》：眞聖時有崔致遠，初事唐僖宗，知天下亂，去歸國。又新羅政衰，遂遺世逃隱於是，有『操雞搏鴨』之語，傳稱致遠遊月影臺云。其傍海上有孤雲臺，臺有老柹木，傳謂先生手植。」

雙溪寺：在智異山，世傳先生讀書于此。庭有老槐，根渡北澗而盤結，寺僧因以爲橋，乃先生手植云。洞口二石，對峙如門。先生手書曰「雙溪石門」（東刻「雙溪」，西刻「石門」）。又有先生所撰碑。寺內有靈神庵。佔畢齋詩：「雙溪寺裏憶孤雲，時事紛紛不可聞。東海歸來還浪迹，祇緣野鶴在雞羣。」

濯纓金馹孫《遊頭流錄》：「自丹城西行十五里，歷盡阻折得寬原。緣崖而北三四里，有谷口，入口有削巖面，刻『廣濟巖門』四字。字畫硬古，世傳崔孤雲手迹也。由石門一里，有龜龍古碑，篆其額曰『雙溪寺故眞鑑禪師碑』九字，傍書『前西國都巡官，承務郎侍御史，賜紫、金魚袋臣崔致遠奉教撰。光啓三年建』。光啓，唐僖宗年也。甲子至今六百餘年，亦古矣。人物存亾，大運興廢，相尋於無窮。而此頑然者，獨立不朽，可發一歎。所見碑碣多矣。《斷俗神行之碑》在於元和，則先於光啓矣。《五臺水精之記》，撰於權適，則亦一世之文士也。而獨於此興懷不已者，豈孤雲手澤尚存；而孤雲所以徜徉山水間者，其襟懷有契於百世之後歟？使某生於孤雲之時，當執杖屨而從，不使孤雲踽踽，與學佛者爲徒。使孤雲生於今日，亦必居可爲之地，摛華國之文，賁飾太平，某亦得以奉筆硯於門下矣。摩挲苔石，多少感慨（二九）！寺北有孤雲所登八詠樓遺址，居僧義空，欲鳩材而起樓云。」

清涼山：在安東府才山縣西，有致遠峯、致遠庵。先生嘗讀書于此，故名之。周愼齋《遊清涼山錄》：「孤雲入大唐，檄黃巢，名動天下，遂爲東方文章之祖，至於配食文廟。然負大名東歸，東人望之若神仙中人，其平生所歷一水一石，至今猶稱道不衰。誠使孤雲昌言排之，則五百年高麗，未必陸沉於佛，若是之酷也。風穴，在克（一作極）一庵後。穴口有二板，傳云崔致遠所坐圍碁之板。板在窟中免雨，故能千載不腐。遂訪致遠庵，飲聰明水。水在崖泐，滿石坳，瑩若明鏡，冽如氷雪。入其庵，躡其臺，益有感於孤雲。噫！使時君遠奸回、近賢人，則雞林之葉未必遽爲黄落也。斯人嘉遯，名與日月爭光。而東都諸陵，未免耕種，尤可悲也。」

《致遠臺》詩：「金塔峯前致遠臺，遙看十一寺門開。高低翠壁斜陽裏，誰倩龍眠圖畫來。」又：「西行不遇復東行，竟餓空山恨孰平。武烈陵中金椀出，伽倻嶺上月輪明。」又：「衆峯爭露金生法，孤月猶懸致遠心。三宿山中人不見，千秋臺上獨霑襟。」

學士樓：在咸陽客館西。先生爲太守時所登賞，故名。後爲兵燹所燬。移邑時，樓亦移構而因名。又有手植林木，連亘十餘里，郡人立碑而記事。玉溪盧禛詩：「山水縈迴別一天，樓居此地恍遊仙。村連碧篠凉侵席，烟暝長林影蘸筵。佔畢風流年過百，孤雲陳迹歲垂千。人間俯仰空延佇，嘯詠欄楯憶少年〔三〇〕。」

臨鏡臺：一云崔公臺。在梁山黄山江絶壁上，先生嘗遊賞，有詩。

青龍臺：在金海，石刻先生手筆，左傍書先生姓諱。

海雲臺：在東萊東十八里，有山陡入海中，若蠶頭。先生嘗築臺而手痕尚存。周愼齋詩：「臺下無涯是大洋，儒仙一去鶴茫茫。摶搖九萬欲生羽，滌蕩古今呼滿觴。目極片雲看馬島，心飛何處是扶桑。茲遊奇絕平生冠，滿袖天風吹不妨。」

伽倻山：在陜川治鑪縣北三十里。先生嘗帶家隱於此，至今有致遠村（後人敬其名，改呼以治仁村）。佔畢齋用先生韻題《題詩石》（以有先生詩，世稱「題詩石」）：「清詩光燄射蒼巒，墨漬餘痕闕泐間。世上但云尸解去，郍知馬鬣在空山。」又《和海印板上韻》：「孤雲嘉遯客，白日大名聞。巾屨同蟬蜕，風標混鶴羣。碁盤空剝落，詩石半剞分。細履徜徉地，追懷祇自勤。」

周慎齋詩：「爲躡煙霞理屐來，楓崖九月正佳哉。含悽半日哀莊寺，灑淚千秋致遠臺。萬事無心寧喜芋，百年有酒即銜桮。濯纓終老紅流洞，泚筆慚非鮑謝才。」

寒岡鄭逑《遊伽倻山錄》：「斷崖盤巖，設名湥刻，字畫宛然。紅流洞、泚筆巖、吹篴峯〔三一〕、光風瀨、霽月潭、噴玉瀑〔三二〕、宛在巖，皆所名也。可經久不剜，以供遊人之玩也。又刻崔孤雲詩一絕於瀑布石面〔三三〕，而每年霖漲，狂瀾盪磨，今不可復認。摩挲久之，依俙僅辨得一兩字矣。」

眉叟《伽倻山記略》：「海印新羅古寺，有八萬大藏經。南巖崖，傳說新羅崔學士巖居。川石間有紅流洞、吹篴峯、光風瀨、吟風臺、宛在巖、噴玉瀑、落花潭、疊石臺、會仙巖。出洞有武陵橋〔三四〕、七星臺，皆石刻學士大字。」

學士臺：在海印寺西邊，有百尺老檜，腰大三丈餘，是孤雲手植，故築而名之。臺尚嵬然。

籠山亭：在紅流洞，孤雲有「故教流水盡籠山」之詩，故名焉（亭後數武地，有孤雲影堂，亭前方營立碑）。

月留峯：乃伽倻一枝，西出南迴者也。峯下有清涼寺，孤雲遊處。

武陵十二曲：伽倻山入口也。自武陵橋至致遠里十餘里，白石清川穿過，丹崖翠壑，眞奇境也。孤雲有「曲曲」品題，左右峯壑並有品名。申維翰慕先生，築「景雲齋」，有詩。

碧松亭：在高靈縣西三十里平林中，孤雲遊息處（今爲水破，移建于山阿）。

《檀典要義》：

太白山有檀君篆碑，佶倔難讀，孤雲譯之。其文曰：「一始无始一碩三極无盡本天一一地一二人一三一積十鉅無愧化三天二三地二三人二三大三合六生七八九運三四成環五七一杳演萬往萬來用變不同本本心本太陽仰明人中天中一一終无終一。」

崔孤雲《鸞郎碑序》及《三國史》曰：「國有玄妙之道，實乃合包三教〔三五〕。入則孝於親〔三六〕，出則忠於君〔三七〕，魯司寇之旨也；處無爲之事，行不言之教，周柱史之宗也；諸惡莫作，諸善奉行，竺乾太子之化也〔三八〕。」

《東史補遺》：

按：馬韓爲高句麗，辰韓爲新羅，弁韓爲百濟，崔致遠已有定論。此非致遠創爲之說，自三國相傳之說也。金富軾《地理誌》亦以致遠之論爲是。

徐有矩《桂苑筆耕序》：「墓在鴻山。」或云鴻山，是伽倻一麓之名。

《西岳誌》：「生乎東國而其文章事業至於驅駕中原、暎曜後世者，千古一人而已，此其可以從祀聖廟也。以『青松黄葉』之句爲『密贊麗業』〔三九〕，則必史傳之陋耳。見幾高蹈，終於隱晦迹，不染麗代之世，其特立獨行之義，又可謂百世之師。」

《書院請額疏》：「文昌侯崔致遠，非但文章卓絶，其見幾不仕之志，亦可以立懦而廉頑矣。」

位版改題時《告由祝文》：「鼇山毓秀，蚊水載霛。淑氣所鍾，哲人乃生。玅齡乘桴，北學中國。射策金門，蜚英桂籍。佐成蓮幕，職專翰墨。羽檄朝飛，狂巢褫魄。天子有命，錦還萊庭。抱負任重，庶幾治平。已矣其衰，隻手難支。物外青山，夢有歸時。歛而藏蹤，知幾其神。名區勝境，遺迹空陳。悤人不見，但湥景慕。念我先生，文學之祖。既躋聖廡，又建賢祠。俎豆蘋蘩，百年于兹。位題名諱，恐近不敬。今而改是，美號是正。神人俱安，福禄來幷。左右洋洋，鑑此丹誠。」

位版改題後《祭文》：「倡文東邦，振雅中國。遂光儒苑，永享芬苾。亦既改書，其舊維新。時維仲秋，薦此明禋。」

《常享祝文》：「文振夷夏，澤及後學。青邱永世，式報先覺。」

肅廟丙子，武城書院《致祭文》：「粤惟文昌，挺生羅季。歷敭中朝，蔚爲國瑞。文章學術，輝暎千祀。啜食將聖，斯文未墜。我東儒教，實自公始。厭世混濁，韜光就閒。鸞棲枳棘，于彼泰山。流風餘韻，赫赫耳目。邑人追恩，報祀靡忒。」

《常享祝文》：「北學莫先，與道俱東。倡我後學，萬古英風。」

學士堂《常享祝文》(後孫國述)：「惟我先生，東國儒宗。與世不遇，此山甘終。遺像在堂，舊廢新崇。敢以吉辰，黍稷是恭。」

正祖御製，華城校宮致祭時《文昌公祝文》：「鳳巖秀精，北學中原。廣拓藩墻，舌耕翰垣。東文之倡，公實爲宗。始觀于華，先侑盎鍾。」

桂林祠移建時《告由祝文》(後孫鍾奭)：「惟我東方，僻在海外。檀箕世遠，人文貿貿。先生乃降，首闢鴻濛。星斗文章，華夏令名。炳幾高蹈，心閒義精。七分遺像，載高載清。瞻者起敬，矧爾云仍。久奉塵龕，每懷凜悚。載建新廟，于達之洞。宮墻蕭灑，山水麗明。卜吉虔奉，襟珮鏘鏘。其始自今，是妥是安。惠我文明，於千萬年。」

狼山讀書堂《遺墟碑》(李源祚識)：「先生羅代人，世遠無得以詳。尚論者曰：『先生以學則躋聖廟，以文則主詞盟，以生則伯夷之避世，以迹則子房之託仙。』先生果何如人也？嗚呼！先生嘗入中國，登制科，與晚唐諸匠相頡頏。《黃巢檄》一句，至傳頌口碑。及東還，值羅運訖。見幾高蹈，雲遊物外。凡域內之以名山稱者，皆得先生而著焉。先生眞天下士也！一隅東國，尚不足囿先生，况區區一州一里之小乎？雖然，立鄭公之鄉，起顏樂之亭，必於其所生長之地。按州志，先生古宅在本彼部味呑寺南，上書庄在金鰲山北蚊水上。東都地靈之鍾，果不偶也。矧聲明之所肇基，雲仍之所傳守，豈可泯沒乎哉？州東狼山，有讀書堂遺址，古井尚存。仍舊礎而堂，爲肄業之所。後孫悳衍甫，始圖立石以表之，諸宗人合議而成其志，請余識。余惟先生之大天下而國，國而州，州而里，里而堂，誠不足有無焉。而自堂而里、而州、而國、而天下，則先生之事業文章，未必非發迹於是。爲先生後者，其敢不勉諸？」

《柏淵祠》（黄景源記）：「翰林侍讀學士、兵部侍郎、知瑞書監事、文昌崔公孤雲廟，在咸陽柏淵之上。世傳公嘗守天嶺，有遺愛。天嶺於今爲咸陽，故府人立公之廟以祀之。公諱致遠，幼入唐，舉乾符元年及第，爲侍御史內供奉，賜紫、金魚袋。黄巢叛，都統高駢辟從事。光啓元年，充詔使，歸事金氏，爲翰林侍讀學士、兵部侍郎、知瑞書監事。乾寧元年，上十事，主不能用，乃棄官入伽倻山以終。按國史，公歸本國二十一年，左僕射裴樞等三十八人，坐清流死白馬驛，唐遂亾。又二十九年，金氏國滅。蓋此時公既隱矣，豈見天下之將亂，知宗國之必亡，超然遠去，避世而不返耶？豈其心不臣於梁，又不臣於王氏，遂逃於渙山之中耶？方高駢之擊黄巢也，公慷慨爲駢草檄，徵諸道兵，名聞天下。巢既滅，奉詔東歸。使公終身仕於唐，則惡能免淸流之禍乎？雖不免，必不屈志辱身而朝梁庭矣。慶州南有上書庄，世稱公上書王氏。然王氏始興之際，公誠上書陰贊之，則何故避世獨行，終老於山澤之間，而不肯仕也？王氏中贈文昌侯，祀國學，世以爲榮，而不知公之高節不事王氏也，可勝歎哉！孔子曰：『伯夷、叔齊餓於首陽之下，民到今稱之。』使殷不亾，則二子不餓而死矣。餓而死者，潔其身也，故天下稱之不衰。自公之去，以時考之，則金氏蓋已亾矣。此其志亦潔其身，與二子無以異也。今上二十一年，某侯出守咸陽府，拜公之廟。爲率府人，因其遺址而改修之，屬余爲記。夫國學祀公久矣，於府治，何必立廟？然既有公之遺蹟，亦可以百世不廢矣，於是乎書。」

《泰仁流觴臺碑》（趙持謙記）：「泰仁郡即新羅之泰山郡，文昌侯崔公舊所莅也。郡南七里許，巖石盤陀，巖下流水環廻。文昌每觴詠於斯，倣逸少故事，至今父老相傳焉。臺歲久荒廢，余友趙使君子直，視篆之暇，逍遙乎臺上，悠然有曠世之感。累石增築，立小碑以識之，屬余爲記。頃年，余爲吏楓岳下，地稱神仙窟宅，思一修飾而未暇，及子直其多乎哉！余惟先生，生星一周，涉海萬里，未弱冠擢大唐巍科，踐霜臺入金門，天下已爭知之。及其從事轅門，磨墨楯頭，使販鹽老賊，魄褫膽落，眞所謂賢於百萬師矣。以其高才盛名，捲而東還，推出緒餘，亦足以維持一邦。顧乃沉淪銅墨，若梅子眞，終焉浮遊方外，自託於羨門之屬，何也？噫！公之生世不辰，入中華則亂離瘼矣，歸故國則危亡兆矣。道不可行，身且難容，以此飄然遐舉，蟬蛻棼濁。誦紅流一絕，未嘗不三復，歎憐其志焉。想其婆娑徜徉於是地也，感慨繼之者，豈但俛仰間陳迹而已哉？公之清風逸韻，溢於宇宙之間，而知公志者蓋亦尠矣。夫地之重與輕、顯與晦，未嘗不由於人。古人有言：『蘭亭茂林，不遇逸少則不傳。』余亦云：是臺水石，得文昌而始彰。而千有餘年，又得子直增修而表揭焉。茲豈非有待於其人歟？

不知是後繼子直而修者，又誰也？」

《青鶴洞碑》（鄭弘溟銘）曰：「若高麗、百濟、新羅，國雖一域；粵有蓬萊、瀛洲、方丈，山則三神。積氣扶桑，篤生奇異。嗚呼！檀木之眞人一去，空餘太白之山；東明之麟馬不返，只有朝天之石。上古之玄風已遠，長生之秘計無傳。而況國徒尚干戈戰爭，論詩作賦之士，寥寥不聞；人不知道德文章，走馬控弦之輩，滔滔皆是。吾其左衽矣，海東無章甫之儒；文不在兹乎，嶺南降瑚璉之器。勵鋩刃於學海，樹旗幟於詞林。公姓崔諱致遠，號孤雲。生應天命，家有祥瑞，陸出蓮花，質稟海嶽。才超秦漢，學《堯典》、《舜典》之文章；禮變齊梁，振《周南》、《召南》之雅頌。光熖萬丈，若列明月之珠；律呂相和，似奏匀天之樂。動蛟龍於紙上，集風雨於毫端。渤海波濤，仍健筆而益壯；扶桑日月，得高名而重光。僻處三韓，每歎山河之隘；仰視八極，欲窮宇宙之寬。豈居陋巷柴門，將展桑弧蓬矢。東浮滄海，卻逐漢使之槎；北學中原，叜悅周召之道。始知冀郡有馬，莫謂秦國無人。魯庭經過，慕季札之觀樂；蜀橋來渡，學相如之題名。齒雖弱冠，才雄多士。天門射策，紫極之皇帝知名；幕府飛賦，綠林之盜賊屈膝。聲聞四海，石友贈儒宗之歌；飛上九天，金丞遷翰林之職。顧非王仲宣之士，仍奏楚執圭之吟。（缺）國人歎無奇才，女主授以貴職。值國朝之多艱，恨我生之不辰。吾道未展，所蘊難伸。列宿高峯，往來於銀河巫峽；青松黃葉，歎息於鵠嶺雞林。閶闔浮雲，空流賈生之涕；風塵世俗，誰知伯牙之音。燈前萬里之心，物外千山之夢。紅塵眯目，挂衣冠而長歸；紫芝療飢，向林泉而高卧。一溪松竹，半掩月影之臺；萬壑烟霞，遥連青鶴之洞。卻忘物我，正如伏羲之民；不知死生，恍在華胥之野。登高邱而清嘯，臨碧流而長歌。彼何人斯，吾喪我也。心通〔缺〕。雲山古迹，不沒上書之庄；樂府遺音，尚傳伽倻之曲。嗚呼！上自公卿宰相，下至士庶兒童，莫不誦先生之姓名，想先生之風彩。若非道德過人者，安能景慕如是乎？惟我國家，接于遼羯，若稽自古，爲文幾人？朴堤上之忠誠烈士而已，金庾信之英傑〔缺〕則無。惟先生，通塞遏之詞源，闢荒昧之學海。掛秦鏡於宫殿，五臟皆見；揮禹斧於山川，九州始定。東方之氣習一變，國以扶持；北極之星辰為宗，人皆瞻仰。是以配公于聖人廟，謚公以文昌侯。流聲千萬餘年，比肩七十高弟。慕先聖德，至今祀之；使後世知，其誰功也？余濠梁秋水，憶莊生之胷襟；穎川清風，夢許由之氣像。讀劉向傳，誦屈原辭。石門嵯峨，撫古今而長歎；雙溪清淺，訪隱逸之遺蹤。先生之風，山高水長。」

桂林祠移建，後孫國述《上樑文》：「先生之道學文章，明並乎古今日月；先生之聲名儀範，光動于中外山川。舊堂重新，遺象永妥。伏惟我文昌先生，稟純一之氣，抱兼萬之才，生長於檀箕仁禮之邦，問學於孔孟聖賢之域。幼涉鯨海，心佩親訓之重嚴；賓貢龍門，身致帝國之榮貴。衣耀紫袋，一時之賢士大夫皆爲讓頭；筆破黃巢，千壘之猛將勇軍莫不褫魄。横行天下而無敵，發明海外之有人。適值內寺擅權，且柰外藩弄器，進取之意漸薄，歸覲之恖益深。始理裝於淮海之間，丹綸降惠；叜侑酌于巉山之下，青囊告功。背後之濃霧宿烟，十七年羈愁暫息；眼前之順浪孤嶼，數萬里鄉夢初醒。依舊雞林，是父母之樂國；受新翰苑，庶君臣之良鄰。既多學於西遊，宜展蘊於東返。竊歎衰世之尚佛，不知大道之在儒。是以逢疑，久出在於外郡；雖或進務，每見忤於當朝。至於撰佛銘而涘戒影風，因以格君心而懇陳仁孝，此乃苦心礪志，必欲行道立身。其如世不相遇何，莫非時有可止也。乃著經學以示意，心性仁義累十百言；自放山水而遯名，江海湖嶺幾千餘里。嗚呼！得於中者，若非不知不慍；傳於後者，豈可有威有儀？聖廡既躋，朝家右文之典盛矣；儒苑自在，士林慕賢之誠涘焉。雖然於後孫如在之心，未忩乎先祖如在之貌。爰有眞綃古簇，以安本祠崇龕。玉貌雲鬢，出於傳神之手；金冠霞帶，儼然君子之容。粵在掇廢貳院之餘，乃敢移奉九堂之夾。壁卓狹隘，果脯奠謁難安；門財窘綿，棟宇營建未易。苟如是而延托，則妥靈之所無日可成。遂不謀而經始之，闔族之論同時相應。開吉址於北隈，左右獻奇；輸美材於西城，大小適用。治屋不必侈麗，只可禮數周旋；薦豆惟貴潔精，宜其誠意齊整。聊將一語，庸贊六章：兒郎偉，抛樑東，扶桑朝日上輪紅。金門射策千年後，猶見錦袍一色同。兒郎偉，抛樑西，淮海雲煙入眼低。恰似當年投檄日，黃巢軍卒走城堤。兒郎偉，抛樑南，琴湖環抱碧千潭。長流不盡云何似，東國文源此可諳。兒郎偉，抛樑北，崢嶸公嶽撑天極。清高氣像眞如許，萬古蒼蒼不變色。兒郎偉，抛樑上，森羅列宿共相向。就中有一輝煌者，也是奎星精彩放。兒郎偉，抛樑下，藻蘋黍稷盈於野。子孫歲歲修香供，應有精靈如水瀉。伏願上樑之後，山水高長，門戶昌大。文以博，禮以約，喜多士之依歸；春而烝，秋而嘗，祈千禩之勿替。」

《清道影堂》（盧相稷記）：「先生以新羅憲安王二年丁丑生，十二歲隨商舶入唐。唐僖宗乾符元年甲午，登制科，時年十八。調宣州溧水縣尉，遷侍御史内供奉，賜紫、金魚袋。己亥，黄巢作亂，淮南節度使高駢爲兵馬都統以討之，辟先生爲從事，委以書記之任。先生作檄文，巢讀至『人恖顯戮，鬼議陰誅』之句，不覺墜牀下。由是名震天下。年二十八，有歸寧之志，帝命充詔使東還。新羅憲康王留拜侍讀翰林學士，守兵部侍郎，知瑞書監事。時羅政日衰，先生不樂登朝，乞外爲太山、富城等郡太守。眞聖主七年癸丑，命以賀正使如唐，道梗不得行。又出守天嶺、義昌等郡，尋挈妻子入伽倻山以終。此則先生顛末之載史牒者也。慶州有上書庄，禮安有讀書庵，咸陽有學士樓，昌原有月影臺，陜川有紅流洞，此則遺躅之所宛然也。從享夫子廟，賜額『西岳武城之院』，咸陽、永平之士，亦皆尸祝。此則精靈之所如在也。倡文學之功，武陵書告于晦齋；尋寶訣之詠，退陶增思于儒宫。萬古白日，龜巖誦斯文相傳；葉葉風聲，鶴峯示諸生有作。此則公論之所不衰也。世之慕先生者，有不待眞像而覯其彷佛。然苟欲仰其風儀之美，則眞固不爲無助也。海印有先生眞像，緇徒守之，謹一幅生綃，閱千載而淨完。鼇山之奇氣不沫，桂苑之筆花相暎，紅流若有響而耳不到是非。焚香竦瞻，塵慮自消。丙辰秋，後孫監察翰龍氏，移奉于道州之日谷。粤四年庚申，諸宗人閤而妥之。監察之子相秀，要余記其事。余問之曰：『先生大賢也，海印巨刹也。子之先人，亡國之一孤臣也。彼諸僧何所畏於孤臣，讓寺中第一眞幀，而使之輿歸乎？』」相秀曰：『唯唯否否。先人自庚戌以來，屢有書于督府，屢拘幽于酋獄。僧或義之，而俾有以盡其追遠之誠者歟？』」余又問曰：『先生嗜山水，生死不離名區，一朝就遠孫之養，而捨伽倻形勝，眞或無不悅色耶？』若然，有一道焉。峯曰吹篴，瀨曰吟風，臺曰遊仙，皆先生所愛。而在海印洞口，須摹揭閣壁，且須收聚《四六集》、《桂苑筆耕》、《經學隊仗》及《文集》三十卷，藏于閣中，使諸子孫及後進之來拜者，知先生爲學之方，然後方能知先生所嗜，不專在於山水也。』」

祠院：慶州西岳書院，泰仁武城書院，晉州南岳書院，陝川學士堂（影堂），大邱桂林祠（影堂），咸陽柏淵祠，河東影堂，昌原影堂，瑞山富城祠（影堂），韓山道忠祠，清道影堂，蔚珍影堂，永平影堂，抱川影堂。

〔校記〕

〔一〕此據韓國成均館大學《崔文昌侯全集》（漢城，一九七二）所附《孤雲先生事蹟》校錄，當為崔國述編刊《孤雲先生文集》時所輯。

〔二〕吾兒：《三國史記》卷四六作「吾子」。

〔三〕公至唐，尋師力學：《三國史記》卷四六作「致遠至唐追師，學問無怠」。

〔四〕以唐僖宗乾符元年甲午：《三國史記》卷四六無「以唐僖宗」四字。

〔五〕時年十八：《三國史記》卷四六無此句。

〔六〕溧：底本作「漂」。按：俗寫「栗」、「票」不拘，《敦煌俗字典》「溧」字條收錄此形。兹據《三國史記》卷四六改為通行字體。下徑改不另出校。

〔七〕辟公爲從事巡官委以書記之任：《三國史記》卷四六作「辟致遠為從事，以委書記之任」。

〔八〕其表狀書啓徵兵告檄皆出其手：《三國史記》卷四六作「其表狀書啟，傳之至今」。

〔九〕自傷不遇：《三國史記》卷四六作「自傷不偶」。

〔一〇〕陜川：《三國史記》卷四六作「陜州」。

〔一一〕合浦月影臺：《三國史記》卷四六作「合浦縣別墅」。

〔一二〕隱負自高：《三國史記》卷四六作「隱負才自高」。

〔一三〕大師：《三國史記》卷四六、《孤雲先生文集》卷一作「太師」。

〔一四〕弁韓：《三國史記》卷四六、《孤雲先生文集》卷一作「卞韓」。

〔一五〕十道强兵：《三國史記》卷四六作「十萬雄兵」。

〔一六〕莅：底本作「苙」，訛俗字，徑改。

〔一七〕帝大怒：《三國史記》卷四六、《孤雲先生文集》卷一作「明皇帝大怒」。

〔一八〕太僕郎：《三國史記》卷四六作「太僕卿」，《孤雲先生文集》卷一作「大僕卿」。

〔一九〕充寧海郡事雞林州大都督：《三國史記》卷四六、《孤雲先生文集》卷一作「充寧海軍事雞林州大都督」。

〔二〇〕楊州：《三國史記》卷四六作「揚州」。

〔二一〕已前：《三國史記》卷四六作「以前」。

〔二二〕《三國史記》卷四六、《孤雲先生文集》無「幸甚」二字。

〔二三〕簒：底本為訛俗字（「目」減筆作「日」）。按：《筆耕錄》卷一《賀收復京闕表》「簒臨寶位」的「簒」，日本國會本亦作此形。

〔二四〕誦：底本作「誦」，訛俗字，今改為通行字體。下同，不另出校。

〔二五〕候：底本作「侯」，俗寫二者無別，今改為正體。

〔二六〕峽：底本作「峽」，異構字。按：此形鮮見，字典、俗字典均未收錄，今改為通行字體。下不另出校。

〔二七〕戌：底本作「戍」，訛俗字，今改為通行字體。下同，不另出校。

〔二八〕太：底本作「大」，俗寫二者無別，兹改為今字。

〔二九〕少：底本作「小」，俗寫二者不拘，徑改。

〔三〇〕欄：底本作「攔」，俗書「欄」、「攔」無別，今改為通行字體。

〔三一〕篴：底本作「篴」，訛俗字，今改為通行字體。下同，不另出校。

〔三二〕瀑：底本作「瀑」，異構字，今改為通行字體。下同，不另出校。

〔三三〕瀑布：底本作「瀑沛」，「沛」乃「布」字之俗寫，今改為通行字體。

〔三四〕橋：底本作「槗」，訛俗字，今改為通行字體。

〔三五〕合包：《孤雲先生續集》作「包含」。

〔三六〕孝於親：《孤雲先生續集》作「孝於家」。

〔三七〕忠於君：《孤雲先生續集》作「忠於國」。

〔三八〕筑乾：《孤雲先生續集》作「竺乾」。按：二者義同。「竺乾」亦作「竿乾」，即天竺，印度的古稱。《弘明集・正誣論》：「老子即佛弟子也。故其經云：『聞道竺乾，有古先生，善入泥洹，不始不終，永存緜緜。』竺乾者，天竺也。泥洹者，梵語，晉言『無爲』也。若佛不先老子，何得稱先生？」筑：底本作「筑」，俗別字，今改為通行字體。

〔三九〕密贊麗業：《三國史記》卷四六作「密贊祖業」。

校印《桂苑筆耕集》序〔一〕

洪奭周

《記》有之曰：「酒醴之美，而玄酒明水之尚〔二〕，貴五味之本也；黼黻文繡之美，而疏布之尚，反女功之始也。」古之君子，必重其本始如此。吾東方之有文章，而能著書傳後者，自孤雲崔公始。吾東方之士，北學于中國，而以文聲天下者，亦自崔公始。崔公之書傳于後者，唯《桂苑筆耕》與《中山覆簣集》二部。是二書者，亦吾東方文章之本始也。吾東方以文爲尚，至我朝益煥以融，家燕、許而戶曹、劉，以詩若文成集者，無慮充棟宇矣，而顧鮮有知崔公之書者。余嘗見近代人所撰東國書目，有載《中山覆簣集》者，偏求之，終不可得。唯《桂苑筆耕》二十卷，爲吾家先世舊藏，自童幼時知珍而玩之，然間以語人，雖博雅能文而好古者，亦皆言未曾見。然則是書也，幾乎絕矣。使是書不行于東方，是玄酒不設于太室，而疏布不羃于犧罇也，豈所以教民不忘本哉？世或謂公文皆駢儷四六，殊不類古作者。公之入中國，在唐懿、僖之際，中國之文，方專事駢儷，風會所趨，固有不得而免者。然觀公所爲辭，往往多華而不浮〔三〕，如《檄黃巢》一篇〔四〕，氣勁意直，絕不以雕鏤爲工。至其詩，平易近雅，尤非晚唐人所可及。是蓋以明水疏布之質，而兼有乎酒醴黼黻之美者，豈不彌可珍哉？公在中國，取科第、入軍府，亦既已聲施當時矣，而一朝去之如脫屣。及歸東方，躋翰苑、貳兵部，以至阿飡。阿飡者，新羅大官。其顯用方未已也，而顧又自放於山林寂寞之濱，以終老其身而不悔，蓋度其時之皆不可有爲也。士君子立身蹈道，莫有大乎出處之際，出處而不失其時，非賢者不能也。賢者之作，固不可使其無傳，況其文傑然如彼，而又爲東國文章之本始者哉？湖南觀察使徐公準平，即余所稱博雅能文而好古者也，聞余蓄是書，亟取而校之，捐其俸，搨以活字，得數十百本，用廣其傳，曰：「不可使是書絕于東國也。」嗚呼！不忘本始，教民厚也；表章賢人，勸民善也。徐公之用心也如此，其所以爲政於湖南者，亦可知已。役既完，徐公屬余曰：「子實傳是書，今不可以靳一言。」余辭不能得。若崔公之蹟行本末，與是書之可備攷證者，徐公之序詳之矣，余無所復贅云。

甲午九月，大匡輔國崇祿大夫議政府左議政豐山洪奭周序。

〔校記〕

〔一〕此據韓國成均館大學大東文化研究院一九七二年編刊《崔文昌侯集》影印朝鮮徐有榘木活字本《桂苑筆耕集》校録。

〔二〕玄：潘仕成海山仙館叢書本避清諱作「元」。又，引文出自《禮記・郊特牲》。

〔三〕往往：底本作「迬迬」。按：「迬」、「往」古今字。《玉篇・辵部》：「迬，古文往。」

〔四〕檄黃巢：潘仕成海山仙館叢書本題作《檄黃巢書》。

校印《桂苑筆耕集》序〔一〕

徐有榘

《桂苑筆耕集》二十卷，新羅孤雲崔公在唐淮南幕府時公私應酬之作，而東還之後手編表進于朝者也。公名致遠，字海夫，孤雲其號也。湖南之沃溝人。幼穎慧絶倫。年十二，從商舶入中原。十八擧進士第。久之，調溧水縣尉，任滿而罷。時值黃巢之亂，諸道行營都統高駢開府淮南，辟公爲都統巡官。凡表狀文告，皆出公手。其討《黃巢檄》，天下傳誦。奏除殿中侍御史，賜緋魚袋。後四年，充國信使東歸，事憲康王、定康王〔二〕，爲翰林學士、兵部侍郎，出爲武城太守。眞聖時，挈家入江陽郡伽倻山以終焉〔三〕，葬在湖西之鴻山。或謂公羽化者，妄也。夫以海隅偏壤之産，而弱齡北學，取科宦如拾芥，終以文章鳴一世，同時賓貢之流，莫之或先，豈不誠豪傑之士哉？若其居幕數載，知高駢之不足有爲，呂用之、諸葛殷等之誕妄必敗，超然引去，去三年而淮南亂作，則又有似乎知幾明哲之君子。其人與文，要之可傳不可泯者也。據《進表》，是集之外，復有今體賦一卷、今體詩一卷、雜詩賦一卷、《中山覆簣集》五卷。《唐藝文志》則稱《桂苑筆耕》二十卷、《文集》三十卷〔四〕。而他皆不傳，唯是集屢經鋟印，板刻舊佚，搨本亦絕罕。癸巳秋，余按察湖南，巡到武城，謁公書院，裴徊乎石龜流觴臺之間，俛仰遺躅〔五〕，有餘嘅焉。會淵泉洪公以是集寄曰：「此近千年不絕如綫之文獻耳，子其無流通古書之思乎？」余如獲拱璧，懼其愈遠而愈佚也，亟加証校，用聚珍字擺印，分藏諸泰仁縣之武城書院、陝川郡之伽倻寺。嗟乎！名醞之坊，必題杜康；良劒之鍔，必標歐冶，爲其不忘本始也。我東詩文集之秖今傳者，不得不以是集爲開山鼻祖，是亦東方藝苑之本始也，庸詎可一任其銷沉殘滅而不之圖哉？東還後，著作散逸無傳，唯有梵宮祠墓之間，披林藪，剔苔蘚，尚可得十數篇。彙附原集，剞劂壽傳，余竊有志而未遑云。按史稱中和二年正月，王鐸代高駢爲諸道行營都統，五月加高駢侍中，罷鹽鐵轉運使。駢既失兵柄，復解利權，攘袂大詬，上表自訴，言辭不遜，上命鄭畋草詔，切責之。今考集中，有《謝加侍中表》，巽辭引咎而已，無一語激忿勃謾。又有《謝賜宣慰表》云：「仰睹綸音，深嘉秕政〔六〕，師徒輯睦，黎庶安寧。」其假借慰奬也，若是之慇摯。史所謂「草詔切責」者，無乃非當時實録也歟？又按中和紀年，止於四年，而公進表年月系以中和六年，蓋公以中和四年十月浮海，翌年春始抵國，又翌年編進是集，而前一年之改元光啓，容或未聞知也。

歲在閼逢敦牂中元，達城徐有榘書于湖南布政司之觀風軒中。

〔校記〕

〔一〕此據韓國成均館大學大東文化研究院一九七二年編刊《崔文昌侯集》影印朝鮮徐有榘木活字本《桂苑筆耕集》校錄。
〔二〕定：《國譯孤雲崔致遠先生文集》誤作「憲」。
〔三〕江陽：《國譯孤雲崔致遠先生文集》誤作「江襄」。
〔四〕三十卷：潘仕成海山仙館叢書本作「十卷」。
〔五〕遺躅：《國譯孤雲崔致遠先生文集》誤作「遺躅」。
〔六〕秕政：潘仕成海山仙館叢書本脱此二字。

《孤雲先生文集》編輯序〔一〕

崔國述

文者，道之華，事之蹟。道有升沉，事與時遷，隨所遇而異其辭，乃勢之自然也。是以典謨降而誥命行，風雅息而詞騷作，春秋止而史傳繼出。以其章句而求之，先秦兩漢已有體裁，力量之不相等；就其實而要其歸，則子美詩得三百之旨，孔明表有伊訓説命之意。然則文不在乎言語句讀之間，惟在於義理得失之如何耳。伏惟我孤雲先生，東國文學之祖也。幼而北學，早登魁第，而天下之士莫敢爭先。蓋其才德，間世一人而已。宜黼黻皇猷，經緯宇宙，以續三代不傳之緒。而適值宦寺執内，藩鎮擅外，非復有行道之望於中土，乃還歸本國。時王甚敬重之，若將與有爲於治。天運否塞，王又晏駕，况國俗重佛教，而不知有儒道。進不能容，退無可施之地，遂放於山水而終。尼父之浮海，孟氏之不得而退，是豈盡本旨也哉？噫！生於千載之後，欲求彷彿乎千載之上，則非文無以爲徵。世或以綺麗短先生，撰佛詆先生。然晚唐文法，自有定制。凡百需用，非四六則不得行。此其所以不可不從也。且當羅季，所與促膝接吻〔二〕，無非法家流。而君有重命，力辭不獲，則竟安得不作佛文？猶眷眷以儒自明而内懷憂懼，兼陳諷諫之語。讀之者，亦當想其時而見其志，不可泥於言而疑其非古也。若求古言於今人之作，則補華黍，續湯征，果皆能無媿於本經耶？與其有意古作而不得古，不若因用時語而寧不失古人之義。觀夫《檄黄巢》而使之歸化，功不下於格苗征葛之誓；贈樂官而與之垂淚，悲更多於黍離麥秀之歌。《年代曆》則象日月之遺典，《輿地説》則導山水之餘謨。語王者之德而先以仁孝，請學生之業而惟曰禮樂。此乃先生之得於中者，皆古聖人傳授心法也。其著於文而嘉惠後人，必不爲不多。世代寖遠，存者無幾，從何而可徵先生之道歟？今所傳者，只有《桂耕集》、《經學隊仗》，其他若干則散出無紀，不便讀閲。余乃捜拾於樂府、文選、野史、僧傳，僅得三編二卷〔三〕。竊嘆耳目之不能多及也，幸有博雅君子，不惜廣採而備悉之，則不但爲此役之光，其於尊賢慕道之地，不覺滚賀萬萬云爾。

時旃蒙赤奮若林鍾月金藏之日，後孫國述謹書。

〔校記〕

〔一〕此據韓國成均館大學大東文化研究院一九七二年編刊《崔文昌侯集》之《孤雲先生文集》校録。

〔二〕膝：底本作「䣛」，異構字。吻：底本作「吻」，訛俗字。

〔三〕卷：底本作「弓」，異構字。清章學誠《文史通義・内篇・篇卷》：「道書稱弓，即卷之别名也，元人《説郛》用之。」

《孤雲先生文集》重刊序〔一〕

盧相稷

世之論新羅者，於山必曰頭流、伽倻、清涼，於水必曰東溟、東洛，於人必曰文昌崔先生。蓋國之爲國，有名山、名川、名人，而後可以擅地靈而彰皇猷也。之三者，亦相須而成其美也。得名山川鍾毓之厚，而先生生焉。先生之於名山川，不能無意焉。然非先生自爲，天爲之也。使先生終有遇於唐，則先生爲唐人而止；又使有遇於羅，則先生之迹，不暇徧於名山川也。未弱冠而射策金門，廿三歲而筆挫浙賊，天子賜以魚袋，天下誦其文章。方是時，世皆知爲唐之孤雲，豈圖復尋其懸弧之國哉？先生已知幾，不欲居亂邦，乃於銀河列宿之年，作爲奉詔錦還之人。羅之幸福大矣！然羅褊邦也，豈能容四海第一人物？疑忌者漸朋興焉，先生所以再不遇也。雖然吾不以先生之不遇爲恨，而悼其遭値之不辰也。唐之興，歷十九帝而碭山之俘虜承寵；羅之三姓傳四十九王而菩提之堂斧荐起，淫恣之女弟當阼，豈先生隻手所能持扶哉？既不能安於朝廷，則海雲臨鏡月影，足以紓孤臣憤慨之懷。頭流巖門示廣濟之志，清涼碁板觀勝敗之數，伽倻流水聾是非之聲。於是而知先生之不幸，爲山川之遭遇也。歷年既久，聲徽頗湮。人但以影響自揣，以「黄葉青松」謂爲麗王上書，麗之後王亦謂之「密贊祖業」，躋之聖廡。若然，洪、裴、申、卜四功臣，當先於先生矣。從祀，大禮也，非王自專，而羣臣之議有定。至麗祀羅賢，微先生，無以當之。先生實東方初頭出之文學也。三千里內禮義之俗，先生實倡發焉。人或以先生文句往往有梵語爲疵，然俗之所尚，聖人或不免焉，獵較是也。先生豈眞佞佛者哉？先生之學，以四術六經仁爲本孝爲先爲宗旨。辨沈約「孔發其端，釋窮其致」之語，則曰：「佛語心法，玄之又玄。終類係風，影難行捕。」限老佛之爲異道，則曰：「麟聖依仁乃據德，鹿仙知白能守黑。更迎佛日辨空色，教門從此分堦堿。」擯子房從赤松之說，則曰：「假學仙有始終，果能白日上升去？止得爲鶴背上幻軀。」以此三言而推之，先生之所願，學孔子也。所棲而與緇流相混者，高遯之術也。一朝早起，林間遺屨者，示不復生在人間而已，寧有佗哉？佔畢先生，世上但云尸解去，那知「馬鬣在空山」之句，足以破千古之惑也。先生著《經學隊仗》一書，發明性理，暗先相孚於宋儒之論，而俗皆不嗜，故先生亦不屑以示人。麗之時，誦佛益甚，不但不讀《隊仗》，亦鮮讀先生詩文。惟《四山碑銘》一卷〔二〕，播在四方，於此而求彷佛焉。故人不知眞孤雲先生矣。至我朝濯纓發執杖屨之願，愼齋歎倡文學之功，李子許西岳之設，猶未見《隊仗》。此則先生之又不遇於堯夫也。餘人之紛紜雌黃，尚不息於佛銘，而實不知衛道闢異之功，在佛銘之中也。昌黎爲大顚留衣〔三〕，而佛骨之表猶爲萬古昌言。先生爲佛作銘，而斥佛之意，闇然而章焉。後孫國述君，積年蒐求遺文，而出貨以付剞劂者，欲令世之人，知先生之爲佛作銘，皆所以恭承君命而以寓諷諫之義也。優遊山澤，終身不返，非欲與勝區相遇，惟恐忝迹於王氏之朝，始與麋鹿爲友，竟鴻飛於冥冥也。《桂苑筆耕》、《經學隊杖》，已各爲一書而刊布。《四六集》無以求。此卷所載，草草如此，後學之所共恨也。

丙寅六月下浣，後學光州盧相稷謹書。

〔校記〕

〔一〕此據韓國成均館大學大東文化研究院一九七二年編刊《崔文昌侯集》之《孤雲先生文集》校錄。

〔二〕卷：底本作「弓」，異構字。

〔三〕大顚：底本作「太顚」，俗書「太」、「大」不拘，兹改為正字。按：「大顚寶通禪師」，《祖堂集》卷五、《景德傳燈錄》卷一四、《五燈會元》卷五有傳。

重刊《孤雲先生文集》跋〔一〕

崔在教

先生著述諸帙，於唐載《藝文志》，於東載《藝文考》。未及載者，又屢萬言。而槩是開宸聰、扶正脈、斥異端之眞詮也。千載茫茫，日漸散落。此書所以汲汲圖成而要以窺型範也。噫！檀箕世遠，道義之説寥寥。先生乃興，始用力於經學，始從享於聖廟。東人皆創覩，故昧其説而議其事。甚至時君，而亦不知從享之舉由於經説，而謂之有密贊祖業之功，餘尚何説？在今日子姓之道，只欲蒐葺殘編而廣之四方。吾祖之邃學正論，善讀者將知之。族祖國述氏既編而且刊之，在教於是役，與有聞焉。兹敬識云爾。丙寅立秋節後孫在教敬識。

〔校記〕

〔一〕重刊本《孤雲先生文集》原有此跋，韓國成均館大學大東文化研究院一九七二年編印《崔文昌侯集》時將其删落。此據《韓國文集叢刊》第一輯（韓國景仁文化社，一九九〇）影印之《孤雲先生文集》校録。

新羅崔致遠生平著述及其漢文小説《雙女墳記》的創作流傳

李時人

崔致遠（八五七—？）是對中國與朝鮮半島文化交流作出傑出貢獻的人物。唐懿宗時，十二歲的新羅少年崔致遠渡海赴唐土留學，十八歲考中進士，二十歲起獲委宣州溧水縣尉三年，後又入淮南節度使、諸道行營兵馬都統高駢揚州幕，先後任館驛巡官、都統巡官職務四年。二十八歲時以唐使節身份歸新羅，拜侍讀兼翰林學士、守兵部侍郎、知瑞書監，僅一年多，因遭疑忌，出為太山郡、富城郡太守六年。復被召入朝，任「阿飡」六年。四十二歲被免官，後終老于山林。

崔致遠雖然不是朝鮮半島高麗王朝以前留學中國的第一人，却是在漢語寫作方面取得成績最大、對後世影響亦最大的一位。其在唐土即以善文辭稱，故高駢曾「專委筆硯」。其《桂苑筆耕集》二十卷，主要收其在高駢幕府中所作詩文，為朝鮮半島現存最早的一部個人詩文集。回新羅後又繼續從事漢語寫作數十年，有大量著述流傳。故後世朝鮮半島的學人皆尊其為東國漢語文學之宗。李氏朝鮮時徐有榘《校印〈桂苑筆耕集〉序》云：「我東詩文集之秪今傳者，不得不以是集為開山鼻祖，是亦東方藝苑之本始也。」〔一〕近世如一九四八年初版、一九九二年修訂的趙潤濟著《韓國文學史》亦有如下論斷：

崔致遠甚得後世韓國學者尊崇，一致公認他是韓國漢文文學的宗祖。但是，實際上韓國漢文學此前已有，只不過是到崔致遠這裡才完全形成。自崔致遠以後，漢文文學開始大規模發展，它對韓國的國文文學產生了巨大的影響，這尤其值得我們注意〔二〕。

在中國，崔致遠一直被視為新羅流寓作家。宋代歐陽修、宋祁等修《新唐書》，曾在《藝文志》中著録了崔致遠《桂苑筆耕集》二十卷、《四六》一卷。一九三四年出版的譚正璧撰《中國文學家大辭典》和一九九二年出版的周祖譔主編《中國文學家大辭典·唐五代卷》等皆收有《崔致遠》條目。

崔致遠一生生活於新羅和唐土兩地，其著述除《桂苑筆耕集》完整傳世，餘則散佚於中國和朝鮮半島。以往中國學人對崔致遠著述的瞭解，曾僅限於《桂苑筆耕集》。至清陸心源編《唐文拾遺》輯録其文，始於《桂苑筆耕集》之外的朝鮮半島古代漢籍《東國通鑒》等輯出佚文四篇〔三〕。近年又有一些有關論著提及崔致遠散見於《東文選》等古籍中的佚詩〔四〕。但崔致遠還有數量不少的著述，比如崔致遠後裔崔國述所輯之《孤雲先生文集》三卷及佚名輯《孤雲先生續集》一卷——其中多崔致遠歸新羅以後的作品，亦收有《桂苑筆耕集》之外在唐土的作品——就很少有中國學人注意到〔五〕。因此，中國有關文史工具書對崔致遠的介紹，以及一些有關論文對崔致遠生平著述的論述就難免出現各種疏誤。

幾年前，我編纂《全唐五代小説》時，曾輯録了南宋張敦頤《六朝事蹟編類》卷下「雙女墓」條所引唐代文言小説《雙女墳記》的節文。當時雖然是作為佚名作品輯録的，但我頗疑這篇小説的原作者就是崔致遠，所以作了一條比較長的箋文加以説明〔六〕。最近，我有機會作進一步的考察，發現這篇漢文小説確實可以肯定是崔致遠年輕時在唐土的創作，全文尚比較完整地保存在李氏朝鮮時期的漢籍中。而這篇《雙女墳記》原作於唐土，應是崔致遠最具代表性的文學作品。

本文旨在在前人研究的基礎上，比較全面地考察崔致遠的生平著述，最後論述崔致遠《雙女墳記》的創作與流傳。

一、生平事蹟考略

中國文化很早就傳入朝鮮半島，並長時期保持着對朝鮮半島文化全面深刻的影響。據載，西元六世紀，新羅眞興王和高句麗嬰陽王時，已經開始學習中國，分別用漢字記錄本國的歷史。「三國時代」的百濟亦有《古記》。十世紀王氏高麗代興，仿宋朝置編修官修《實錄》。仁宗王構時又命金富軾（一〇七五——一一五二）仿中國的《史記》，編修紀傳體的史書《三國史記》五十卷，是為朝鮮半島現存的最早史書。《三國史記》卷四六（列傳第六）有《崔致遠傳》：

崔致遠，字孤雲，或云海雲，王京沙梁部人也。史傳泯滅，不知其世系。致遠少精敏好學，至年十二，將隨海舶入唐求學，其父謂曰：「十年不第，即非吾子也。行矣勉之！」致遠至唐追師，學問無怠，乾符元年甲午，禮部侍郎裴瓚下一舉及第。調授宣州溧水縣尉，考績為承務郎、侍御史內供奉，賜紫、金魚袋。時黃巢叛，高駢為諸道行營兵馬都統以討之，辟致遠為從事，以委書記之任。其表狀書啟，傳之至今。及年二十八歲，有歸寧之志。僖宗知之，光啟元年，使將詔書來聘，留為侍讀兼翰林學士，守兵部侍郎、知瑞書監事。致遠自以西學多所得，及來將行己志，而衰季多疑忌，不能容，出為太山郡太守。唐昭宗景福二年，納旌節使兵部侍郎金處誨沒於海，即差楹城郡太守金峻為告奏使。時致遠為富城郡太守，祇召為賀正使。以比歲饑荒，因之盜賊交午，道梗不果行。其後致遠亦嘗奉使如唐，但不知其歲月耳。故其文集有《上太師侍中狀》云：……（略）此所謂太師侍中，姓名亦不可知矣。致遠自西事大唐，東歸故國，皆遭亂世。屯邅蹇連，動輒得咎。自傷不偶，無復仕進意，逍遙自放山林之下、江海之濱。營臺榭，植松竹，枕藉書史，嘯詠風月。若慶州南山、剛州氷山、陜州青涼寺、智異山雙溪寺、合浦縣別墅，此皆遊焉之所。最後，帶家隱伽耶山海印寺，與母兄浮圖賢俊及定玄師結為道友，棲遲偃仰，以終老焉。始西遊時，與江東詩人羅隱相知。隱負才自高，不輕許可人，示致遠所制歌詩五軸。又與同年顧雲友善。將歸，顧雲以詩送別，略云：「我聞海上三金鼇，金鼇頭戴山高高。山之上兮珠宫貝闕黄金殿，山之下兮千里萬里之洪濤。傍邊一點雞林碧，鼇山孕秀生奇特。十二乘船渡海來，文章感動中華國。十八横行戰詞苑，一箭射穿金門策……」《新唐書·藝文志》云：「崔致遠《四六集》一卷、《桂苑筆耕》二十卷。」注云：「崔致遠，高麗人，賓貢及第，為高駢從事。」其名聞上國如此。又有文集三十卷，行於世。初我太祖作興，致遠知非常人，必受命開國，因致書問，有「雞林黄葉，鵠嶺青松」之句。其門人等至國初來朝，仕至達官者非一。顯宗在位，為致遠密贊祖業，功不可忘，下教贈内史令，至十四歲太平三年癸亥二月，贈謚文昌侯〔七〕。

本篇是後人所寫的第一篇崔致遠傳記，又載於史書，故後世多沿其說。然金富軾時代已距崔致遠二百餘年，隔朝異代，世事變遷，材料泯沒。所以這篇傳記雖然大體寫出了崔致遠的生平經歷，但其中多處語焉不詳，亦有一些模糊不清，或與其他載籍抵牾的地方。需要進一步考察、辨析和說明。

出生、籍里、家世　崔致遠於唐僖宗乾符元年（八七四）十八歲時在唐土考中進士（清徐松《唐登科記考》卷二三）。其《〈桂苑筆耕〉序》中言：「自年十二離家西泛……觀光六年，金名榜尾。」據此，其入唐時間當在新羅景文王金膺廉八年（行唐年號，懿宗咸通九年，西元八六八年）。以此上推，其生年當是新羅憲安王元年（行唐年號，宣宗大中十一年，西元八五七年）。

《三國史記·崔致遠傳》謂其為「王京沙梁部人」。徐有榘《校印〈桂苑筆耕集〉序》謂其為「湖南之沃溝人」。這兩種說法有很大的不同。新羅統一後分全國為九州，下設一百十七個郡，首都金城位於慶州，稱王京。崔致遠《上太師侍中書》曾言：「伏聞東海之外有三國，其名馬韓、卞韓、辰韓。馬韓則高麗，卞韓則百濟，辰韓則新羅也。」（《孤雲先生文集》卷一）則新羅是辰韓所建立的國家。據《三國史記·新羅本紀》記載，古代辰韓土地上有六個村落，一為閼川楊山村（後稱及梁部、中興部），二為突山高墟村（後稱沙梁部、南山部）……新羅初建時，據說即以這六村為中心，改稱六部，六村的貴族也就構成了統治新羅的貴族階層。新羅貴族分聖骨、眞骨、六頭品、五頭品、四頭品五個身份等級，不同等級的貴族擔任官職是有限制的。新羅貴族官分十七等[八]，屬於「聖骨」等級的貴族可以直到繼承王位，「眞骨」可以擔任從第五品位的「大阿飡」到最高品位的「伊伐飡」官職。從崔致遠後來被眞聖女主封為第六品位的「阿飡」官職，可知他應出身於新羅「六頭品」等級的貴族家庭，屬慶州人無疑。慶州在東海岸的廣尚北道。「湖南」指的是西海岸的全羅道（全羅南道、全羅北道），「沃溝」為郡名，屬全羅北道，其原為「馬韓」之地。兩者相距甚遠，不知徐有榘何有此說？

新羅國都金城有嵩福寺，為景文王金膺廉（西元八六一——八七四年在位）嗣位之初時所建。崔致遠在其所撰《大嵩福寺碑銘並序》中曾提到其父肩逸在「先朝結構之初」，任從事於都城（《孤雲先生文集》卷三）。《孤雲先生事蹟》引《家乘》云崔致遠「父諱肩逸」，或因此而來。金東勳在《晚唐著名詩人崔致遠》一文中說：「他的父親崔沖，曾作過新羅文昌令。」則未詳所據〔九〕。

《三國史記·崔致遠傳》云：「崔致遠，字孤雲，或云海雲。」然徐有榘《校印〈桂苑筆耕集〉序》則曰：「公名致遠，字海夫，孤雲其號也。」按古人取名取字的一般規律，似以字海夫、號孤雲為合理。疑《三國史記》之「海雲」為「海夫」之誤。除了號「孤雲」外，崔致遠還曾別署「桂苑行人」和「桑丘使者」。《孤雲先生續集》所收《上宰國戚大臣等奉為獻康大王結華嚴經社願文》結末署「中和二年桂苑行人崔致遠撰」，《大華嚴宗佛國寺毘盧遮那文殊普賢像讚並序》結尾署「光啟丁未正月八日桂苑行人崔致遠撰」；又，《王妃金氏為考繡釋迦如來像幡讚並序》結末署「桑丘使者崔致遠」。可證。

入唐、科考及任溧水縣尉　崔致遠於唐懿宗咸通九年（八六八）入唐，在唐學習六年，僖宗乾符元年（八七四）考中進士。這一科的主考官是禮部侍郎裴瓚，崔致遠一直與其保持著良好的關係〔一〇〕。

《三國史記·崔致遠傳》於「乾符元年甲午，禮部侍郎裴瓚下一舉及第」下緊接：「調授宣州溧水縣尉，考績為承務郎、侍御史內供奉，賜紫、金魚袋。」給人的感覺似乎是崔致遠上第後即任溧水縣尉，任滿後「考績為承務郎、侍御史內供奉，賜紫、金魚袋」。後世朝鮮半島高麗、朝鮮時代人在敍述崔致遠事蹟時往往是這樣理解的。但實際情況不可能是這樣。

崔致遠《〈桂苑筆耕〉序》自述其在唐行跡，在「觀光六年，金名榜尾」後云：「尋以浪跡東都，筆作飯囊……而後調授宣州溧水縣尉……」又，崔致遠乾符六年冬（八七九）所作《初投太尉啟》自述云：「自十二則別雞林，至二十得遷鶯谷，方接青衿之侶，旋從黃授之官。」（《桂苑筆耕集》卷一七）因知其十八歲中進士，二十歲任溧水尉，期間實有兩年時間。這兩年崔致遠主要居於東都洛陽，即所謂「浪跡東都，筆作飯囊」。崔致遠之所以兩年以後才被委官，是因為唐代進士及第只是取得「出身」，即任官的資格，但還不能算入仕，要授官還須經過吏部的考選，即所謂「釋褐試」。「釋褐試」一般在春暮舉行，由吏部員外郎主持。估計崔致遠是參加了乾符三年（八七六）春的吏部試後被委官的〔二〕。

乾符三年冬，崔致遠到宣州溧水縣上任。唐制，縣分上、中、下三等，溧水縣為上縣。上縣設縣尉兩人，官階從九品上（《新唐書》卷四四《職官志》）。唐朝實行錢本位的幣制，晚唐時，上縣縣尉的月俸是錢二萬，即二十貫（《新唐書》卷五五《食貨志》），另外還有其他一些雖不見於法令而被視為正當的收入，故崔致遠自稱「祿厚官閑」，並自詡「仕優則學」，不廢寫作（《〈桂苑筆耕〉序》）。

乾符六年（八七九）冬，崔致遠溧水縣尉任滿卸任，未有新的任命，因準備參加吏部的「宏詞」科考試，以謀出路。此即其《初投太尉啟》中所言的「乍離一尉，欲應三篇」（《桂苑筆耕集》卷一七）。後其致高駢的《長啟》亦言及：「前年冬罷離末尉，望應宏詞，計決居山，暫為隱退。」（《桂苑筆耕集》卷一八）恰本年十月，高駢因與黃巢作戰的戰功，由鎮海軍節度使升任淮南道節度副大使、知節度事並兼鹽鐵轉運使〔一二〕。崔致遠得以就近改為向高駢投啟獻詩，希望能從幕府求前程。

崔致遠溧水尉任滿，不可能因考績而獲「承務郎、侍御史內供奉，賜紫、金魚袋」。唐制，「承務郎」為唐文職散官名，從八品下；「侍御史」官階為從六品下（《舊唐書》卷四二《職官一》）。「侍御史內供奉」表示是定額以外的人員，帶有「同侍御史」官階的意思。而「賜紫、金魚袋」是唐代三品以上的服飾（《舊唐書》卷四五《輿服》）。儘管晚唐官銜品階和章服賞賜比較濫，但這些也不可能是一個縣尉通過考績所能獲得的。實際上這些都是崔致遠在入高駢幕府後高駢為其陸續奏請的。

在高駢幕府　溧水距淮南節度治所揚州很近，所以乾符六年冬崔致遠卸溧水尉後，得以很快進入了高駢幕府。在此之前，崔致遠的進士同年顧雲已加入高駢幕府，故崔致遠入幕當與顧雲有一定關係〔一三〕。但從《桂苑筆耕集》所保存下來的有關材料看，有一個「客將」在這其中亦起了重要作用。他不僅指點了崔致遠，也向高駢作了某種程度的推薦，崔氏所投獻的書啟和詩文也是他代為遞呈的。至三、四年後，崔致遠欲歸新羅，亦先與這位「客將」商量，說明這位「客將」其時還在高駢帳下

（《桂苑筆耕集》卷一九《與客將書》）。所謂「客將」應該指的是出身外蕃的軍官。《桂苑筆耕集》卷一四「舉牒」有《客將哥舒璫兼充樂營使》，這位幫助崔致遠的客將很可能就是這位哥舒璫〔一四〕。

經由這位客將，崔致遠向高駢遞呈了一封書啟，簡敘自己的經歷，並附上了五篇文章以及一百首七言詩（《桂苑筆耕集》卷一七《初投太尉啟》）。高駢在收到崔致遠的書啟和詩文後，對其有所餽贈，因此崔致遠再呈上一封長信，表示感謝和投效的意願（《桂苑筆耕集》卷一七《再獻啟》）。接著又呈上歌詠高駢事功的七言絕句三十首（《桂苑筆耕集》卷一七《獻詩啟》）。高駢於是同意崔致遠入幕，並委任其為「署充館驛巡官」。崔致遠從八品下的「承務郎」官銜應是這時取得的〔一五〕。

第二年，僖宗改元廣明元年（八八〇）。三月，朝廷加授高駢「諸道兵馬行營都統」（《舊唐書》卷一九下《僖宗本紀》），命其出征黃巢。高駢率軍隊進駐東塘（今江蘇揚州市東），作出進兵的姿態，但很快又回軍。由於帳下諸郎官對崔致遠的讚揚，夏天，高駢將崔致遠的「署充館驛巡官」改為「署館驛巡官」（《桂苑筆耕集》卷一八《謝改職狀》）。由於各藩鎮擁兵自保，這一年黃巢軍北上，渡過長江，十一月破洛陽，十二月進入京城長安，唐僖宗出奔四川。

廣明二年（八八一）三月，僖宗下詔加高駢檢校太尉，兼東面都統，京西、京北神策諸道兵馬等使，促其出師。崔致遠代高駢寫了《謝加太尉表》（《桂苑筆耕集》卷二）。五月，高駢再次集結舟師於東塘，聲言要出兵西討黃巢。軍隊駐扎東塘達百餘日，在這期間，高駢向朝廷保薦顧雲為觀察支使，留守後方（《桂苑筆耕集》卷六《請轉官從事狀——某官顧雲》），而將崔致遠升為都統巡官，負責隨軍文書等事。大概在此時高駢為崔致遠奏請了「殿中侍御史內供奉」的官銜品階，還為崔致遠奏請了章服，使崔致遠以從七品上的官階，能穿五品的緋服和佩掛銀魚袋〔一六〕。巡官在幕府中的職位雖然不是很高，其上尚有副使、判官、支使、掌書記、推官等，但崔致遠自己感覺升遷太快，故上書辭讓〔一七〕。當然後來還是接受了這一職務。

高駢大軍雖駐東塘而不前進，引起朝廷和周圍諸鎮的疑忌，僖宗下詔高駢，令其回保淮南。高駢接到詔書後仍作出出兵的姿態，命崔致遠代他寫了一篇《檄黃巢書》（《桂苑筆耕集》卷一一）。可是待七月八日《檄黃巢書》發佈，僖宗七月十一日的另一道詔書亦已下達，告訴他各地軍隊已圍攻黃巢，勝利在望，令其不必出兵〔一八〕。朝廷加銜高駢為侍中，封渤海郡王（《舊唐書》卷一四九下《高駢傳》），但罷免了他的都統和鹽鐵轉運使的職務，取消了他指揮諸道兵馬的權力和財權，而改命王鐸為都統（《舊唐書》卷一九下《僖宗本紀》）。此時的高駢一方面上書對朝廷表示不滿，另一方面又上書建議出奔四川的僖宗來江淮，崔致遠為其代寫了《請巡幸江淮表》（《桂苑筆耕集》卷二）。

中和二年（八八二），官軍與黃巢軍互有勝負。五月，高駢見僖宗不來江淮，又主動駐軍東塘，並移書鄰軍，要他們共同勤王，崔致遠代高駢寫了《告報諸道徵會軍兵書》（《桂苑筆耕集》卷一一）。中和三年（八八三），高駢再次命崔致遠代其寫表，請僖宗來江淮（《桂苑筆耕集》卷二《請巡幸第二表》），仍未被採納。四月官軍收復京師，高駢感到自己十分被動，於是上表請辭去各項職務，以試探朝廷的態度。崔致遠代其寫了《讓官請致仕表》（《桂苑筆耕集》卷二）。

中和四年（八八四）六月，黃巢被殲，崔致遠代高駢作了《賀殺黃巢表》（《桂苑筆耕集》卷一）。此時的高駢已經感覺到前路渺茫，並因此意志消沈，溺於仙道。作為高駢「專委筆硯」的幕僚，崔致遠審時度勢，知道自己在唐帝國已經不可能再有作為，於是想到了歸國。崔致遠先將自己的想法告訴了當初推薦自己的「客將」（《桂苑筆耕集》卷一九《與客將書》），然後向高駢提出，得到同意（《桂苑筆耕集》卷二〇《謝許歸謹啟》）。

崔致遠在唐土實際上一直與新羅保持著聯繫，或許因為崔致遠的關係，新羅與淮南藩鎮還建立了某種特殊的關係〔一九〕。在崔致遠要求請假回國的時候，正有新羅入淮南使金仁圭在淮南，崔致遠的堂弟崔栖遠也以新羅入淮南使錄事的名義來到淮南，因此頗疑崔致遠決定回國與他們有一定關係。中和四年（八八四）八月下旬，崔致遠已經離職（《桂苑筆耕集》卷二〇《謝再送月錢料狀》），高駢送了二十萬錢（兩百貫）作為行裝費（《桂苑筆耕集》卷二〇《謝行裝錢狀》），並為其準備了專船。經崔致遠向高駢請求，金仁圭和崔栖遠得搭乘崔致遠的船一起回新羅，高駢還贈送了崔栖遠一筆錢〔二〇〕。

崔致遠十月由揚州啟程。其《石峰》詩序記云：「中和甲辰年冬十月，奉使東泛，泊舟於大珠山下。」(《桂苑筆耕集》卷二〇)據崔致遠沿途寫給高駢的書信,崔致遠的專船是由揚州沿大運河北上,至楚州山陽(今江蘇淮安),順淮河入海(《桂苑筆耕集》卷二〇《楚州張尚書水郭相迎因以詩謝》),沿海岸北行過大珠山(今山東膠南),抵登州乳山(今山東文登縣西南)。此時已是隆冬,難以渡海,於是崔致遠寫信給高駢,請求來年「春日載陽」時再起程(《桂苑筆耕集》卷二〇《太尉別紙五首》)。

中和五年(八八五)正月初,崔致遠在登州作了一篇《祭巉山神文》,所具官銜是「淮南入新羅兼送國信等使、前都統巡官、承務郎、殿中侍御史内供奉,賜緋、(銀)魚袋」(《桂苑筆耕集》卷二〇)。至三月回到了新羅(《三國史記·憲康王本紀》)。

次年,新羅憲康王十二年(八八六),崔致遠向憲康王呈送了《桂苑筆耕集》二十卷,所署的時間是「中和六年正月」。實際上中和五年三月,僖宗已改元「光啟」。由《〈桂苑筆耕〉序》所署時間,知崔致遠在登州起程時尚不知道改元的消息。不過,值得注意的是崔致遠《〈桂苑筆耕〉序》具銜已與《祭巉山神文》不同。其官銜是「淮南入本國兼送詔書等使、前都統巡官、承務郎、侍御史内供奉、賜紫、金魚袋」。其中改「兼送國信等使」為「兼送詔書等使」,「殿中侍御史内供奉」已升為「侍御史内供奉」,改「賜緋、魚袋」為「賜紫、金魚袋」[二二]。這種改變使崔致遠由藩鎮信使升為送詔書的國使,官階亦大大提高了。估計這是中和五年正月至三月間崔致遠在登州,東渡船起航前所得到的恩榮,當是高駢為其特別奏請而來的。

歸於新羅　唐僖宗中和五年（即光啟元年，西元八八五年）三月，崔致遠以唐使節身份回到新羅。《三國史記·崔致遠傳》記云：「光啟元年，使將詔書來聘，留為侍讀兼翰林學士，守兵部侍郎、知瑞書監事。」《東史綱目》五上乙巳憲康王十一年三月條所記同。

離開藩鎮割據、戰亂頻仍的中國，崔致遠回到同樣處於衰世的新羅。《三國史記·崔致遠傳》記其歸新羅後，「自以西學多所得，及來將行己志，而衰季多疑忌，不能容，出為太山郡太守」。而至唐昭宗景福二年（八九三年），新羅眞聖女主召崔致遠為入唐賀正使，崔致遠已在富城郡太守任上。《孤雲先生事蹟》引《家乘》記云：「憲康王十二年丙午（唐僖宗光啟二年）七月王薨，朝廷多疑忌，出為太山郡太守。」言其歸新羅次年，憲康王薨後即被貶謫。然《孤雲先生文集》卷一有《謝賜詔書兩函表》，是唐光啟二年（八八六）崔致遠為在位僅一年的定康王金晃所作，因知其被貶太山郡似應在定康王即位以後，或是在定康王卒後眞聖女主上臺時。

再檢《孤雲先生續集》，有《王妃金氏為先考及亡兄追福施穀願文》結尾署「中和丁未年暢月（十一月）富城太守崔致遠」。「中和丁未」為唐僖宗光啟三年（八八七）。因知崔致遠被謫為太山郡太守後很快即轉任富城太守，在太山郡任上可能還不到一年。

崔致遠任地方官五、六年，直至眞聖女主七年（唐昭宗景福二年，西元八九三年）才將其從富城郡太守任上召回為入唐賀正使，又因道路梗阻未能成行。大概崔致遠也因此被留在朝中。時新羅朝政紊亂，時局動盪不安。次年二月，崔致遠進《時務策》十餘條，以圖振興，眞聖女主「嘉納之」，並「拜致遠為阿飡」〔二二〕。目前尚不知崔致遠所進《時務策》到底提了些什麼建議，是否得到實行，但崔致遠在朝任官則直到孝恭王金嶢二年（行唐年號，唐昭宗乾寧五年，西元八九八年），達五、六年。

《孤雲先生文集》卷一有《新羅賀正表》、《讓位表》、《起居表》、《謝嗣位表》、《謝恩表》、《謝不許北國居上表》、《謝賜詔書兩函表》及《遣宿衛學生首領等入朝狀》、《奏請宿衛學生還蕃狀》等，皆為其代新羅國王所作。其中除《謝賜詔書兩函表》是唐光啟二年（八八六）為在位僅一年的定康王金晃所作，其餘大多是這五、六年間崔致遠代眞聖女主及孝恭王所作：《新羅賀正表》為代眞聖女主作，賀唐昭宗李曄改元景福，時為景福二年（八九三）眞聖女主召崔致遠為入朝賀正使時，雖然此次因道梗不果行，但却留下了這篇《賀正表》。《讓位表》為眞聖女主於唐乾寧四年（八九七）六月一日讓位於王太子金嶢一事，因慶賀使入唐所附的奏表。《謝嗣位表》、《謝恩表》、《謝不許北國居上表》等皆為代孝恭王金嶢所作。孝恭王元年（行唐年號，唐昭宗乾寧四年，西元八九七年），唐昭宗因新羅使崔元回國，追贈新羅兩位已故國王官銜。《東史綱目》五下有記載：孝恭王元年「秋七月，唐冊封景文王、憲康王，王遣使入朝。先是，眞聖具表請追贈前王，至是，慶賀使判官崔元還，詔贈景文王為太師，憲康王為太傅，各賜官告一通。王遣使謝恩，崔致遠製表。」

但到了孝恭王二年（行唐年號，昭宗光化元年，西元八九八年），崔致遠不知何故被免官。《東史綱目》五下戊午孝恭王二年：「阿餐（飡）崔致遠有罪免。」一般認為崔致遠四十二歲起即開始隱居山林，大概因此而來。因為這一年崔致遠正好四十二歲。被免官後，崔致遠退居迦耶山等地。

再登唐土　崔致遠回新羅後確實曾為使再登唐土。《三國史記·崔致遠傳》記其在眞聖女主七年（八九三）奉召為入唐賀正使，但因途多盜賊，「道梗不果行」。後又言：「其後亦嘗奉使入唐，但不知其歲月耳。」

檢崔致遠曾寫過一篇《大唐新羅國故曦陽山鳳巖寺教諡智證大師寂照之塔碑銘並序》（即《鳳巖寺智證大師寂照塔碑》），結末所署的官銜為「入朝賀正兼延奉皇花等使、朝請大夫、前守兵部侍郎、充瑞書院學士、賜紫、金魚袋臣崔致遠奉教撰」[一二三]。崔致遠還曾撰有《唐大薦福寺故寺主翻經大德法藏和尚傳》，其結末所署官銜為：「海東新羅國侍講兼翰林學士、承務郎、前守兵部侍郎、權知瑞書監事、賜紫、金魚袋。」[一二四]兩相比較，《智證碑》所署官銜明顯高於《法藏傳》。按唐制，「承務郎」為從八品下階文散官，「朝請大夫」為從五品上階文散官（《舊唐書》卷四二《職官一》），因此，「入朝賀正兼延奉皇花等使、朝請大夫」應是崔致遠充當入唐賀正使時所得的新官銜。現在還不知道這一新的官銜是崔致遠眞聖女主七年（八九三）被召為賀正使時所得，還是此後再次使唐時所得？亦不清楚崔致遠是何時撰寫這篇碑文的。估計崔致遠不管何時獲此官銜，其再次奉召使唐也是這個官銜。

崔致遠第二次入唐，在景福二年(八九三)眞聖女主召其為入朝賀正使而因道梗不果行之後，或在孝恭王二年(八九八)被罷官以後重新被召，而且確實登上了唐土。此有其《上太師侍中狀》為證。《三國史記·崔致遠傳》引有這篇《上太師侍中狀》，並言：「此所謂太師侍中，姓名亦不可知也。」《上太師侍中狀》是崔致遠登上唐土以後為請求某一位「太師侍中」的幫助而寫的，其文在簡述高麗、百濟、新羅與唐王朝關係的歷史，特別强調了新羅與唐王朝的往來以後寫道：

今某儒林末學，海外凡材，謬奉表章，來朝樂土。凡有誠懇，禮合披陳。伏見元和十二年，本國王子金張廉，風飄至明州下岸，浙東某官，發送入京。中和二年，入朝使金直諒，為叛臣作亂，道路不通，遂於楚州下岸，邐迤至揚州，得知聖駕幸蜀，高太尉差都頭張儉，監押送至西川。已前事例分明，伏乞太師侍中，俯降台恩，特賜水陸券牒，令所在供給舟舡、熟食及長行驢馬草料，並差軍將，監送至駕前。」(《三國史記·崔致遠傳》引，又見《孤雲先生文集》卷一)

由此可知，這位「太師侍中」實際是掛「太師侍中」銜的一位沿海地方長官。崔致遠之所以寫信給他，是希望他「俯降台恩，特賜水陸券牒，令所在供給舟舡、熟食及長行驢馬草料，並差軍將，監送至駕前」。

唐時東部沿海很多港口有新羅商船出入。但新羅使節來唐，則規定要在登州(今山東蓬萊)登陸，然後從青州(今山東益都)經兗州等地前往長安。登州原屬青密節度使(駐青州)管領。上元二年(七六一)合平盧節度使與青密節度使,置「平盧淄青節度使」,仍駐青州。平盧淄青節度使自永泰元年(七六五)起「兼押新羅、渤海兩蕃使」,負責處理唐與新羅、渤海關係以及接待兩國使者,故登州城内特設有新羅館、渤海館。但從這段文字看,崔致遠一行此次所至的口岸不太可能是平盧淄青節度使所轄地方。因爲護送新羅使者到朝廷是平盧淄青節度使職責所在,無須特别請求。而崔致遠書中特别舉元和十二年和中和二年故事,也説明崔致遠一行此次不是按常規在登州上岸,而是在登州以外的地方,所以才要求對方援例照辦。再説,從唐朝滅亡的天祐四年(九〇七)往上推到景福二年,即眞聖女主七年(八九三),十餘年間先後擔任平盧淄青節度使的王敬武、王師範、王重師、韓建四人,無一人有「太師侍中」的官銜[二五]。

唐時,因爲政治或自然的原因,新羅使節在登州以外的淮南和兩浙一帶港口上岸,原有先例。從崔致遠《上太師侍中狀》看,崔致遠此行也是因遇到一些特殊情況才不得不在登州以外的港口上岸。問題在於什麼時間,在哪個港口登陸?已有學者對這兩個問題進行了專門的研究。金榮華先生認爲時間是天復二年(九〇二)或三年(九〇三),地點在淮南,「太師侍中」指的是當時的淮南節度副大使、知節度事楊行密[二六];樊文禮、梁太濟先生認爲時間應是天祐元年(九〇四)至唐朝滅亡的天祐四年(九〇七)之間,地點在兩浙,「太師侍中」指的是當時的浙西節度使錢鏐[二七]。兩種説法都提出了理由,不過都屬於難以確定的推論,還有待於進一步的確證。

但不管是在淮南上岸，還是在兩浙登陸，崔致遠這次重登唐土，大概都是一次暗淡的行程。目前還沒有發現中國和朝鮮半島有什麽材料記載了崔致遠這次入唐的結果。很有可能崔致遠這次重登唐土的時間正是唐王朝滅亡的前夕，因此那位「太師侍中」或許沒有給與他什麽幫助，或許後來事情的發展已經根本用不着再去覲見大唐皇帝了。

晚年及身後 崔致遠再登唐土，可以說親眼目睹了輝煌的大唐帝國的最後日落西山，當時的新羅王朝亦已處於風雨飄搖之中。因此，再次回歸新羅以後，崔致遠或許仍然在朝一段時日，但不會有所作為。目前我們所能見到他最後一篇有年月的作品是《新羅壽昌郡護國城八角燈樓記》（《孤雲先生文集》卷三），首句稱「天祐五年戊辰冬十月」。「天祐」是唐哀帝李柷的年號，實際上「天祐」並無「五年」，是年已是後梁太祖朱晃開平二年（九〇八），而前一年新羅即已改行後梁年號。這說明崔致遠或許已經不在朝了。

《三國史記·崔致遠傳》謂崔致遠晚年以為高麗太祖王建必受命開國，「因致書問，有『雞林黃葉，鵠嶺青松』之句」。似乎只是一種傳聞，或者為高麗時人所造作。又傳說新羅敬順王二年（行後唐年號，明宗天成元年，西元九二八年），崔致遠曾代王建作《檄甄萱書》，則更無可能。因為是年王建已開國十一年，《三國史記》也僅言「其門人等至國初來朝，仕至達官者非一」，未說崔致遠有投奔新朝之事。不過在高麗王朝，崔致遠確實受到封贈。高麗顯宗十一年（行宋年號，天禧四年，西元一

○二○年）追贈其為「內史令，從祀先聖廟庭」；十四年（行契丹年號，太平三年，西元一○二三年）「贈謚文昌侯」。不過那已是崔致遠身後近百年的事了。後來李氏朝鮮亦多次表彰崔致遠，並免其後裔兵役等（《孤雲先生遺事》引《家乘》）。

崔致遠最後不知所終。《三國史記·崔致遠傳》記其晚年隱居山林之下、江海之濱，或與事實出入不大。傳說朝鮮半島各地留有不少崔致遠的遺跡，如慶尚道伽耶山中的上書莊、讀書堂，慶尚道咸陽郡的學士樓，陝川郡海印寺洞（紅流洞）的題詩石、吟風瀨、筆泚岩，全羅道南原府異智山的斷俗寺、青鶴洞等[二八]。雖然無以考訂其實，却表明了後世朝鮮半島人民對崔致遠的尊崇與懷念。

二、著述考略

崔致遠回到新羅以後，將自己在高駢幕中所寫的詩文編成《桂苑筆耕集》二十卷，並作了《進詩賦表狀等集狀》（即徐有榘刊活字本《桂苑筆耕集》卷首《桂苑筆耕序》），其中介紹了自己的經歷和著述情況：

右臣自年十二，離家西泛……觀光六年，金名榜尾。此時諷詠情性，寓物名篇，曰賦曰詩，幾溢箱篋。但以童子篆刻，壯夫所慚。及忝得魚，皆為棄物。尋以浪跡東都，筆作飯囊，遂有賦五首、詩一百首、雜詩賦三十首，共成三篇。爾後調授宣州溧水縣尉，祿厚官閑，飽食終日。仕優則學，免擲寸陰。公私所為，有集五卷。益勵為山之志，爰標「覆簣」之名；地號「中山」，遂冠其首。及罷微秩，從職淮南。蒙高侍中專委筆硯，軍書輻至，竭力抵當，四年用心，萬有餘首。然淘之汰之，十無一二。敢比披沙見寶，粗勝毀瓦畫墁。遂勒成《桂苑集》二十卷。

據此，知崔致遠留學期間，詩賦習作幾溢箱篋，然皆為其所棄。至中進士後在東都，曾有今體賦一卷五首、五七言詩一卷一〇〇首、雜詩賦一卷三十首，在溧水時又有《中山覆簣集》五卷，當時尚存，其散佚於後世。崔致遠在淮南幕府四年，詩文共有萬餘首（篇），然「淘之汰之，十無一二」，編成《桂苑筆耕集》二十卷。

《三國史記·崔致遠傳》記崔致遠「又有文集三十卷行於世」，不詳所指，今亦不傳。朝鮮半島古代漢籍《三國史記》、《東文選》、《東國通鑒》等皆收有崔致遠佚文。後崔國述輯為《孤雲先生文集》三卷，又有佚名編《孤雲先生續集》一卷，將這些佚文收羅在一起。崔國述於《孤雲先生文集》目錄後著錄崔致遠「集外書目」有：

《桂苑筆耕》二十卷、《經學對仗》三卷——右既有成秩，今不復編。

《中山覆簣集》五卷、《私試時體賦》五首一卷、《五七言時體詩》一百首一卷、《雜詩賦》三十首一卷、《四六集》一卷、《東國輿地說》、《古今年代曆》、《上時務書》、元集三十卷——右並有題目而不得其文，未能入編。

《經學對仗》未見，疑非崔致遠著述。《古今年代曆》則或記為《帝王年代曆》，與《四六》、《東國輿地說》、《上時務書》等皆不傳。根據目前所掌握的材料，崔致遠現存著述主要收於《桂苑筆耕集》、崔國述輯《孤雲先生文集》和佚名輯《孤雲先生續集》中，估計在古代朝鮮半島的漢籍裏還有一些佚文有待發現，有些篇目還須要據其他載籍或碑銘等進行校勘。

現存《桂苑筆耕集》有多種版本，然以徐有榘活字本為最早的善本〔二九〕。檢查所收篇目數量為四百二十首(篇)：

卷一表十首，卷二表十首，卷三奏狀十首，卷四奏狀十首，卷五奏狀十首，卷六堂狀十首，卷七別紙二十首，卷八別紙二十首，卷九別紙二十首，卷一〇別紙二十首，卷一一檄書四首、書六首，卷一二委曲二十首，卷一三舉牒二十五首，卷一四舉牒二十五首，卷一五齋詞十五首，卷一六祭文、書、疏、記十首，卷一七啟、狀十首附詩三十首，卷一八書、狀、啟二十五首，卷一九狀、啟、別紙、雜書二十首，卷二〇啟、狀、別紙、祭文十首、詩三十首。

《孤雲先生文集》三卷、《孤雲先生續集》一卷所收篇目計有八十首(篇)：

《孤雲先生文集》卷一賦一首、詩三十二首、表七首、狀六首、啟一首、記三首，卷二碑二首，卷三碑二首、贊二首。

《孤雲先生續集》詩十二首、序一首、記一首、贊四首、願文七首、傳一首。

《孤雲先生文集》和《孤雲先生續集》所收作品並不完全是歸新羅所作，至少其中有如下的一些作品原作於唐土：

《孤雲先生文集》：《江南女》、《饒州鄱陽亭》、《山陽與鄉友話別》、《長安旅舍與于慎微長官接隣》、《贈雲門蘭若智光上人》、《登潤州慈和寺上房》、《秋日再經盱眙縣寄李長官》、《贈吴進士巒歸江南》、《暮春即事和顧雲支使》、《和張進士喬村居病中見寄》、《姑蘇臺（殘句）》、《上襄陽李相公讓館給啟》。

《孤雲先生續集》：《和李展長官冬日遊山寺》、《汴河懷古》、《辛丑年寄進士吴瞻》、《和顧雲支使暮春即事》（與《孤雲先生文集》重複）

僅據《桂苑筆耕集》、《孤雲先生文集》和《孤雲先生續集》統計，崔致遠現存詩文已有五百首（篇），扣除重複的《和顧雲支使暮春即事》，尚有四百九十九首（篇）。如加上其他佚文，則超過五百篇，在朝鮮半島高麗朝以前的漢語作家中，其傳世著述數量無疑是最多的。這些著述對朝鮮半島的漢文寫作以及漢語文學的發展所產生的巨大影響，歷代朝鮮半島的學人們顯然有遠比我們更為深刻的認識。而由於崔致遠長期流寓中國，其傳世著述以作於唐土者為多，因此他的著述似亦應引起我們的足夠重視。

以往由於《桂苑筆耕集》等崔致遠的著述在中國長期不傳，所以歷代中國學人無法對其加以研究和利用〔三〇〕。自清末《桂苑筆耕集》從朝鮮傳入以後，已經逐漸引起中國學人的注意。如本世紀四十年代陳寅恪先生在《韋莊〈秦婦吟〉校箋》中就曾說：「崔致遠《桂苑筆耕集》代高駢所作書牒，關於汴路區域徐州時溥、泗州于濤之兵爭及運道阻塞之紀載甚多，俱兩《唐書》及《通鑑》等所未詳，實為最佳史料。」〔三一〕近年來，頗有一些學者以《桂苑筆耕集》為史料來研究晚唐史實和藩鎮情況〔三二〕，也有學者據之考察晚唐應用文的文體〔三三〕。

當然，相比較而言，崔致遠現存著述中以應用文字較多，詩賦等文學作品在名家輩出的唐土並不顯得特別出類，所以中國學人從文學角度重視崔致遠者不多。崔致遠創作的漢文小說《雙女墳記》更是長期被埋沒和忽視。

三、漢文小說《雙女墳記》的創作與流傳

由於古代朝鮮半島與中國大陸的特殊關係，所以每個歷史時期都有大量的中國書籍傳入。大約十二世紀時，北宋太宗太平興國年間編纂的《太平廣記》已經傳入當時的李氏朝鮮。李氏朝鮮世祖八年（行明年號，天順六年，西元一四六二年），成任（一四二一—一四八四）編輯了《太平廣記》的節縮本《太平廣記詳節》五十卷，加上從其他朝鮮漢籍中輯錄的五十卷，刊成一百卷的《太平通載》。《太平通載》卷六八收有一篇《崔致遠》，全文如下：……〔三四〕

據《太平通載》編者注，本篇原出《新羅殊異傳》。《殊異傳》是新羅末年或高麗初的一本漢籍，原

書已佚，僅有若干篇佚文存于《太平通載》、《大東韻府羣玉》等李氏朝鮮時代的漢籍中〔三五〕。關於《殊異傳》的編撰者，歷來有崔致遠和朴寅亮二說，又有金陟明補作說〔三六〕。然對於《太平通載》所引的這篇《崔致遠》，不少學者傾向于非崔致遠所作。如韓國學者趙潤濟先生儘管對《崔致遠》評價很高，但認為本篇「只不過是借崔致遠之名演繹出一段文學作品而已」，並認定其是高麗時代的作品：

> 顯然，這篇《崔致遠》不是一篇口頭傳述的故事，而是某一特定作者的創作。即使它不是朴寅亮的作品，也不可能是古代口傳下來的傳說，而是高麗時代的作品，具體時代定為朴寅亮時代較為穩妥。〔三七〕

將《崔致遠》產生的時代定為高麗時代，也就是說根本沒有考慮崔致遠是其作者。其他一些韓國學者，也多認為其作於高麗初期。中國學者韋旭升在《朝鮮文學史》一書中不僅不同意這篇作品是崔致遠所作，甚至不認為它本來就是一篇完整的敘事作品，其中的長詩僅僅是為了配合傳奇故事而由後人創作的〔三八〕。

韋旭升先生在《朝鮮文學史》中稱本篇為《仙女紅袋》，另稱長詩為《雙女塚》，而不提《太平通載》中的《崔致遠》，不知何故？因為所謂《仙女紅袋》實為另一本朝鮮漢籍《大東韻府羣玉》引用《殊異傳》中同一篇文章所列的條目名稱。該條全文如下：

崔致遠西遊，嘗遊招賢館，前岡有古塚，號雙女墳，致遠題詩石門云云。忽覩一女，手操紅袋，就前曰：「八娘、九娘各有酬答，謹令奉呈。」公回顧驚惶，問：「何姓娘子？」曰：「朝間拂石題詩，即二娘所居也。」公見第一袋，是八娘奉酬，第二袋，是九娘奉酬，又書於後幅曰：「莫怪藏名姓，孤魂畏俗人。欲將心事說，能許暫相親？」公既見芳詞，頗有喜色，乃問其女名字，曰「翠襟」。公乃作詩付翠襟云云。又書末幅云：「青鳥無端報事由，暫時相憶淚雙流。今宵若不逢仙質，判却殘生入地求。」翠襟得詩，迅如飆逝。公獨立哀吟，良久，香氣忽來，二女齊至。正是一雙明玉，兩朵瑞蓮。公驚拜云：「海島微生，風塵末吏，豈期仙侶，猥顧凡流？」乃問曰：「娘子居何方？族序是誰？」紫裙者隕淚曰：「兒與小妹，乃張氏之二女也。先父富似銅山，侈同金谷。姊年十八，妹年十六，父母論嫁，阿姊則訂婚鹽商，小妹則許嫁茗估。每說移天，未滿於心。鬱結難伸，遽至夭亡。今幸遇秀才，氣秀鼇山，可與話玄玄之理。」是夕明月如晝，清風似秋，將月為題，以風為韻。公作起聯云：「金波滿目泛長空，千里愁心處處同。」八娘繼曰：「輪影動無迷舊路，桂花開不待春風。」九娘又繼曰：「圓輝漸皎三更外，離思偏傷一望中」云云。竟不知所去。《新羅殊異傳》[三九]

《大東韻府羣玉》是權文海於李氏朝鮮宣祖二十二年（行明年號，萬曆十二年，西元一五八九年）所編，是一本按韻目編排的辭書，類似於中國的《佩文韻府》，供文人作詩文時查找詞藻所用，故其不過取文中「仙女紅袋」一詞作為詞目，「仙女紅袋」並不是原文的題目。如果我們將其所引的文字與上引《太平通載》卷六八《崔致遠》對照，不難看出兩者確實同出一源。只不過《大東韻府羣玉》所引的文字比較簡略，或者說不過是一種摘錄。

《太平通載》所引《崔致遠》有詩作十餘首，特別是最後一首長歌長達六十餘句，按趙潤濟先生說「作為口頭傳述的稗說是不可想像的，它必然是某一文人的戲作」〔四〇〕。這無疑是一個切中肯綮的看法。而如果確是這樣，照我看來，這一作者恐怕只能是崔致遠。

所以這樣說的第一條理由是：這篇小說不僅在朝鮮半島流傳，在中國亦很早就有所流傳。中國南宋高宗紹興時張敦頤撰《六朝事蹟編類》卷下「墳陵門」第十三「雙女墓」曾引有《雙女墳記》：

《雙女墳記》曰：有雞林人崔致遠者，唐乾符中補溧水尉，嘗憩於招賢館，前岡有塚號曰「雙女墳」，詢其事蹟，莫有知者，因為詩以吊之。是夜感二女至，稱謝曰：「兒本宣城郡開化縣馬陽鄉張氏二女。少親筆硯，長負才情，不意為父母匹於鹽商小豎，以此憤恚而終，天寶六年同葬於此。」宴語至曉而別。在溧水縣南一百一十里。〔四一〕

後寶祐時馬光祖、周應谷纂修《景定建康志》卷四〇三《風土志二·古陵諸墓》及元張鉉纂修《至正金陵新志》卷二十二下《古跡志》皆有「雙女墳」，亦皆引《雙女墳記》，文字與《六朝事蹟類編》只有極小的差異，顯然源於《六朝事蹟類編》〔四二〕。

《六朝事蹟類編》明確指出所引係篇名為《雙女墳記》的文章。儘管所摘引的文字極為簡略，但其所敘故事的框架、情節進程以及地點、人物，與《殊異傳》中的《崔致遠》都有著密合對應的關係——特別是其中「有雞林人崔致遠，唐乾符中補溧水尉」，以及二女自稱張氏二女，「為父母匹於鹽商小豎，以此憤恚而終」等語——證明這篇《雙女墳記》的節錄與《崔致遠》應出於一篇文章。雖然節錄極為簡略，中間亦有傳鈔中的訛誤，但却無可懷疑地保留了這篇小說《雙女墳記》的原名。

如果說此篇不是崔致遠在唐土時所作，且流傳于唐土，而是崔致遠身後近一個世紀的高麗朴寅亮時代的人所作，又傳到中國，且在中國造成相當的影響，幾乎是難以想像的事。

第二條理由是：《雙女墳記》是一篇典型的唐代「文人短篇小說」，非長期濡染唐代的「士風」與「文風」者所不能為。

正如趙潤濟先生所言「《崔致遠》已經是一篇完全的傳奇小說，同後代出現的《金鼇新話》相比毫不遜色。」[四三]唐代文人小說被後人稱為「傳奇」，這一概念的提出和為人們所接受，本身已說明唐代文人小說確實是中國文學史上一個特殊的文學現象。值得特別注意的是，唐代文人小說作者多為當時科舉選官制度下的讀書士子，亦以同樣的人羣作為接受的對象。唐代的科舉選官制度造就了一大批不同於往古的讀書士子，他們在思想精神上異於以往為禮法所拘的世族文人；以詩賦為考試內容，導致了當時普遍的駢麗華豔的文風；而因為科考、遊宦而長期留滯他鄉，則造成了這些讀書士子挾妓遨遊、詩酒放浪的風習。所有這些原因造就了唐代文人小說一種屬于時代的、特殊的精神內容和美學風貌。

唐代文人小說不僅「敍述宛轉，文辭華豔」（魯迅《中國小說史略》第八篇），「著文章之美，傳要眇之情」（唐沈既濟《任氏傳》），而且往往對男女情愛、仙道鬼神等種種不拘於禮法的內容無所規避，因而是那個時代讀書士子的精神活動的一種表現。隨著時代的變遷，唐代文人小說所表達的生活和精神內容已很難為後世文人所理解，所以有「唐士大夫多浮薄輕佻，所作小說無非奇詭妖豔之事」的批評（清錢大昕《十駕齋養心錄》卷一八）。崔致遠長期生活於唐土，其創作自然受到這種普遍的「士風」和「文風」的影響，後世朝鮮半島的文人對此亦並非沒有微詞。如許筠（一五六九—一六一八）《惺叟詩話》中說：「崔孤雲學士之詩，在唐末，亦鄭谷、韓偓之流，卒佻淺不厚。」朴寅亮時代的朝鮮半島文人，實在很難作出如《雙女墳記》這種在他們看來幾乎是怪誕不經內容的小說。

《雙女墳記》文詞華麗，詩文參差交錯，呈現出比較典型的唐代文人小說的格局和風範。其主體部分混然天成，詩文之間存在著不可分割的有機聯繫，不可能是先有傳說故事的框架，然後又加以增飾的。即使是文末以長詩配文，也是唐人小說中「詩」與「文」相輔相成的特殊範式。不僅長詩內容與前文妙合無垠，就其詩的內容與格調亦非後世高麗文人所能配加。只有小說的開頭和結尾部分才明顯看出後人改動的痕跡。特別是小說的結尾述及崔致遠歸新羅後隱居終老一段，與《三國史記·崔致遠傳》所述同出一轍，顯然是後人對崔致遠隱居生活的補述。其中「後致遠擢第東還」一句明顯是這種鑲接的痕跡。因為開頭已有崔致遠登科第後任溧水尉的敍述，此再言「後崔致遠擢第東還」顯然與前文矛盾。

《雙女墳記》無論是內容和形式都深受張文成《遊仙窟》的影響。頗疑這篇小說原來亦是第一人稱敍事。假若我們去掉本文的開頭、結尾一些很可能是後人添加的文字，改小說敍事為第一人稱，或許整篇小說會更顯得文理暢達、風神流動。

《雙女墳記》所敍故事發生的時間為崔致遠任溧水縣尉時，其創作則應是其入高駢幕府以後。中晚唐的藩鎮幕府不僅為當時計程車子們提供了一條政治和生活的出路，也使文人們因此獲得了一個展示才華的空間，在某種意義上，中晚唐藩鎮幕府甚至可以說是當時文學創作的一個溫床。更何況高駢在當時的節度使中以喜文學稱，而且對文人往往愛護有加。崔致遠入幕以前，高駢任西川節度使時曾舉薦為其掌書記的裴鉶為節度副使，與崔致遠同時而稍早入幕的顧雲，工箋札，有史才，亦被擢為節度支使，皆為明證。尤其值得注意的是，裴鉶恰是晚唐小說的代表作、著名短篇小說集《傳奇》一書的作者〔四四〕。崔致遠在高駢幕時，晚唐時另一位小說家高彥休被委為鹽鐵巡官，與崔致遠為同僚，其收有不少小說的文集《闕史》亦作于高駢幕中〔四五〕。唐人小說不少發端於當時的「文人沙龍」，或許，正是高駢幕府的這樣一種創作氛圍才誘發了崔致遠的《雙女墳記》創作。離開唐土以後，崔致遠何以能找到這種創作氛圍？

崔致遠在高駢幕中創作了《雙女墳記》，後來，既將其帶回新羅，亦有抄件留在了唐土，這就是為什麼中國和新羅後來都有這篇小說流傳的原因。

〔注釋〕

〔一〕朝鮮徐有榘於純祖李玜三十四年（行清年號，道光十四年，西元一八三四年）以活字排印之《桂苑筆耕集》是目前中國所傳各種版本的《桂苑筆耕集》之祖本。其卷首除徐有榘序外，另有洪奭周（一七七四—一八四二）《校印〈桂苑筆耕集〉序》和崔致遠《〈桂苑筆耕〉序》。本文所引《桂苑筆耕集》為韓國成均館大學《崔文昌侯全集》（漢城，一九七二）影印徐有榘之原刊本，下引僅注卷數及篇名。《崔文昌侯全集》還收有《孤雲先生文集》三卷、《孤雲先生續集》及《孤雲先生事蹟》（《史傳》，《家乘、年表》，《祠堂、致祭文、祝文、告由文》，《遺墟碑誌》）。

〔二〕（韓國）趙潤濟《韓國文學史》，張璉瑰據韓國探求堂一九九二年版譯，中國社會科學文獻出版社一九九八年五月版五〇頁。

〔三〕陸心源《唐文拾遺》卷三四至卷四三輯錄崔致遠《桂苑筆耕集》所收之文，卷四三最後輯錄崔致遠《上太師侍中書》，注出《東國通鑒》；卷四四輯錄《有唐新羅國故智異山雙谿寺教謚眞鑒禪師碑銘並序》、《有唐新羅國故兩朝國師教謚大朗慧和尚白月葆光之塔碑銘並序》、《大唐新羅國故鳳巖山寺教謚智證大師寂照之塔碑銘並序》，未注出處。見上海古籍出版社影印《全唐文》附《唐文拾遺》。

〔四〕何鳴雁《新羅詩人崔致遠》，《社會科學戰線》一九八四年四期。金東勳《晚唐著名詩人崔致遠》，《中央民族學院學報》一九八五年一期。陳尚君曾將兩文所列崔致遠不見於《桂苑筆耕集》之詩二十餘首輯入《全唐詩續拾》卷三六（中華書局一九九二年版《全唐詩補編》一二四二—一二四六頁）。另，（日本）上毛河世甯《全唐詩逸》卷中輯有崔致遠詩一首，逸句七聯（見中華書局一九六〇年四月排印本《全唐詩》附錄，一〇一九三頁）。

〔五〕《孤雲先生文集》三卷，崔致遠後裔崔國述編。首有自署「後孫國述」所作《〈孤雲先生文集〉編輯序》，署「時旃蒙赤奮若（乙丑年）林鍾月（六月）金藏之日」。序文內有「生於千載之後」語。又有《〈孤雲先生文集〉重刊序》，署「丙寅六月下浣後學光州盧相稷」。《孤雲先生續集》一卷，無序跋。

〔六〕李時人編校《全唐五代小說》卷七一，陝西人民出版社一九九八年九月版一九七八—一九七九頁。

〔七〕（朝鮮）金富軾《三國史記》卷四六（列傳第六），韓國精神文化研究院一九七九年校勘本四四一—四四四頁。

〔八〕據《三國史記·職官上》，新羅官分十七等，分別名為：伊伐飡、伊飡、迊飡、波珍飡、大阿飡、阿飡、一吉飡、沙飡、級伐飡、大奈麻、奈麻、大舍、小舍、起士、大烏、小烏和造位。

〔九〕金東勳《晚唐著名詩人崔致遠》，《中央民族學院學報》一九八五年第一期。按：高麗實行科舉制後，有崔沖（九八四—一〇六八），為穆宗時狀元，以立私學著名，被稱為「海東孔子」，然已晚于崔致遠百年。

〔一〇〕從目前掌握的材料看，崔致遠在唐交往的人中間，以裴瓚、高駢和顧雲三人最為重要。裴瓚是其恩師，高駢為其恩主，顧雲則是同年兼同事。裴瓚，字公器，江南吴人。咸通十四年（八七三）冬遷禮部侍郎，次年（乾符元年）春主持進士試，七月外放為潭州刺史、湖南觀察使。崔致遠在乾符三年（八七六）冬獲委溧水尉，由長安赴任曾取道湖南謁見裴瓚。廣明元年（八八〇）冬裴瓚奉詔回洛陽，因洛陽已被黃巢攻陷而滯留襄陽。裴瓚再從弟裴璙攜家人三十餘口從江南往襄州裴瓚處，中途遇盜，阻於滁州，曾向崔致遠求援。崔致遠向高駢上書，請求高駢在河道稅收處（「盧壽管內場院或堰埭」）中給裴璙之弟裴璹一個散職，支些俸祿養家，以便裴璙去襄陽迎接裴瓚（《桂苑筆耕集》卷一八《與恩門裴秀才求事啟》）。後來裴瓚到揚州曾到崔致遠居所與之見面（《桂苑筆耕集》卷一四《謝降顧狀》），崔致遠尚有詩奉和裴瓚（《桂苑筆耕集》卷二〇《奉和座主尚書避難過維揚寵示三絕句》）。裴瓚隱居楚州和任官河南時，崔致遠亦一直與其有書信聯係（《桂苑筆耕集》卷一九《濟源別紙》、《上座主尚書別紙》、《迎楚州行李別紙》等）。中和三年（八八三）後，裴瓚還朝為吏部侍郎，旋遷禮部尚書。崔致遠回新羅當年，還代新羅國王代擬了一封給裴瓚的信，為當年崔致遠考中進士事向其表示特別的感謝（《與禮部裴尚書狀》，《孤雲先生文集》卷一）。

〔一一〕「釋褐試」又稱「關試」，因經過考試即可入仕做官，脫去平民的粗麻布衣（褐衣）而得名。考試內容為試判兩節，即試作兩篇判獄訟的「判詞」。參見傅璇琮《唐代科舉與文學》，陝西人民出版社一九八六年十月版四一九頁。

〔一二〕高駢（八二一—八八七），字千里，幽州（今北京）人。南平郡王高崇文孫，世為禁軍將領。少習武，亦好文學，多與儒士交遊。大中時為靈州大都督府左司馬，咸通時授秦州刺史兼防禦使。僖宗時任劍南西川節度使等要職。至乾符六年朝廷任其為淮南節度副大使、知節度事兼鹽鐵轉運使，又授其為諸道兵馬都統，令其率軍討伐黃巢。然駢擁兵自重，逗撓不行，朝廷因削其兵權和財權，而加其侍中銜，封渤海郡王。駢上書抵毀朝廷，後又篤於神仙，致使部下多叛離，光啟三年（八八七）為部將畢師鐸囚殺。駢「好為詩，雅有奇藻」，亦善書法。有集散佚，《全唐詩》卷五九八編其詩為一卷；《全唐文》卷八〇二錄其文五篇，《唐文拾遺》又收其文三篇。生平事蹟見兩《唐書》本傳。

〔一三〕顧雲，字垂象，一字士龍，池州秋浦（今安徽貴池）人。出身鹽商家庭，與杜荀鶴、殷文圭、鄭谷、羅隱等交往。初舉進士不第，乾符元年（八七四）與崔致遠同榜進士，授秘書省校書郎，後入高駢幕府，任行營都招討判官、節度支使等。光啟三年（八八七）高駢為部將畢師鐸所殺，雲退居霅州。大順時，宰相杜讓能薦入朝，任太常博士，與盧知猷、陸希聲等分修宣、懿、僖三朝實錄，書成，加虞部員外郎。乾寧初卒。著述多散佚。《全唐詩》卷三六錄其詩一卷，《全唐詩補遺・續拾》補收二卷。又，存文二十三篇，《全唐文》編為一卷。從《三國史記・崔致遠傳》所摘顧雲贈崔致遠詩及崔致遠《和顧雲支使暮春即事》等材料，可以看出兩人不僅有同年之誼，而且相互推崇，關係十分好。

〔一四〕頃接臺灣中正大學陳益源教授寄贈金榮華《崔致遠在唐事蹟考》一文（載一九八五年九月臺灣福記文化圖書有限公司版《中韓交通史事論叢》三一—四五頁）復印件。該文對崔致遠在唐事蹟考證甚詳，惟其中談及「客將」時說：「這位及時指點了崔氏的人姓甚名誰？來自何國？如今已無從考知；只曉得他不是新羅人，當時應當是高駢麾下的一員武將。他不僅指點了崔氏，也向高駢作了某種程度的推薦，崔氏所投獻的書啟和詩篇就是他代為遞呈的。」因《桂苑筆耕集》卷一四「舉牒」有《客將哥舒瑲兼充樂營使》。我估計高駢帳下的客將就是這位哥舒瑲。其姓「哥舒」，應為唐時突厥突騎施哥舒部落人。該族當時有名者有玄宗時河西節度使、封西平郡王的哥舒翰。哥舒翰在「安史之亂」時領兵迎敵，兵敗被俘降，後為安祿山之子安慶緒所殺。後其子哥舒曜德宗時為東都、汝州行營節度使，遷河南尹，貞元初召入為鴻臚卿，終右驍衛上將軍；又一子哥舒晃代宗時為循州刺史，曾舉兵造反，佔據廣州十年，被殺於泔溪。

〔一五〕「館驛巡官」是節度使衙門的文職官員，「署充館驛巡官」意為編外人員，或一種臨時差遣。後來高駢改崔致遠為「署館驛巡官」，去掉一個「充」字即成正式編制。節度使幕府官為了明確職級，需要帶上郎官或御史銜，一般應在授其官時同時授與。「承務郎」為從八品下的文職散官，館驛巡官即相當於此官階。

〔一六〕《桂苑筆耕集》卷一八《長啟》云：「某東海一布衣也，頃者萬里辭家，十年觀國，本望止於榜尾科第，江淮一縣令耳。前年冬罷離末尉，望應宏詞，計決居山，暫為隱退，學期至海，更自琢磨，俱緣祿俸無餘，書糧不濟，輒攜勃帚，來掃膺門。豈料太尉相公，迴垂獎憐，便署職秩……某自江外一上縣尉，便授內殿憲秩，又兼章綬。且見聖朝簪裾，烜赫子弟，出身入仕，二三十年猶掛藍袍，未趨蓮幕者多矣，況如某異域之士乎？昔有一日九遷，無以及斯榮盛。」按：唐垂拱年間改殿中侍御史為從七品上（《舊唐書》卷四二《職官一》）唐制，「三品已上服紫，五品以上服緋，七品服綠」，又，三品已上金魚袋，五品以上銀魚袋，開元以後恩賜緋、紫服例兼賜魚袋，謂之「章服」（《舊唐書》卷四五《輿服》）。雖然唐代章服的「按品級」指的是散官品級，但晚唐至五代，隨著散官地位的下落，服色也逐漸向依職事官品的方向發展，也有章服高於職事官品級的情況出現，崔致遠所得章服與其官職不相符當屬於這種情況。

〔一七〕《桂苑筆耕集》卷一八《長啟》實專為表示辭讓而作。

〔一八〕《桂苑筆耕集》卷一《答襄陽郄將軍書》載有這兩道詔書。實際上當時唐軍並未形成必勝之勢，只是因為朝廷不滿高駢擁兵不進要削其兵權的托詞。

〔一九〕《桂苑筆耕集》卷一一所載書啟有《新羅探候使朴仁範員外》，知中和二年（八八二）左右新羅曾派朴仁範以探候使名義來淮南。後中和四年（八八四）又有新羅入淮南使金仁圭至淮南，崔致遠的堂弟亦以新羅入淮南使錄事身份到淮南。又《孤雲先生續集》所收崔致遠《上宰國戚大臣等奉為獻康大王結華嚴經社願文》所署時間為「中和二年」，其時崔致遠尚未回新羅，是在淮南高駢幕中所作。

〔二〇〕見《桂苑筆耕集》卷二《上太尉別紙》、卷二〇《謝賜弟栖遠錢狀》等。

〔二一〕殿中侍御史官階為從七品上，侍御史為從六品下（《舊唐書》卷四二《職官一》）。

〔二二〕見《三國史記》卷一一《眞聖王本紀》記載。又，《孤雲先生事蹟》引《輿地勝覽》：「上書莊在慶州金鼇山北蚊川上，眞聖主八年，先生上書陳時務十餘條，此其地也。州人今建屋守護。」

〔二三〕《智證碑》現存于廣尚北道聞慶郡加恩西院北里鳳巖寺，立碑年代是新羅景明王朴升英八年（九二四）。碑文見於《韓國金石全文》上册二四六—二五六頁，漢城亞細亞文化社一九八四。《孤雲先生文集》卷三及《唐文拾遺》卷四四所錄，皆無具銜。

〔二四〕《法藏傳》見《孤雲先生續集》。

〔二五〕王敬武，初事平盧節度使安師儒，中和二年（八八二）驅逐師儒，自任留後，官終校檢太尉、同中書門下平章事，見兩《唐書》本傳。王師範，龍繼元年（八八九）繼其父敬武為平盧留後，校檢尚書、御史大夫，累加官至校檢太傅、同平章事、上柱國，封琅邪郡公，天祐二年（九〇五）徙河陽節度使（見《舊唐書》卷二〇上《昭宗紀》、卷二一《哀帝紀》）。王重師，文德至乾寧年間（八八八—八九七）朱全忠曾奏授校檢右僕射，尋授校檢司空，天祐二年任平盧留後、校檢司徒。天祐中徙雍州節度使，加同平章事（見《舊五代史》卷一九《王重師傳》）。韓建，光啟二年（八八六）任華州節度使，曾累加校檢太尉、平章事，乾寧三年（八九六）兼中書令，光化元年（八九八）守太傅、中書令，封許國公，天祐三年（九〇六）六月接王重師任平盧節度使，朱全忠代唐，徵為司徒、平章事，充諸道鹽鐵轉運使（見《舊五代史》卷一五《韓建傳》）。

〔二六〕金榮華《崔致遠在唐事蹟考》，載臺灣福記文化圖書有限公司一九八五年九月版《中韓交通史事論叢》三—四五頁。

〔二七〕樊文禮、梁太濟《崔致遠再次踏上唐土的時間和地點》，《韓國研究第四輯》（金健人主編），學苑出版社二〇〇〇年三月版九六—一〇九頁。

〔二八〕《叢書集成》初編本（佚名）《朝鮮志》卷上。《孤雲先生遺事》引《輿地勝覽略》另有伽耶山致遠村等記載。

〔二九〕國內有十餘家圖書館藏有《桂苑筆耕集》的刊本、鈔本，其中有數家所藏為（朝鮮）徐有榘刊本或覆刊本，《中國古籍善本書目·集部》（上海古籍出版社一九九六年一二月版）著錄了其中三種清鈔本。通行的《四部叢刊初編》本(一九二六年商務印書館)為上海涵芬樓借印無錫孫氏朝鮮舊刊本;《叢書集成初編》本係據清道光二十九年(一八四九)潘仕成所刊《海上仙館叢書》本排印,多有脱譌。

〔三〇〕除《新唐書·藝文志》外,《崇文總目》亦曾著録《桂苑筆耕集》,説明北宋館閣中應有此書,但司馬光、范祖禹在洛陽修《資治通鑑》,《考異》中却未提此書隻字片言。宋以後公私書目則均無此書的記載。

〔三一〕引自陳寅恪《寒柳堂集》(《陳寅恪文集》之一),上海古籍出版社一九八〇年六月版一一七頁。

〔三二〕楊渭生《崔致遠與〈桂苑筆耕集〉》,《韓國研究》第二輯,杭州大學出版社一九九五年七月版一—一三頁。陳志堅《〈桂苑筆耕集〉的史料價值試析》,《韓國研究》第三輯,杭州市出版社一九九六年一二月版六四—七九頁。

〔三三〕梁玉濟《「別紙」、「委曲」及其他——〈桂苑筆耕集〉部分文體淺説》,《第二屆韓國傳統文化學術研討會論文集——韓國傳統文化·歷史卷》(黄時鑒主編),學苑出版社二〇〇〇年一〇月版一六—三二頁。

〔三四〕《太平通載》一百卷,或云八十卷,據説今在朝鮮半島已無完帙。或云僅存十餘卷。李仁榮在《〈太平通載〉殘卷小考》(《震檀學報》第一二卷,一九四〇)考殘本二册,存卷六八至七〇、卷九六至一〇〇,計八卷。按:本文原據李仁榮文章録有此篇小説全文,此處略,見本書「輯佚一」所録《雙女墳記》。

〔三五〕據韓國一些著述介紹,除《太平通載》卷六八所收《崔致遠》外,《殊異傳》還存有如下佚文:《圓光法師傳》(《海東高僧傳》、《三國遺事》),《阿道傳》(《海東高僧傳》),《脱解》(《三國史節要》卷二),《花王》(《三國史節要》卷八),《迎烏細烏》(《筆苑雜記》卷二),《寶開》(《太平通載》卷二〇),《首插石枏》(《大東韻府羣玉》卷八），《竹筒美女》（《大東韻府羣玉》卷九），《老翁化物》（《大東韻府羣玉》卷一二），《仙女紅袋》（《大東韻府羣玉》卷一五），《虎願》（《大東韻府羣玉》卷一五），《心火燒塔》（《大東韻府羣玉》卷二〇）等。各書所引，或注為《殊異傳》，或注為「古本《殊異傳》」，或注為《新羅殊異傳》。

〔三六〕成任《太平通載》、權文海《大東韻府羣玉》、金烋《海東文獻總録》、朴榮大《增補文獻備考》謂《殊異傳》為崔致遠編撰；高麗僧覺訓《海東高僧傳》則謂朴寅亮編撰。參見（韓國）趙潤濟《韓國文學史》，張璉瑰據韓國探求堂一九九二年版譯，中國社會科學文獻出版社一九九八年五月版六五頁。按：朴寅亮（？—一〇九六）是高麗朝著名的文臣，字代天，號小華。高麗文宗朝文科及第，歷任要職，官至參知政事，文宗王徽三十四年（一〇八〇）以禮部侍郎身份同金覲出使宋朝，宋人盛讚二人之詩，將二人詩作刊印成《小華集》。撰有史書《古今録》等。高麗詩人李奎報（一一六八—一二四一）稱：「我東之以詩鳴於中國，自三子始。」（《白雲小説》）「三子」即指崔致遠、朴仁範和朴寅亮。

〔三七〕（韓國）趙潤濟《韓國文學史》，張璉瑰據韓國探求堂一九九二年版譯，中國社會科學文獻出版社一九九八年五月版六三—六四頁。

〔三八〕韋旭升《朝鮮文學史》，北京大學出版社一九八六年一〇月版六七—六八頁。

〔三九〕（朝鮮）權文海《大東韻府羣玉》卷一五，清嘉慶三年（一七八九）朝鮮刻本。

〔四〇〕同〔三七〕。

〔四一〕張敦頤《六朝事蹟類編》，《叢書集成》初編本。按：張敦頤，字養正，南宋歙州婺源人。高宗紹興八年

（一二三八）進士，初為南劍州教授，後歷知舒、衡二州。撰有《柳集音辨》、《衡陽圖志》等書。

〔四二〕《景定建康志》係寶祐五年（一二五七）馬光祖任建康留守時，請於朝，屬幕僚周應和撰，景定元年（一二六〇）完成。（北京）中華書局《宋元方志叢刊》第二册影印。元張鉉纂修《至正金陵新志》，（北京）中華書局《宋元方志叢刊》第二册影印。

〔四三〕同〔三七〕。

〔四四〕裴鉶，《全唐文》卷八〇五收其咸通九年（八六六）任高駢掌書記所作《天威徑新鑿海派碑》，小傳謂其後官成都節度副使。《唐詩紀事》卷六七記其乾符五年（八七八）以御史大夫為成都節度副使，作《石室詩》。後不知所終。所著小說集《傳奇》三卷，現存三十四篇。參見李時人《全唐五代小說》卷六三，陝西人民出版社一九九八年九月版一七四二頁。

〔四五〕高彦休（八五四—？），號參寥子。自言乾符元年（八八四）進士，後入高駢幕。崔致遠《桂苑筆耕集》卷四代高駢所作《奏請從事狀》之一，即為其請官的奏狀。狀中稱其為「攝鹽鐵判官、朝議郎、守京兆府咸陽縣尉、柱國」。其所著《闕史》三卷傳於後世。參見李時人《全唐五代小說》卷七五，陝西人民出版社一九九八年九月版二〇六六頁。

二〇〇〇年十一月二十三日至二〇〇一年一月二十三日

原載中華書局《文史》二〇〇一年第四輯（總第五十七輯）

補記：本文中關於崔致遠著述篇目統計及佚文介紹均有一些錯誤，按學術慣例，此處附刊除改動個別錯字外，均按發表時原貌，未敢擅改，請參見本書《前言》以訂正錯誤。另，本文發表時原引有《雙女墳記》全文，因本書「輯錄一」已經收錄，故省略，以免重複。

圖書在版編目(CIP)數據

崔致遠全集 /（新羅）崔致遠著；李時人，詹緒左編校. —上海：上海古籍出版社，2018. 12
ISBN 978-7-5325-8193-1

Ⅰ. ①崔… Ⅱ. ①崔… ②李… ③詹… Ⅲ. ①崔致遠(857-?)—全集 Ⅳ. ①I312. 013

中國版本圖書館 CIP 數據核字(2016)第 199804 號

崔致遠全集

（全三册）

〔新羅〕崔致遠　著

李時人　詹緒左　編校

上海古籍出版社出版發行

（上海瑞金二路 272 號　郵政編碼 200020）

(1) 網址：www. guji. com. cn

(2) E-mail：guji1@guji. com. cn

(3) 易文網網址：www. ewen. co

上海展强印刷有限公司印刷

開本 850×1168　1/32　印張 29. 125　插頁 12　字數 840,000

2018 年 12 月第 1 版　2018 年 12 月第 1 次印刷

印數：1—1,800

ISBN 978-7-5325-8193-1

I·3101　定價：128. 00 元